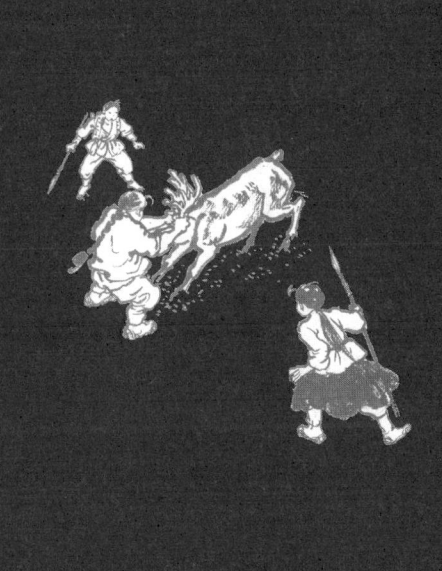

임꺽정

林巨正

벽초 홍명희 소설

3

양반편

사계절

일러두기

1 이 책은 본사에서 펴낸 1985년 1판과 1991년 2판, 1995년 3판을
   토대로 하였고, 이미 2판과 3판에서 시행한
   조선일보 신문연재분과 1939년, 1940년에 나온 조선일보사본,
   1948년에 나온 을유문화사본 대조작업을 한번 더 거쳐 나온 것이다.
2 표기는 원문의 느낌을 최대한 살리는 선에서 현행표기법에 따라 바로잡았다.
   지문에서는 표준말을 원칙으로 하였으나 표준말이 없는 것은 그대로 놔두었다.
   대화에서는 방언이나 속어를 살리되 현행 한글맞춤법에 맞도록 표기하였다.
3 원전에 나와 있는 한자 가운데 일반적인 것은 더러 빼기도 하고
   필요한 한자는 더 보충해 넣기도 하였다.
4 독자들이 읽기에 편리하도록 현재 흔히 쓰지 않거나
   꽤 까다로운 말은 뜻풀이를 첨부하였다.

차례

350	224	172	120	096	047	008
왜변	보우	권세	보복	익명서	살육	국상

국상 ◎ 살육 ◎ 익명서

사람은 고사하고 까막까치까지도 먹을 것이 없어서
인분이나마 먹어보려고 뒷간에 와서 기웃거린즉
인분까지 없어서 뒷간이 비었다는 말이니
이 말이 거의 사실이나 다름없었다.
양반은 편지로 살고 아전은 포흠으로 살고
기생은 웃음으로 살지만는,
가난한 백성들은 도적질 아니하면
굶어죽을 수밖에 없었다.
도적으로 뛰어나와서 재물 가진 사람을 죽여내고
거지가 되어 나와서 밥술 먹는 집에 들쌘대기도 하지마는
북망산에는 굶어죽은 송장이 늘비하였었다.

국상

동궁의 외삼촌인 윤임은 중전을 곱게 생각지 아니하고 중전의 오라버니 되는 윤원로 윤원형 형제는 동궁을 미워하여 처음에 알력이 두 윤가의 집에서 생기며부터 차차로 유언비어가 세상에 돌기 시작하고, 마침내 시비의론이 조정까지 나타나게 되었다. 이때 영남 예안 사람 이황이 서소문 안에 와서 우거*하며 교리 벼슬을 다니는 중이었는데, 어느 날 수찬修撰 임형수와 지평持平 정희등이 각각 이교리를 찾아왔다가 서로 만나게 되어 주인, 손 세 사람이 고금치란古今治亂을 말하던 끝에 윤가 알력에 미치었다. 임수찬이 소매를 걷어치며

"그것이 하등 큰일이기에 조정에서까지 의론이 분분하단 말인가? 한두 놈에게 형장 맛을 알리기만 하면 곧 지식止息될 것이니."

하고 말하니 한두 놈이라고 하는 것은 원로 원형 형제를 가리키는 의미라 정지평이 고개를 흔들며

"아니, 그래서는 아니 되네. 두 윤가의 알력이 사사 원수로 나온 것이 아니고 국가에 관계가 있는 일인즉 먼저 교란한 죄로 두 윤가를 함께 탄핵하고, 그다음에 분규의 공사를 갈라서 별로이 다스려야 할 것일세."

하고 말하는데 말소리와 기색이 함께 씩씩하였다. 단정하게 앉았던 이교리가 잠깐 자리를 움직이어 앞으로 나앉으며

"원룡元龍의 말이 공평한 말일세."

하고 임수찬을 바라보니 임수찬이

"자네들이 대소과大小科 모두 동년同年이라고 동년의同年誼를 차리어 편을 드는 모양일세그려."

하고 껄껄 웃었다. 이교리가

"실없는 사람."

하고 온자하게 웃고 나서 얼굴빛을 고치고

"동궁의 사속*이 없으신 까닭으로 외간外間에 유언流言이 많이 생기는 모양이니 이것이 우려할 바이 아니겠나?"

하고 두 사람을 돌아보니 정지평이 옷깃을 고쳐 여미며

"동궁께옵서 성덕이 갸륵하옵셔서 대전께 효성이 극진하시고 대군께 우애가 돈독하신 터인즉, 동궁께서 만일 장래에까지 사속이 없으시다면 대군으로 세제世弟를 책봉하실 터이지 무슨 우려가 있겠나."

● 우거(寓居)
남의 집이나 타향에서 임시로 몸을 붙여 삶.

● 사속(嗣續)
대를 이을 아들.

하고 말하여 이교리는 말이 없이 고개를 끄덕이고 임수찬은

"원룡의 말이 옳은 말일세. 나는 동년의가 없지만 옳은 말이야 옳다고 아니할 길이 있나."

하고 번듯이 드러누웠다.

"사수士遂의 실없는 것도 병이야."

하고 정지평이 이교리를 돌아보는데

"병인지는 모르나 잘하는 일은 아니겠지."

하고 이교리가 빙그레 웃으니

"자네들이 나를 어찌 알고 잘하고 못하는 것을 말한단 말인가?"

하고 임수찬이 누운 채로 고개를 모로 돌리어 이교리를 향하여

"경호景浩."

하고 먼저 그의 자를 불러놓고 말하였다.

"자네가 사나이 대장부의 행사를 알겠나?"

"자네는 아는가?"

"암, 내야 알다뿐이야."

"알거든 어디 말해보게."

임수찬이 벌떡 일어앉아서

"눈이 산중에 가득히 쌓인 때 백근강궁百斤强弓을 팔에 메고 천금보도千金寶刀를 허리에 차고 철총마鐵驄馬를 칩떠 타고 산골로 달려들어갈 제 앞에서 큰 돝이 뛰어나와 어디로 갈지 몰라서 함부로 뛰는 것을 댓살에 쏘아 누이고 말에서 내려와서 칼로 참나

무를 베어젖혀 화톳불을 놓고 긴 꼬챙이로 돝고기를 구워가며 술을 마시다가 술이 거나하게 취한 뒤에 얼굴을 치어들면, 어느 동안 눈이 시작하여 면화 같은 눈송이가 술 취한 얼굴에 선득선득 떨어지는 맛이라니. 자네들 같은 고리삭은 선비로야 꿈엔들 맛볼 수가 있나? 자네들 장기란 것은 말하자면 조충소기*이지."
하고 거침없이 크게 웃으며 무릎을 치니, 이교리와 정지평은 서로 돌아보며 웃었다.

  말이란 것이 날개는 없지만 날아다니기를 잘하는 것이라 서소문 안 이교리 집에서 세 사람의 이야기한 말이 윤원로 윤원형 형제의 귀에 들어가게 되었다. 형제 두 사람이 조용히 앉았을 때 원로가

  "임형수란 자가 우리에게 형장 맛을 알려야 한다니 민망스럽지 아니하냐?"

● 조충소기(彫蟲小技)
벌레를 새기는 보잘것없는 솜씨. 남의 글귀를 토막토막 따다가 맞추는 서투른 재간을 이름.

하고 임수찬을 미워하며 말하니 원형은

  "정희등 말대로 한다면 윤임이나 우리나 모두 큰일나겠소."
하고 정지평을 꺼리어 말하였다.

  "이것저것 할 것 없이 일이 우리의 꾀대로 되기만 하면 조정에 우리를 걸어 말할 자가 없다. 임형수같이 거센 체하는 자도 우리네 집 문간에 발을 들여놓게 될 것이다."

  "임형수. 정희등은 말할 것도 없고 이황이 같은 사람도 붙잡아 내 사람을 만들기만 하면 좋을 것이지요."

  "어디 두고 보자꾸나."

하고 원로 원형 형제가 서로 바라보며 의미 있이 웃었다.

　이때 왕비는 연세가 사십이 가까웠으나 왕의 은총을 오로지 받고 지내는 중이라, 왕비에게 이롭지 못한 말이 왕의 귀에 들어갈 길이 없으므로 왕비의 언어동작이 왕의 보고 아니 보는 것에 따라 두 사람같이 판이하건마는, 왕은 이것을 알 까닭이 없었던 것이다. 왕은 왕비를 재덕이 겸비한 양으로 여기어 끝으로 메주를 쑨다 하더라도 그 말을 옳게 들을 만하였다.

　어느 날 윤원로 윤원형 형제가 곤전에 승후하고 나가더니 그날 밤에 왕비가 잠이 든 대군을 앞에 뉘고 들여다보며 눈물을 흘리는데, 왕이 내전에 들어오다가 눈결에 이것을 보고 괴상히 생각하여 우선 대군 옆에 와서 그 자는 얼굴을 들여다보고

　"잘 자는군."

하고 다시 왕비의 얼굴을 바라보니 그동안 눈물은 거두었으나 분위에 아롱진 자국이 남아 있어 눈물을 흘린 표적이 완연히 보이었다.

　"무슨 까닭에 눈물을 흘렸소?"

　"아닙니다."

　"아니라니? 무슨 까닭이든지 까닭이 있겠지."

　"아닙니다."

　"무슨 말이든지 속이지 말고 말을 하시오."

　"자는 것을 들여다보고 있자니 홀제 불쌍한 생각이 나서 눈물이 나온가 싶습니다."

"왜 불쌍하기는?"

"죄 없는 것이 저의 명에……."

하고 왕비의 말에 뒤가 없었다.

"저의 명에 어째?"

하고 왕이 한참 동안 입맛을 다시더니

"동궁이 우애가 극진하니까 대군은 걱정이 없소."

하고 왕비를 위로하듯이 말하였다. 왕비는 고개를 가로 흔들며

"동궁이 우애가 없다는 것이 아닙니다만, 대군의 장래는 안심할 수 없습니다. 말씀 아뢰기가 황송하오나 마마께서 우애가 부족하셔서 진성군甄城君에게 후명을 내리시고 영산군寧山君에게 찬배지전竄配之典을 내리셨습니까? 마마같이 갸륵하신 우애로도 동기를 보전하지 못하셨으니 동궁이야 당초에 믿을 수가 있습니까? 인약한 동궁이 고의로 대군을 어떻게 하지는 않겠습지요만 뒤에 권신權臣이 있어 대군을 모해하려고 삼사三司를 충동하고 나중에 정부 육조까지 들끓어 나서게 하면 동궁이 어찌하지 못하고 좇을 것입니다."

하고 말을 한동안 끊었다가 다시 이어

"대군을 성취시켜서 손이나 뒤에 끼치게 되면 한이 없겠습니다만, 저것이 언제 자라 성취하게 됩니까?"

하고 화가 박두한 것같이 말하고 눈에 다시 눈물을 머금으니 왕은 잠자코 앉아서 옛일을 돌이켜 생각하며 긴 한숨을 쉬었다.

이튿날 동궁에서 오시午時 문안을 들어왔을 때 왕은 대전에서

대군을 무릎 위에 앉히고

"네가 공주로 낳았다면 걱정이 없을 것 아니냐?"

하고 한숨을 쉬며 왕비를 돌아보는데, 동궁은 죄도 없이 황송한 맘을 못 이겨하다가 대군의 장래를 걱정하는 대전 맘을 위로하려고

"신의 나이 삼십이 가깝도록 사속이 없사와 불효 막대하오나 대군이 있으므로 종사의 걱정은 없사외다."

하고 말씀을 아뢴즉, 왕은 미간을 찌푸리며 고개를 숙이고 왕비는 곱지 않은 눈으로 동궁을 바라보고 있었다. 얼마 있다가 동궁이 퇴출한 뒤에 왕비가

"지금 동궁의 말이 진의가 어디 있는지 모르겠습니다. 말을 들사온즉 세상에 유언비어가 없지 않다는데 동궁부터 대군을 의심하는 모양인즉, 잘못하면 모자가 함께 종사에 큰 죄인이 되고 말 것이올시다. 애매한 죄명을 쓰고 세상을 마치느니 진작 다른 도리를 생각하여 청백한 것이나 세상에 알리는 것이 옳겠습니다. 마마께서는 부득이한 사정을 통촉하옵시니까 단견短見을 용서하실 줄로 압니다."

하고 대군의 모자가 함께 자처라도 하겠다는 어운을 보이며 목멘 말소리로 왕의 심사를 돋웠다.

그날 궁중에서 큰 사단이 생기었다. 왕이 동궁에게 선위禪位한다는 전교를 내리어서 동궁이 맨머리 맨발로 내전 문밖에 뛰어와 엎드려서 전교 거두기를 청하는데, 그 눈에서는 눈물이 비오듯

하였다. 그때 동궁의 억색하여˚하는 모양을 보고 궁인들 중에는 남모르게 눈물을 흘린 사람이 한두 사람이 아니었다. 여러 시각 동궁이 울고 엎드려 있은 뒤에, 대전에서 동궁을 가긍하게 여기는 맘이 나서 선위 전교를 도로 거두는 처분을 내리었다. 이리하여 이 큰 사단은 궁중에서 그치고 조정에까지 나타나지 아니하였다.

윤원로 윤원형이 중전을 사이에 놓고 대전의 맘을 흔들어서 동궁을 이롭지 못하게 할 뿐이 아니라 두고두고 갖은 흉계를 다 써서 동궁을 해치려고 하였다. 어느 해 정월달 일이다. 아닌밤중에 동궁 침전에 화재가 났다. 궁인 하나가 오줌 누려고 일어났다가 창문이 너무 일찍이 밝은 것을 괴상히 생각하여 밖을 내다보았더니 이때 불이 벌써 동궁 침전에 돌아 붙었었다. 그 궁인이 정신없이

● 억색(臆塞)하다
몹시 억울하거나 원통하거나 슬퍼서 가슴이 답답하다.

"불이야, 불이야!"

하고 큰 소리를 질러서 이방저방 여러 방에서 궁인들이 모두 놀라 일어났다. 궁인들은 곤히 자던 끝에 갑자기 경겁하여 거지반들 어찌할 줄을 몰랐다. 동궁께 문안 가려고 황망히 머리에 첩지를 얹고 단속곳 바람으로 나오다 들어가는 궁인이 없을까, 패물 궤짝을 안고 쩔쩔매는 궁인이 없을까, 무수리 부르느라고 악쓰듯 소리만 지르고 앉았는 궁인이 없을까, 수내인 암내인이 손길을 맞잡고서 대를 내리듯이 떨고 있지 아니할까, 우스운 거동이 한

둘이 아니었다. 조금 정신들을 차리며부터는 여러 궁인이 각각 자기의 물건을 들어내느라고 부산하여 동궁 침실에 와서 보는 사람이 없었다. 그날 밤에 정귀인鄭貴人이란 이가 동궁을 뫼시고 자다가 놀라 일어나서 급히 의복을 입고 문을 열려고 한즉 침실 덧문의 바깥고리가 걸리었다. 정귀인이 안 복도로 난 문을 열고 나와서 침전에서 떨어져 있는 별채 궁인의 방으로 동궁을 뫼시어 오고, 그다음에 또 세자빈 박씨를 뫼시어 오게 하고 귀인이 다시 동궁 침실에 가서 의관이며 서책이며 그외 동궁의 손그릇을 들어내고 끌어내고 하였다. 이리하는 동안에 앞뒤에서 난간이 타고 기둥이 타고 서까래가 탔다. 눈 위의 매운바람이 불 기세를 도와서 동궁 침전 전채가 불 속에 싸이며 화광이 충천하게 되었다. 위에 대전, 중전이 밖에 나서고 아래 별감, 무감들이 줄달음을 쳤다. 궁중 상하가 물끓듯하였다. 궐내에 숙위宿衛하던 위장과 부장들이 숙위 군사들에게 걸낫, 도끼 등속을 들리어가지고 황황히 쫓아들어왔을 때는 기왓장이 불에서 튀어 사람이 근처에 섰기가 어려웠다. 물그릇을 뻔질 날라다가 불에 끼어얹어서 연채에 옮겨 붙지 못할 만큼 불 기세를 줄이었으나, 침전 한 채는 고스란히 태워버리고 말게 되었다.

　대전에서 동궁의 안부를 몰라서 친히 동궁에 동가˚하려 한즉 중전이

　"동궁이 중합니까, 종사宗社가 중합니까? 마마께서 화염 중에 들어가신다니 말씀이 아니 되옵니다."

하고 이유를 붙여가며 말리어서 대전에서 발을 구르고 섰을 때 동궁이 정귀인을 데리고 들어와서 문안을 여쭙고 뒤미처 세자빈 박씨가 들어와서 문안을 드리었다. 동궁이 정귀인에게 힘 본 것을 대강 사뢰니 대전에서는

"신통하다."

"기특하다."

하고 칭찬을 마지아니하고 중전은

"고 계집, 몸이 재게 생겼다."

하고 칭찬 비슷이 말하였다. 이 화재가 어디서부터 난 것은 궁중에서 아는 사람이 없었으나

● 동가(動駕)
임금이 탄 수레가 대궐 밖으로 나감.

"그놈의 짓이지 무어."

하고 수군거리는 것은 원로 하나를 지목하는 말이고

"그놈들의 흉계야."

하고 속살거리는 것은 원로 원형 형제를 함께 지목하는 것이었다. 궁중의 지목이 원로 원형 형제에게 돌아가는 것을 대전에서는 알지 못하여 까닭 없는 불이라고 귀화鬼火인가 하는 중전의 말을 옳게 여기었다. 며칠 뒤에 동궁에서 시강원侍講院 제신에게 하서下書하였는데, 대개 뜻이 아래와 같았다.

"덕 없는 사람이 외람히 동궁에 있게 된 까닭으로 하늘이 벌을 내리어 조종조祖宗朝부터 백여년간 전래한 집이 하룻밤에 재가 되었는데, 위로 성심聖心을 경동케 하고 아래로 백료百僚를 황황케 하였으니 이러한 변은 전고에 없는 바라. 내가 자책함을 마지

아니하나, 실로 변에 대하야 처신할 바를 잘 알지 못하니 여러 요관僚官들은 여러 빈사賓師와 같이 의논하야 밝히 교도하야 주기를 바라노라."

　동궁 생각에는 조종조로부터 전래하는 집을 태운 것이 자기의 부덕 소치라고 하여 세자위를 사양할 맘이 났었다. 경선히 말하기가 어려워서 시강원 관원에게 그대로 범범하게 처신할 도리를 하문하게 된 것이다. 이때 동궁의 생각을 빌밋하게라도˙ 안 사람은 화재 후에 하교로 동궁을 더욱 가깝게 뫼시는 정귀인뿐이었다.

　동궁 화재 나던 해 겨울에 대전에서 병환이 났었다. 처음에 상한傷寒 기미로 조금 미령하던 것이 불과 며칠에 증세가 심상치 않게 변하여 내의원 의관들이 정성으로 약을 드리었으나 약효험이 나지 아니하였다. 동궁에서는 주야로 시측侍側하여 친히 의약을 보살피는데 초민한˙ 맘에 침식까지 폐하여 며칠 동안에 형용의 수척한 것이 병환 중 대전과 별로 다름이 없었다. 그러나 대전은 고통 중이라서 알지 못하고 중전은 심란하다고 모르는 체하고 오직 나이 어린 대군이 때때로 죽이나 미음을 지성껏 권하여 동궁이 곡기를 끊게 되지 아니하였다. 대전 환후가 더욱 침중하여 큰일이 조석에 날 것 같으니 동궁은 목욕재계하고 내전 뒤뜰에 내려서서 하늘을 우러러보고 몸을 대신하기를 축원하는데, 찬바람을 무릅쓰고 겨울 긴 밤을 선 채로 새웠었다. 하늘이 앎이 있으면 동궁의 지극한 효성에 감동이 되었으련만, 대전의 병환은 구경 돌리지 못하고 상사가 나게 되었다. 동궁은 발상發喪한 뒤에 여러 차례 혼도昏倒할 뿐이 아니라 여러 날 동안 미음 한 모금을 마시지 아니하여, 나중에는 곡소리가 입에서 나오지 아니하도록 기운이 시진하였다.

처음에 대신이 옥새를 받들고 나아왔을 때 통곡하며 받지 아니하여 조정 제신들이 대위大位는 하루도 비우지 못한다고 국보國寶를 받으시라고 청하고 옥새를 드리는데, 옥새가 앞에 이른즉 통곡하며 차마 받지 못하니 제신들 중에는 따라서 눈물을 흘린 사람이 많았다. 종일 지체한 뒤에 동궁이 하릴없이 눈물로 용상을 적시며 대신 이하 제신의 배례를 받았으나, 상사에 관한 일 외에는 대신에게 일임하고 돌보지 아니하였다.

새 임금이 집상執喪을 과도히 하여 초상부터 졸곡까지 미음과 죽 외에는 진어한 음식이 없고 밤에 침전에 눕지 아니하고 인산˚을 지난 뒤에도 오히려 상차喪次를 떠나지 아니하여 대신들이 침전에서 기거하시기를 누누이 청하였으나, 위에서 잘 좇지 아니하였다. 또 새 임금은 자전慈殿에 대한 도리를 극진히 차리어 백 가지로 대비의 맘을 위로하려고 힘썼으나, 대비는 하루 한두 번씩 미안한 처분을 내리지 않는 날이 없고 그것이 날이 갈수록 점점 심하여 과부와 어린아이가 명에 죽기를 바라지 못한다고 고의로 울며불며하는 때도 없지 아니하였다. 대비의 미안이 내릴 때는 상감이 억색함을 못 이겨하면서도 그 미안을 풀려고 성의를 다하건

- 빌밋하게라도
얼추 비슷하게라도.
- 초민(焦悶)하다
속이 타도록 몹시 고민하다.
- 인산(因山)
임금, 황태자, 황태손과 그 비(妃)들의 장례.

만, 대비는 목석 아닌 사람으로 심장이 어찌 되었던지 그 성의에 감동되는 빛이 없었다. 상감은 청약淸弱한 기질로 초상 이후 몹시 지친 끝에 대비의 맘을 얻지 못하여 심려를 많이 하므로 기거범절의 불안한 때가 점점 잦아지니 윤원로 윤원형 형제와 그 동류 이외에 조정 제신들은 한없이 우려하여 성궁 보전할 계책을 생각하는 사람이 한둘이 아니었다.

  옥과玉果현감 김인후金麟厚가 다른 궁으로 이어移御하여 조양調養하시기를 청하니, 이것은 대비전과 각거하시라는 말이라 성궁을 보전하기에는 계책이 좋지 않음이 아니로되 도리에 합당치 못하므로 상감이 그 청을 좇지 아니하였다. 일개 현감이 어찌하여 그런 말씀을 상감께 청할 수 있었을까? 대개 김인후는 칠팔세 때에 전라감사 조원기趙元紀에게 장성기재長城奇才요, 천하문장天下文章이라는 칭찬을 받은 희한한 인재로서 등과한 뒤 시강원 설서說書 벼슬을 다닐 때 동궁과 계합*이 자별하여 남에 없는 특별한 은총을 입은 사람이라, 상감 문안을 알고자 하여 일부러 상경하였을 때 상감이 편전에서 인견하였으므로 상감을 위하여 그만한 말씀을 아뢸 수가 있었던 것이다. 김인후는 성균관 직강直講 유희춘柳希春과 정분이 특별히 좋은 터이라 옥과로 내려가기 전에 유 직강을 심방하고 여러 이야기 하는 중에 상후* 불안한 것을 한격정삼아 말하였다.

  "원로의 집에서는 요사이 매일 점을 친다네."

  "점이라니?"

"상후가 평복되시지 않기를 점친다는 말이 있어."

"죽일 놈들 같으니."

"원로는 상감 말씀을 심화거리라고 한다니 더 할 말이 있나."

윤원형의 긴객*인 임백령이 유직강의 아내와 육촌척이요, 또 유직강하고 같은 해남 사람이라 원로 원형의 집 말이 간간이 유직강의 귀에 들어오게 되는 것이다.

"그것이 무슨 소리야? 지금 조정에 사람이 없단 말인가. 어찌해서 그놈의 형제를 그대로 두고 본단 말인가? 인중仁仲이 자네부터 그런 말을 귀에 담아두기만 한단 말인가?"

하고 김옥과가 분하여 펄펄 뛰다시피 하였다.

"나도 분한 맘이 있기야 하지. 그러니 어떻게 한단 말인가? 언책言責이 없는 나 같은 사람이 상소장 올리는 것은 고사하고 삼사가 함께 나서서 죽기로 다투어도 윤가 형제를 처치하실 리는 없으니 우리 성주聖主의 착한 맘만 상할 뿐이 아니겠나."

- 계합(契合) 꼭 들어맞음.
- 상후(上候) 임금의 평안한 소식. 또는 임금 신체의 안위.
- 긴객 매우 친밀한 손님.

유직강의 말이 옳았다. 김옥과는 깊이 한숨을 쉬더니

"하늘이 우리 동방을 돌보시면……."

하고 눈물을 좌르르 흘리었다.

윤가 형제가 점을 친다는 것이 헛말이 아니었다. 그 형제는 새 상감이 등극한 뒤로 상감의 수명을 점치고 상감을 두고 방자하는 것을 성사로 여기었다. 주부主簿 이건양李建陽이란 자가 점괘나 벌일 줄 아는 까닭으로 윤가 형제와 날마다 머리를 모으고 숙덕

거리었다. 어느 날 원형이 대비전에 승후하러 들어갔다가 한동안 밀담하는 중에 대비가 말하였다.

"수십년 전에 소격서 안에 와서 있던 유명한 술객은 사람 일생의 길흉화복을 눈으로 내다보는 것같이 알아맞히더니, 그런 술객이 다시는 없는 게야. 내가 그 술객에게 유년˚을 낸 것이 있었는데 어디로 갔는지, 대전 환후 중에 우연히 생각이 나서 찾아볼랬더니 아무리 찾아야 찾을 수가 있어야지. 정녕 없어진 게야. 그 유년 속에 종사지경螽斯之慶은 일왕사주一王四主란 귀가 있었는데, 그때는 몰랐지만 지금 생각하니 일찍 죽은 인순공주仁順公主까지 수에 치면 공주 넷, 대군 하나 오남매 맞지 않았어?"

"일군사주一君四主가 아니고 일왕사주이었습니까?"

"일왕사주로 생각나는군."

"네."

하고 대답하는 윤원형은 왕 한 자에 맘이 가득하였다. 원형이 궐내에서 나오는 길로 곧 이건양을 보고 수십년 전 소격서에 와서 있던 술객이 누구인 것을 아느냐고 물은즉, 이건양의 말이

"저는 알지 못하나 저의 아는 소격서 늙은 도사는 혹시 알는지도 모르겠습니다."

하고 이건양이가 늙은 도사에게 가서 그 술객의 성명이 김륜인 것 외에 신판사 따라 광주로 간 것까지 알아왔다. 다시 사람을 놓아 알아본 결과로 김륜이가 아직 죽지 않고 광주읍 근처에서 산다는 말을 듣고, 원형이가 그 형과 공론하고 이건양을 시켜 폐백˚

을 가지고 가서 김륜을 서울로 맞아오게 하였다.

원로 원형이 먼저 자기들과 집안 식구들의 사주를 김륜에게 보이고 길흉을 물으니 원로와 원형의 아내는 대체가 불길한 중에 정명正命을 다 누리지 못하리라 하고, 원형은 이십년 부귀가 앞에 있다고 말하였다.

"내가 부귀한다면 형님과 실인室人이 불길할 까닭이 있소? 두 말 중에 하나는 틀릴 것이 아니오?"
하고 원형이가 물으니
"그건 나도 모르지요. 내 말이 틀릴 리는 없을걸요."
하고 김륜이가 두동지게˚ 대답하였다. 원로가
"아따, 우리 사주는 어떠하든지 고만두고 이 사주나 하나 보아주오."
하고 을해생 사주를 적어주며
"다른 것은 물을 것도 없으니 사주 임자의 수한만 알아내시오."
하고 말이 떨어지기를 초조하게 기다리는 모양으로 김륜이의 입을 바라보고 있었다.

- 유년(流年) 한평생의 운수를 해마다 풀어놓은 사주.
- 폐백(幣帛) 윗사람이나 점잖은 사람을 만나러 갈 때 가지고 가는 선물.
- 두동지다 앞뒤가 서로 맞지 않다.

"정명은 육십이세요."
원로는 입을 벌리고 그 아우를 돌아보았다.
"그렇지만 금년 육칠월 어름에 횡사 수를 면하기가 어렵소."
원로의 벌리었던 입은 다물어지고 원형의 눈동자는 움직이는데 형제의 얼굴에 다같이 은근히 좋아하는 빛이 보이었다. 김륜이는 나이가 육십줄이나 위인이 젊었을 때나 다름없이 부삽하여 언어동작에 채신머리가 없었다.

"이 사주 임자는 지금 상감이신데 상감의 수한은 알아 무어하실라오?"

하고 원로 형제의 얼굴을 바라보니 그 형제가 다같이 놀라는 빛이 있으며

"상감 사주는 무슨 상감 사주."

"아니오, 잘못 알았소."

하고 우물쭈물들 대답하였다.

원형이가 김륜의 위인이 꾀기 쉬운 것을 보고 밀실로 데리고 들어가서 자기 형제의 처지와 소망을 대강대강 이야기하고, 자기 집에 와 있어서 자기들과 의론을 같이하면 다음날 부귀를 같이 누리겠다고 말하였더니, 속이 얕은 김륜이가 원형의 꾐에 넘어가서 원형의 사람 노릇할 것을 맹세하다시피 말하여 그 뒤로는 김륜이가 원형 집 손이 되어 주인 형제와 이건양과 네 사람이 함께 쑥덕공론을 하게 되었다. 김륜이가 사람 방자하는 방법을 아는 것이 있어서 원형에게 말하였더니 원형 형제가 대단히 좋아하여 곧 그 방법을 시행하기로 작정하였다.

그 방법은 산골 조용한 곳에 들어가서 제웅을 만들어놓고 제웅 등에 사람의 사주를 써서 붙이고 매일 바늘 하나씩을 박으면 칠일 만에 사주 임자의 목숨이 끊어진다는 것이다. 원형의 형제가 남산 으슥한 구석에 초막을 짓고 김륜이의 가르치는 방법대로 제

웅을 만들고 그 등에 상감의 사주를 써 붙이고 매일 바늘 하나씩 박아가는데, 괴상한 일은 제웅 발에 바늘을 박는 날부터 상감은 발이 쑤시어 못 견디어하고, 또 제웅 팔에 바늘을 박는 날부터 상감은 팔이 쑤시어 못 견디어하여 이삼일 지난 뒤에 상감은 온몸이 쑤시지 않는 곳이 없었다. 원형의 형제는 궐내의 소식을 듣고 방자가 영험 있는 줄을 알고 좋아하여 닷새 되던 날부터 원형이는 어느 시골을 갔다온다고 핑계하고 남산 초막 속에 가서 파묻혀 있게 되었다.

원형의 형제가 남산에서 방자를 시작하기 전에 상감이 특별한 처분으로 전에 몰수하였던 김식의 가택과 재산을 도로 내어주게 하여 김덕수는 그의 늙은 어머니를 뫼시고 전날 아버지의 집으로 이사하고 김덕무는 맏형이 글방 차렸던 집으로 이사하고 혜화문 안 갓바치 살던 집에는 김덕순이 홀아비 살림으로 밥해줄 사람만 두고 지내게 되었다. 덕순이가 아우 내외에게 얹히어 있을 때와 달라 가끔 놀러 올라오는 양주 꺽정이도 며칠씩 묵다 가기가 편하였다.

꺽정이가 혜화문 안에 와서 묵고 있을 때다. 어느 날 젊은 중 하나가 찾아와서 덕순을 보고

"김서방님, 소승 문안드립니다."

하고 인사하니 덕순은 처음 보는 중이라 인사대답으로

"어느 절에 있는가?"

하고 물었다.

"죽산 칠장사에 있습니다."

"시주 얻으러 다니는가?"

"아니올시다. 스님의 편지를 가지고 왔습니다."

"스님은 누구야?"

"병해대사올시다."

덕순이와 꺽정이는 다같이 놀라며 반가워하였다. 꺽정이가 창녕서 떠날 때 대사는 늦더위 지나거든 온다고 뒤떨어지더니 그 뒤에 창녕서는 서울로 올라갔다는 기별이 있었는데, 서울은 온 일이 없고 중간에서 자취가 없어져서 삼사년 동안 생사존몰을 모르던 터에 뜻밖에 소식을 듣게 된 것이었다.

"편지 어디 있나? 어서 이리 내어."

덕순이는 편지 보기를 급하여하는데 꺽정이는 중을 보고 말을 물었다.

"병해대사가 죽산 가 계신 지 몇 해나 되었소?"

"올해 사년째인가요."

"창녕서 오시는 길에 곧 가셨군."

편지봉을 뜯어보던 덕순이가

"여기 네게 오는 편지도 있다."

하고 꺽정이를 돌아보았다.

"뜯어보시오."

"그래라."

덕순에게 온 편지도 사연이 간단하나 칠장에 연분이 있어 와

있게 되었다는 말과 소식 끊어 미안하다는 말이나 있지만 꺽정에게 온 것은 다른 말이 없이

"제웅을 사를 때 바늘들을 뽑아라. 나의 낯을 보아서 목숨만은 살리고 이 쪽지를 주어라."

무슨 소리인지 알 수 없는 말만 적히고 륜개견倫開見이라고 쓰인 작은 봉지가 편지 속에 들었었다.

"그게 무슨 소리오?"

"나도 모르지."

"편지 줄 때 무슨 말씀이 있습디까?"

하고 꺽정이가 중에게 물으니

"별말씀 없어요. 혜화문 안 오는 길을 가르쳐주실 뿐입디다."

● 대상(大祥)
사람이 죽은 지 두 돌 만에 지내는 제사.

하고 중이 꺽정의 말에 대답한 뒤에 덕순을 바라보며

"심선생님이란 이의 댁이 여기서 가깝다지요?"

하고 물었다.

"심선생님이 돌아가서 대상˚이 쉬었는데, 심선생에게 편지를 한 게로군."

"선생님이 심선생 죽은 것을 아실 까닭이 없지요."

덕순이와 꺽정이가 서로 보고 말하는 것을 중이 듣고 있다가 한번 하하 웃고서

"우리 스님이 어떠신 분인지 잘들 모르시는구려. 그만 일을 모르시고 생불 말씀을 들으시겠소? 스님이 향을 피우고 눈만 감으

시면 천리 만리 밖 일도 환하게 눈으로 보시는 것같이 알으십니다. 지금 편지를 보고 말씀하시는 것도 스님은 알고 기실 것입니다."
하고 말하고서 손가락을 꼽아보더니
"심선생님이란 이의 대상이 인제 사흘 남았구먼요."
하고 말하였다.
"가만있거라. 참말 한 사흘밖에 아니 남았는가 보다."
"글쎄요, 하여튼지 일간일 것이오."
"그것 보시지요. 내가 떠나기 전날 밤에 스님 말씀이 대상이 엿새 남았다고 하십디다. 그리고 향 한 쪽을 종이에 싸주시며 대상 때 쓰도록 갖다 드리라고 하십디다."
하고 향쪽 싼 것을 바랑 속에서 찾아내어 덕순이와 꺽정이를 보이었다.

칠장사에서 온 중이 심선생 집에 가는 향을 전하고 도로 혜화문 안에 와서 하룻밤을 묵어가는데, 덕순이와 꺽정이는 대사의 범절을 자세히 물어보았다.
"날마다 하시는 일이 무엇인가?"
"불경 보시지요."
"상좌는 몇 사람인가?"
"온 절 중이 모두 스님의 상좌 셈이지요. 그중에 스님 방에서 스님을 뫼시고 지내는 사람이 소승 외에 두 사람이 있습니다."
"훌륭한 대접을 받는군."

"그러먼이오. 대접 여부가 있습니까. 중들은 말씀할 것도 없지만, 근처 속인들도 모두 대접합니다."

"그건 어째서?"

"병 있는 사람이 절 한번에 병이 낫지요, 자손 없는 사람이 스님 불공 한번에 자손을 보지요. 아무리 무식한 사람이라도 눈앞에 영검을 보고야 대접 아니할 수 있습니까? 죽산, 안성, 용인 근방 사람들에게 칠장사 생불님이라고 물으면 거의 모를 사람이 없습니다."

이튿날 덕순이가 답장을 써주어 중을 떠나보낸 뒤다. 꺽정이가 부작 같은 편지를 돌쳐 생각하고

"제웅은 무어고 낮 보아 살릴 사람은 누구이람?"

하고 혼잣말같이 중얼거리니 덕순의 말이

"평소에 말 한마디 지망지망히 아니하던 사람이 종작없는 말을 편지로 적어 보낼 리 없으니 두고 보아라."

하고 대사의 사람된 것으로 그 말이 곡절이 있을 것을 믿어서 꺽정이도

"글쎄요."

하고 그 쪽지 편지를 줌치 속에 집어넣었다.

그날 저녁때 덕순이는 큰집에 가고 꺽정이 혼자 방에 들어앉았다가 갑갑하여 행길가에 나섰더니, 길 건너편에 동리 여편네가 네다섯이 함께 모여 서서 참새같이 지껄이는데 꺽정이가 들으려는 맘이 있는 것도 아니지만, 새된 목소리로 지껄이는 말이 저절

로 귀에 들리었다.
 "내일모레 남산 국사당에 밤굿이 있답디다. 구경들 가십시다."
 "아이구, 나도 가야지."
 "입고 나설 옷이 있어야 가지."
 "굿구경도 좋지만 밤에 남산 꼭대기를 어떻게 올라가오?"
 꺽정이에게는 서울이 고향이나 진배없지마는 남산 국사당은 한번도 올라가본 일이 없는 터이라, 여편네들이 지껄이는 소리를 듣고
 '갑갑한 김에 국사당에나 올라가보겠다.'
하고 생각하였다.
 일이 일부러 만든 것같이 공교히 되느라고 처음으로 남산에를 올라가는 꺽정이가 어디를 어떻게 돌아서 왔던지 조그마한 초막 앞에를 왔다.
 '국사당이 산꼭대기에 있다더니 어째 이런 구석에 와 있을까?'
하고 꺽정이는 국사당인가 의심하며 그 안을 들여다보니 뒤편으로 다가서 제상 하나가 놓여 있고, 제상 안침에 제웅 하나가 세워져 있다. 대사 편지에 있던 말이 꺽정이 머릿속에 번개같이 생각났다.
 '하하, 저것을 사르란 말이구나. 대체 저것이 무엇일까?'
하고 혼잣말하며 자세히 살펴보니 제웅 앞에는 불을 켜지 아니한 등잔 세 개가 놓여 있고, 제상 아래는 깔아놓은 방석 두 개가 놓여 있다. 이것이 원형의 방자하는 초막인 것은 다시 말할 것도 없

지마는, 이때 원형이가 김륜이와 같이 앉았다가 목이 말라서 부엉바위로 물 먹으러 나간 동안이라 초막이 비었던 것이다. 꺽정이가 처음에 대사 편지의 말대로 곧 제웅을 사르려고 하였으나, 불씨가 없을 뿐 아니라 까닭도 모르고 사르기가 우스워서 국사당에 올라갔다가 내려오는 길에 다시 와서 보리라고 생각을 고치어 먹고 남산 꼭대기로 길을 찾아 올라갔다.

해가 서산에 넘어간 뒤에 꺽정이가 국사당을 돌아 내려오는데 길을 잃고 초막 있는 곳을 지나 내려갔다가 다시 찾아 올라왔다. 근처에 와서 보니 아까 없던 불빛이 초막에서 새어나오고 도란도란하는 사람의 말소리까지 들리었다. 꺽정이가 동정을 살피려고 발소리를 내지 않고 초막 옆에 있는 소나무 뒤에 와서 숨어 섰으니 초막 안에서 나오는 말소리가 속살거리는 말 이외에는 모두 똑똑히 들리었다.

"여보, 바늘을 어디 두었소?"

"아까 영감이 두셨지요."

"내가 언제 어디다 두어?"

"영감, 정신이 없으시구려. 나는 보니 아까 물 먹으러 나갈 때 영감이 방석 밑에 넣으시는갑디다."

"그러면 진작 방석 밑에 있다고 하지 기다랗게 말씀할 것이 무어 있소?"

"내가 두지 않은 것이니까 말씀 아니할 수 있습니까?"

"내가 정신이 없어. 옳지, 여기 있군."

"인제 이것 한 개면 소원성취로구려."

"오늘 밤 자시만 지나면 만사여의할 터이지만, 술시를 잘 지날는지 염려가 됩니다."

"술시, 염려 마시오. 조금 있으면 술시가 될 터이오."

"글쎄요."

"지금 궁중에서는 온몸이 쑤신다고 야단이렷다."

"자시에 바늘 하나만 더 꽂으면 내일 아침에는 전하 상소리를 듣게 될 모양인데, 지금쯤 궁중에서야 야단 여부가 있겠소."

"임금 노릇을 반년도 못하고 죽기는 원통할걸."

그 수작하는 이야기로 임금 방자하는 것을 짐작할 수 있었다. 새 임금의 처지는 꺽정이가 전부터 불쌍하게 생각하던데다가 뒤에서 방자하는 것들이 미운 생각이 복받쳐올라왔다. 뚜벅뚜벅 걸어서 초막 앞으로 나가서 드나드는 문을 막고 서서

"이놈들!"

하고 한번 호령에 안에 있던 두 사람은 자지러지도록 놀라서 어찌할 줄을 모르고 쩔쩔매었다.

꺽정이가 안으로 들어가서 한손에 한 사람씩 두 사람을 한꺼번에 잡아들고 나왔다.

"이놈들, 못된 놈들 같으니. 방자 잘한다. 버릇을 좀 배워라!"

하고 호령한즉 그중에 늙은 자가

"잘못했습니다. 살려줍시오."

하고 비는데 목소리가 귀에 익었다. 그 늙은 자의 얼굴을 불빛에

치켜들고 들여다보니 낯이 익었다. 김륜이었다.

김륜이는 호되게 겁이 나서 정신을 차리지 못하므로 양편 손으로 사람 하나씩 치켜드는 장사가 꺽정인 줄을 모르고 장수님이라고 부르면서

"죽을 때라 잘못했으니 제발 용서하십시오."

하고 빌기를 마지아니하였다. 꺽정이가 속으로 그 못생긴 것을 웃으면서

"못된 짓 하는 군이 거센 체하면 혹시 용서할 수 있지만, 애걸복걸해서는 용서하지 못하겠다."

하고 얼굴에 침을 배알으니 김륜이는 침을 씻을 생각도 못하고

"네, 거센 체합니다."

● 작신하다
지그시 힘을 주어 누르다.

하고 고개를 겨우 목 늘이듯 하여 꺽정이는 한번 허허 웃지 않을 수 없었다.

이때 하늘에 반달이 있어서 산구석 솔빛 속에도 희미한 빛이 비치었다. 꺽정이가 두 사람을 땅 위에 주저앉히고 고양이가 쥐 놀리듯 놀리었다.

"이놈의 자식은 귀 뒤에 옥관자를 붙였구나. 네 성명이 무엇이냐?"

"대답 못하겠느냐?"

하고 꺽정이가 발끝으로 구부리고 있는 사람의 어깨를 작신하니 애구애구하고 죽는 소리가 나왔다.

"성명이 무어야?"

"윤가올시다."

"이름은 없느냐?"

"원로올시다."

"윤원로, 잘 알았다. 너희놈 형제가 누이를 자세하고˚ 못된 짓 잘한다더라."

윤원형이가 초막 안에서 들려 나올 때 벌써 기색하다시피 되어 살려달라는 말 한마디 못하고 땅에 주저앉힐 때까지도 이승인지 저승인지를 모르다가 어깨를 맞았는지 차였는지 뼈가 부서지는 것같이 아픈 데서 정신이 반짝 났다. 그리하여 죄를 형에게 밀어 붙이려는 꾀로 이름을 외대는 것이었다. '윤원로, 잘 알았다' 하는 말에 꾀 쓴 것을 다행히 여기면서

"이런 일은 처음이올시다."

하고 죽어가는 목소리로 대답하였다.

"처음은 죄가 아니냐? 너 같은 쇠새끼는 손댈 것도 없다. 죽거나 살거나 네 명이다."

하고 꺽정이가 발로 떠 내던져 아래로 굴리었다. 원형이는 이십 년 부귀가 앞에 있는 까닭으로 운수가 뻗치었던지 바윗돌에도 닥치지 않고 몇번 구르다가 큰 소나무 밑동에 걸치었다. 어깨가 부어오르고 가슴에 멍이 들고 몸에 생채기가 날 뿐이었다. 이것은 뒷이야기라 그만두고, 꺽정이가 그다음에 김륜이를 내려다보며

"한 어미의 자식도 오롱이조롱이˚다. 같은 선생의 제자가 어째서 저 모양이람."

김륜이가 선생 들추는 말에 갖바치인가 의심하였던지

"동문수학한 정분으로 보더라도 너무 몹시하십니다.'"

하고 고개를 치어들고 이윽히 바라보다가

"나는 누구라고? 양주 백정의 아들이로군."

무심결에 백정 아들이라고 말한 것을 꺽정이는 업수이여기는 말로 듣고

"이 늙은것이 참말로 고만 살고 싶은 게다!"

하고 눈방울을 굴리었다.

"선생의 낯을 보더라도 내게 그렇게 하는 법이 어디 있어?"

"이것 보아라, 점점."

"그리 마라."

"말란다고 말 듯하냐?"

하고 꺽정이가 발로 턱을 치받치니 김륜이는 한참 입을 움켜쥐고 쩔쩔매다가 나중에 침을 뱉는데 시커먼 피에 하얀 이들이 섞이어 나왔다.

- 자세하다
어떤 권력이나 세력을
믿고 의지하다.
- 오롱이조롱이
오롱조롱하게 제각기 달리 생긴
여럿을 이르는 말.
- 몹시하다
몹쓸 짓을 하다.

"애구애구, 죽여라."

"죽이라면 못 죽이랴."

하고 꺽정이가 두 손으로 김륜의 목을 움켜쥐며 곧 비틀어 죽이려고 하다가 별안간에 대사의 편지가 생각이 나서 맘을 돌려먹고 손을 놓았다. 꺽정이가 김륜이를 잡아 일으키어 앞세우고 다시 초막 안으로 들어와서 줌치에 들었던 편지봉을 꺼내어 주었다. 김륜이가 '륜개견'이란 글씨를 한참 동안 정신없이 들여다보고

있다가 꺽정이의 재촉을 받고서 겉봉을 뜯었다. 김륜이가 다시 한참 동안 편지를 들여다보더니 눈에 눈물이 어리며
"형님, 감사합니다."
하고 절하듯이 고개를 수그렸다. 꺽정이가
"감사한 생각이 나거든 죽산이나 가지."
하고 웃으니
"그러지 않아도 광주 집에 다녀서 곧 죽산으로 갈 터일세. 목숨 살려준 덕은 잊지 않겠네."
하고 김륜이는 꺽정이에게까지 치사하고 산 아래로 내려갔다. 꺽정이가 김륜을 보낸 뒤에 제상 위에 있는 제웅을 집어 내려서 묶은 짚을 풀고 박히었던 바늘을 찾아 모으니 바늘이 모두 여섯 개였다. 꺽정이가 바늘이 다시 더 없는 것을 보고야 등잔불을 옮겨 당기어 제웅 푼 짚을 태우고 그다음에 그 초막까지 불을 질러버리었다.

상감이 쑤시는 증세로 닷새 안 밤에 눈을 붙여보지 못하다가 그날 밤에 잠이 들어 한숨을 자고 난 뒤로 그 증세가 거짓말같이 없어져서 이튿날부터 친히 대비전에 문안 다닐 만큼 기동하게 되었다. 대전 환후가 평복되어서 이런 경사가 없다고 기뻐하는 소리가 궁중에 가득할 때 대비는 남몰래 입맛을 다시고, 진하˚하는 말씀이 조반˚에 분분할 때 원로 형제는 집에서 이를 갈았다. 그러나 대군만은 마마를 치른 뒤로 몸이 내리 깨끗치 못하여 누워

있던 아이가 대비가 말리는 것도 듣지 않고 일어나서 기쁨에 넘치는 낯으로 대전께 나와서 보입고 들어가는 길에 곤전에 와서 진하하니 대전에서 차마 사랑함을 못 이겨하는 것은 다시 말할 것도 없고, 곤전 이하 여러 궁인들까지 모두 귀히 여기고 칭찬하였다.

  상감이 환후 평복된 뒤에 정사 다스리기를 힘쓰는데, 그 정사가 한 가지라도 인심에 어그러지는 것이 없었다. 이때 태학太學 유생들이 사화에 죽은 조광조 등을 복직하여 달라고 상소하였는데, 첫 상소 비답에는 '상소 뜻은 잘 알았다. 이 사람들의 일을 선대왕이 어찌 우연히 생각하고 처치하셨으랴' 하고 좇지 아니하고, 둘째 상소 비답에는 '좇지 아니하는 뜻은 이미 다 말하였다' 하고 또 좇지 아니하여 유생들이 모이어서

  "학문을 좋아하시는 성주로서 어찌하여 이 일을 지난˚하실까? 괴상한 일일세."

  "우리의 정성이 천박한 모양이야."

  "우리가 이왕 발단을 한 바에는 위에서 좇으시기까지 연해 상소질해보세. 하다하다 안 되거든 공관空館하고 다들 나가버리세나."

하고 서로 공론들 한 뒤에 연거푸 셋째 소장疏章을 올리었더니 비답이 길게 내리었다.

  "너희들이 수선지지˚에 있어서 예를 좋아하고 때를 의논하여

- 진하(進賀)
나라에 경사가 있을 때에 벼슬아치들이 조정에 모여 임금에게 축하를 올리던 일.
- 조반(朝班)
조정에서 벼슬아치들이 조회 때에 벌여 서던 차례.
- 지난(持難)
일을 얼른 처리하지 아니하고 질질 끌며 미루기만 함.
- 수선지지(首善之地)
'성균관'을 이르던 말. 다른 곳보다 나은 곳이나 지위.

소장을 세 번 올리는데 사의가 간곡하고 의리가 정당하니 배운 바의 바른 것이 이보다 더할 수 없을 것이라. 우리 선대왕의 교육의 여택餘澤을 볼 수 있다. 그러나 말을 좇지 않는 것은 뜻이 있는 일이고, 또 태학이 비록 공론을 가졌다 하나 시비를 정하는 것은 따로 조정이 있으니 너희들이 시비를 말하기까지는 득당得當하였다 할 것이나 기어코 시비를 정하려는 것은 유생의 일이 아니라 아직 물러가 생각하라."

유생들이 이 비답에 감동이 되어 서로 돌아보며 눈물을 흘리고 물러나갔다.

상감이 몸이 약하고 병환이 잦으나 그렇게 쉬이 상사날 것은 아니었는데, 유월 그믐날 밤에 홀제 병환이 위중하여 삼정승을 내전으로 불러들이어서

"나의 병이 심상치 않고 나에게 사속이 없는 터이라 경원대군慶源大君이 비록 나이 어리나 범절이 숙성하여 후사를 맡길 만하기로 이제 전위傳位하는 것이니 그대들은 도와주라."
하고 전교를 내리고 뒤미처 또

"조광조 등의 죄와 현량과 파과罷科는 선대왕 때 일이라 장차 조용히 처리하려고 하였더니 지금 나의 병이 할 수 없이 되어 더 기다릴 수 없으니 광조 등의 죄를 소석˚하여 직첩들을 도로 주게 하고 현량과를 복과復科하여 주라."
하고 전교를 내린 뒤에는 한참 동안 정신이 혼혼하여 곧 운명하는 것 같더니 다시 잠깐 정신을 돌리어서 대신과 경연관經筵官들

을 불러 앞에 세우고 지필을 찾아 유교遺敎를 쓰려고 하다가 손이 떨리어 글자가 되지 아니하매 붓을 내던지며 한숨을 쉬고

"나의 평생 소회를 그대들에게 알리려고 하였더니 인제 할 수 없다. 선대왕 삼년상을 마치지 못하니 망극하다. 내가 죽은 뒤에 선대왕 능하에 묻어주기를 바란다. 초종 절차를 간략히 하여 인민에게 폐가 되게 하지 마라. 육칠년 동안 수재, 한재에 백성들이 불쌍하다."

하고 동강동강 말씀하고 특별히 경연관들을 돌아보며

"내가 병이 이러해서 삼년상을 마치지 못하니 원통하고 다시 그대들과 같이 경전經傳을 토론하지 못하니 한이야."

하고 똑똑하게 말씀하였다.

그 이튿날인 칠월 초하룻날 상감이 마침내 승하하여 조정 관원, 여염 인민 할 것 없이 사람마다 눈물을 흘리고 성내 기와집, 성외 초가집 할 것 없이 집마다 곡성이 들리는 중에 윤원형 형제와 그 당파들은 의기가 양양하였다. 윤원로가 저의 집 사랑에서 이건양을 데리고 앉아 술을 먹으면서

● 소석(昭晳) 원통한 죄나 억울한 누명을 밝혀 씻음.
● 곡반(哭班) 국상 때 곡을 하던 벼슬아치의 반열.

"인제 내 심화가 꺼졌네."

하고 좋아하는 것은 보는 사람이나 없었거니와 윤원형은 좌찬성左贊成 이기李芑와 함께 곡반˚에 들어와서 벌써 서슬 있게 돌아다니기를 시작하니 이것을 보고 이를 가는 사람이 백관 중에 한둘이 아니었다.

인종대왕이 삼십년 동궁으로 있는 동안에 탁월한 덕행은 산림처사山林處士들까지 칭송하고 기구한 처지는 여염 부녀들까지 가엾게 여기어서 만인의 맘을 일신에 모았던 까닭으로 임금 된 지 여덟 달에 덕화德化가 아직 깊이 미치지 못하였건만, 국상이 발포되던 날 그날로 서울서 의주까지 천리 동안 곡성이 맞이었었고, 인산까지 달포 동안 시골서 양식을 싸서 지고 서울로 올라오는 사람이 수가 없이 많았다. 이것이 전번 국상 때 보지 못한 일일 뿐이 아니라 실로 전고에 없는 일이었다.

옥과현감 김인후는 국상 기별을 받은 뒤로 친상親喪을 당한 이나 다름없이 슬퍼하여 매일 통곡에 옆에서 보는 사람까지 경황이 없이 지내었다. 김현감이 수십일 동안 술로만 살아온 까닭으로 마침내 술병이 나서 자리에 누워 있는 중에 장성 고향에서 젊은 일가 사람이 왔다. 김현감이 누워 있는 방으로 그 사람을 불러들이어 집안 문안과 고향 소식을 대강 물어본 뒤에

"자네 백씨가 서울을 갔다더니 언제 왔는가?"

하고 물으니 그 사람이

"네, 벌써 오셨습니다. 국휼國恤 반포된 뒤에 곧 내려오셨습니다."

하고 대답하였다.

"국휼 나시기 전에 서울을 떠났던가?"

"아니요, 그 뒤에요. 이번에 대행전하大行殿下 승하하신 것은 알고 보니 큰 변입디다."

"무슨 변?"

"저의 백씨가 궁중 소식을 소상히 아는 사람에게서 친히 들으셨다는데, 참말이라면 큰 변입니다."

하고 그 사람이 형에게서 들은 이야기를 옮기기 시작하였다.

"대행전하께서 등극하신 후에 원로 원형 형제가 전하께 해로울 일이라면 갖은 흉참한 일을 다 하다가 나중에는 치독˙할 꾀를 내었든갑디다. 어느 날 원형이란 놈이 대비전에 들어와서 궁인들까지 물리치고 무슨 말씀을 여쭙고 나갔는데, 그것은 정녕 치독할 꾀를 말씀한 것이라고 한답디다. 이 말씀을 대군이 엿들었던지 그날부터 대군이 대전 옆을 떠나지 않고 붙어 있어서 물 한 대접, 미음 한 보시기라도 자기가 먼저 맛보기 전에 는 대전이 그릇에 입을 대시지 못하게 하더랍니다. 열두살 먹은 아기로 지각이 갸륵하지 않습니까? 한번 대군이 뒤를 보러 나간 틈에 대전 잡수실 미음이 나왔는데, 대전께서 잡수시려고 그릇을 받아 드셨을 때 대군이 들어와서 깜짝 놀라며 그 미음 그릇을 줍시사고 하여 맛보려고 하니 대전께서는 고만두라고 주지 않으시더랍니다. 그래서 대군이 무엄한 짓을 무릅쓰고 주시지 않는 그릇을 빼앗으려고 하는데 대비가 뒤에서 동정을 엿보고 있었던지 홀제 들어와서 군부의 잡수실 음식을 신자 된 도리에 먼저 맛보는 것이 옳으나, 손에 잡으신 그릇을 빼앗다시피하는 것은 무엄한 일이다 하고 대군을 꾸짖고 미음 그릇을 만져보며 미음이 다 식었다, 다시 내오래라 하고 궁인을 불러서 미음

• 치독(置毒)
독약을 음식에 넣음.

그릇을 들여보냈답니다. 말들이 그 미음이 그저 미음이 아닌데 대군 없는 틈을 보고 내왔던 것을 마침 대군이 들어와서 맛보려고 하니까 대비가 체면을 수습하는 체하고 도로 들여보낸 것이라고 한답디다. 유월 그믐날 저녁때 대군이 서체暑滯로 복통이 나서 따로 누워 있는 동안에 대전께서 무엇을 잡수셨던지 갑자기 오장이 쥐어뜯는 것같이 아프다고 쩔쩔매기 시작하셔서 그날 밤에 대군에게 전위하시고 그 이튿날 새벽에 승하하셨는데, 수시收屍하던 사람의 말이 몸에 검푸른 점이 생기고 이에 검은 피가 엉기고 승하하신 뒤 불과 몇시각 못 되어서 살이 문정문정 만지는 손에 묻어나더라니 치독이 분명하지 않습니까? 서울서는 이것을 아는 사람이 한둘이 아니지만, 대비가 중간에 끼인 까닭으로 수군수군할 뿐이더랍니다."

김현감은 이야기를 듣는 중에 누웠던 자리에서 일어앉았는데, 이야기 끝이 나도록 말마디 아니하고 취한 듯이 어린 듯이 앉았더니 홀제

"애구."

하고 소리를 지르며 입으로 피를 토하였다.

"웬일이십니까?"

하고 일가 사람이 놀라 일어나서 그 몸을 붙드니 김현감은 붙들린 채로 애고지고하며 슬프게 통곡하였다.

김현감이 정신을 수습한 뒤에 곰곰 생각하였다.

'대비가 족히 그런 일을 할 양반이지만, 이목이 번다한 궁중에

서 어떻게 그런 일을 할 수 있었을까? 아무리 대비가 악하다 하더라도 못된 일을 드러내놓고는 할 수 없었을 터이지. 아니 수라간 나인 한둘만 끼면 하지 못하란 법도 없어. 원래 강건치 못하신 터이라도 갑자기 승하하시기는 반드시 곡절이 있는 일이야. 다른 궁으로 이어만 하셨더면 이런 일 저런 일이 없었을 것인데, 내가 미리 염려까지 하면서도 위에서 들으시도록 정성껏 말씀을 아뢰지 못하였으니 이런 절통한 일이 또 어디 있단 말이냐. 도대체 말하자면 우리 동방 인민이 복이 없어서 요순 같은 임금을 오래 뫼시지 못하게 된 것이다.'

김현감은 그 이튿날로 인궤印櫃를 봉하여 전라 감영으로 보내고 장성 고향으로 돌아왔다.

김인후가 현감을 내버리고 집으로 돌아온 뒤에는 문을 닫고 들어앉아 세상일을 묻지 아니하고 매년 육칠월 두 달 동안은 매일 장취長醉하다시피 술을 먹고 지내는데, 유월 그믐날만은 입에 술을 대지 아니하고 종일 단정히 앉았다가 저녁때가 지난 뒤에는 앞산 속에 들어가서 북향하고 통곡하며 그 밤을 새웠다.

여러 해 뒤에 나라에서 특별히 홍문관 교리를 제수하고 김인후를 서울로 부른 일이 있었다. 그때 상지上旨를 전갈하는 장성현감부터 김인후가 으레 사폐辭陛하려니 미리 짐작하고

"이번 교리 제수가 옆에서 아뢰거나 품한 것이 아니고 특별하신 위의 처분이랍니다. 아무쪼록 곧 응명應命하시도록 하시고 사폐하실 생각은 잡숫지 말으십시오."

하고 권하여 말하니 김인후는 현감을 바라보며

"성주城主께서 민民을 잘못 아시고 권하기까지 하시는 것 같습니다. 민 같은 용렬한 위인이 특별한 처분은 고사하고 심상한 제수라도 어찌 감히 사폐할 생각을 하오리까."
하고 천연스럽게 대답하였다.

"이번에 상경하신단 말씀이오니까?"

"하고말고, 다른 말씀이 어디 있겠습니까."

"그러면 언제쯤 발정發程하시겠습니까?"

"행장을 다소 수습할 터인즉, 이틀 말미는 주셔야 할까 봅니다."

김인후가 현감에게 말한 것을 어기지 않고 과연 사흘 되던 날 서울길을 떠나는데, 행장 차린 것이 예사와 달랐다. 말 두 필에 한 필은 안장 지어 탔거니와 다른 한 필에는 오지장군 두 개를 한 바리 짐으로 실었고, 하인 네 사람에 견마잡이는 찬합을 걸머졌거니와 나머지 세 사람에게는 항아리 한 개씩을 지웠다. 장군에 넘치는 것도 술이요, 항아리에서 출렁거리는 것도 술이요, 찬합에 든 것은 안주였다. 대주객大酒客의 행장이다. 그 집에서 떠나 불과 오리도 못 나와서 좋은 대밭이 있었다.

"대밭 아래서 한잔 먹고 가자."
하고 김인후는 말에서 내렸다. 한동안 지체한 뒤에 다시 길을 떠나 삼 마장도 채 못 와서 남의 집 담 안에 좋은 꽃나무가 있었다.

"꽃나무 밑에서 한잔 먹자."

하고 김인후가 말에서 내리려고 하는데 마부가

"아까 대밭은 남의 집 울 밖이지만 지금 꽃나무는 남의 집 담 안에 섰습니다. 술 잡수시려고 일부러 찾아 들어가시렵니까?"
하고 말리는 뜻으로 말하였더니

"아따 이놈, 잔소리 마라."
하고 마침내 말에서 내렸다. 또다시 한동안 지체한 뒤에 길을 떠났다.

"그 산 좋다. 산 밑에서 한잔 먹자."

"그 물 좋다. 물가에서 한잔 먹고 가자."

한잔 한잔 또 한잔에 지체하는 동안이 길 가는 동안보다도 더 많았다.

"이렇게 가다가는 육백리 서울길을 일년 두고 가야겠네."

"늙어 죽도록 갈는지 모르지라오."

하고 하인들이 뒷공론할 만큼 길이 붙지˙ 아니하여 십여일 두고 온 것이 서울길을 반도 채 못 왔는데, 그동안에 항아리들이 벌써 비고 장군들이 차차로 가벼워졌다.

● 길이 붙다
걸음이 빨라져 지나온 거리가 부쩍부쩍 불어나다.

"술이 남았느냐?"

"이번 잡수시면 고만 마지막이올시다."

술이 없어지자 사람은 그날로 병이 났다. 김인후는 서울로 기별하여 병으로 중도부진中途不進하게 된 연유를 상달上達케 하고 장성으로 돌아와서 전과 같이 문 닫고 들어앉아 한많은 세월을 보내다가 겨우 요사夭死를 면하고 죽었는데, 유언으로 옥과 이후 관작은 명정이나 신주에 쓰지 못하게 하였다. 여줄가리 뒷날 이야기는 고만두고 인종 국상 난 뒤로 당시 조정 판국이 험악하던 것을 대강 이야기하겠다.

살육

나이 어린 경원대군이 임금의 위에 오르게 되매 대신들이 빈청에 앉아서 백관을 모아놓고 대비 수렴垂簾할 일을 의논하였다. 영의정 윤인경尹仁鏡이 먼저 입을 열어

"지금 대왕대비전과 왕대비전이 계입시니 어느 전에서 정사를 들으셔야 하겠소?"

하고 좌우를 돌아보니 좌의정 유관柳灌이부터 말이 없이 잠자코 앉았는데, 우찬성 이언적이 자리에 나앉으며

"모자분이 같이 정사를 듣는 것은 옛 전례가 있지마는 어디 수숙간에 자리를 같이하는 법이 있겠습니까?"

하고 말하여 마침내 다른 의논이 없이 대왕대비가 수렴청정할 것을 작정하고 대신들이 서계書啓를 올리었다.

대왕대비가 권세자루를 쥐게 되니 원로 원형 형제가 드날릴 판

을 만났으나, 다같이 간사스럽고 또 다같이 방사스러운˙ 중에 원로는 원형이만큼 조심성이 부족하여 보는 사람에게마다 대군이 임금 노릇하게 된 것이 저의 공이라고 자랑하니 그 자랑은 곧 대역부도大逆不道한 짓을 하였다고 자수하는 것과 다름이 없는 일이라, 그리하지 않아도 대행왕이 갑자기 승하한 데 대하여 원로 형제를 치의하는 사람이 많던 터에 원로의 자랑을 이 사람 저 사람이 알게 되자, 원로의 살점을 어여서 먹고자 하는 사람이 하나 둘이 아니었다. 대신 이하 백관이 빈청에 모이어서 원로를 박살하자고 공론하게 되었는데

"전교를 물어가지고 죽이려다가는 일이 덧거치기 쉬우니 먼저 잡아들여 죽이고 뒤에 품하도록 합시다."

하고 의논이 나서 여러 조신들이 차례로 정승 앞에 나가서 가부可否를 말하여 가는 중에 공조참판 이준경李浚慶이 차례에 나아가서

"오늘은 전날과 다릅니다. 대왕대비께서 위에 계신데 그 동기를 함부로 죽일 수가 있습니까?"

하고 부타는 의견을 말하니 좌의정 유관이

"원로를 살려두면 다른 날은 영감의 걱정거리가 되리다."

하고 미타하게˙ 여기는 기색을 보이었다. 이준경이 의견을 말하고 돌아나올 때, 여러 사람들의 노려보는 눈이 몸 위에 모이었으나 그는 본체만체하고 천천히 걸어서 문밖으로 나가니 도승지 송인수宋麟壽가 뒤따라나오며

"원길原吉이."

하고 자를 불러 이준경이 발을 멈추고 돌아다본즉 송인수는 얼굴에 핏대를 올리고

"자네 의론이 사람의 의론인가?"

하고 볼멘 말소리로 힐책하였다. 이준경이 당시 벼슬은 비록 아경이나 재보宰輔의 물망이 높던 사람이라, 그 의론에 무게가 있을 뿐이 아니라 또 그 의론이 난 뒤에는 대왕대비에게 화 받을 것을 생각하고 굳세게 주장하고 나서는 사람이 없어서 원로를 당장에 박살하려던 공론이 중지되고 영의정 윤인경 이하 대신이 원로를 논계論啓하되

"군기시 첨정僉正 윤원로는 종사의 대적이요, 국가의 화태禍胎이오며, 이 사람이 비록 자전의 지친이오나 실상은 자전의 원수이오니 속히 원방에 내치시어 신민臣民의 울분한 정을 풀게 하옵소서. 그리하오면 종사에 다행일까 하옵니다."

- 방사(放肆)스럽다
제멋대로 행동하며 거리끼고 어려워하는 데가 없다.
- 미타(未安)하다
든든하지 못하고 미심쩍은 데가 있다.
- 군기시(軍器寺)
조선시대 병기의 제조 등을 관장하던 관청.
- 중도부처(中途付處)
벼슬아치에게 어느 곳을 지정하여 머물러 있게 하던 형벌.

하고 원로 귀양 보내기를 청하였으나, 대왕대비는 즐겨 좇지 아니하여 정부와 삼사가 논집論執할 뿐 아니라 육조 낭관들까지 각각 상소를 올리게 되니 대왕대비도 마침내 하릴없이

"내가 어찌 원로를 아끼어 조정 공론을 무시할까 보냐. 그러나 틈 있는 사람의 소위인가 하여 좇지 아니하였더니 지금 온 조정 신하가 다함께 논죄하는 바에 구태여 고집할 생각이 없으므로 원로의 자원自願을 좇아 중도부처 케 하노라."

하고 비답을 내리었다. 비답 중에 틈 있는 사람이란 말은 형조판서 윤임을 가리킨 것이다. 윤가 형제가 윤임을 눈엣가시로 미워하는 외에 좌의정 유관과 이조판서 유인숙을 꺼리고 두려워하였으니, 유의정은 대행왕의 지우˚에 감격하여 진충보국盡忠報國하려던 사람이고 유판서는 천품이 강직하여 소인 미워하기를 원수같이 하던 사람이다. 이런 사람이 조정에 있고는 윤가 형제가 드날려볼 희망이 적었다. 원로가 공론에 용납되지 못하여 조정에서 내쫓긴 뒤에 원형은 겉으로 가장 근신하는 모양을 보이나 속으로는 권세 잡을 욕심이 불일듯하여 이기, 임백령, 정순붕鄭順朋, 허자許磁와 같은 소인들과 합심이 되어 미워하는 사람이며 두려워하는 사람들을 일망타진하려고 꾀하였다.

　이기는 병조판서 망에 올랐을 때 유정승이 훼방하였다고 원수 치부를 하는 터이요, 임백령은 옥매향이를 차지 못하여 윤판서에게 숙감˚을 품은 터이요, 정순붕은 사림에 화를 못 끼쳐 성화하는 위인이요, 허자는 주심主心이 부족하여 남에게 끌리기 잘하는 인물이라 이래저래 원형의 심복이 되어 꾀를 모아가지고 허무한 말과 맹랑한 일로 무함˚하기를 시작하였다. 대행왕 상사나던 날, 윤임이가 대군 대신에 계림군桂林君을 추대하려고 하는데, 유관, 유인숙이 찬조하였다고 말을 지어내고, 또 윤임이가 왕대비 박씨께 상서하는 것으로 편지 한 장을 위조하여 원형이가 저의 첩 난정蘭貞이를 시켜서 대왕대비의 눈에 보이도록 일을 꾸미었다. 난정이가 대왕대비전에 문안 들어오는 길에 보는 사람이 없는 틈을 타서 그 편지를 내전 마당에 떨어뜨리고 얼마 뒤에 대왕대비전 궁인들과 같이 나오다가 편지 떨어뜨린 곳에 가까이 와서 눈이 밝은 체하고

"저것이 무슨 편지 아닙니까?"

하고 손가락으로 가리키니 채신 없는 젊은 궁인 하나가

"글쎄, 편지인가 보오."

하고 대답하며 쪼르르 가서 그 편지를 집어들고 왔다.

"어디 좀 봅시다."

"상서라고 쓴 글씨가 남필男筆이로구려."

"누가 떨어뜨렸던지 편지 심부름시킬 만한 사람이군."

하고 궁인들이 지껄일 때 난정이가 시침을 떼고

"상서라고 썼을 때는 대왕대비전이나 왕대비전에 올리는 편지가 아니겠어요?"

하고 편지를 들고 섰던 궁인의 얼굴을 들여다보니 그 궁인이

● 지우(知遇) 남이 자신의 인격이나 재능을 알고 잘 대우함.
● 숙감(宿憾) 오래된 원한이나 좋지 못한 감정.
● 무함(誣陷) 없는 사실을 그럴듯하게 꾸며 남을 어지러운 지경에 빠지게 함.

"우리는 상서라고 쓴 편지를 받지 못할 사람이오?"

하고 하하 웃었다.

"우리 공론하고 뜯어봅시다."

"그까짓 것은 뜯어보아 무엇하니? 잘못 뜯어보고 말썽스러울라."

하고 나이 지긋한 궁인이 뜯어보자는 젊은 궁인을 나무라니

"떨어뜨린 편지를 뜯어보면 어떻습니까? 말썽스러울 것 같으

면 없애버리지요."

하고 난정이가 가로막고 나섰다. 그 편지 사연이 수상스러웠다.

"무슨 까닭 있는 편지로구려."

"글쎄 말이오."

난정이가 편지를 들여다보는 체하다가 놀라는 모양으로

"여간 까닭 있는 편지가 아닙니다. 대왕대비전에 보시게 하여야 하겠습니다. 우리 같이 들어가십시다."

하고 편지 가진 궁인의 팔을 이끌었다. 대왕대비가 궁인이 드리는 편지를 펼쳐보더니 사연도 채 읽기 전에

"윤임의 필적이구나."

하고 말하니 난정이가 앞으로 나서며

"마마께옵서 필적을 아시면 다시 더 의심할 것이 없는 일이외다. 편지 사연만 보더라도 십중팔구가 그런 듯하옵니다."

하고 요신을 부려가며˙ 말하였다.

"왕대비전께 윤판서의 편지가 가끔 들어오는 모양이니까 그런지도 모르지요."

"사연이 그런 것 같지요? 그러나 사연 중에는 모를 말이 있습디다."

하고 편지 들고 들어온 궁인과 난정이가 서로 이야기하는 것을 대왕대비가 듣고서

"가만히들 있거라. 사연을 보면 알지."

하고 편지를 읽기 시작하였다.

"근래에 국사가 점점 수상하여지오니 죽을 바를 알지 못하와 주소˚ 눈물로 지내오며 판서도 역시 민망한 생각을 가지옵고 대위를 공우公友에게 옮기려 하와 정승에게까지 통정하였삽나이다. 어제 하교하옵신 일은 사세가 봉행하기 어렵사오며, 향일 품달˚하온 일은 무삼 까닭으로 속히 시행하옵시지 아니하옵나이까. 이처럼 지류遲留하옵시면 애매히 죽을 사람이 많사올 듯하와다. 전자前者에 원로를 내쫓을 때 원형까지 함께 죄주게 하였던들 인심이 분기分岐되와도 이 지경에는 이르지 않았을 줄로 아옵나이다."

대왕대비가 편지를 접으며

"괴악한 것들, 어디 보자."

하고 혼잣말로 벼르는데 노기가 얼굴에 가득하였다. 난정이가 대왕대비의 기색을 할깃 엿보며

"기막히는 일도 다 많아. 대체 판서는 누구고 정승은 누구이람?"

하고 혼잣말로 말하는 것을 대왕대비가 탄하여 말하듯이

"누구가 다 무어냐? 물을 것도 없이 유인숙이와 유관이겠지."

난정이가

"네."

하고 대왕대비의 말에 대답하고 난 뒤에 다시 옆에 섰던 궁인을 돌아보며

"공우는 누구요? 아시오?"

- 요신을 부리다
  몸을 요리조리 흔들며 야살을 떨다.
- 주소(晝宵) 밤낮.
- 품달(稟達)
  웃어른이나 상사에게 여쭘.

하고 물어서

"봉성군鳳城君 대감의 자함이 그렇답디다."

하고 궁인이 대답한즉

"공연히 나불나불 지껄이지들 마라."

하고 대왕대비는 역증을 내어 꾸짖었다.

대왕대비의 밀지가 예조참의 윤원형에게 내리니 그 밀지는 윤임, 유관, 유인숙을 죄주게 하라는 것이었다. 윤원형이 즉시로 이기, 임백령, 정순붕, 허자 등과 의논한 후, 대사헌 민제인閔齊仁과 대사간 김광준金光準에게 밀지를 보이고 그 속에 이름 적힌 세 사람을 양사에서 논핵케 하라고 부탁하였다. 민제인과 김광준이 분주히 주선하여 양사 간관들이 중학에서 제좌齊坐하기로 되었는데, 제좌하던 전날 허자가 사간원 헌납獻納 백인걸白仁傑을 청하여 저녁밥을 대접하였다. 허자는 백헌납과 격린隔隣하여 살고 교분이 있던 까닭으로 별미가 한 가지만 생겨도 나눠 보내거나 청하거나 하는 터이었다.

"오늘은 무슨 별미가 생겼소?"

하고 백헌납이 웃으며 물은즉

"별미는 없지만 좀 이야기할 것이 있어서 청하였네."

하고 허자도 따라 웃으며 말하였다.

"무슨 이야기요?"

"저녁밥이나 같이 먹고 차차 이야기하세."

저녁상을 물린 뒤에 허자가 먼저 입을 열었다.

"내일은 대간臺諫이 밀지를 의논할 터이라지?"

"그런답디다."

"그래 자네는 어떻게 할 의향인가?"

"대간 명색이 밀지를 가지고 대신을 논핵할 리야 있겠소."

"허허, 자네가 그럴 줄 알았지. 만일에 이번 밀지를 봉행 아니 하다가는 대화大禍를 면하기가 어려울 것일세. 자네가 편모시하만 아니라도 또 다르지만 노인을 어떻게 하려고 그렇게 맘을 먹는단 말인가?"

"몸을 나라에 바친 바에야 어떻게 사정私情을 다 돌아보겠소."

"맘 한번 고쳐먹기에 화복이 갈리는 판이니까 다시 생각해보는 것이 좋을 줄 아네."

"다시 생각해볼 것이 무어 있소. 화복이 갈리는 판이니까 맘을 고쳐먹어 못쓰지요."

"그러면 자네는 죽는 사람일세."

"죽을 때 죽는 것이 사람 노릇하는 것인 줄 모르시오?"

"죽는 것을 싫어하는 것이 사람의 상정常情인걸."

"상정으로 말하면 자고로 충신열사란 것이 날 까닭이 없지요."

"그렇기에 사람이 저마다 충신열사가 되기야 어디 그리 쉬운가."

"충신열사가 쉽지 못하다고 개도야지만도 못하게 살 작정하는 법이 어디 있겠소?"

허자가 길이 한숨만 쉬며 말이 없으니 백헌납은

"나는 가겠소."
하고 일어섰다. 허자가 문밖까지 따라나와서 백헌납의 손을 잡고
"내일이 자네는 군자 되고 나는 소인 되는 날일세."
하고 땅이 꺼지게 한숨을 쉬었다.

그 이튿날이다. 중학 앞에 흑의전배黑衣前陪가 뜨며 대관이 오고, 또 주의전배朱衣前陪가 뜨며 간관이 와서 대간들이 중학으로 모이었다. 번잡한 제좌 절차를 마치고 원의석圓議席을 차리고서 앉았을 때, 대사헌 민제인과 대사간 김광준이 밀지에 대하여 말을 꺼내서

"지금 대신 몇사람이 자전의 치의를 받아서 밀지가 모모某某 재상에게 내리었는데, 유언비어에 궁중이 흉흉한 모양이니 우리가 먼저 발론하여 경하게 처치하여야지 만일 일이 다른 길로 나오게 되면 국가의 대화를 일으킬 것이 걱정인즉, 그 대신들의 죄상이 애매한 것을 우리가 비록 모르는 것이 아니지만 목전의 사태로 보아서 우리는 보고만 있을 일이 아니다."
하는 뜻을 둘이 번갈아 설명한즉, 여러 사람의 얼굴에 발발한 노기가 나타나더니 일어섰다 앉았다 하기를 시작하였다. 사헌부 지평 김저金䃴가

"이것이 윤임이 하나 까닭으로 나는 일이 아니고 속에는 일대 충현忠賢을 어육낼 조짐이 포함되어 있습니다. 기묘년 사화를 말만 하더라도 피가 끓지 않을 수가 없는데, 금세 군자君子로서 남곤, 심정의 짓을 본받는단 말씀이오니까?"

하고 강개한 어조로 말한 뒤에 사헌부 집의執義 송희규宋希奎는 작은 몸을 꼿꼿이 세우면서

"나는 온몸의 뼈를 바수는 한이 있더라도 좇을 수 없습니다."
하고 민제인의 얼굴을 치어다보고, 사헌부 장령掌令 정희등은 흰 얼굴에 핏대를 올리면서

"조정의 대사를 논핵하는데 밀지를 가지고 한다는 것이 말이 됩니까?"
하고 민제인의 거동을 흘겨보았다. 사간원 사간司諫 박광우朴光佑는 소매를 걷어치우며 언성을 높이고 사간원 정언 유희춘은 때묻은 버선 바닥을 한손으로 문지르며 도끼눈으로 김광준을 노려보고, 그외에 김난상金鸞祥, 이언침李彦忱, 민기문閔起文 같은 대관 간관들이 혹 소리도 지르고 혹 한숨도 쉬는 중에 헌납 백인걸이

"간세배가 화단을 일으키려고 꾀하는 모양인즉 우리가 이 일을 발단하는 것은 그 꾀에 빠지는 것이오."
하고 김광준의 얼굴을 바라보며 잘라 말하였다.

민제인과 김광준이 여러 대간들을 보고 누누이 이해를 타서 말하였으나, 여러 사람들은 점점 더 격앙할 뿐이라 마침내 하릴없이 회의를 파하고 일어서게 되었다. 대간들이 중학 대청에서 회의할 때 임백령의 아우 임구령林九齡이가 대청 밑에 엎드려서 누가 무슨 소리 하는 것을 샅샅이 엿들었고, 대간들이 흩어져 돌아갈 때 정순붕의 아들 정현鄭礥이와 정순붕의 사위 이만년李萬年이가 그 또래 젊은것들을 데리고 중학 대문 밖에 숨어 있다가 누가

어디로 가는 것을 각각 보살피었다.

그날 저녁에 김광준이 회의 상황을 이야기하려고 원형에게 와서 본즉, 원형이가 임백령, 정순붕, 이기 등과 같이 앉았는데 회의 이야기를 듣기도 전에 민제인까지 끼어들여가며 무능하다고 책망들이 분분하였다. 김광준이 무색하여 돌아간 뒤에 원형의 무리가 밤중까지 공론들 하고 그 밤에 광화문 앞으로 모이어 와서 날이 새기를 기다리었다.

이튿날 새벽에 예조참의 윤원형과 병조판서 이기와 호조판서 임백령과 지중추부사知中樞府事 정순붕과 공조판서 허자 등이 정원에 들어와서 국가 대사가 있다고 고변하고 면대하기를 청하였다. 어린 왕이 대왕대비를 모시고 충순당忠順堂에 출어出御한 뒤에 이기가 여럿을 대신하여 앞으로 나가서

"형조판서 윤임이 오래전부터 다른 뜻을 품은 것은 명백한 사실이온데, 지금 와서는 수상한 거동이 많삽고 좌의정 유관과 이조판서 유인숙도 또한 형적이 없지 않사외다."

하고 아뢰니 대왕대비가

"윤임이 흉계를 품은 것은 미리부터 모른 일이 아니나 근일에 음모하는 것이 궁중에서 탄로되어 어찌하면 좋을까 하여 근심중이더니 지금 공론이 나는 것이 실로 천지조종天地祖宗의 도우심인 줄로 안다."

하고 말씀하고 육경六卿 이상을 불러들이어 이 일을 의논하게 하였다. 혹은 죄를 주자고 말하고 혹은 죄를 주지 못한다고 말하여

의론이 분분할 때, 정순붕이 앞으로 나서서

"윤임, 유관, 유인숙의 죄는 제인과 광준이가 논핵하려 하옵다가 하료下僚들이 말을 듣지 아니하와 중지하였다고 하옵니다. 처음에 윤임이 동궁을 보호한다고 하와 대윤소윤大尹小尹이란 말이 나게 되었삽는데, 신민이 봉대奉戴하옵는 동궁을 윤임이 홀로 보호할 까닭이 어디 있었사오리까? 윤임 등이 종사를 위태케 하려 꾀하온 것은 현저히 드러나지 아니하였사오나, 이미 공론이 난 바에는 경중을 가리어 죄를 주심이 마땅하올 줄로 아옵니다."

하고 아뢰고 난 뒤에 영의정 윤인경이

"임이는 수상한 거동이 있었은즉 찬배하옴이 마땅하고 인숙이는 형적이 있다는 물론物論이 있사온즉 파직하옴이 마땅하고, 또 관이는 그 맘을 알 수 없사온즉 체차˙하옴이 마땅한 줄로 아룁니다."

● 체차(遞差)
관리의 임기가 차거나 부적당할 때 다른 사람으로 바꾸는 일.

하고 구계口啓로 아뢰어서 인경의 말대로 처분이 내리게 되었다.

이튿날 집의 송희규와 사간 박광우가 민제인과 김광준을 걸어 피혐계避嫌啓를 올리고 민제인, 김광준도 인혐계引嫌啓를 올리었더니, 좌찬성 이언적이 다같이 출사케 하기를 청하였다. 송집의가 여러 대간들을 보고

"원형이가 밀지를 외조外朝에 전파하여 인심을 현란케 하였으니 원형 같은 간신을 첫머리로 탄핵하여 법전의 무서운 것을 알리어주십시다. 그러나 오늘은 이미 늦었으니 내일 다시 모입시다."

하고 말하여 여러 대간들이 모두 물러나가는데, 헌납 백인걸이 혼자 뒤에 떨어져 있다가 밤에 독계˚를 올리어서 원형이 국가 정사를 광명정대치 못하게 한 것과 제인, 광준이 대간의 체통을 잃은 것과 또 송희규, 박광우가 사폐만 일삼는 것을 논핵하였다. 대왕대비가 전지傳旨를 내리어

"백인걸이 정대한 것을 칭타하고 역적을 비호하였으니 먼저 파직한 뒤에 금부에 나수하고 송희규 이하 대간은 파직하라."
하고 또다시 전지를 내리어

"윤임은 절도에 안치하고 관과 인숙은 중도에 부처하라."
하여 일이 일층 커지었다.

이때 우찬성 권발權撥은 대행왕의 고명˚을 받은 중신이라 중한 부탁을 돌이켜 생각하고 한번 죽음으로 국은을 갚고자 하여 계사啓辭를 초하여 품에 품고 예궐하였더니, 좌찬성 이언적이 그 계사 초본을 보고 놀라서 과한 말을 다 없이하였으나 정대한 말이 오히려 간신의 간을 서늘케 할 만하였다. 권찬성이 계사를 올린 뒤에 원형의 무리가 공론한 결과로 정순붕이 상소를 올리어 권발의 계사를 반박하였다. 왕과 대왕대비가 또다시 충순당에 전좌하고 원임原任대신 이하 중신을 불러들이어 순붕의 상소를 돌려 보인 뒤 윤임, 유관, 유인숙을 종사의 죄인이라고 사약을 내리게 하고, 정순붕 이하 이십여 인을 종사에 유공하다고 공신 칭호를 내리게 하였는데, 이기, 임백령, 허자와 임구령, 정현, 이만년 등은 물론이요, 민제인, 김광준 이외 여러 사람들도 공신에 참예

하게 되었다.

　유관은 인망 있던 정승이요, 유인숙은 명절名節 있는 재상이니 다시 말할 것이 없고, 윤임으로 말하더라도 출신이 무변武弁이요, 처자가 국척國戚이라 그 처신이 단정한 선비와는 같지 못하나 큰 죄를 범한 일이 없는 것은 온 조정이 다 아는 바인데, 거동이 수상하다고 하여 성주로 찬배하라 하고 불과 사흘 만에 화심禍心을 품었다고 하여 남해에 안치하라 하고 또다시 사흘 뒤에 역모가 있었다고 몰아서 사약을 내리게 하였으니, 보통 인정에 해괴하게 생각지 않을 수 없는 일이었다. 그런데 이때 경기감사 김명윤金明胤이 간신의 비위를 맞추려고 비밀히 서계를 올리어서 해괴한 일을 더욱 해괴하게 만들었다. 김명윤은 전날에 학행과 지조가 있다고 현량과에까지 천거되었으나, 현량과가 파과된 뒤에 형세가 비루 막심하여 전후가 두 사람같이 변한 인물이라, 그 서계는 계림군이 윤임 역모의 주인이니 속히 처치하여야 하

- 독계(獨啓)
혼자서 임금께 보고함.
- 고명(顧命)
임금이 유언으로 세자나 종친, 신하 등에게 나라의 뒷일을 부탁함.
- 주작(做作)하다
없는 사실을 꾸며 만들다.

고 나이 어린 봉성군도 역시 미리 조처하는 것이 좋다고 말한 것이었다. 계림군 유瑠는 당시 종실 중에 명예 있는 사람일 뿐 아니라 윤임의 생질인 까닭으로 원로 원형의 말밥이 된 것이니, 처음에 윤가 형제가 부언을 주작하여˙계림군의 이름이 사람의 입에 오르내리게 되었을 때 그의 처남 되는 사람이 도망하라고 권하였다.

　"이장곤과 같은 사람도 망명하여 온전하였는데 종실 한 사람

쯤 도망한 것을 누가 그리 대단히 알고 찾겠소. 도망하시오."

계림군이 맘에 그럴싸하게 생각하여 첩에게 의논하니 그 첩이 도망하지 말라고 말리었다.

"남의 집 종이 매를 맞게 되었을 때 도망하다 붙잡히면 매를 더 맞게 되는 법입니다. 도망할 생각 마십시오."

계림군이 또 맘에 그럴싸하게 생각하여 앞을 보아가며 어떻든지 할 생각으로 하루하루 지나는 동안에 일이 차차 급하여졌다.

그 처남이

"대장부가 소견없이 여자의 말을 곧이듣고 있다가 화를 당하다니 말이 되지 않는 일이오."

하고 구박하다시피 하여 계림군은 모야무지에 서울서 도망하였다. 계림군을 잡으러 갔던 금군이 빈손으로 돌아와서 도망한 연유를 고한즉, 원형의 무리는 죄가 있으니까 도망한 것이라고 떠들며 체포하라는 명령을 각도 각군에 내리었다. 고변에 고변이 뒤를 이어서 안세우安世遇란 경망한 자가 윤임의 집 계집종 모린이를 잡아바치며 고변하되, 윤임이가 역모를 꾸밀 때에 궐내에 들여보내는 편지를 모린이가 전하였고 윤임의 역모를 그 첩 옥매향이가 아는 까닭으로 이미 귀양길을 떠날 때 창의문 밖에 앉아서 그 사위 이덕응李德應을 보고

"옥매향을 데리고 가지 아니하면 나의 일이 전부 탄로될 염려가 있으니 곧 말을 태워 내게로 보내라."

하고 말하는 것을 모린이가 들었은즉, 이것은 다 모린에게 물어

보면 알 것이라고 하여 옥매향과 이덕응이 모두 잡히어 갇히게
되었다.

전前 주서注書 이덕응이 나수된 뒤에 그 아우 문응이가 임백령
을 가서 보고 형을 살려달라고 애걸한즉, 백령이가 문응의 사람
이 변변치 못한 것을 알고

"윤임이 역모한 것이 적확하다고 말하고, 또 봉성군을 옹립하
려고 한 일까지 있었다고 분명히 말만 하면 비단 살 뿐이 아니라
공신에 참예까지 될 수 있지."

하고 꾀었더니 문응이가 그 말을 덕응에게 전하여 덕응은 그 말
을 곧이듣고 살아나갈 욕심에 무복하기˚ 시작하였다. 이덕응의
친한 친구 수찬 이휘李輝의 이름이 이덕응의 구
초˚에 나서 잡히게 되니, 이휘의 친구 이조정랑吏
曹正郞 이중열李中悅이 화가 몸에 미칠 것이 두려
워서 평일 휘와 상종할 때에 시휘˚에 걸리는 말이
있는 것을 가지고 고변하여 몸이 빠지려고 생각
하고 그의 부친 이윤경李潤慶에게 말한즉, 윤경은

● 무복(誣服)하다
강요에 의해 하지 않은 것을 했다고
거짓으로 자백하다.
● 구초(口招)
죄인이 신문에 대하여 진술함.
● 시휘(時諱)
그 시대에 맞지 아니하는
말이나 행동.

"죽는 것도 아깝지만 친구는 팔지 못하느니라."

하고 붕우의 의리를 말하여 금지하고 또 그의 숙부 이준경에게
말한즉, 준경은

"친구를 위하여 죽는다는 것도 생각해볼 일이거니와 너는 부
형이 재당在堂한 처지라 너 한 몸이 아니니 생각하여 하라."

하고 문호門戶 보전할 것을 말하여 이중열은 마침내 이휘 고하는

초계를 올리었으나, 이중열도 역시 잡히어 갇히게 되고 장령 정희등과 사간 박광우와 그외의 여러 문신들이 이덕응의 구초로 잡히고 화초장이 박수경도 역시 이덕응의 구초로 잡히어서 허무한 옥사가 나날이 커지었다.

이때 죄인들을 국문하는 국청은 대궐 안에 설치되었었다.

대행왕의 재궁梓宮을 모신 빈전殯殿이 지척에 있건마는, 이기, 임백령, 허자 등이 추관推官으로 죄인을 국문할 때 방자하고 무엄하게 행동하여 사가 사랑에서 종의 죄를 다스릴 때보다도 더 심한 일이 많았다. 이기와 허자와 임백령이 국청에 앉아서 위의'를 베풀고 모린을 잡아들여 문초를 받는데, 임백령이는 옥매향의 집 뒷문으로 출입할 때 모린에게 신세를 진 사람일뿐더러 모린의 말대답할 것을 미리 가르쳐준 사람이라 아닌보살로 틈만 빼고 앉아 있고, 또 이기는 상좌에 잠자코 앉아 있어 허자가 말을 묻게 되었다. 허자의 큰 말소리는 고사하고 모린의 작은 목소리도 아래위에 들리건만, 나장이가 중간에 서서 위의 말을 받아내리고 아래 말을 받아올리었다.

"그년이 저의 상전의 편지를 가지고 궐내에 드나든 일이 있다느냐?"

"혹시 가다 있었답니다."

"편지를 가지고 들어오면 누구를 주었다느냐?"

"왕대비전 나인의 무수리를 주어서 그 나인의 손을 거치어 왕대비전에 올리게 했었답니다."

"무수리는 한 사람이라느냐?"

"한 사람, 아니 네, 한 사람뿐입니다."

하고 모린이가 말 더듬는 것을 보고 그 말을 받아올리기도 전에 허자가

"기이지 말고 바로 아뢰래라!"

하고 호령을 내리니 받아내리는 호령 바람과 따라 일어나는 긴 대답 서슬에 모린이는 간이 달랑하도록 놀라서

"여러 사람이올시다."

하고 발발 떨며 대답하였다.

"무수리들의 이름은 무엇이라느냐?"

"이름들은 모른답니다."

● 위의(威儀)
위엄이 있고 엄숙한 태도나 차림새.

"이름들을 모르다니 바로 아뢰래라."

"나인 김씨의 무수리, 나인 박씨의 무수리, 나인 오씨의 무수리랍니다."

이기가 임백령을 돌아보며 나직이 수어를 말하여 임백령이 대왕대비께 그 말을 품하고 나오더니 얼마 아니 있다가 왕대비 전하의 궁인 세 사람과 무수리 세 사람이 국청으로 잡혀 나왔다. 모린이를 한옆으로 치워놓고 궁인과 무수리를 국문하게 되었는데, 이번에는 주장으로 임백령이 말을 물었다.

"모린에게 편지를 받은 일이 있다느냐?"

"없답니다."

"없다니? 없다면 될 것이냐? 차례로 아뢰래라."

여섯 사람 중에 한 궁인이

"편지는 대체 무슨 편지 말입니까?"

하고 물어서

"무슨 편지? 윤임이가 왕대비께 올리는 편지 말이야."

하고 임백령이 호령기 있는 말을 내린즉, 여섯 사람이 여출일구˚로

"그런 편지 받은 일이 없습니다."

하고 대답을 올리었다. 임백령이 눈귀가 샐룩하여지며

"왕대비전 궁인을 자세하고 기이면 될 줄 안다느냐?"

하고 다시 언성을 높인즉 옳다고 입빠른 궁인 하나가 대상을 치어다보며 물 퍼붓듯 말하였다.

"우리는 성명이 없는 사람들입니다. 자세가 무슨 자세입니까? 우리더러 자세한다면 두 발 가진 사람의 새끼는 고만두고 대청 밑의 쥐새끼나 연못 안의 고기새끼가 모두 다 웃습니다."

"방자스러운 년이다. 주둥이를 쥐어박아라."

한동안 긴대답소리가 난 뒤에

"그년더러 물어보아라. 모린이가 누구인지도 모른다느냐?"

"모린이가 윤임의 첩 옥매향의 종년인 것은 알지만 모린이에게서 편지 받은 일은 꿈에도 없답니다."

"사람은 알지만 편지 받은 일은 없다? 그년을 자빠뜨리고 가슴을 짓찧어라!"

집장執杖 군사가 형장 머리로 궁인의 가슴을 내지르니 궁인은

뒤로 자빠졌다. 자빠진 사람의 가슴을 절구질하듯이 내리찧는데, 구르면 붙잡고 찧고 뒤채면 자빠뜨리고 찧었다.

　구르지도 못하고 뒤채지도 못하고 두 손으로 가슴을 가리다가 손의 뼈가 부서졌다. 그 궁인이 눈을 홉뜨고 입으로 피를 토하기 시작한 뒤에 한옆으로 끌어 치우고 다른 궁인을 잡아냈다.

　"너는 기이지 말고 아뢰렷다!"

　"조금이라도 기일 가망이 어디 있겠습니까? 정말 편지는 받은 일이 없습니다."

　내려오는 말 한마디와 올라가는 말 한마디가 끝나자마자, 또 가슴에 절구질이 시작되었다. 셋째 궁인은 절구질이 시작되기 전부터 절구질 받고 숨이 그칠 때까지

● 여출일구(如出一口) 이구동성.

　"애구 마마, 원통하게 죽습니다. 애구 마마."

하고 마마를 부르짖고 통곡하였다. 궁인 세 사람은 그만두고 무수리 세 사람까지도 말 한마디 횡설수설하지 아니하고 가슴에 절구질을 받았다. 임백령이는 문초 받느라고 헛애만 쓰고 나서 이기를 돌아보며

　"여섯 년의 입에서 말거리 하나 못 잡아내게 되는 것은 의외일이오."

하고 말하니 이기는 손가락을 들어 빈전 있는 방향을 가리키며

　"덕화德化라고 할까?"

하고 빈정대는 구기口氣로 말하는데, 허자는 그 말이 옳게 본 말이라는 듯이 고개를 끄덕거리었다.

생때 같은 사람 여섯을 가슴을 짓찧어서 물고를 올린 뒤에 참새새끼같이 발발 떠는 모린이를 다시 앞으로 끌어냈다. 이기가 모린이를 내려다보며

"아까 그년들은 하나도 편지 받았다는 말이 없으니 혹시 다른 사람들을 주었느냐?"

하고 말을 물으니 모린이는 대답이 없었다. 제가 횡설수설 지껄인 말 몇마디에 사람 여섯이 눈앞에서 죽어 나가는 것을 보고 무섭고 두려운 맘이 가슴을 눌러서 입이 저절로 봉하여졌던 것이다.

"다른 사람이 또 있다느냐?"

"그년이 넋이 빠졌느냐, 어째 말이 없느냐?"

"그년 정신 차리게 귀싸대기를 한번 때려라."

모린이가 함부로 불어서 애매한 사람들을 죽인 것을 군사 중에 밉게 생각하는 사람이 있어서 그 사람이 큼직한 손바닥에 침을 뱉어가지고 모린의 뺨을 두서너 번 연거푸 후려쳤다. 당장에 부풀어오르는 뺨을 모린이가 손을 포개 누르면서

"죽어 지만하외다."

하고 우는 소리 하는 것을 임백령이 듣고 화증이 나는 듯이

"누가 저더러 지만을 두라는가? 말을 하란 말이지. 매혹한 것이다."

하고 혀를 차니 모린이가 아프고 무서운 중에도 심정이 상하는 모양으로 임백령을 치어다보며

"여섯 사람을 소인네가 죽이지 아니했습니다. 대감마님은 알으시겠지요?"

하고 말한 뒤에 한손으로 두 눈을 가리고 울기 시작하였다. 임백령이

"그년 우스운 년일세. 누가 저더러 사람을 죽였다나."

하고 이기를 돌아보며 눈짓하니 이기가 우는 모린을 내려다보며 호령하였다.

"맨망스러운 년이다. 쓸데없는 주둥이 놀리지 말고 묻는 말이나 바로 아뢰어라."

"편지를 준 사람이 또 있느냐, 없느냐?"

모린이는 대답이 없이 울기만 하였다. 이기가

"저년을 빈전으로나 보낼까?"

하고 나직이 말하며 웃는데, 임백령이 그 말이 무슨 뜻으로 하는 말인지를 몰라서

"왜요?"

하고 물은즉

"곡을 잘하니 말이야."

하고 이기는 임백령, 허자와 같이 웃었다.

"모린은 인제 더 물어야 소용없을 모양이니 고만두고 옥매향이나 한번 잡아들여봅시다."

하고 허자가 먼저 웃음을 거두니 이기가 고개를 끄덕이고 모린은 한옆으로 끌어내어 두고 금부에 가서 옥매향을 잡아올리라고 나

장에게 분부하였다.

옥매향은 나이 벌써 삼십이 가까웠으나 당대 일색으로 이름이 높던 계집이니만큼 그 자색이 아직도 사람을 놀래일 만하였다. 키가 크도 작도 아니한 맨드리 있는 계집 사람이 나장들에게 붙들려 들어오는데, 애써 몸을 가누려고 하지 않는 것이 봄날 낮잠 자고 일어난 뒤 맥이 풀리어서 계집종에게 의지하는 태와 방사하였다. 모양없이 틀어 꽂은 머리가 기름 바른 것같이 윤이 나고 분세수 아니한 본얼굴이 눈같이 희었다. 대상 대하의 여러 눈이 모두 한곳으로 쏠리는데, 그곳에는 옥매향을 쪼그려 앉히었다. 이기는 노안老眼을 씻고 이윽히 내려다보다가

"참말로 일색이군."

하고 칭찬하고 허자는 임백령을 돌아보면서

"저 사람은 온전하게 대감께로 보내드려야지."

하고 웃었다. 이기가

"옥매향이 듣거라! 네가 윤임의 음모를 아는 대로 바로 고하여야지망정 만일 일호라도 기이는 일이 있으면 중한 죄를 당하리라."

하고 으름장 놓고 나서 말을 묻기 시작하였다.

"윤임이가 음모할 때 누구누구와 같이 하였더냐?"

"그 아들 홍의興義와 그 사위 이덕응과 같이 수군거리는 것을 본 일이 있습니다."

옥매향의 아리따운 목소리에 나장이가 정신을 잃고 서 있다가

무료한 것을 감추려고

"고만이야?"

하고 쓸데없는 말을 묻고 나서 그 말을 받아올리었다.

"계림군을 세운다고 하더냐, 봉성군을 세운다고 하더냐?"

"계림군은 동궁과 같이 자기의 생질이라 두말할 것이 없이 좋지마는 동궁보다 열네살이나 손위니까 나이가 알맞지 못하다고 괴탄하는 것을 들은 적이 있답니다."

"유관이나 유인숙하고 서로 의논하는 것을 본 일이 있다느냐?"

"서로 의논하는 것을 본 일은 없지마는 유정승이나 유판서에게서 편지가 오면 꼭 남몰래 보고 불에 집어넣더랍니다."

"윤임이가 홍의나 덕응이를 데리고 의논할 때 말참례라도 한 일이 있었다느냐?"

"항상 자리를 피하였답니다."

"자리를 피하였다면 말은 어떻게 들었을꼬?"

"의논이 하도 잦으니까 간간이 엿들을 수 있었답니다."

미간 찌푸리고 앉았는 임백령을 허자가 손으로 건드리며

"대감, 너무 걱정 마시오. 잠시라도 보기 애처롭소?"

하고 하하 웃었다.

윤임이가 대역부도의 큰 죄인으로 몰리는 판이니 그의 첩인 옥매향이 아무리 계집 사람의 몸이라도 옥사에 간련이 있어 국문까지 받게 된 바에는 다소의 곤욕을 면하기가 어려울 것이지만, 옥매향이가 처음부터 윤임이가 죄 있다고 무고하였을 뿐 아니라 임백령이 알뜰히 두호斗護한 까닭으로 옥사가 끝나기까지 털끝 하나 다치지 아니하였다. 옥매향이 임백령의 첩으로 들어가고 모린이 속량하여 나간 것은 모두 뒷날 이야기고, 모린과 옥매향이 국문을 당하던 이튿날 이덕응 구초에 오른 사람들을 잡아들여 국문하게 되었는데, 이날은 대왕대비가 국청에 나와 앉아 친국하는 위의를 차리었다. 이날 친국에 형장질이 심하여서 장하에 죽어나가는 사람이 하나둘이 아니었으나, 끝끝내 씩씩하게 꿋꿋하기로는 장령 정희등이 제일이었다. 정장령은 옥사가 벌어지기 전에 우연히 낙마하여 중상을 당하고 집에 누워 있었는데, 어느 날 밤에 윤원형에게 친근히 다니는 사람이 원형의 편지를 가지고 와서

"편지를 보시면 아시겠지만 지금 화색이 박두하셨다고 윤참판이 매우 걱정합디다."

정장령의 대답이 없는 것을 보고 그 사람은 다시 구변을 다하여

"윤참판이 평소에 남달리 흠앙하는 까닭에 지금 대단히 걱정합디다. 대체로 모진 것도 좋지만, 둥글게 화를 면하여야 하지 않습니까? 대장부란 능강능유能剛能柔하여서 강할 때는 강하고 유할 때는 유하여야 하지 않습니까? 윤참판과 조만히 말씀하다 온 길이올시다. 우선 그 편지를 보시지요."

정장령이 받아놓은 편지를 집어들더니 겉봉도 뜯지 않고 찢으면서

"언평彦平의 편지가 불과시 ˙ 동사同事하잔 말이겠지. 사람이

죽고 사는 것도 중하지만 곧은 길로 죽을망정 굽은 길로 사는 법이 없으니."

하고 허허 웃으니 그 사람이 무색하여 다시 두말 못하고 돌아갔다.

  원형이 정장령을 깊이 미워하여 이기 등을 시켜서 백단*으로 모함하는데, 중학 회의 끝난 뒤에 정희등은 소격동 유관에게로 가고 박광우는 장의동 윤임에게로 갔으니 가서 의논들 한 일은 곧 역모인 것이라고 몰아서 단련하기 시작하였다. 박광우는 형장이 정강이에 떨어질 때마다 애구애구 소리를 지르는데, 정희등은 무릎이 부서지도록 아프단 말 한마디가 없었다. 정희등이 연 삼차 국문을 당하는데 끌려들어갈 때와 끌려나올 때에 반드시 빈전을 향하여 부복하되, 자기가 혼자서 운신하지 못하게 된 뒤로는 군사들에게 부축하여 달라고 청하여서 한번도 궐闕한 일이 없었다. 이기가 이것을 보고 눈을 부릅뜨며 꾸짖는 말이

- 불과시(不過是) 기껏해서 이 정도로.
- 백단(百端) 백방. 온갖 수단과 방법.

  "혼령이 구원하여 주실 줄로 아느냐? 헛수고하지 마라."

  임백령, 허자, 정순붕 같은 위인들은 이기와 같이 정희등을 웃었지만, 금위군사와 금부나졸은 뒤에서

  "정장령 나으리같이 모진 양반은 처음 보았다."

  "정장령 나으리같이 갸륵한 양반은 보기 어렵다."

하고 칭찬들이 분분하였다. 박광우가 형장 아래에서 기절하였다가 새벽에 깨어난 뒤에 정장령을 돌아보며 이야기하였다.

  "어제 대비가 위에 계시기에 소리를 지르지 아니한다는 것이

아픈 것을 참지 못하여 소리를 지르게 되었네. 형장이라고 넓적다리보다 굵으니 사람이 배겨낼 수가 있든가? 자네는 어쩌면 그렇게 모질게스리 아프단 소리 한마디를 아니하나?"

"정강이나 무릎에 형장이 떨어지면 누구는 아니 아프겠나? 그렇지만 재궁이 가까이 계신 터에 소리지르기가 황송하여서 죽기 한하고 참았을 뿐이지."

"나는 미처 그 생각을 못하였네. 자네 같은 사람은 따를 수가 없네."

옆에서 이야기를 듣던 옥졸들은 모두 눈물을 흘리었다. 정장령이 목이 말라서 옥졸을 보고

"물 한 모금 얻어먹을 수가 있겠소?"

하고 청하여 옥졸이 선뜻

"네, 갖다 드리지요."

하고 일어서는데 한구석에 누워 있던 화초장이 박수경이 옥졸을 불러서 자기 집에서 들여준 배 몇덩이를 정장령 나리께 들여달라고 청하였다. 이덕응이 배를 보고 먹고 싶은 생각이 나던지

"나 한 덩이 주게."

하고 손을 내어미니 박수경이 눈을 부릅뜨며

"글 읽었다는 위인이 함부로 무고하여 집안을 도륙내고 사림에 화를 끼치니 괴악한 사람이오. 나는 전에 그렇게 알지 아니하였더니 참말로 괴악하오. 무슨 낯을 들고 지하에 가서 윤판서께 보일 터이오? 정장령 나으리께 드리는 배를 당신에게는 줄 수 없소."

하고 이덕응을 꾸짖고 나서

"정희등과 같이 국문을 당하였으니 죽어도 한이 없다."
하고 혼잣말하였다.

이튿날 박수경이 국문을 당하였다.

"윤임이가 아들 홍의, 사위 덕응이와 같이 역적모의하는 것을 옆에서 들었다니 들은 말을 아뢰어라."

"들은 말이 없답니다."

"덕응의 입에서 말이 났는데 없다면 될 것이냐?"

"쳐라!"

호령 한번에 형장질이 시작되었다.

"애구애구."

"말을 아뢰겠다느냐?"

"헐장 없이 되우 쳐라."

신칙 한번에 살이 터지고 피가 흘렀다.

"애구애구."

"인제 아뢴다느냐?"

"그래도 못 아뢴다? 흉악한 놈이다. 단근질 기구를 들여라."

"지져라!"

호령이 내리며 불에 단 쇳조각 밑에 살이 타고 기름이 끓었다.

"애구애구, 죽겠네. 애구애구."

금위군사 중에 박수경의 친구 아들이 하나 있어 보다가 민망하여 동여매인 박수경의 옆으로 가까이 와서 넌지시

"말씀 아니하다가는 큰일날 터이니 아무렇게나 생각나는 대로 말씀을 하시오."

하고 권하니 박수경은 기운 없이 고개를 흔들었다.

"그래도 말을 못 아뢴다느냐?"

"어서 말씀하시겠다고만 하시오."

하고 그 군사가 다시 권하여도 박수경은 여전히 고개를 흔들었다.

"참으로 말 못할 흉악한 놈이다."

"쇠를 발갛게 달여서 버썩버썩 지져라!"

애구 소리도 못 지르고 입만 딱딱 벌리던 박수경이 나중에

"아이구."

한마디에 숨이 그치었다.

계림군이 안변 황룡산 속에서 중이 되어 숨어 있다가 마침내 발각되어서 서울로 잡혀와서 압슬壓膝, 단근斷筋 외 갖은 형벌을 다 당하고 나중에 하릴없이 무복하여 달포 동안 끌어오던 옥사가 겨우 결안結案되었는데, 장하에 죽은 사람들은 말하지 말고 유관, 유인숙, 윤임은 부관참시를 당하고, 계림군은 참형을 당하고, 이덕응, 이휘는 효수梟首를 당하였다. 백인걸, 유희춘 외 여러 사람은 원찬을 당하고, 이중열, 김저 외 여러 사람은 삭탈을 당하고, 그중 가볍게 파직을 당한 것은 권발, 송인수 등 여러 사람이었다. 이때 정희등과 박광우는 악형 아래에 거의 다 죽게 되었으나 아직 목숨이 붙어 있는 까닭으로 박광우는 황해도 봉산으로,

정희등은 평안도 용천으로 각각 정배되었는데, 박광우는 겨우 돈의문 밖을 나가서 숨이 그치고 정희등은 귀양길을 떠나게 되었다. 정희등의 어머니가 아들의 뒤를 좇아 중로 와 만나서 모자 서로 안고 통곡하는데, 압송도사도 사람이라 억지로 금하려 하지 아니하였다.

"어머니께는 불효막심합니다."
하고 정희등이 먼저 눈물을 거두고

"네가 평생에 정직한 것을 지키다가 마침내 정직한 것으로 화를 입었으니 맘에 부끄러울 것이 없다."
하고 그 어머니도 아들을 따라 눈물을 씻었다.

정희등이 그 어머니를 만나보던 날 세상을 버리었는데, 죽은 얼굴에는 다시 여한이 없는 것같이 웃음까지 떠돌았다. 그 어머니가 아들 시체를 앞세우고 서울로 돌아오니 가산집물家産什物을 적몰당한 뒤라 초종을 치를 방책이 없어 과부 된 며느리와 아비 잃은 두 손자를 데리고 밤낮 울음으로 지내는 중, 어느 날 밤에 서울 선비 몇사람이 빈소로 찾아와서 무명 삼백여 척을 주고 가고 장사를 지낼 때에 영남 선비 백여명이 묘하로 찾아와서 각각 부의를 주고 가서 초종과 졸곡을 치르게 되었다. 그때 그 선비들의 성명을 물어보기는 하였으나 한 사람도 말하는 사람이 없으니, 정희등 상사에 부의하였다는 것만 가지고도 고변하는 사람이 있으면 정희등의 동류로 몰리어서 죽거나 귀양을 가거나 할 판이라 이름을 대어주기 어려웠던 것이다. 무명을 가지고 갔던 선비들 중에 삼형제 같이 간 사람이 있었으니, 이 삼형제는 김덕수와 김덕순과 덕무이었다. 김덕수는 의기를 참지 못하여 아우 둘을 데리고 가기는 갔지마는 갔다온 뒤에 혹 말이 날까 보아서 아무리 친한 사람에게라도 이야기한 일이 없었지만, 덕순은 형의 부탁이 있는 것을 불고하고 한 사람에게 이야기하게 되었다.

이때 이기는 칠십 늙은이라 무엇을 구할 것이 없으련만 대왕대비께 아첨하는 품이 임백령이나 정순붕보다 조금이라도 더하면 더하지 덜하지 아니하였다. 이기가 대왕대비의 비위를 맞추려고 말씀 아뢰기를, 대행왕은 즉위한 뒤 일년이 못 된 임금이라 대왕의 예禮를 쓸 것이 없으니 다섯 달을 기다리지 말고 곧 인산을 지내자고 하여 대왕대비가 마땅히 여기고 원형의 무리가 옳다고 떠들어서 시월 보름께 인산을 지내기로 작정되었다. 처음에 병조정랑 정황丁熿이 상소하여 무고히 갈장˚하는 것이 예법이 아니라고 다투고, 다음에 예문관 검열檢閱 윤결尹潔이 상소하여 대행대왕의 신하는 오직 정황이 한 사람뿐이라고 정정랑을 칭찬하고 나중에 태학 유생들이 상소로 갈장 주장한 대신들의 죄를 의논하였다. 그러나 이 상소들은 모두 비답이 내리지 아니하였다.

양주 돌이가 인산을 구경하려고 아들 딸 사위 할 것 없이 집안 식구들 통이 끌고 서울로 올라와서 혜화문 안 김덕순에게서 이삼 일 동안 묵새기었다. 김덕순이가 돌이 부자와 같이 앉았을 때다. 돌이가 이번 인산이 어찌하여 빨라졌는가 물어서 김덕순이는 이

기 무리의 비열하고 괴악한 것을 대강 이야기하여 들리고 나서

"나는 남곤, 심정이를 천하에 다시 없는 극악대대極惡大憝로 알았더니 그보다는 더한 고현 놈들이야."

하고 한숨을 쉬었다. 꺽정이가

"여보, 당신 말을 듣더라도 대비인가 무엇이 제일로 고약하오그려. 나머지 것들은 졸개가 아니겠소."

하고 말하니 돌이가

"이 자식아, 제발 말 좀 마구 마라."

하고 곧

"저 자식은 저게 병이오."

하고 덕순을 돌아보았다.

"임금 장사는 다섯 달 장사가 자고로 정한 법인데 그놈들이 함부로 갈장을 하는구려."

하고 돌이가 예법을 아는 체한즉 덕순이는

● 갈장(渴葬)
사람이 죽은 뒤에 신분에 따라 정해진 예월을 기다리지 않고 급히 장사를 지냄.

"그렇소."

하고 고개를 끄덕이고 꺽정이는

"잘난 장사 달수를 가지고 좋은 임금을 나삐 대접하려는 것이 망한 년놈들의 심사지, 다섯 달이고 넉 달이고 그거야 실상 무엇이 대단하오."

하고 탄하고 나섰다.

"예법을 당초에 모르는 자식이라 할 수가 없어."

"예법이니 무엇이니 그런 것만 가지고 떠들기 때문에 세상이

망해요."

"누가 세상이 망한다드냐?"

"이 세상이 망한 세상이 아니고 무엇이오. 공연히 죄 없는 사람만 죽여내고."

"그러니 너도 고이 죽을라거든 가만히 닥치고 있어."

부자 말다툼하는 것을 덕순이가 듣고 있다가

"그렇게 하다가는 부자간에 주먹다짐이 나겠네."

하고 웃으니 돌이가

"예법만 없으면 저 자식이 족히 주먹다짐이라도 하지요."

하고 역시 웃었다.

인산날이다. 인산 기구까지 전과 같지 못하였다. 길거리에는 지송祗送하는 인민들이 무더기를 지어 섰는데 돌이가 이곳저곳 좋은 곳을 찾아다니다가 늙은이 이삼십명이 한 무더기 지어 섰는 곳에 와서 끼여 서니 돌이 뒤를 따라오던 돌이의 집안 식구들은 한옆에 따로 뭉치어 섰다.

"죽산마˙도 망하게 만들었다. 속에 있는 채가 모두 보이네그려."

"능 역사도 말이 아니라데."

"요전 인산에 대면 기구가 절반도 못 되네."

"이런 초라한 인산이 어디 또 있겠나."

"쉬이."

"사셔서 고생하던 양반이 돌아가셔도 한번 호강을 못해보니 가엾지 아니한가?"

"아따 쉬이."

"통곡할 일이야."

"잘못 통곡하다가는 금부로 잡혀가네."

"눈물 흘리는 것도 죄란 말인가?"

"이번 국상에는 뚱땅거리고 노는 놈이 상 받을 놈이라네."

"기가 막혀."

하고 늙은이들이 지껄이다가 한 늙은이가

"저기 대여˙가 납시네."

하고 말하여 일제히 대여 오는 곳을 바라보는데, 그 눈에는 모두 눈물이 어리었다. 돌이가 다른 사람과 같이 바라보고 있던 중에 홀제 돌아간 임금이 몹시 가엾게 생각되어 앞으로 지나가는 대여를 향하여 절하며 곡소리를 내니 여러 늙은이가 누가 시키는 것같이 모두 일제히 엎드려 통곡하였다. 인산에 따라가던 사관史官이 이것을 보고

● 죽산마(竹散馬)
임금이나 왕비의 장례에 쓰던 제구.
● 대여(大舉)
국상 때에 쓰던 큰 상여.
● 실념(實稔)
곡식알이 여물고 익음.

'발인하던 날 늙은 백성 삼십여명이 통곡하며 지송하였다.' 는 뜻을 사초에 적어 올리었다.

육칠년 동안 내려오며 연년이 흉년이 든 끝에 이해 가을에 늦 장마가 심하여서 곡식이 많이 물러서 주저앉고 또 곡수穀數머리에 연일 바람이 불어서 주저앉지 않은 것도 실념˙이 못 되었다.

전에 없는 큰 살년이라, 배 주린 까마귀 빈 뒷간을 기웃거린다는 말이 동요童謠가 되다시피 하였다. 사람은 고사하고 까막까치까지도 먹을 것이 없어서 인분이나마 먹어보려고 뒷간에 와서 기웃거린즉 인분까지 없어서 뒷간이 비었다는 말이니 이 말이 거의 사실이나 다름없었다. 양반은 편지로 살고 아전은 포흠˚으로 살고 기생은 웃음으로 살지마는, 가난한 백성들은 도적질 아니하고 거지짓 아니하면 굶어죽을 수밖에 없었다. 도적으로 뛰어나와서 재물 가진 사람을 죽여내고 거지가 되어 나와서 밥술 먹는 집에 들쌘대기도 하지마는 북망산에는 굶어죽은 송장이 늘비하였었다. 이와같은 흉악한 살년에 갸륵한 상감이 수상하게 돌아갔다, 득세한 간신들이 살육을 몹시 한다, 이것저것이 겹치고 덮치어서 서울 사람은 서울 인심이 송구하다고 시골로 내려가고 시골 사람은 시골 인심이 소란하다고 서울로 올라왔다.

 인산 전에 김덕수가 양근 미원으로 낙향하려고 아우들과 의논한 일이 있었는데, 그때 덕순이가 처음에는

 "인심 소란하기는 시골 서울 일반이니 서울서 그대로 지냅시다."

하고 낙향하지 말자고 말하였으나

 "일반이면 시골로 가자. 우리는 경궁지조˚가 되어서 서울서는 제일로 옥사에 맘이 송구하다."

하는 형의 말을 억지로 우기기 어려울 뿐 아니라 서울 떠나는 것을 좋게 여기는 노인 어머니 의향을 어기지 못하여 나중에 형제

다같이 낙향하기로 작정하였다.

　인산 이튿날 돌이 식구가 양주로 내려갈 때, 꺽정이는 덕순 형제의 집 이사를 보아준다고 서울에 떨어졌다. 덕수는 먼저 양근으로 내려가고 덕순이가 덕무를 데리고 세간을 수습하느라고 큰집에 가서 많이 있게 되었는데, 어느 날 밤에 혜화문 안 집에 와서 꺽정이와 같이 자며 서로 이야기하였다.

　"떠나실 때 집들은 다 어떻게 하실라오?"

　"큰집은 하인들에게 맡기고 아우의 집은 팔기로 하였지만 이 집은 어떻게 할 작정이 없다."

　"그러면 이 집은 내가 올라와 살까요?"

　"좋지. 그렇지만 올라와서 살 수 있겠니?"

　"장난의 말이오. 누가 귀찮게 살림하고 살겠소. 얻히어 먹는 것이 편하지."

　"너는 생전 살림 아니할 작정이냐? 너의 아버지도 늙은이니 얼마 아니 가서 푸줏간을 네게 내맡길라."

　"우스운 소리 마시오. 내맡기면 누가 맡소?"

　"푸줏간이라고 아니 맡아?"

　"당신도 꽤 남의 속을 모르는구려. 내가 부모의 천량을 맡는다면 고대광실보다는 푸줏간을 맡겠소. 고대광실 무어하오? 푸줏간에는 피나 있지만."

　"이애, 쓸데없는 소리 고만두고 이 집을 어떻게 하면 좋겠나

● 포흠(逋欠)
관청의 물건을 사사로이 써버림.
● 경궁지조(驚弓之鳥)
한번 화살에 맞은 새는 구부러진 나무만 보아도 놀란다는 뜻으로 한번 혼이 난 일로 늘 의심과 두려움을 품는 것을 이르는 말.

말이나 해라. 팔지도 못하고 맡길 만한 사람도 없고 비워둔단 말이냐, 어떻게 한단 말이냐?"

"비워야 둘 수 있소? 그래도 맡길 만한 사람을 생각해보시오."

"글쎄, 어디 있다고."

하고 덕순이가 한동안 고개를 비틀고 있다가 갑자기 손뼉을 치며

"남에게 좋은 일 삼아 맡길 데가 있다."

말하고 정장령이 죽은 뒤에 양대兩代 과부가 적시*를 놓고 염습할 도리가 없었는데, 자기 형제가 이 말을 듣고서 비밀히 몇사람과 의논하여 무명 몇 동을 갖다 주었다고 이야기하고, 그다음에 그 가족이 지금 올데갈데없이 되었으니 이 집을 맡기어두자고 말하였다.

"과부들이 어린아이들을 데리고 집이 있다고 어떻게 사오?"

"집도 절도 없는 것보다는 낫지 않겠니?"

"그건 그렇지요."

"남의 일가지라도 해주고 살겠지 무어."

"아무리나 그렇게 합시다."

하고 꺽정이도 덕순의 말에 찬동하였다. 덕순이가 양근으로 떠나가던 전날 밤에 꺽정이와 같이 정장령 가족이 곁방살이하는 집을 찾아가서 부인들이 의심하지 아니하도록 사연을 꾸미어 이야기하고 그날 밤으로 이사하여 주었다. 정장령의 가족은 굶으며 먹으며 목숨만을 간신히 부지한 터인데 낯모르는 두 사람의 덕에 집을 옮기어와서 본즉 광에는 곡식 섬이 있고 부엌에는 나뭇짐이

있고 살림제구는 없는 것이 없었다. 정장령의 모친이
"이것도 구경은 죽은 사람의 덕이다."
하고 눈물을 흘리니 정장령의 부인이
"그렇습지요. 그렇지만 은인의 성씨나 알았다면 저것들 형제 자란 뒤에 일러줄 것인데."
하고 두 아이를 가리키며 역시 눈물을 흘리었다.

옥사에 살육을 당한 사람들의 집은 거지반 정장령의 가족과 같이 비참한 처지를 당하였었다. 초종 장사에 부조한 사람들까지 간신들에게 치부되어 크면 죄, 작으면 미움을 받은 까닭으로 친척들까지 모르는 체하는 판이라 설혹 도와줄 맘이 있는 사람이라도 화 받을 것이 겁이 나서 선뜻 도와주지 못하니, 의외의 은혜를 받아서 집간이라도 의지하고 지내게 된 정장령의 가족은 도리어 다행한 축이었다. 유관, 유인숙, 윤임은 가장 중한 죄인으로 몰린 까닭에 가산 적몰은 고사하고 처자 노륙˙까지 당하였다. 유관의 집은 양자한 아들이 연좌로 죽은 뒤에 홀로 된 며느리 한 사람이 남아서 부자의 유해를 선영先塋에 감장하였고, 유인숙의 집은 아들 사형제가 함께 죽고 오직 출가 아니한 딸 하나만 남았고, 윤임의 집은 둘째아들 흥의와 셋째아들 흥례興禮가 장하에서 맞아죽고 맏아들 흥인興仁이 뒤에 율律을 당하였으나 끝에아들 흥충興忠이만은 나이 어려 죽지 아니하였다. 처첩은 관비 박히고 노비는 몰수당하여

• 적시(赤屍) 죽은 사람의 몸.
• 노륙(孥戮) 죄인의 아내나 아들을 함께 사형에 처하던 일.

사람도 없어지고 집도 없어지고 또 가산도 없어져서 엊그제까지 기구 있게 살던 대가大家가 일조에 형지없이 되기는 피차일반이지만, 윤판서 집은 유정승 집이나 유판서 집에 비하면 다같이 망하는 중에서는 여지가 있었다. 첫째 홍충이 살아난 것이 뒤끝 있는 일이고 파원부원군 윤여필이 그때까지 생존하여서 아들의 죄로 관직은 삭탈당하였으나 대왕대비의 특별한 처분으로 녹祿을 종신토록 받게 되었으니 의식 걱정이 없고, 그외에 화초장이 홍인서가 구의*를 저버리지 않고 매사를 지성으로 돌보아주어서 불편한 일이 적었다.

  윤판서와 한 동리에 살던 임동지는 옥사가 일어난 뒤로 화가 자기에게까지 미칠까 겁이 나서 문을 닫고 들어앉았었다. 윤판서가 남해 귀양길을 떠날 때도 가서 보지 못하고 윤판서가 충주까지 가서 사약을 받았는데, 그의 관구棺柩를 충주서 운반하여 올 때도 역시 가서 보지 못하고 윤부원군에게 인사도 한번 가지 못하였다. 임동지가 주야 심려에 밤잠도 편히 자지 못하는 것을 그의 아들 임형수가 알고

  "심려 말으십시오. 일을 당하게 되면 당하는 것이지요. 미리 심려하실 것이 없습니다."

하고 위로하듯이 또는 간하듯이 말하였더니 임동지가 눈을 크게 뜨고

  "일을 당하다니? 우리가 당할 까닭이 무어 있는가?"

하고 섰는 아들을 치어다보았다.

"그러면 더욱이 심려하실 것이 없지 않습니까?"

"글쎄."

"언평이를 잘 알지 않는가?"

"알지요."

"요새는 더러 찾아가보는 것이 좋지 않을까? 찾아가서 무슨 청이나 한다면 창피하지만, 그저 심방해두는 것은 상관없지 않아?"

임형수는 대답이 없이 섰다가 나중에

"걱정 없으니 그렇게 심려 마십시오."

하고 그 부친의 말을 막았다.

옥사가 대강 끝이 나도록 임형수 부자는 간련되지 아니하였다. 임동지는 그래도 뒤를 염려하여 죽은 사람들의 가족을 찾아보지 말라고 그 아들에게 신신당부하고 그 아들이 출입할 때에는 반드시 어디 가는 것을 물었다.

● 구의(舊誼)
예전에 가까이 지내던 정분.

어느 날 임형수가 조반에서 나왔다가 다시 출입하려는 것을 보고

"어디를 가려는가?"

하고 물었다.

"경호를 좀 보고 오겠습니다."

"서소문 안 이전한 李典翰 말이지?"

얼마 전에 이기가 이황을 논계하여 삭직을 시켰더니 이기의 조카 이원록李元祿이 이황이같이 염퇴*하는 사람을 죄주면 사론士

論이 불복한다고 말하고, 또 임백령이 이황이 같은 사람을 죄주면 먼저 죄받은 사람까지 모두 원통하게 죄받았다는 풍설이 날 것이라고 말하여 이기가 십여일 만에 다시

"이황이는 시비를 아는 위인이오니 삭직 처분은 거두시기를 바랍니다."

하고 품하여 서용˙하라는 처분이 대비께 이날 내리었다. 임동지는 이황이 삭직된 것은 알았지만 다시 서용이 된 것은 아직 모르는 터라

"삭직당한 사람을 찾아다니는 것이 좋을 것 없지 않아?"

"그 사람 오늘 다시 서용되었습니다."

"서용이 되었어? 그래 인사를 가려는가?"

"인사 겸 찾아보려고 합니다."

"좋겠지."

임형수는 말은 하지 못하나 속으로 그 부친을 딱하게 생각하며 말을 타고 서소문 안을 향하였다.

임형수가 이황을 찾아왔을 때 자리에 다른 손이 없었다. 임형수가

"서용 처분은 감축할 일일세."

하고 올곧게 인사하지 아니하고

"자네는 제법 시비를 아니까 쓸 만한 사람이야."

하고 농으로 말을 붙이니 이황이 웃고 대답이 없었다. 주객이 잠자코 한동안을 지낸 뒤에 주인의 도리를 차리려는 것같이 이황이

먼저 입을 열었다.

"인사 발인날 반차班次에 참예하지 못하게 된 것이 비록 나의 죄가 아니라 할지라도 황송한 맘을 지금껏 금할 수 없어."

"자네가 그날 문밖에 나가서 망곡望哭하였다데그려."

"안연히 집에 앉아 있을 수가 없어서 문밖에 나갔었지."

"그러면 도리는 다하였지, 황송할 것이 없네."

"원래 재능 없는 위인이 환로에 나서기가 불찰이니까 수이 시골로 내려가서 문 닫고 들어앉을 작정이야."

"선생이 산중에 들어가 누우시면 불쌍한 창생蒼生을 어찌하시렵니까?"

하고 임형수가 허허 웃으니

"어, 실없는 사람."

하고 이황이도 적이 웃었다. 임형수가 홀제 태도를 거만하게 가지고

"위방불입하며 난방불거˙라는 방邦자의 뜻을 자네가 알겠나?"

하고 어두운 밤에 홍두깨 격으로 말을 물으니 이황은

'저 사람이 무슨 말을 하려고 저리 하노?'

하고 생각하며 임형수의 얼굴을 치어다보았다.

"자네가 모르지? 가르쳐줌세. 그 방자가 이방異邦, 타방他邦이란 방자이지, 부모지방˙이란 방자가 아닐세. 이런 글자 뜻이나

- 염퇴(恬退) 명예나 이익에 뜻이 없어서 벼슬을 내어놓고 물러남.
- 서용(敍用) 죄를 지어 연관되었던 사람을 다시 벼슬자리에 등용함.
- 위방불입(危邦不入) 난방불거(亂邦不居) 위험한 곳에는 가지 아니하며 어지러운 나라에는 살지 아니한다.
- 부모지방(父母之邦) 조국.

좀 알고서 시골 가든지 아니 가든지를 작정하게."

"그렇게 할 말이 아니야. 자네더러 말이지, 나의 위인이 문자에나 유의하면 다소 진취가 있을는지 모르나 당초에 거관임직居官任職할 재목이야 되는가? 자네는 또 조충소기라고 조롱할 터이지만 조충소기가 곧 나의 장기라면 장기대로 힘쓰는 것이 좋지 않겠나?"

"그래 시골을 가야만 하겠단 말인가?"

"가는 것이 옳으니까 가야지."

"잘들 가네. 유희춘이는 벌써 일전에 떠나갔지."

"참, 인중仁仲이 떠났단 말을 나도 들었어."

"그 사람 떠나던 날 장관이었네. 그 이야기도 들었나?"

"무슨 장관?"

"송희규가 술을 가지고 작별하러 나왔데그려. 그래 그 사람들 둘하고 나하고 남문 밖 길가에서 술자리를 벌이지 않았겠나."

"그래서."

"한참 술을 먹는 판에 공신 두 분이 행차를 하셨겠지."

"공신이라니 누구 말이야?"

"제인이하고 광준이하고 동행해서 작별을 나왔어."

"그래."

"제인이는 잠자코 있었지만 광준이가 잘하는 체하고 하는 말이 너희들이 우리 말만 들었더면 오늘날 이렇게 되지 않았을 것인데, 서생書生이란 할 수 없어. 시무˚를 알아야지 하고 틀을 빼지 않았겠나. 송희규가 눈을 동그랗게 뜨고 광준이를 노려보더니 '위사공신衛社功臣이 어떠한 훌륭한 공신인데 우리 같은 서생이 감히 참예한단 말이오' 하고 방약무인하게 허허 웃었네그려. 광준이와 제인이가 얼굴이 빨개지고 말 한마디 못하데그려."

"그것이 무슨 상관이란 말인가? 천장天章이가 보기는 그렇지 않은 사람이 말조심이 너무 없어 탈이야."

"탈은 무슨 탈이란 말인가? 그 꼬마가 그렇게 쾌한 말을 하다니, 사람이란 외모 가지고 알 수 없는 것이야."

이때 부리는 아이가 방으로 들어와서 충청 감영에서 하인이 왔다고 말하였다. 이황의 형 이해李瀣는 대사헌으로 있어서 이기를 탄핵한 일이 있는 까닭에 얼마 전에 충청감사로 밀려나가게 되었다. 이황이 영창을 열고 감영 하인의 문안을 받은 뒤에 편지를 받아오라고 아이에게 일러서 온 편지를 뜯어보더니 그 미간이 스스로 찌푸려졌다.

● 시무(時務)
그 시대에 중요하게 다루어야 할 일.

"무슨 편지인가?"

이때껏 잠자코 있던 임형수가 무슨 걱정이 있는가 생각하여 말을 물은즉

"아니야, 내가 고향으로 가시자고 형님께 상서를 했더니 평일 공부한 것을 무엇에 쓰려느냐고 형님은 나까지 시골 가지 말라셨네."

하고 이황이는 아직도 찌푸려진 미간을 펴지 못하는데 임형수는

"형만한 아우 없다더니 참말이다."

하고 손뼉을 치며 웃었다.

　그 뒤에 임형수는 제주목사로 나가게 되었는데 홍문관 부제학이란 좋은 벼슬을 띠고 있던 사람이 수륙 이천리의 제주로 나가는 것은 좌천이라고 말하느니보다 허울 좋은 귀양살이라고 말하는 것이 도리어 합당하였다. 그러나 임형수는 소란한 조정에서 구차히 날을 보내다가 큰 바다를 건너게 되어서 시원한 맘이 없지 아니하였다. 숙배하고 나온 뒤에 제주의 신영新迎 아전은 나주 본집으로 오라고 기별하고 서울 살림 거두어치울 것을 그 아버지와 같이 의논하였다.

　"여간 세간 나부랭이는 다 없애버리고 가시지요."

　"육중한 물건은 못 가지고 가더라도 가벼운 것은 다 가지고 가자."

　"먼길에 짐을 끌고 다니기가 거역*입니다. 줄 것은 주어 없애고 팔 것은 팔아 없애지요."

　"그럴 것이 무어 있어. 어지간한 것은 가지고 가지."

　"도대체 저에게 맡기십시오."

　"아무리나 해라."

　임형수가 모든 세간을 헌신짝 없이하듯이 처치하는 것을 그의 아버지는 아까워하면서도 아들이 어려워서 간섭하지 못하다가 임형수가 타고 다니던 말을 팔려고 할 때에

　"말까지 없앨 것이야 무엇 있나?"

하고 책망하듯이 말하였다.

"말을 손놓기가 아깝습니다마는 시골 가서 말은 무어합니까?"
"시골서는 말 타면 못쓰는가?"
"탈 때 되면 또 생기겠지요."
"좋은 말을 구하기가 어디 쉬운가?"
"아깝더라도 없애버리는 것이 편합니다."
"대체 별사람이야."
하고 임동지가 마침내 그 아들의 말을 우기지 못하여 말은 구경 팔아 없이하게 되었다.

윤원형이 임형수를 미워하는 까닭에 이조판서 임백령에게 당부하여 제주목사로 내쫓게 하여놓고 임형수가 작별 갔을 때는
"영감 같은 분을 제주로 보내다니 말이 되나요. • 거역(鉅役) 몹시 힘이 드는 일. 내가 이판보고도 말을 하였소. 지금은 이왕 그렇게 되었으니까 조변석개朝變夕改야 할 수 없겠지만 아무쪼록 수이 내직으로 옮기시도록 주선하여 보리다."
하고 도리어 생색을 내려고 하였다. 임형수가 총총히 수어하고 일어서려는 것을
"작별로 술이나 한잔 자시고 가오."
하고 붙들어서 임형수는 원형의 술대접을 받게 되었다. 주객이 각각 몇잔씩 마신 뒤에 원형이
"여보 영감, 나는 주량이 적은 사람이라 대작하기가 어려우니 영감 혼자 자시오."
하고 방자한 태를 보이기 시작하니 임형수는

"술이란 운에 먹는 것인데 혼자 무슨 맛이겠소. 영감이 더 잡숫기 어렵거든 그만 상을 치우라시오."

하고 듣기 좋은 말로 거절하였다.

"그러면 영감 두 잔에 나 한 잔씩 먹읍시다."

"한 잔에 한 잔이 아니면 수작되지 않습니다."

"역량이 불급이라 수작의 도리를 차리지 못하니 용서하고 이 잔부터 두 잔에 한 잔으로 셈합시다. 자, 어서 자시오."

하고 술잔을 들어서 권하니 임형수가

"여보시오, 영감."

하고 그 술잔을 받아 앞에 놓고 손을 목에 대고 목 베는 시늉을 내면서

"영감이 이렇게 하려는 생각을 먹지 않으신다면 영감이 주시는 술을 양껏 먹으리다."

하고 허허 웃으니 원형은 얼굴빛을 붉히고 말을 못하였다.

임형수가 그 아버지를 모시고 나주 집으로 내려가서 있다가 신영 아전들이 나온 뒤에 도임길을 떠났는데, 바다에서 풍랑을 만나서 거의 복선이 될 뻔한 일이 있었다. 이때 제주 아전들은 고사하고 뱃사공들까지도 머리를 싸고 배 안에 들어앉았는데, 임목사는 혼자서 태연하게 뒷짐을 지고 뱃머리에서 왔다갔다하였다. 뱃사공 한 사람이

"여봅시오 영감마님, 이리 들어오시지요. 널쪽 너머가 저생이올시다. 우습게 보시지 마십시오."

하고 위태한 것을 말하니 임목사가
 "에끼놈, 가만히 있거라. 내가 그렇게 허무하게 죽을 사람이냐?"
하고 도리어 뱃사공을 꾸짖고 나서 고개를 젖혀들고 허허 웃었다.

익명서

살육이 난 뒤에 이년이 채 지나지 못한 때다. 당시 부제학 벼슬을 가지고 있던 정언각鄭彦慤이란 자가 전라도로 가는 딸자식을 전송하여 과천 양재역말까지 나갔다가 들어와서 익명서 한 장을 봉하여 위에 바치며 아뢰는 말이

"양재역말에 익명서 한 장이 붙어 있삽는데 국가에 관계되는 말씀이옵기에 도려다가 바치옵나이다."

대왕대비가 정언각이 올리는 익명서 봉을 뜯고 펴서 보니

"여자가 정사를 알음하고 간신이 권세를 농락하니 나라 망할 것은 서서 기다릴 수 있다. 이것이 어찌 한심한 일이 아니랴."

하고 주서朱書로 쓴 것이었다.

대왕대비가 화가 나서 즉시로 삼공 이하 중신을 불러들이어 익명서 처치할 도리를 의논하라고 전교를 내리었다. 윤인경, 이기,

정순붕, 임백령, 허자, 윤원형, 민제인, 김광준 등이 빈청에 모여 앉아 익명서를 돌려보고 의논을 시작하였다. 윤인경이 먼저 입을 열어

"어떻게 하면 좋겠소? 좋은 의견을 들읍시다."

하고 좌우를 돌아보니 다른 사람들은 모두 잠자코 앉았는데 임백령이 앞으로 나서서

"양재역 찰방부터 역졸들까지 모두 잡아올려서 엄형으로 국문하면 익명서 단서가 자연히 드러날 줄로 생각합니다."

하고 의견을 말하였다. 정순붕이 백령의 말을 듣고 고개를 가로 흔들며 일어서서

"역졸들을 국문하여 무슨 단서를 얻겠습니까? 재작년 옥사에 경하게 처단한 죄인들이 화근이 되어서 이런 익명서까지 나게 되는 것이 아닐까 합니다. 근래에 옥은 무옥*이고 훈은 위훈*이라는 말이 세상에 떠돌아다닌다니 이런 망상스러운 말을 지어내는 자가 대개는 익명서를 써붙였을 것이고, 이런 흉한 문자를 쓰는 자가 대개는 죄인의 여당일 것인즉 경한 죄인을 고쳐 다스릴 뿐 아니라 죄인의 여당까지 함께 죄주면 화근이 자연히 막힐 줄로 생각합니다."

- 무옥(誣獄) 아무 죄도 없는 사람을 죄가 있는 듯이 꾸며내어 그 죄를 다스림.
- 위훈(僞勳) 거짓 공훈.

하고 말하자 이기가 순붕의 말이 옳다는 듯이 고개를 연해 끄덕이었다.

"그것은 너무 심한 말씀이오."

하고 허자가 말하고

"한번도 심하거니 두 번이야."

하고 민제인이 말하다가 윤원형이 눈을 흘기는 바람에 고개들을 수그리고 다시 두말하지 못하였다. 잠시 동안에 의논이 귀일˚하여 같이 머리를 모으고 앉아서 죄인과 죄인 여당의 성명 발기를 적어놓고 죽일 사람과 절도 안치할 사람과 원방 부처할 사람을 각각 구별한 뒤에 윤인경이 대왕대비께 회계˚하되

"죄인이 참죄인이 아니고 공신이 거짓 공신이라는 말이 근일에 떠돈다고 신들도 들은 일이 있사오나 언근言根을 알지 못하와 감히 주달하지 못하였삽더니 지금 익명서를 보온즉 떠돈다는 말이 바이 헛말이 아닌 줄을 알겠사외다. 또 이와같은 익명서는 결코 용렬한 자의 능히 할 바가 아니외다. 지금 마땅히 죄줄 만한 자의 경중을 구별하여 아뢰오니 처분하시기를 바라옵니다. 그것은 익명서를 보고 비로소 청하는 것이 아니옵고 당초에 죄들을 정하올 때에 사정없이 율을 켜지 못하와 후환을 끼쳤삽기에 다시 청하려고 하던 차이외다."

대왕대비가 죄인의 명록을 받아보니 봉성군의 이름이 죽어 마땅한 사람의 첫머리에 있었다. 봉성군은 윤임 옥사에 간련된 까닭으로 평창에 귀양가서 있는 중이라 이미 원방에 내쫓은 것이 족하니 가죄는 불가하다고 대왕대비가 봉성군의 목숨만은 살려주려고 하다가 양사 옥당에서까지 나서서 대의로 단정하라고 다투는 까닭에 마침내 봉성군도 사약하게 되었다. 이때 참판 송인수와 정랑 이약빙李若氷은 사약을 받고, 목사 임형수, 좌랑 정황,

정언 유희춘, 정언 김난상, 찬성 권발, 찬성 이언적, 헌납 백인걸, 장령 이언침, 지평 민기문 등은 혹은 안치 혹은 부처를 당하였다. 정언각이 독계를 올리되

"임형수는 윤임과 이웃하여 살았고 윤임의 심복이 되어서 조인광좌˚에서 윤원형은 죽여 마땅하다고 대언장담하던 위인이오니 안치가 헐할 듯하외다."

하고 임형수를 몰았더니 대왕대비가

"양재의 익명서를 본 사람이 한둘이 아니련만 너 홀로 가지고 와서 바쳤으니 너는 신자 된 직분을 다하는 사람이다."

하고 칭찬한 뒤에

"임형수가 다른 사람과 죄는 같고 벌은 달라서 나도 괴이쩍게 생각하는 바이다."

하고 그릇 논죄한 것을 말하고 곧 임형수에게 사약하라는 전지를 내리었다.

이보다 얼마 전에 윤원형의 수하 진복창陳復昌이 사헌부 지평이 되며 원형의 뜻을 받아서 임형수 부자가 윤임의 심복이니 그대로 둘 수 없다고 주장하여 여러 대간들과 함께 나서서 탄핵한 결과로 임동지는 삭탈관직을 당하고 임목사는 파직을 당하였다. 이때 금부도사가 사약 전교를 받들고 나주로 내려가서 목사를 찾으니 목사는 마침 본집에 가고 판관判官을 물으니 판관은 공교히 병들어 누웠었다. 시골 가는 사약도사가 사약 전교를 봉행할 때는 본토 관원 하나를 대동하는

- 귀일(歸一)
여러 갈래로 나뉘거나 갈라진 것이 하나로 합쳐짐.
- 회계(回啓)
임금의 물음에 대하여 신하들이 심의하여 대답하던 일.
- 조인광좌(稠人廣座)
여러 사람이 빽빽하게 많이 모인 자리.

법이라 목사와 판관이 모두 유고˚한 것을 안 뒤에 도사가 이방을 불러서 사정을 말한즉 이방이

"교수敎授 나으리가 계시니 같이 갑시면 될 것이올시다."

하고 대답하여 교수를 청하여 사약하러 갈 것을 의논하였다.

이방은 임목사의 문하인과 다름없는 사람이라 도사가 나오기 전에 달음질을 쳐서 임목사 집에를 왔다. 임목사가 동리의 늙은 사람과 같이 바둑을 두는 중이라 정하庭下에서 문안을 드리는 이방을 내다보고

"너 어째 나왔느냐?"

하고 말 한마디 묻고서는

"어서 두게, 자네같이 질감스럽게 들여다보아서야 재미가 있나."

"네, 두지요."

"그렇게 놓아. 가만있거라. 이러면 어쩔 터인고."

하고 바둑에 재미를 붙여서 다시 내다보지도 아니하니 이방이 맘이 조급하여 몇번 큰기침을 하다가 나중에

"영감마님, 급히 여쭐 말씀이 있습니다."

하고 소리를 높여 말하였다. 임목사가 그제야 이방의 창황한 기색을 보고 수상히 생각하며

"무슨 말이냐? 말해라."

하고 재촉하니 이방이 주저하다가

"잠깐만 조용히."

하고 말하였다. 임목사가 줌에 바둑을 쥔 채로 일어서서 마루 끝으로 나왔다. 이방이 댓돌 위에 올라서서 나직한 목소리로 사약 도사가 내려온 것을 말하고

"곧 나올 것입니다. 어서 뒷일을 처리하십시오. 소인은 물러갑니다."

하고 절하고 다시 댓돌 아래로 내려가니 임목사가 말이 없이 고개를 끄덕이고 방으로 들어와서 바둑 두는 늙은이를 보고

"서울 손님이 나를 찾아온다네. 바둑은 고만 치우게."

하고 줌에 쥐었던 바둑을 통에 넣는다는 것이 태반은 방바닥에 떨어뜨리었다.

"자네는 가게."

● 유고(有故)
특별한 사정이나 사고가 있음.

하고 임목사가 말하여 늙은이가 일어서 나간 뒤에 얼마 아니 있다가 금부도사가 교수와 같이 말을 타고 금부 나졸과 고을 하인들을 데리고 문간으로 들어왔다. 잠시 동안에 임목사 집은 안팎이 물끓듯 하였다. 그러나 범 같은 나졸들이 잡인을 금하여서 안사람이 나오지 못하고 바깥 사람이 들어오지 못하였다.

임형수가 뜰아래 꿇어앉아 전교 사연을 들은 뒤에 도사를 치어다보며

"노친이 계시니 하직할 틈을 주시겠소?"

하고 물으니 도사가 처음에는 미간을 찌푸리고 허락하지 아니할 모양을 보이더니 어찌 생각하고

"특별히 허락하는 것이니 속히 하직하고 나오시오."
하고 사정을 써서 임형수가 안으로 들어가는데 나졸 하나가 그 뒤를 따랐다. 임형수가 안에를 다 들어가지 아니하고 중문 안에서 두 번 절하고 돌쳐서 나오니 도사가 이것을 보고

"자제에게 유언할 것이 있거든 자제를 불러보고, 하인에게 말 이를 것이 있거든 하인도 불러보시오."
하고 관대하게 허락하여 팔구세 된 임형수의 아들이 하인과 같이 나와서 아들도 울고 하인도 우는데 임형수가

"울지 말고 아비의 얼굴이나 잘 보아두어라."
하고 말한 뒤에

"너는 글을 읽지 마라."
하고 이르고 그만 들어가라고 말하여 아들이 절하고 돌아서서 엉엉 소리를 내서 울면서 몇걸음 걸어가자, 임형수가

"나 좀 보아라."
하고 말하여 그 아들을 다시 돌쳐 세워놓고

"글을 아니 읽으면 무식하니까 글은 읽되 과거를 보지 마라."
하고 먼저 이른 말을 고쳐 일렀다. 그 아들이 들어간 뒤에 임형수는

"서산낙일에 명재경각˚이란 것이 나를 두고 한 말이구려."
하고 빙그레 웃었다.

대체로 사약할 때 주는 약이 먹고 죽으라는 약이지만 인삼, 부자˚와 같은 준한 약이지 비상과 같은 독약이 아니므로 약 먹인

뒤에 뜨거운 방에 두거나, 약 먹인 위에 독한 술을 먹이거나 하여 약 기운을 한껏 발작시키더라도 용이하게 죽지 않는 사람이 많아서 도사가 약사발을 연거푸 안기다가 진력이 나면 수건, 말고삐, 활시위 같은 물건으로 목을 졸라 죽이게 하여 사약이 교살로 변하는 것이 흔히 있는 일이었었다. 이때 도사가 임형수의 소망을 좇아서 약을 술에 타서 한 사발 가득히 부어주니 임형수가 공손히 받아들고

"이 술은 주인으로 손님에게 권하지 못하는 괴상한 술이라 나 혼자 먹소."

하고 허허 웃고 나서 한숨에 들이마시었다. 임형수는 본래 주량이 한정없는 사람이라 한 사발 술로는 술 먹은 기색도 보이지 않았다. 한 사발 또 한 사발 약 탄 술을 마시는데, 옆에 가까이 있던 상노아이가 어디 가서 포쪽을 가지고 와서 징징 우는 소리로

● 서산낙일(西山落日)에 명재경각(命在頃刻)
서산에 해가 지듯이 목숨이 곧 다하게 될 신세.
● 부자(附子)
바꽃의 어린 열매로 독성이 강함.

"안주나 잡수십시오."

하고 내어놓으니 임형수가

"에끼놈, 저리 가져가거라. 중놈들이 벌주를 먹을 때도 안주를 먹지 못하거든 이 술이 어떠한 술이관데 안주를 먹는단 말이냐? 철없는 놈이로군."

하고 웃고서 도사를 향하여

"사정 쓰려고 약 분량을 적게 타지 않았소? 어째 이렇게 무정하오? 벌써 몇사발을 먹었는데 아무렇지도 않구려."

하고 또 웃으니 도사의 악문 입술도 조금 터지는 것같이 보이었다. 다시 한 사발 두 사발을 거듭하여 약 탄 술을 도합 열여섯 사발을 먹고 그 위에 막걸리 전국을 두 사발을 먹었으나, 임형수는 숨결이 조금 가빠졌을 뿐이지 몸 가지고 말하는 것이 당초에 죽을 것 같지도 아니하였다. 도사가 고을 하인에게 분부하여 장작불을 지피어 방을 뜨겁게 하고 몇시각을 기다리었으나 방안에 누워 있는 임형수가 답답하여하느니보다 방 밖에 지키고 있는 도사가 더 갑갑하였다. 마침내 도사가 고을 하인을 불러서 튼튼한 줄을 드리라고 말하여 하인이 얻어온 타락줄을 나졸에게 들리고 방안으로 들어오니 누워 있던 임형수가 이것을 보고 일어나서 도사리고 앉으며

"그 줄을 무엇하시려오?"

하고 물으니 도사가

"오래 고생하느니 이것이 나을 것이오."

하고 대답하였다

"지금 나의 처지에는 나은 일과 못한 일이 없을 뿐 아니라 설혹 나은 일이 있다 하더라도 전교 사연에 틀리는 일을 도사 맘대로는 하지 못할 것이 아니오? 사약하다 아니 되거든 교살하라시는 전교를 물어가지고 오셨소? 전교 사연에 없는 일을 내가 가만히 당하고 있을 사람이 아니니 교살하고 싶거든 서울 가서 다시 전교를 물어가지고 오시오."

하고 임형수가 위엄 있이 말하는데, 도사는 어색하여 입맛만 다

시고 있었다. 임형수가 도사의 얼굴을 치어다보며 한번 허허 웃더니

"실없는 말에 노여워 마시오. 죽으라고 하신 전교를 받은 사람이 이말저말 할 것이 무엇 있겠소. 그 타락줄을 이리 주시오. 목을 매리다."

하고 나졸이 주는 줄을 받아들고 잠깐 들여다보다가 다시 도사를 치어다보며

"내 손으로 차마 조를 수가 없고, 다른 사람이 잡아다려야 할 터인데 내가 숨이 그치기 전까지 잡아다리는 사람을 보기 싫을 뿐 아니라 잡아다릴 사람도 목맨 사람 앞에서는 잡아다리기 어려울 것이오. 그러니 이 벽에 구멍을 뚫고 목을 맨 뒤에 벽 구멍으로 줄 끝을 내보낼 것이니 밖에서 잡아다리게 하시오."

도사는 일을 얼른 마치게 되는 것만 다행하게 여기어서

"그렇게 하오. 좋소."

하고 나졸을 시켜서 벽에 구멍을 뚫어놓고 밖으로 나갔다. 얼마 뒤에 벽 구멍으로 두겹진 줄 두 끝이 나왔다. 나졸들이 두 끝을 갈라 쥐고 잡아당기다가

'인제는 아무리 장사라도 숨이 그치었으려니.'

하고 생각하며 그만 놓으리까 묻는 뜻으로 도사의 얼굴을 치어다보니 도사가 놓으라고 고개를 끄덕이었다. 나졸들이 줄을 놓으며 방안에서 탁 하고 물건 떨어지는 소리가 났다. 도사가 일 끝난 것이 시원하여 숨을 길게 쉴 때에 방안에서 낄낄 웃는 소리가 나서

도사는 고사하고 나졸들까지 놀래었다. 도사와 나졸들이 급히 방으로 쫓아들어와서 둘러보니 타락줄로 매인 목침 하나가 방바닥에 떨어졌고 정작 목을 맬 임형수는 벽 건너편 방구석에 누워서 낄낄거리고 있었다. 도사가 화가 나서 임형수를 내려다보며

"점잖은 처지에 이것이 무슨 짓이오?"

하고 책망하니

"처음 당하는 일이니까 잘 될는지 몰라서 시험하여 보았소."

하고 임형수는 다시 한바탕 기탄없이 웃었다.

임형수가 죽은 뒤에 권발은 삭주 배소에서 소식을 듣고 술을 양껏 마시고서

"이 사람도 죽었구나."

하고 통곡하였고 이황은 임형수 생각이 날 때마다

"사수 같은 희한한 기남자奇男子가 죄없이 죽은 것은 아깝고 원통하다."

하고 긴 한숨을 금치 못하였다.

익명서 옥사가 있은 뒤에 연 삼년을 두고 연년이 큰 옥사가 있었는데, 처음은 안명세安名世의 옥사이고, 그다음은 이홍윤李洪胤의 옥사이고, 또 그다음은 이해의 옥사이었다. 유관, 유인숙, 윤임 등의 죽은 일을 사관이 사초에 올리기를

'중종中宗 소상이 지나지 아니하고 인종仁宗 상사 발인하기 전에 위에서는 빈전 옆에서 고명대신˚ 세 사람을 죽이다.'

하고 적었고, 또 이기 등의 행동을 사실대로 적었다. 그때 소위 공신들이 저희의 한 짓을 옳은 일같이 꾸미어 후세 이목까지 속이려고 『무정보감武定寶鑑』이란 책을 만드는데, 윤인경, 이기, 정순붕 등이 전에 없던 일을 특별히 청하여 사초를 보게 된 까닭으로 사관의 곧은 붓이 드러났다. 소위 공신들은 사관이 붓을 굽히어 역적을 두둔하였다고 당시 사관이 누구이던 것을 고사考査하기 시작하였는데, 홍문박사弘文博士 안명세가 자수하고 나서서 그날로 능지처참을 당하게 되었다. 안명세가 조복을 입은 채로 수레에 실리어 새남터로 나가는데 쇠갓 쓰는 사람으로 유명한 이지함이 죽는 친구를 작별하려고 길거리에서 기다리고 섰다가 금위군사들의 밀막는 것을 불고하고 수레 옆으로 쫓아나와서 안명세의 손을 잡고

● 고명대신(顧命大臣)
임금의 유언으로 나라의 뒷일을 부탁받은 대신.

"욕으로 사는 사람들이 사람일 것 같으면 자네를 부러워할 것일세. 눈감고 잘 가게."
하고 그 길로 도망하여 이기 등이 이지함을 잡으려고 할 때는 벌써 간 데를 모르게 되었었다. 며칠 뒤에 안명세의 친구 교리 윤결이가 능원위綾原尉 구사안具思顔의 집에서 밤을 새워가며 술을 먹다가 죽은 친구를 생각하고

"안명세가 무슨 죄란 말인가?"
하고 눈물로 옷깃을 적시기도 하고
"세상에 사관 죽이는 나라가 있단 말인가?"
하고 주먹으로 방바닥을 두들기기도 하였더니, 당시에 대사간으

로 있던 진복창이 구사안에게서 이 말을 듣고 윤결 형제를 안명세의 동류로 몰아서 금부로 잡아가두고 단련하게 되었다. 진복창은 독사라는 별명이 있던 위인인데, 윤결과 사험이 있어서 평일에 미워하던 까닭에 국문할 때 형장을 혹독히 써서 한번 국문에 혈육이 낭자하게 되었다. 진복창과 같이 추관으로 있던 민제인이 이것을 보고 상을 찌푸리며

"옥玉이 부서진다."

하고 탄식하는 것을 진복창이 듣고 역적을 비호한다고 탄핵하여 민제인까지 찬배를 당하였다.

안명세를 죽인 이듬해에는 이홍윤의 옥사로 충주를 도륙내었다. 이홍윤은 이약빙의 아들이요, 윤임의 사위라 그 부친이 비명에 죽은 것을 원통하게 여기고 그 장인이 참혹히 당한 것을 분하게 생각하여 간신의 무리를 일망타진하고 싶은 맘이 없지 아니하므로 그 맘이 간혹 언사간에 발로될 때가 있었다. 홍윤은 충주에 귀양와서 있고 그 형 홍남洪男은 영월에 귀양가서 있어 형제가 서로 만나지는 못하나 연신이 잦았는데, 홍남의 위인이 불사한˚ 것을 홍윤이 모르지 아니하지만 그래도 형이라고 믿는 까닭에 다른 사람에게 보이지 못할 만한 시휘에 걸리는 편지도 없지 아니하였다. 홍남이 저의 처남 원호변元虎變과 저의 동서 정유길鄭惟吉에게 편지하여 아우의 일을 걱정한 것이 실상은 아우가 역적모의 한다고 고변한 것이나 다름없었다.

"아우가 위인이 완패하여˚ 역모에 뜻을 두는 모양이니 만일

누가 고변이나 하게 되면 일문이 멸망할 터이라 이것을 어찌하면 좋으랴? 나는 눈물로 날을 보내는 중이노라."

　원호변과 정유길이 이 편지를 본 뒤에 사정이 덮어둘 수 없는 것을 공론하고 편지를 정원에 바치어서 마침내 옥사가 일어났다. 홍윤과 홍윤에게 가까운 사람들이 능지처참을 당한 것은 말할 것이 없고 홍윤과 같이 있던 홍윤의 아우가 지각이 없어서 함부로 분 까닭으로 충주 사람이 거의 도륙을 당하다시피 많이 죽었다. 충주는 역적이 난 까닭으로 유신현維新縣으로 등이 내려지고 충청도는 충주가 없어진 까닭으로 청홍도淸洪道로 이름이 변하였다.

　이홍윤의 옥사가 나던 이듬해에 유신현의 최가 한 사람이 고변에 수 생길 것을 바라고 유신현에 사는 양반들의 계契 문서를 가지고 역적도록이라고 고변하러 서울로 올라가려다가 유신현에 붙잡이었는데, 현감 이치李致가 감사 이해에게 이것을 보報하였더니 이해가 추문하라고 명하여 최가가 형장에 맞아죽게 되었다. 이홍남이 이것을 알고 이해와 이치가 역적을 두호할 맘으로 증거를 인멸하였다고 몰아서 이해와 이치는 함께 금부로 잡혀와서 형장 아래 맞아죽었다.

● 불사(不似)하다
꼴이 격에 맞지 않아 아니꼽다.
● 완패(頑悖)하다
성질이 고약하고 행동이 막되어 도리에 어긋나다.

　이해가 처음 금부에 잡혀와서 국문을 당할 때에 정강이뼈가 부서지도록 모진 형장을 맞으면서도 오히려 자기의 죄 없는 것을 주장하였었다. 금부 나졸 한 사람이 불쌍히 보고 밤에 틈을 타서

　"죄 없다고 발명해야 소용이 없고 잘못하다가 맞아죽게 될 뿐

이니 추관들이 묻는 대로 했다고 대답하시오. 한껏 해야 귀양밖에 더 보내겠소. 또 죽더라도 형장 아래 죽는 것보다 더 무서울 것이 없소."

하고 국문당할 방법을 가르쳐주었더니 이해는 고개를 가로 흔들면서

"내가 구구히 목숨을 보전하려고 짓지 아니한 죄를 지었다고 무복할 사람이 아니다."

하고 고집을 세워서 그 나졸이 혼잣말로

"고지식한 양반일세."

하고 혀를 찼다.

이해가 금부에서 상소를 올리어 원통한 사정을 하소연하려고 하였으나, 추관들이 이기를 꺼려서 그 상소를 받아올리지 아니하였다. 이기는 이해에게 탄핵당한 혐의가 있는 터이라 이해를 죽이려고 작정하고 일변으로 추관들을 시켜서 국문을 혹독하게 할 뿐이 아니라 또 일변으로 양사 간관을 충동이어 하루에 육칠 차 연거푸 죽이자고 계청啓請하게 하였다. 대왕대비는 무슨 맘이던지 간관에게 청을 좇지 아니하고 이해와 이치를 모두 감사정배하라고 처분을 내리었다. 그러나 그 처분이 구경은 빈 처분에 지나지 못하였다. 이치는 장하에서 기절한 채로 소생하지 못하였으니 말할 것도 없고 이해는 목숨이 실낱같이 붙어 있었으나 죽은 사람이나 다름이 없었다.

귀양갈 사람이 아무리 다 죽게 되었더라도 목숨 지기 전에는

귀양길을 아니 떠나지 못하는 법이라 압송도사가 이해를 승교바탕에 담아가지고 배소로 작정된 갑산길을 떠났는데, 첫날 양주읍이 숙소참이었다. 이때 칠팔월 늦더위가 심하여서 성한 사람도 길에서 병이 날 것 같았으니 이해가 양주 숙소에 와서 죽은 것은 도리어 오래 부지한 셈이다. 압송도사는 갑산까지 안 가게 된 것을 다행히 생각하며 양주 관아에 들어가서 목사를 보고 이해의 시신을 목사에게 맡긴 뒤에 서울로 회정하여 금부당상에게 사유를 보하였다.

양주목사는 팔자에 없는 송장 맡게 된 것을 불쾌히 생각하여
"그 시체를 찾아갈 사람이 오기까지 잘 맡아두게 해라."
하고 만만한 아전에게 이르고 아전은
"시체를 찾아갈 사람이 오기까지 잘 맡아두게 해라. 관가 분부다."
하고 성명 없는 객주 주인에게 일렀다. 객주 주인이 무슨 정성이 있어서 이해의 시체를 잘 보아줄 것이랴. 시체가 썩기 시작하여 시취가 집안에 풍기고 시즙이 방안에 흐르니 객주 주인이 시체를 가만히 두고 볼 수 없어서 공석으로 싸고 새끼로 동이어서 상여곳간 근처에 내다두었다.

"귀양가는 길에 죽은 사람이 어디 감사를 지낸 양반이라지?"
"충청감사로 있다가 죄에 걸렸다데."
"실상은 죄 없는 양반이라네."
"객주 주인이 송장을 내다버렸어."

"여우밥이 되겠지."

하고 양주 읍내 사람들의 떠드는 말이 꺽정의 귀에 들어가자, 꺽정이는 불쌍한 사람의 송장이 여우의 밥이나 되지 않게 해주려고 그 부친을 보고 의논하였다.

"관 하나를 짜서 송장을 넣어둡시다."

"적선하려다가 득죄하지 말란 법 없지. 고만두어라."

"아무 죄도 없이 애매하게 간신들에게 맞아죽은 사람이니까 관 하나쯤 아까울 것이 없소."

하고 꺽정이가 우기어서 어느 날 꺽정이 부자가 관과 상포를 가지고 와서 손을 댈 수 없이 된 시체를 둘둘 말아서 관에 넣어서 그 자리에 놓아두었다.

이해의 아우 이황은 안명세의 옥사가 났을 때 또다시 삭탈관직을 당하고 예안 고향에 가서 있던 중인데, 그 형의 옥사가 났다는 기별을 듣고 하루바삐 서울로 올라왔으나 기별을 늦게 들은 까닭에 그때 그 형이 죽은 뒤 십여일이 넘었었다. 이황이 그 형의 시신을 찾으러 양주로 내려갔을 때 백정의 아들에게 은혜진 것을 알고 불러보려고 하다가 그 백정의 아들이 오란다고 올 사람이 아니라서 마침내 불러보지 못하고 운구하여 떠나던 전날 밤에 이황이 하인 하나만 앞세우고 그 백정의 집을 찾아와서 문간에서 백정의 아들을 만나보았다.

"나는 너에게 은혜를 입은 사람이라 특별히 찾아왔다."

하고 찾아온 것을 은전(恩典)이나 내리는 것같이 말하니 그 백정의

아들이

"누가 찾아오랍디까? 창피한데 오래 섰지 말고 어서 가시오."
하고 거슬거슬하게 대답하여 이황이 속으로

'백정의 아들로는 완패 막심하다.'
하고 생각하며 그 백정의 집 문 앞에서 돌아섰다.

이황이 형의 옥사를 지낸 뒤로는 환로에 나설 맘이 찬 재같이 사라지고 산림에 숨을 뜻이 반석같이 굳어서 예안 고향에 문을 닫고 들어앉아 학문에 힘쓴 까닭에 유림儒林의 종장宗匠으로 이름이 일국에 떨친 것은 뒷날 이야기다.

꺽정이가 그 부친이 즐겨하지 않는 것을 억지로 우기어 이해의 썩은 시체를 수시하여 입관한 것이 이해의 친족에게 덕을 보이려는 의사가 아니었지만, 이황이 앉아서 보자고 부를 때에, 또 찾아와서도 문안에 발을 들여놓지 아니할 때에 덕 보인 값으로 욕본다는 생각이 없지 아니하였다.

"양반과는 일체로 상관을 말아야지. 상관만 되면 이래도 욕, 저래도 욕이란 말이, 제기."
하고 꺽정이가 메어부치는 소리 하는 것을 돌이가

"양반이 우리네 집을 찾아오기가 조만한 일이냐? 찾아온 것만 해도 무던한 양반이다."
하고 골낼 까닭이 없는 것을 타일렀건만 꺽정이는

"김덕순이 같으면 대번에 쫓아와서 우리를 보고 절이라도 했을 것이오. 김덕순이도 훌륭한 양반이랍디다."

하고 맘이 종시 풀리지 아니하다가 양반의 절이 부자간의 논란거리가 되어서

"썩은 송장쯤 만지고서 양반의 절을 받아? 이 자식아, 양반의 절이 장목 한 동에 여남은 자루씩 한다더냐."

"아닌게아니라 양반의 절을 앉아 받게만 되면 내 속이 좀 시원하겠소."

"하늘의 별을 따먹으면 배가 부를 게다."

"내가 양반의 절을 받거든 보시오."

"어리보기˚ 양반이나 실성쟁이 양반을 속여볼라느냐?"

"누가 그따위 못난이 생각을 먹는답디까?"

"이 자식이 얼쩡하고 아비 욕하지 않겠나."

"아버지도 그따위 생각을 먹으면 못난이지 무어요."

"아비더러 못난이라고 욕하는 자식이 잘난이냐?"

하고 돌이가 먼저 웃으니 꺽정이도 따라 웃어서 부자의 논란이 웃음으로 그치었다.

양주읍도 선비가 살고 양민이 사는 곳이라 이해와 같은 명망 있는 인물이 애매한 죄로 거리 송장이 된 것을 분하게 생각하는 선비도 있었고 가엾게 여기는 양민도 있었지만, 그 썩는 송장을 돌아볼 의기意氣 있는 사나이는 하나도 없었는데 백정 부자가 있어 양주 사나이의 의기를 드러내니 선비와 양민들은 부끄러운 줄은 모르는 대신에 괘씸히 여길 줄을 알았었다.

"백정놈이 주제넘다."

"꺽정인가 그놈이 버릇을 단단히 배워야 할 놈이다."
하고 꺽정이 부자의 말이 선비와 양민들의 입에 오르내리던 끝에 양주 관가 삼문 밖에 언문 익명서 한 장이 붙었다.
"백정이 도리질하니 양주는 걱정이다."
하고 돌이와 꺽정이를 잡아 말한 익명서를 아전이 갖다가 목사에게 바치었더니 목사가
"돌이란 것이 관푸주 백정놈이냐? 꺽정이가 그놈의 자식이냐?"
하고 묻고서 그놈의 부자를 잡아들이라고 분부를 내리었다.
"너희놈의 부자가 죽은 죄인에게 관을 해주었다지?"
하고 목사가 묻는 말에

● 어리보기
말이나 행동이 다부지지 못하고 어리석은 사람을 낮잡아 이르는 말.

"그런 일이 있소이다."
하고 돌이가 대답하였다.
"그런 일이 있것다, 이놈. 주제넘게 선심이냐?"
"선심이 아니오라 소인네가 딸자식의 집에를 왕래하려면 상여곳간을 지나다니옵는데, 썩는 냄새가 과하여 냄새 맡지 아니하올 생각으로 관을 짜다 넣었소이다."
"관가에 와서 품하지는 못하더냐? 관을 짜서 넣어둘 것이면 너희놈들더러 하라고 두었겠느냐? 관가에 와서 품하지 않고 자의로 외람한 짓을 하다니 죽일 놈들이다."
돌이와 꺽정이는 옥에 갇히어 있으며 형장 몇차례를 톡톡히 맞은 뒤에

"이번은 처음이라 특별히 용서하나 이다음에 만일 또 그런 외람한 짓이 있으면 귀양갈 줄 알아라."
하고 목사가 특별한 처분을 내리어서 큰일없이 옥에서 나오게 되었다. 꺽정이가 옥에 있을 때 분통이 터질 것 같아서 전후불고하고 옥을 깨치고 뛰어나가려고 하는 것을 돌이가 죽기로 말리어서 꺽정이는 억지로 숨을 죽이고 있었으나 목사를 미워하고 양반을 미워하고 세상을 미워하는 생각은 뼈에 깊이 새기어졌다.

보복 ❈ 권세

임백령 부인은 얼굴에 불쾌한 빛이 현연히 나타났지만, 꽃은 꽃을 차마 뽑아버리지 못하여 공신 부인들에 꽃 안 꽂은 사람이 하나도 없게 되니 대왕대비가 대단히 기뻐하여 난정의 재치를 칭찬하였다.
다른 부인들은 칭찬받는 것을 보고 부러워하여
「평지돌출로 정경부인 바치는 사람이라 다르구려.」
「그러고말고요.」
하고 서로 속살거리었다.

보복

대왕대비가 정사를 알음한 뒤 오륙년 동안 허무한 옥사와 애매한 죄목으로 허다한 인물을 죽이고 귀양 보낼 때에, 한세상을 만난 간신들은 부귀공명을 천년만년 누릴 것 같았지만 역시 오륙년 동안에 죽은 자도 있었고 귀양간 자도 없지 아니하였다.

임백령은 이조판서로 우찬성으로 벼슬이 높아져서 시색 좋은 재상의 한 사람으로 조정에 드날리는 판이라 맘이 만족하였을 것이지만, 죽을 애를 쓰고 뺏어온 옥매향이 빌미 모를 병이 들어 시름시름 앓는 것이 한걱정이 되었다. 옥매향의 병은 자다가 한축하고˚ 얻은 병이라 뜬것의 짓인지 모른다고 무당 들여 굿도 하고 판수 불러 경도 읽었지만 병이 차차로 중하여서 달포 뒤에는 대낮에도 자리보전하고 눕는 때가 많아졌다.

어느 날 임백령이 조반에서 나오는 길로 옥매향에게 와서 보니

옥매향이 누워 있다가 간신히 일어나 맞으며

"일찍이 나오셨습니다."

하고 딴기적은˚ 말소리로 인사하였다.

"오늘은 신기가 어떠하냐?"

"마찬가지지요."

"윤판서가 좋은 의원을 천거하기에 보내달라고 부탁했다."

옥매향이는 윤판서란 말에 깜짝 놀라는 빛이 있다가 곧 가라앉으며

"윤판서가요?"

하고 속살거리듯 말하였다.

"그래, 윤판서도 너의 병을 걱정하는 까닭에 일부러 의원을 알아보았다고 말하더라."

- 한축(寒縮)하다 추위서 기운을 내지 못하고 움츠리다.
- 딴기적다 기운없다.

"저는 오래 못 살 것 같아요."

"그건 무슨 소리야?"

"아까 못된 꿈을 꾸었세요."

"못된 꿈을 꾸면 오래 못 사나?"

"윤판서가 와서 년이니 놈이니 해가면서 같이 살 줄 아느냐 하고 호령호령하겠지요. 꿈을 깨고 나니까 찬땀이 쭉 흘렀세요."

"윤판서라니? 윤임이 말이냐?"

"녜."

"별소리를 다 한다. 지금 윤임이가 살았어도 별수가 없을 터인데 죽은 귀신이 무슨 수가 있어서 같이 못 살게 한단 말이냐? 부

지갱이로 턱을 고이어서라도 오래 살도록 해줄 것이니 걱정 마라."

하고 임백령이는 다정스럽게 옥매향의 머리를 짚어주었다.

"대감, 대국 사신을 가게 되시거든 아무쪼록 피하세요."

"그건 어째서?"

"윤판서가 호령할 때 대국 사신 가는 날이 마지막이니 알고 있거라 하고 영절스럽게 말해요."

"별소리를 다 한다. 네가 몸이 성치 않으니까 꿈자리가 뒤숭숭한 것이다."

"꿈도 허사가 아니랍니다."

"그래, 내가 아무쪼록 피할 것이니 염려 마라."

하고 임백령이는 옥매향의 파리한 볼을 손등으로 문질러주며 위로조로 말하였다.

살육 나던 이듬해에 중국에 사신을 보내게 되었는데, 상사上使 물망이 임백령에게로 돌아갔다. 임백령이 옥매향의 꿈이야기는 잊었지만 앓는 옥매향을 두고 멀리 떠나기가 어려워서 이탈저탈하고 피하려고 하였으나 대왕대비가 친히 불러서 이번 사신은 경卿이 가도록 하라고 말씀한 까닭에 못한다고 거역할 길이 없어서 마침내 중국으로 사신 가게 되었다. 임백령이 떠날 때에

"빨리 갔다오면 두서너 달밖에 안 될 것이니 안심하고 병이나 조리해라."

하고 눈물 흘리는 옥매향을 위로하였으나 옥매향은

"안녕히 다녀오셔요. 저는 대감을 다시 뵈올는지 모르겠세요."
하고 앞짧은소리를 하며 수건으로 눈을 가리었다. 임백령이 사신 가는 길에 병이 들어 영평부永平府에서 객사하게 되어서 사신 행차로 건너간 압록강을 상행喪行으로 건너왔다. 임백령이 죽을 임시에 혀가 꼬부라져서 말을 못하게 된 까닭에

"옥, 옥……."

하고 또 뒤미처

"윤, 윤……."

하고 이내 운명하였다는 말이 있어서 다른 사람들은 모두 옥은 옥매향 말이고 윤은 윤원형 말이라고 추측들 하였으나, 옥매향이만은 옥은 저의 말이 분명하거니와 윤은 윤원형 말인지 윤임 말인지 모를 일이라고 생각하여 아픈 가슴이 더 아픈 것 같았다. 옥매향이는 기름 등잔에 기름 마르듯이 기운이 말라들어가서 임백령의 졸곡도 채 보지 못하고 죽었는데, 임백령이 살아 있었다면 장사나마 훌륭하게 지내주었으련마는 그 장사까지도 초초하였다. 그러나 옥매향의 상여인 줄 아는 사람들은 그 상여를 가리키며

"그년이 오늘날까지 산 것이 천도가 무심하지."

하고 혀들을 찼다.

임백령이 죽어 대상大祥이 지나기 전에 삼십 명 공신 중의 수훈공신인 좌의정 정순붕이 귀신 모를 죽음을 당하였다. 처음에 정순붕이 이기, 윤원형 등과 자주 상종하기 시작할 때, 그의 맏아

들 정렴鄭磏은 포천현감으로 있었는데 근친하러 올라와서 집에서 묵는 동안에 이것을 알고 밤저녁 사람 없는 틈을 타서 이기, 윤원형 같은 인물과 상종하지 말라고 간하였다. 정렴은 총명이 과인할˚ 뿐 아니라 인품이 절등한 까닭에 아들일망정 꺼리고 어려워하는 터이라 순붕이

"그저 우연히 상종하게 된 것이야."

하고 우물쭈물하려다가

"우연히라도 상종하시는 것은 부질없는 일입니다."

하는 아들의 말에

"차차 상종하지 않지."

하고 대답하지 않을 수 없었다. 순붕이 상종하지 않겠다던 사람들과 심장을 서로 맞잇게 되어 큰 사변을 일으키려고 음모할 때쯤은 정렴이 벼슬을 버리고 집에 와서 있을 때라, 순붕이 맏아들의 눈을 가리려고 애를 쓰는 것이 못된 짓하는 자제가 부형의 눈을 기이려는 것이나 다름없었다. 둘째아들 정현과 사위 이만년과 청지기 박정원朴貞元을 데리고 수군수군 무엇을 공론하다가도 맏아들의 신발소리나 기침소리가 들리면

"저리들 가거라."

하고 말하여 아닌보살을 차리었다. 정렴이 이것을 모를 사람이 아니라 청지기는 덮어두고 그 아우를 준절히 꾸짖고 그 매부를 간절히 책망한 일이 한두 번이 아니었다. 순붕이 윤원형의 청을 들어 모함 상소를 올리고 박정원의 꾀를 좇아 녹훈錄勳 계획을

세울 때에 정렴이 이것을 알고 지성을 다하여 그 부친을 말리었더니, 순붕은 꺼리고 어려워함이 역정으로 변하고 또 부끄러움이 노여움으로 변하여

"너의 아비는 천하 소인인 까닭에 너의 말이 귀에 들어오지 않는다."

하고 말을 막고

"네가 내 앞에서 죽는다 해도 내 맘은 변할 수 없다. 소인의 공명을 탐내는 맘이 그렇게 용이히 변할 듯하냐?"

하고 엎드려 우는 점잖은 아들을 발길로 차고 일어서기까지 하였다. 정렴이 그 부친의 하는 일을 애닯게 여기어 자기 사랑 뜰 위에서 하늘을 우러러보며 통곡하는데 그 아우 정현이 앞에 와 서서 조롱하듯이 말하였다.

"형님은 순舜임금 같은 효자십니다. 호읍우민천˚을 하십니다그려."

● 과인(過人)하다
보통 사람보다 뛰어나다.
● 호읍우민천(號泣于旻天)
하늘을 우러러 부르짖으며 목놓아 울다.『소학』에 나옴.

정렴이 울음을 그치고 눈을 부릅뜨며

"네가 사람이냐?"

하고 소리를 지르니

"사람이 아니면 무어요?"

하고 정현은 빈들빈들 말하였다. 열서너살 먹은 어린 아우 정작鄭碏이 옆에 서서 보다가

"여보 둘째형님, 저리 가시오."

하고 정현의 앞을 가로막아 서니

"둘째형은 형 값에 못 가느냐?"

하고 정현이 어린 아우를 앞으로 잡아 낚았다. 정렴이 이것을 보고

"완패한 것이란 할 수 없다."

하고 꾸짖으니 정현이 발끈 화를 내며

"누구더러 완패하다오? 아비 모르는 자식은 완패하지 않소?"

하고 그 형에게 욕설하였다.

"불패천˚이다."

"불외지는 어떻소?"

"저리 가거라."

"이것이 아직은 아버지의 집이오. 형님이 가거라 말거라 할 터수가 아니오."

정렴이와 같은 점잖은 사람으로도 화를 참지 못하여 기둥에 걸리었던 전반˚을 떼어내려서 한번 그 아우의 몸을 후려쳤다.

"누구를 때리오, 누구를 때리어!"

하고 정현이가 형에게로 덤비는데 어린 정작이가 정렴을 가리고 서서

"큰형님, 방으로 들어가시지요."

하고 권하여 정렴이 귀여워하는 어린 아우의 말을 좇아 마루 위로 올라서면서

"어, 괴악한 것."

하고 둘째아우를 괘씸히 말하니 정현이는 돌아서 나가면서

"어디 봅시다."
하고 그 형을 별러 말하였다.

　순붕은 그 맏아들을 미워하기 시작하여 접어接語 않기는 고사하고 일체로 대면하기를 싫어하게까지 되었다. 정렴이 조석 문안을 올 때에는 참답게 앉아 있다가도 갑자기 벽을 향하여 드러눕고, 계제가 눕지 못하게 되면 외면하고 본 체 아니하고, 경우가 외면하지 못하게 되면 눈을 곱지 않게 뜨고 바라보았다. 정렴이 오래 서서 물러가지 아니하여 귀찮고 성가신즉 말한다는 것이
"노형, 서 계시기에 다리 아프지 않으시오? 고만 가시오."
하고 듣기 미안하도록 말하거나 그렇지 아니하면 청지기나 상노를 불러서
"나으리 자기 사랑으로 가시게 해라."
하고 말하여 체면 좋게 끌어내었다. 그러하니 정렴의 민망한 처지와 애달픈 심정과 억울한 회포는 추측으로 말하기 어려울 지경이었다. 정순붕이 일등 수훈공신이 되고 정현이와 이만년이도 공신에 참예되어 순붕의 집에서는 상하가 경사라고 떠들 때에 정렴이는 손도 맞은˚ 사람같이 혼자 방안에 들어앉아 눈물을 흘리었다. 정작이가 십여살밖에 못 된 아이로되 시비 분간이 분명하여 부친이 그르고 백씨가 옳은 것을 능히 알 뿐 아니라 백씨의 난처한 처지까지 십분 요량하여 떠드는 틈에 섞여 있지 아니하고 혼자 있는 백씨를 위로하러 왔다. 정렴과 정작이는 연치가 삼십년 가까이 틀리어서

● 불패천(不怕天) 불외지(不畏地) 하늘의 뜻을 거스르거나 땅을 두려워하지 않음.
● 전반(剪板) 종이를 자를 때 쓰는 얇고 긴 나뭇조각.
● 손도(損徒) 맞다 도리를 저버린 탓으로 마을에서 쫓겨나다.

형제간이라도 부자간과 다름이 없었으나, 정렴이가 이 아우를 특별히 귀여워하여 글을 가르쳐줄 뿐이 아니라 간간이 의약 묘리도 일러주고 선가仙家의 연단鍊丹하는 방법도 말하여 주는 까닭으로 데리고 앉으면 해 가는 줄을 모르는 터이라 정렴이는

"너 오느냐?"

하고 아우 오는 것을 반겨하였다. 작은사랑에 형제 들어앉아서 이야기하는 동안에 큰사랑에서는 치하하는 손이 그친 틈에 정현이가 부친을 보고 형의 일을 말하였다.

"오늘 형이 무슨 말씀해요?"

"무슨 말을 해?"

"그래 아무 말도 없세요? 사람이 오괴해도 분수가 있지요."

"제가 아무리 정인正人군자인 체해도 소인의 아들은 면할 수 없을 터이지."

"천하에 저의 부모를 그르다고 하는 정인군자가 어디 있겠습니까? 그러나 형을 그대로 두시면 작이까지 버리겠세요."

"그대로 두지 않으면 죽인단 말이냐? 어떻게 한단 말이냐?"

"그렇게는 못하시더라도 어디로 보내시기라도 하시지요."

"제가 가지 않는 것을 어디로 보낸단 말이냐?"

"가라시지요."

"아이구, 성가시다."

"아버지께서 말씀 아니하시면 제가 가라겠습니다."

"네가 가란다고 갈 사람이냐?"

"집에 있지 못하게만 하면 고만 아니겠세요? 두고 보세요."
하고 정현이는 저의 형을 욕보이려고 맘먹게 되었다.

정현이는 낭속˚ 중에 불량한 자 하나를 가리어서 밤저녁에 불러들이어 주식을 먹이고 꾀를 가르쳤다. 어느 날 초저녁에 그자가 술을 잔뜩 처먹고 작은사랑으로 들어와서 마루에 걸터앉으며

"여보게 사결士潔이."
하고 부르는 사결이는 정렴의 자이다. 정렴이는 벌써 짐작이 있는 듯이 들은 체도 아니하고 가만히 방안에 앉아 있었다. 그자가 나중에 머리맡 영창문을 열어젖히고 방안을 들여다보며

"사람이 사람 같지 않은가? 부르는데 어째 대답이 없나?"
하고 곧 뒤를 이어서

"양반이란 것은 조상의 뼈로 양반이 아닌가? 자네는 부모를 모르는 사람이니 자네나 내나 마찬가지 아니겠나? 허교˚하기가 내가 창피할 지경일세만 허교하고 지내세."
하고 혀 꼬부라진 소리로 말을 늘어놓았다. 이때껏 몸을 꼼짝 아니하고 가만히 앉았던 정렴이

"이놈!"
하고 호령하며 벌떡 일어서며 벽에 걸린 환도를 떼어내려서 칼날을 뽑아들고 윗간 영창을 열고 쫓아나오니 그자는

"애고 죽겠다."
하고 도망하여 나갔다. 정렴이는 그자를 쫓아버릴 맘으로 환도를

● 오괴(迂怪)하다
물정에 어둡고 괴상하다.
● 낭속(廊屬)
사내종과 계집종을 아울러 이르던 말.
● 허교(許交)
자기와 벗으로 사귀기를 허락하고 사귐.

들고 나온 것이라 그자의 뒤를 쫓지 아니하고 방안으로 다시 들어와서 칼날을 집에 꽂아 벽에 걸고 자리에 앉으며 땅이 꺼지게 한숨을 쉬었다.

정현의 흉한 심장이 말할 수 없었다. 낭속을 시켜 저의 형을 욕보이고도 오히려 부족하여 또 달리 욕보일 것을 생각하였다. 정렴이가 아침 자리 속에서 말하기 전에 약 한 첩을 먹는 버릇이 있으므로 정현은 이것을 기회삼아 형을 약으로 욕보이려고 작정하고 파두巴豆를 구하여 몸에 지니고 틈을 엿보다가 어느 날 식전에 상노가 약을 안쳐놓고 뒤를 보러 간 틈에 그 파두를 약에 넣었다. 정렴이 약을 먹고 나서 뒷맛이 다른 것을 괴상히 생각하여 상노를 불러서

"무슨 약을 달였느냐?"

하고 물은즉 상노는 도리어 그 묻는 것을 괴상히 생각하며

"일상 잡수시는 약이지 무슨 약이에요."

하고 대답하였다. 얼마 아니 지나서 정렴이는 복중이 괴란하기 시작하여 일상 먹는 약이 아닌 것을 짐작하고 상노더러 약 찌끼를 가져오라 하여 헤치고 살펴보니 재료에 없는 파두가 많이 들어 있었다.

"네가 약을 달일 때 왔다간 사람이 없느냐?"

"없습니다."

"그러면 약을 달이다 두고 어디를 갔었느냐?"

"가기는 어디를 갑니까. 잠깐 소피 보러 간 일밖에 없습니다."

정렴이는 약을 알고 또 약을 좋아하는 사람이라 집에 구하여 두는 약재가 거의 구비하였다. 그 약재 중에서 생황련을 꺼내서 즙을 내어 먹고 또 그 위에 날콩즙을 내다 먹은 까닭으로 파두독이 곧 풀리기는 하였으나, 그래도 두어 차례 설사는 면치 못하였다. 정렴은 파두의 묘맥을 짐작 못하지 않으므로 상노를 나무라지 아니하고

"이다음 약 달일 제는 자리를 뜨지 마라."

하고 신칙할 뿐이었다. 정현이는 파두의 효험이 신통치 못한 것을 보고

"여기 어디 비상독도 푸나 보자."

하고 맘을 독하게 먹었다. 상노아이가 조심하여 약 달일 제 자리를 뜨지 아니하므로 틈을 얻기가 용이치 못하다가 어느 날 일이 공교히 되느라고 개 한 마리가 신짝을 입에 물고 꽁지를 샅에 끼고 마당가로 살그머니 지나가는 것을 상노가 보고 생각없이 약을 짜다 말고 쫓아내려갔다. 정현이가 이 틈에 비상봉지를 짜놓은 약에 털어넣고 한두 번 휘휘 저어놓았다. 상노가 신짝을 들고 돌아서 오다가 정현이와 마주쳐서

"나으리, 식전 일찍 웬일이십니까?"

하고 인사하니 정현이는

"큰나으리를 좀 보이러 왔더니 아직 아니 일어나셨구나."

하고 뒤도 돌아보지 아니하고 가버렸다. 정렴이 그 약을 먹고 보시기에 남은 약 찌끼로 비상이 든 것을 알았다. 정렴이가 둘째아

우가 왔다간 말을 상노에게서 듣고 어이없어하는 중에 정작이 백씨에게 아침 문안을 왔다가 이것을 알고

"이런 변이 어디 있겠습니까? 아버지께 여쭙니다. 아무리 아버지시라도 이것이야 가만둘 리 없으실 터이지요."
하고 급히 나가니 정렴이 나가는 아우를 불러서

"이애, 떠들지 마라. 창피하다. 아버지께 아시게 하면 무엇하느냐? 맘만 상하시게 할 뿐이지. 아예 떠들지 말고 안에 들어가서 냉수 한 그릇이나 내보내라."
하고 이른 뒤에 당여지唐荔枝를 작말作末하여 냉수에 타서 먹었다. 정작이가 안에 들어가서 녹두죽을 쑤어달라고 하여 손수 들고 나오니 정렴이 이것을 보고

"녹두죽을 아니 먹어도 관계없다. 신석信石 해독제로는 여지말이 신약神藥이다. 여지말을 먹었으니 염려 마라."
하고 여지말의 신효神效를 말하여 주다가

"녹두도 해독이 된다니 잡수어두시지요."
하고 어린 아우가 권하는 바람에 정렴이는 녹두죽까지 먹어두었다. 여지말의 효력으로 정렴이는 비상에 죽지 않았으나 얼마 동안은 음식을 잘 먹지 못하였다. 정렴이 둘째아우의 소행을 괘씸히 생각하나 어떻게 조처할 도리가 없어 자기가 피하는 것이 상책이라고 생각하고 서울이 수선하니 시골 가서 있겠노라고 말하고, 그 뒤로는 과천 청계산과 양주 괘라리로 넘나다니고 별로 서울 집에 오지 아니하니 정현이는 저의 꾀로 시원하게 형을 쫓았

다고 생각하였다.

유관, 유인숙, 윤임의 집에서 몰수한 노자奴子와 비자婢子를 소위 공신들에게 사패賜牌로 내릴 때에 정순붕은 수훈공신이라고 다른 일등공신 명색들보다 수많은 노자, 비자를 차지하게 되었다. 정순붕이 집안 권속을 데리고 안대청에 앉아서 새로 생긴 노자, 비자의 현신*을 받는 중에 나이 어린 비자 하나가 눈에 뜨이었다. 그 인물이 어여쁘게 생겼을 뿐 아니라 그 거동이 현저하게 남과 달랐다. 옛 상전을 생각하고 질끔거리는 사람도 없지 아니하고 새 주인을 꺼리어서 질끔거리지는 못하더라도 낙심한 모양으로 풀기 없는 사람이 많았는데, 어린 비자는 낙심한 모양이 없을 뿐 아니라 도리어 상글거리기까지 하였다. 순붕이 그 비자를 앞으로 불러 내세우고 이름과 나이를 물었다.

* 현신(現身) 아랫사람이 윗사람에게 처음으로 자신을 보임.

"너의 이름이 무엇이냐?"

"갑이올시다."

"나이는 몇 살인고?"

"열네살이올시다."

짧은 대답일망정 똑똑한 말소리가 귀엽게 들리었다. 순붕은 대답을 들어보려고 짐짓 말을 묻기 시작하였다.

"너의 옛 상전은 누구이냐?"

"인숙이올시다."

"옛 상전의 이름을 부르는 법이 있을까?"

"나라의 죄인이라 휘諱하지 못합니다."

"너는 옛 상전을 생각하는 맘이 없느냐?"

"오늘날부터는 새 상전 뫼실 일을 생각하는 것이 옳은 줄 압니다."

능란한 말대답에 놀란 순붕이 갑의 사람을 신통히 생각하여 뜰 위에 올라서라 하고 자세히 바라보니 입가에는 어린양이 떠돌고 눈 속에는 총명이 가득히 괴어 있었다. 갑이는 유판서의 부인이 딸같이 여기고 길러놓은 아이종이라 손길에 곱게 자란 표가 드러났다. 순붕이가 이것을 살펴보고

"이때까지 험한 허드렛일은 해보지 못했구나. 방심부름했느냐?"

하고 물은 뒤에

"내게서도 방안 심부름을 해라."

하고 갑이의 소임을 정하여 주었다. 순붕이 옆에 섰던 아들 현이를 돌아보며

"고년, 참 똑똑하다."

하고 갑이를 칭찬한즉 현이가

"그 나이에 똑똑한 품이 작이와 비등합니다."

하고 저의 부친 칭찬에 붙좇아 말하였다가 작이가 얼굴빛을 변하며

"형님이 아우를 너무 사랑하셔서 모든 데다 똑똑하다고 내세

우십니다그려."

하고 불쾌히 말하여 순붕이는

"네가 그런 말을 하지 말아야 똑똑하단 말을 듣지 않지."

하고 허허 웃었다.

갑이가 처음 얼마 동안은 안방에서 방안 심부름을 하였는데, 백령백리˙하여 모든 사람에게 미움을 받지 아니하는 중에 더욱이 순붕의 비위를 잘 맞추어서 나중에 갑이는 사랑방에 나가서 순붕의 손심부름을 하게 되었다. 순붕의 입에서 말이 떨어질 때 지성으로 말을 좇아 행하는 것은 고사하고 말이 없을 때 짐작으로 뜻을 받아나가는 일이 적지 아니하였다. 가령 순붕이가

"다리 좀 쳐다오."

● 백령백리(百怜百俐) 매우 영리하고 민첩함.

하고 말할 때 밤이 늦도록 졸지 아니하고 다리를 칠 뿐이 아니라 순붕이 한두 번 거북하게 트림만 하면 어느 틈에 생강차를 달여 내오고 순붕의 얼굴에 잠깐 피곤한 빛만 보이면 얼른 일어서서 퇴침을 갖다 머리맡에 놓아주었다. 말하자면 갑이는 순붕의 입의 혀보다도 더 잘 노는 셈이었다. 이삼년 지나서 갑이의 나이 열육칠세 된 뒤로는 순붕의 총애가 갑이 한몸 위에 쏟히어서 특별히 사랑하던 상노 계놈이란 아이까지 돌아보지 않게 되었다. 벼슬로는 좌의정이고 나이로는 환갑이 지난 순붕이가 계집아이종 갑이가 없으면 낮에 밥을 달게 먹지 못하고 밤에 잠을 편히 자지 못할 지경이었다. 그리하여 순붕의 앞에서는 감히 갑이의 말을 헐뜯어 말할 사람이 없었는데, 어느 때 정렴이가 집에

다니러 왔다가

"갑이는 미간에 살기殺氣가 있으니 너무 가까이 하지 마십시오."

하고 조용히 그 부친에게 말하였더니

"나는 네가 보기 싫으니 곧 시골로 가거라."

하고 역증을 내어서 정렴이는 다시 두말하지 못하고 그 아우 정작이에게 이 일을 말하고 그 부친의 침혹한 것을 한탄하였다.

계놈이는 갑이와 연갑年甲 되는 아이였다. 계놈이가 주인 대감의 몸시중 드는 것은 갑이에게 앗기었으나 그래도 상노들 중에서는 가장 신임을 받아서 다른 상노들보다 자주 대감 사랑에를 드나드는 까닭으로 갑이를 많이 보게 되고, 또 간간이 갑이와 서로 말까지 하게 되었다. 순붕이는 뒤가 조燥하여 항문이 찢어져 피가 나는 때까지 있으므로 뒷간에 가서 더운물로 항문을 축이는 버릇이 있었다. 그러므로 자연히 뒤가 남보다 몇배 오래 걸리어서 급한 일이 있을 때는 며칠이고 참고 지낼지언정 거연히 뒤보려고 생의하지 못하였다. 이렇게 참는 끝에는 더욱이 심하여서 몇시간 동안 산부 해복解腹하느니나 다름없는 고초를 겪은 뒤에 쌍부축을 받고야 겨우 일어 나오고 한동안 다리를 주물리고야 간신히 기동하였다. 순붕이 뒷간에 있을 때에 뒷물 대야를 들여가고 내어오고 하는 것은 계놈이의 소임이었다. 어느 날 순붕이 뒤보러 간 때 계놈이가 수건을 가지러 사랑에 들어왔다가 갑이 혼자 있는 것을 보고

"이애, 수건 좀 찾아다오."

하고 말을 붙이니 갑이는 새침하고 앉아 있다가

"네가 나하고 말해보자는 말이냐?"

하고 살며시 돌아다보았다.

"좀 찾아주면 어떠냐? 탈나니?"

"네가 둔 걸 네가 찾지, 왜 나더러 찾아달라느냐?"

"내 손 좀 보아라."

하고 계놈이가 두 손을 앞으로 내어밀면서

"지금 뒷물 놓느라고 물이 묻었다."

하고 갑이의 눈치를 보았다.

"누가 씻지 말라드냐?"

"야속하고 인정 없는 사람일세."

● 침혹(沈惑)하다
무엇을 몹시 좋아하여
정신을 잃고 거기에 빠지다.

하고 계놈이가 혼잣말하며 두 손을 바지 뒤에 문지르고 수건 둔 것을 꺼내려고 탁자 있는 편으로 몇걸음 걸어가다가 갑이가

"불쌍하니 꺼내줄까?"

하고 일어서는 것을 보고 발을 멈추고 기다리었다. 갑이가 탁자 서랍에서 접어둔 수건을 내어줄 때 계놈이는 받는다고 손가락으로 수건 밑에 든 갑이의 손등을 눌러보니 갑이가 선뜻 뿌리치지도 아니하고

"이것이 수건 받는 거냐?"

하고 계놈이의 얼굴을 들여다보았다. 계놈이는 면난하여 고개를 숙이고

"얼른 받느라고."

하고 중얼거리었다. 갑이가

"손가락을 못 떼느냐?"

하고 성을 내다가 말고

"요담부터는 좀 찬찬히 받아 버릇해라."

하고 뱅그레 웃는 것이 계놈이에게는 뜻에 맞는 뜻밖 일이었다. 계놈이가 수건을 가지고 가서 저의 주인이 다 쓰기가 무섭게 갖다 두러 다시 왔다.

"아까는 잘못했습니다."

"네가 누구를 놀리는 셈이냐?"

"놀리다니."

"그러면 무어냐?"

"아니야."

"아니라니? 이따가 대감마님 들어오시거든 여쭈어보자. 그것이 놀리는 것인가 아닌가."

계놈이가 눈이 동그래지며 진정으로

"잘못했다."

하고 사과하였다. 새침하게 앉았던 갑이가 홀제 또 빙그레 웃으며

"꿇어앉아 빌어라."

하고 말하니 계놈이는 겁나던 맘이 너누룩하여져서 갑이 앞에 꿇어앉았다.

"이애 년석이 사내자식인가."

하고 갑이가 계놈이의 뺨을 쳤다. 아프게 친 것은 아니나 찰싹하고 소리가 났다. 갑이의 보드라운 손이 뺨에 닿을 때 계놈이는 손끝 발끝까지 짜르르하는 것 같았다.

"이런 뺨은 밤낮 맞아도 좋겠다."
"뺨 맞기가 소원이면 더 좀 맞아보려느냐?"
"자."

하고 계놈이가 뺨을 내어밀었다. 이리 돌리며 이 뺨을 맞고 저리 돌리며 저 뺨을 맞다가 계놈이는 갑이의 손목을 쥐고

"손바닥 아프지?"

하고 그 손을 들여다보니

"이애, 놓아라. 남이 보면 수상하다."

하고 갑이는 남은 손으로 입을 막고 웃었다. 계놈이가 쥐었던 손목을 놓고

"품앗이로 인제는 네 뺨 좀 때려보자."

하고 웃고

"이애가 매쳤나. 누가 너같이 뺨 맞기 소원이라드냐?"

하고 갑이가 뒤로 물러앉는 것을

"꼭 한번만 때려보자."

하고 팔을 늘이어서 손으로 그 뺨을 어루만지니 갑이는

"수컷인 체하느라고 그중에."

하고 계놈이의 손을 뿌리쳤다. 이때 영창 밖에 신발소리가 들리었다. 계놈이가 황망히 일어나서 영창을 열고 내다보니 청지기

한 사람이

"대감 뒤보러 가셨니?"

하고 묻고 또 뒤를 이어

"너 거기서 무엇하니?"

하고 물어서 계놈이는

"수건 두러 왔소."

하고 대답하며 곧 밖으로 나갔다.

계놈이가 그 뒤에 틈틈이 갑이를 보고 눈으로 뜻을 말하면 갑이도 두서너 번에 한번씩으로 대답하는데, 아리땁고 열기 있는 눈이 말로 하지 못할 말까지 말하는 듯할 때 계놈이는 온몸이 그 눈 속으로 끌려들어가는 것 같았다. 계놈이가 갑이의 혼자 있는 틈을 엿보고 지나는 중에 어느 날 밤에 순붕이 이기와 같이 윤원형에게 가서 오랫동안 무엇을 공론하고 밤늦게 돌아왔다. 아들들의 저녁 문안을 받고 자리에 누워서 갑이에게 발바닥을 문질리다가 갑자기

"안에 더운물이 있겠지?"

하고 물었다.

"왜 그러십니까? 발을 씻으시렵니까?"

"뒤를 볼까 하고 물었다. 벌써 여러 날 뒤를 못 보았는데 아까 윤판서 집에서 뒤 마려운 것을 참았더니 지금 다시 마려운 듯하구나."

"하룻밤이라도 참으시면 내일 더 괴로우실 터이니 아주 보고

주무시지요."

"귀찮지만 그래 볼까."

하고 순붕이 곧 일어앉아서

"이리 오너라."

하고 상노를 불렀다.

계놈이가 엿보던 틈을 얻게 되었다.

"사람 좀 살려라."

"누가 죽인다더냐?"

이와같은 몇마디 수작이 있은 뒤에 계놈이가 갑이의 손목을 쥐고 골방으로 끌었다.

"놓아라. 놓지 않으면 소리를 지를 테다."

"아무리나 해라. 죽기는 일반이다."

계놈이가 열에 띄어 정신없이 끄는데 갑이가 소리는 지르지 아니하였다. 갑이가 골방에서 나와서 머리를 쓰다듬고 앉았는데, 계놈이가 쭈그리고 앉아서 얼굴을 들여다보며

"속량해 나가서 초례를 지내자."

하고 속살거리니 갑이가 입속으로 두어 번 속량이란 말을 뇌다가

"어서 가서 대감의 죽지나 치켜들고 오너라."

하고 계놈이를 떠다밀었다.

이 뒤로 계놈이는 갑이에게 매여지내게 되어 갑이가 앉으라면 앉고 서라면 서고 죽으라면 죽는 시늉을 아니 내지 못할 지경이 되었다.

그때 옥사에 간련된 어느 집에서 그 집의 전가보물傳家寶物인 옥잔玉盞을 정순붕에게 뇌물로 보내었다. 순붕이 그 옥잔을 얻어 가지고 아들들에게 칭찬하고 또 갑이에게 자랑하였다.
　갑이더러 말이
"내가 전에 너의 옛 상전에게서 이 옥잔 말을 들은 일이 있었다."
하고 옥잔을 들어 보이며
"이 옥잔이 원나라 공주가 고려 임금에게로 시집올 때 가지고 나온 것이란다. 옥빛만 보아도 예사 옥과 다르지 아니하냐?"
하고 싱글벙글 좋아하였다.
"유씨가 보물 알아볼 눈이 있는가요?"
"남의 말을 듣고 말한 것이겠지."
"그렇지요. 사람이 몽종하고˙쌀쌀할 뿐이었지 무슨 재주가 있던 사람일세 말이지요."
"너로는 말이 과하다."
"과하기는 무엇이 과해요. 어릴 때 몹시 당한 것을 생각하면 지금도 치가 떨리는데요."
"원명原明(유인숙의 자)이가 우리 갑이에게 득죄한 것만으로도 죽어 마땅하구나."
하고 순붕이가 실없이 말하며 허허 웃었다.
　순붕이가 옥잔을 머리맡에 놓고 보다가 미처 간수하지 못하고 출입하였다. 갑이는 옛 상전을 들추어 말하게 된 것이 옥잔 까닭이라고 생각하고 그 옥잔을 미워하여 혼자 있는 틈에 방바닥에 메어쳐서 두 조각을 내었다. 갑이가 밖에 사람이 없는 틈을 엿보아 옥잔 조각을 가지고 나가서 쪼각쪼각 마아가지고 땅을 파고 묻어버리었다. 순붕이 돌아왔을 때 옥잔이 눈에 보이지 아니하여

"옥잔 어디 갔느냐?"

하고 놀랐다. 찾아보고 물어보고 한바탕 야단법석을 내었건만 옥잔 간 곳은 알 수가 없었다. 모든 사람의 의심이 갑이에게로 모이는데 순붕이 역시 갑이를 치의하지 아니할 길이 없었다.

"옥잔이 어디 간 것을 네가 모르느냐?"

"모릅니다."

"네가 혼자 이 방에 있었다면서 모르다니 말이 되느냐?" ● 몽종하다 새침하고 쌀쌀맞다.

"잠깐 밖에를 나갔다 온 일이 있으나 있기는 혼자 있었습니다."

"밖에를 나갔다 왔을 때 옥잔이 있더냐?"

"있든지 없든지 정신차려 보지 아니했습니다."

"무엇에 정신이 빠졌더냐?"

"편지 휴지 정돈했습니다."

순붕이 한동안 쓴 입맛을 다시다가

"옥잔이 없어진 것은 아무래도 너의 소위이니 사기가 요란하기 전에 내어놓아라."

하고 눈을 부릅뜨니 갑이가 쪽쪽 울면서

"제가 댁에 온 뒤로 재상가 자녀 부럽지 않게 지내는데 무엇이

부족해서 도적질을 합니까? 또 제가 옥잔을 훔쳐서 무엇에 씁니까?"

하고 눈물이 듣거니 맺거니 하여 저고리 앞섶이 흠씬 젖었다. 순붕이 귀에 갑이의 말이 옳게 들리어서

"고만두어라. 우지 마라."

하고 다시 쓴 입맛만 다시었다.

계놈이는 옥잔이 없어진 줄을 안 뒤에 갑이가 불을 받게 되지 아니할까 은근히 걱정하여 맘이 조마조마하였다. 갑이가 종아리를 맞게 될까, 또는 물볼기를 맞게 될까? 물볼기를 맞는다면 그 꼴을 어찌 볼까? 갖은 생각으로 속을 태우며 윗간 영창 밖에 붙어 서서 방안 동정을 살피는 중에 갑이의 발명하는 말과 순붕의 용서하는 말을 모두 엿듣게 되었다. 계놈이는 혼잣말로

'그러면 그렇지. 갑이가 그까짓 옥잔을 훔칠 리가 있나.'

하고 갑이의 말을 역성들기도 하고 또

'갑이가 아니었어 보아. 억지공사로라도 벼락을 내렸을 터이지. 바로 용서성이나 있는 듯이, 고만두어라야.'

하고 대감의 말을 비웃기도 하였다.

그날 저녁에 이기가 정순붕을 찾아와서 윤결의 옥사를 이야기하다가

"우리가 언평에게로 가서 같이 이야기합시다."

하고 윤원형에게 가자고 말하여 순붕이도

"그렇게 합시다."

말하고 곧 갑이를 불러서 출입옷을 내어놓으라고 이르게 되었다. 갑이가 순붕의 옷을 갈아입힐 때 순붕이가
 "또 무엇이나 잃어버릴라. 똑똑히 방을 지켜라."
하고 넌지시 말하는 것을 이기가 귓결에 듣고
 "대감, 무슨 실물失物하셨소?"
하고 물어서 순붕이가 옥잔 없어진 일을 대강 이야기하고 그 옥잔이 오래전부터 집에 전하여 오는 귀한 물건이라고 말한즉 이기가
 "옥잔이 우화羽化했구려."
하고 허허 웃는데 순붕이도
 "글쎄요, 우화했나 보이다."
하고 웃었다.

 순붕이 나간 뒤에 갑이가 계놈이와 붙어 앉아서 서로 속살거리게 되었다.
 "사람이 분해 살 수가 없다."
 "대체 옥잔이 어떻게 되었을까?"
 "그걸 낸들 아니?"
 "너나 하니까 불을 아니 받았지, 다른 사람이었더면 목숨이 위태하였을 것이다."
 "고만둔다는 것이 의심이 풀린 것이 아니니까 나도 어떻게 될는지 모른다."
 "설마."

"설마가 사람 잡아."

"그러면 어떻게 할 테냐?"

"어떻게 하기는 어떻게 해? 당하는 대로 당하지."

"애매히 죄를 당해?"

"당하지 않는 수가 무어야? 내가 고초를 받다받다 못 견디면 너도 끌어넣게 될는지 모르니 이것만은 미리 알아두어라."

"공연한 사람을 어떻게 끌어넣니?"

"훔치지도 아니한 것을 훔쳤다고 매질하며 대라면 훔쳐서 너를 주었다고라도 말했지 별수 있니."

"나는 어떻게 하라고?"

"죽더라도 같이 죽지."

"같이 죽는 것은 좋지만 네나 내나 그런 얼뜬 죽음이 어디 있니?"

"나라 옥사를 생각해보아라. 유명한 인물들도 모두 얼뜨게 죽는 세상이니 우리야 말할 것이 있니?"

"그래도 얼뜨게 죽을 까닭이 없다. 우리들이 오늘 밤으로 도망하자."

"정신없는 소리 하지도 마라. 도망한다고 하여 십리 밖도 나가기 전에 붙잡힐 걸 도망한단 말이냐?"

"그러면 어떻게 하니?"

하고 계놈이가 조바심을 하는데 갑이는 무엇을 생각하는 모양으로 한동안 말이 없다가

"생각해보니 한 가지 수가 있다. 옥잔을 훔쳐간 사람이 옥잔을 도루 갖다 놓으면 우리는 살 것이다."
하고 말하였다.

"누가 훔쳐갔는지도 알지 못하며 어떻게 도루 갖다 놓게 하니?"

"내가 방자하는 법을 아니까 도루 갖다 놓도록 방자해보면 어떨까 말이다."

"어서 해라. 훔쳐간 사람이 당장에 급살맞을 방자라도 하는 것이 좋다. 우리가 먼저 살고 보아야지."

"그런데 방자를 하자면 갓 죽은 송장의 뼈마디가 있어야 한다."

"아이구, 그것을 어떻게 구하니?"

"팔 한 마디나 다리 한 마디가 있으면 제일 좋고 손가락이나 발가락 마디 하나만 있어도 쓸 수가 있다. 네가 구해줄 수 있겠니?"

"그것을 어디 가서 구하니?"

"수구문 밖을 나가보면 구할 수 있을 게다."

"송장이 있기로 어떻게 만지나?"

하고 계놈이가 허락하기를 꺼리다가 갑이의 호들갑에 맘을 굳게 먹게 되어서

"내일 어머니 보러 간다고 하고 수구문 밖에 나서서 구해보마."
하고 말하였다.

갑이가 뼈마디 구해준단 말을 들은 뒤에는 계놈이의 얼굴을 들

여다보며 뱅글뱅글 웃기도 하고 계놈이 어깨에 입을 대고 옷 위로 자근자근 물기도 하였다. 계놈이는 꽃향기에 취하는 나비와 같이 갑이의 냄새에 취하였다.

계놈이가 무서움을 타는 까닭에 만일 갑이에게 홀리지 아니하였던들 초빈˚ 송장의 뼈마디를 훔치러 가려고 생의도 못하였을 것인데, 갑이가 딴 기운을 주어서 수구문 밖에 나가서 어느 거적 송장의 엄지손마디를 잘라오게 되었다. 갑이가 남모르게 그 뼈마디를 받아두었다가 순봉의 배갯잇을 고쳐 시칠 때에 슬그머니 베갯속을 뜯고 집어넣었다.

순붕이가 밤에 꿈자리가 사나워서 식전 자리 속에서 갑이를 보고

"요즈막 신기가 좋지 못한 까닭인지 꿈자리가 괴악하다."
하고 상을 찌푸릴 때가 많았다. 갑이가 뼈마디로 방자할 때 사나운 꿈자리를 바란 것이 아니므로 사오일 된 뒤로는 다른 꾀를 생각하게 되었다. 어느 날 갑이가 계놈이를 보고

"옥잔이 나오지 아니하니 달리 방자를 해보겠다."
하고 말하니 계놈이는

"우리가 탈만 아니 당하면 고만이지 구태여 옥잔을 찾으려고 애쓸 것이 없다."
하고 갑이를 말리다가 갑이가

"옥잔 까닭에 치의받는 것을 생각하면 사람이 분해서 못살겠다. 내가 방자를 아는 대로는 골고루 해볼 테다."

하고 고집을 세워서 계놈이도

"네 맘대로 해보려무나."

하고 마침내 동의하게 되었다.

"산도야지의 등성마루털이 있어야 할 터인데 네가 얻어줄 수 있겠니?"

"사냥질 가면 얻어줄 수 있지."

"남은 진정으로 말하는데 실없는 말이 무어냐. 너까지 내 속을 상해줄 터이냐?"

"아니다, 골내지 마라. 그러나 산도야지털을 어디 가서 얻어오니? 집도야지털은 못 쓰겠니?"

"그건 나도 모른다. 나도 산도야지털을 쓴단 말만 들었다."

● 초빈(草殯)
사정상 장사를 속히 치르지 못한 송장을 눈비를 가릴 수 있도록 덮어두는 일.

"그걸 어디 가서 구하나? 네 방자는 예사 방자가 아니로구나. 어째 그렇게 괴상한 물건만 찾느냐?"

"예사 방자거나 아니거나 얻어달라는 거나 얻어다오."

"어디 물어서 구해보마."

하고 갑이에게 허락한 계놈이는 의심 사지 아니할 사람으로 이 사람 저 사람에게 묻는 중에 친한 별배에게서 갖바치들에게 가면 산도야지털이 있단 말을 듣고 그 별배에게 얻어달라고까지 부탁하여 며칠 뒤에 산도야지의 등성마루털 서너 낱을 갑이 손에 쥐여주게 되었다.

순붕이 꿈자리 사나운 것을 성가시게 여기어 갑이를 보고 한걱

정할 때에 갑이가

"약주를 좀 잡수시고 주무셔보시지요."

하고 말하여 술 취한 김에 별로 꿈이 없이 하룻밤을 지내고 그 뒤로는 잘자리에 술을 먹게 되었는데

"술도 하루이틀 먹어 버릇하니까 처음만 못해서 먹으나 안 먹으나 꿈자리가 사납기는 일반이니 술을 고만두고 싶다."

"한번 취하도록 잡수셔보시지요."

"글쎄."

순붕이는 한번 폭취해보려고 작정하고 갑이가 권하는 대로 술을 받아먹다가 나중에는 망양이 되어 자리에 꺼꾸러졌다. 갑이는 청지기와 상노의 손을 빌려 순붕을 자리 속에 누인 뒤에 전과 같이 혼자서 수청을 잤는데, 밤중에 순붕의 몸을 흔들어서 정신 모르는 것을 보고 혼잣말로

"옳다, 되었다."

하고 일어나서 산도야지털을 순붕의 배꼽 속에 비비어 박았다. 겉으로 보면 털이 박힌 것 같지도 않을 만큼 감쪽같이 박았다. 순붕이 그날 밤 술에 취하여 자리에 꺼꾸러진 채로 다시는 영영 일어나보지 못하였다.

발상한 상제들은 경황 없는 중에도 그 아버지의 죽음이 너무 허무한 것을 의심하여 시체도 자세히 살펴보고 먹다 남은 술도 맛보았으나 수상한 흔적이 보이지 아니하였다. 정렴이와 정작이 형제는 미리 짐작이 없지 아니한 터이므로 갑이의 동정을 유심히

살펴보는데, 갑이가 조금도 수상한 거동이 없을 뿐 아니라 때때로 슬피 통곡하는 것이 친자녀에서 지나면 지나지 못할 것이 없었다.

상가喪家에서 장전葬前에 유명한 무당을 불러다가 넋두리를 시키었다. 그 무당이 고리짝을 긁으며 망자를 청하더니 얼마 아니 있다가 늙은 망자가 내렸다고 넋풀이를 시작하여 저승사자에게 구박받는 슬픔을 이야기하고 집안 식구를 면면이 찾고 또 이 세상에서 품고 간 원한을 말하는데, 그중에 가다가

"내가 죽을 것을 죽은 줄 아느냐? 내가 죽고 싶어 죽은 줄 아느냐? 내가 아들이 없는 사람이냐? 내가 재물이 없는 사람이냐? 그런 내가 죽을 때에 의원 하나를 보았느냐? 약 한 첩을 먹었느냐? 수청 자는 것들이야 살붙이냐, 뼈붙이냐? 잠이 들면 고만이지 죽는 줄이나 알 것이냐? 전후좌우 널려 있던 사람 중에 마지막 길 떠날 나를 보내준 사람이 누구이냐? 어, 허무하지그려! 어, 원통하지그려! 날 잡아간 귀신이 베개에 있는 것은 누구이고 알았을 리 없지마는 베개 하나 바로 베어주지 못한 너희들의 일분성심 없는 것도 어, 야속하지그려!"

하고 무당의 입에서 흘러나오는 푸념에 늙은것들은

"그렇습지요."

"그러시고말고."

하고 능청스럽게 대답하고, 젊은것들은

"대감께서 살아오셔서 꾸중하시는 것 같습니다."

"어떻게 들으면 말소리까지 아주 대감이 오셨어요."
하고 종없이 지껄이었다.

 정씨 집의 안식구들이 베개에 귀신 있다는 말을 듣고 베개를 없애고 싶은 맘이 있던 차에 둘째 상제 정현이 넋하는 것을 듣고 나서 옆에 있던 늙은 침모를 돌아보며

 "대감이 근래 어떤 벼개를 비셨든가?"
하고 물으니 그 침모가

 "아마 궁수봉황宮繡鳳凰모 벼개이겠지요. 갑이가 자세히 알 터이니 불러 물어보시지요."
하고 대답하는데, 이때 갑이는 빈소에 있는지 눈에 보이지 아니하였다. 정현이가 갑이를 부르러 보내려고 할 즈음에 젊은 침모가

 "대감께서 근래 비시던 벼개는 마루방에 치워둔 이부자리 속에 든 것이겠지요. 물어볼 것도 없지 않아요?"
하고 말하여 정현이는 곧 계집하인 한 사람을 시켜서 마루방에 있는 베개를 가져오게 하였다. 안식구들은 베개를 그대로 살라버리려고 하였으나 정현이가 한번 속을 뜯어보고 사르자고 주장하여 베개의 잇을 뜯고 또 베개의 속을 꺼내어 보게 되었다. 베갯속을 꺼내던 계집하인이

 "애그머니, 이게 무어야."
하고 손에서 뿌리쳐 내던지는 물건이 있어서 여러 사람의 눈이 일시에 한곳으로 쏠리었다. 그 물건이 사람의 엄지손마디인 것을 안 뒤에 여러 사람은 다같이 놀랐다.

"벼개에 귀신이 있단 말이 참말이구려."

"유명한 무당이 다르구려."

"그러니 대감이 방자를 받고 돌아가신 모양이지."

"그러기에 내가 죽을 것을 죽은 줄 아느냐고 말씀하시지 않아요."

하고 침모들과 계집하인들이 서로 돌아보며 지걸이는 중에 정현이가 그 엄지손마디를 싸서 들고 여막廬幕에 있는 형에게로 쫓아 나갔다. 형제간에 의논이 달랐다. 베갯속의 엄지손마디를 방자로 보는 것과 방자한 사람을 갑이로 치의하는 것은 형제 다름이 없었으나, 정렴이는 갑이를 치죄하자면 그 부친에게 욕스러운 말이 없지 아니할 것을 요량하고

"방자한 것의 소위는 괘씸하나 사람의 생사가 방자에 달리지 아니하였으니 방자한 것은 유야무야 중에 덮어두고 갑이를 내어 쫓자."

하고 주장하고, 정현이는 그 부친이 방자에 죽었다고 생각하고

"부모의 원수를 갚지 않는다니 말이 되오? 문초를 받아서 사실이 명백히 드러나거든 갑이를 대매에 때려죽입시다."

하고 고집하여 한동안 형제간에 말이 왔다갔다하다가 나중에 현이가 분을 내면서

"형님은 고만두시오. 형님은 본래부터 아버지를 아버지로 여기지 않는 터이니까 원수 갚을 생각도 없을 터이지요. 그렇지만 나는 불공대천의 큰 원수를 갚지 않을 수가 없소."

하고 일어서 나가려는 것을 정렴이가

"잠깐만 앉아라."

하고 붙들어 앉히고

"그 일을 사실 하려거든 밤저녁 사람 없는 때 조용히 하도록 해라."

하고 말하였으나 정현이는

"형님은 상관 마오. 내 원수를 대낮에 갚든지 오밤중에 갚든지 형님에게 아랑곳이 무엇이오."

하고 상옷자락에 바람이 나도록 핑하게 여막 밖으로 나갔다.

상주 형제가 여막 안에서 말할 때에 맏상주의 말소리는 한결같이 나직나직하였지만, 둘째 상주는 처음부터 그 형과 시비를 차리는 것같이 언성이 높았었다. 계놈이가 마침 여막 밖으로 지나가다가 갑이를 문초 받고 대매에 죽이자는 말을 귓결에 듣고 놀라 여막 아래 앉아 있는 거상 하인에게로 와서

"둘째 상제님이 왜 저렇게 떠드시우?"

하고 가만히 말을 물으니 그 하인이 손을 내어젓다가 슬그머니 일어서서 섰는 계놈이 귀에 입을 대고

"대감이 방자에 죽었단다. 방자한 사람은 갑이인 듯하고 방자한 물건은 사람의 엄지손마디란다. 지금 둘째가 방자한 물건을 가지고 와서 원수를 갚자고 떠드는 판이야."

하고 일러주었다. 계놈이가 경겁하여 말도 더 묻지 못하고 공연히 고개만 끄덕이다가 간신히

"큰일났구려."

하고 한마디 말을 뒤에 남기고 곧 갑이를 찾아갔다. 빈소 뒤 툇마루에 갑이가 혼자 우두커니 앉아 있는데 계놈이가 정신없이 앞으로 대어들었다.

"이애, 큰일났다."

"무슨 큰일?"

"여기 있다가는 죽을 테니 지금 당장 도망하자."

"대체 무슨 큰일이냐?"

"네가 그것을 가지고 대감을 방자했다며?"

갑이는 얼굴빛이 새파랗게 질리다가 사르르 펴이면서

"나는 무슨 큰일이라고?"

● 사실(査實)
사실을 조사하여 알아봄.

하고 천연덕스럽게 말하였다.

"무슨 큰일이라니? 지금 상주 형제가 너를 죽이자고 공론하는 중이야."

"죽이면 죽지, 큰일 될 것 없다."

하고 갑이는 조금도 겁내는 빛이 없었다.

"이애, 그런 법이 어디 있니? 나는 너 때문에 영문도 모르고 죽으란 말이냐?"

갑이가 둘레둘레 바라보다가 뒤꼍에 있는 나뭇광 문이 지쳐만 있는 것을 보고

"여기서 길게 이야기하다가는 남의 눈에 들킬는지 모르니 저 나뭇광 속에 들어가서 이야기하자."

하고 계놈이를 끌었다. 광 속 나뭇단 뒤에 둘이 숨어 앉아 길게 이야기하고 다시 나올 때에 갑이가

"나의 전후 사정은 네가 인제 다 알았으니까 다시 더 말할 것이 없고 영결永訣로 한마디 말할 것은 내가 정가의 집에 온 뒤 사년 동안에 꼭 한번 남의 말을 진정으로 기쁘게 들은 일이 있었다. 그것은 다른 사람의 말이 아니라 네가 골방에서 나와서 나를 보고 속량해 나가서 같이 살자고 말한 것이다. 내가 저생에 가서라도 너의 신세를 갚도록 할 터이니 우리 저생에 가서 만나자."
하고 다정스럽게 말하고 나서

"너 먼저 앞으로 나가거라."
하고 말하여 계놈이가 얼빠진 사람같이 걸어갈 때에 갑이는 그 뒷모양을 바라보며 거짓없는 눈물을 흘리었다.

정현이가 여막에서 나오며 곧 거조를 차리려고 할 즈음에 점잖은 조객이 와서 다시 여막으로 들어가 형과 함께 조상을 받고

'조객이나 또 오면 비편하니 밤까지 참으리라.'
하고 생각하여 낮에는 말이 없이 지내었다. 그날 밤에 정현이 빈소 앞마루에 등불을 밝히고 앉아서 갑이를 잡아내어 뜰아래 세우고

"대감마님을 방자한 엄지손마디의 출처는 네가 알 터이니 일호 기망없이 바른 대로 말해라."
하고 호령하니 갑이는 조금도 겁내는 빛이 없이

"내가 말을 할 테니 말하는 동안에는 되지 못한 호령을 마시

오. 개호령을 겁낼 내가 아니오."

하고 대담스럽게 말하여 둘러섰던 하인들은 말할 것이 없고 정현이까지도 놀라지 아니치 못하였다.

"자, 말하리다."

하고 갑이가 짧게 기침 한번 하고 나서 마루 위를 치어다보며

"너의 집 늙은것이 우리 상전을 죽인 놈이다. 내가 우리 상전의 원수를 갚으려고 늙은 놈을 벼른 것이 하루이틀이 아니다. 대체 그 늙은 놈이 우리 상전과는 친구로 사귀고 사돈으로 연혼까지 한 놈이 무슨 원혐이 있어서 그렇게 흉악하게 모함을 한단 말이냐? 그놈의 심장은 사람의 심장으로 알 수 없지 아니하냐?"

하고 욕설을 퍼부을 때 정현이가 듣다 못하여

"그년의 주둥이를 비비지 못하느냐!"

하고 하인을 호령하니 갑이가

"그러면 고만두어라. 너희들도 듣기 시원하게 전후 사실을 자세히 말하여 주려고 했더니 되지 못하게 호령질을 하니 인제 나는 말을 아니할 테다. 너희들 생각대로 해라."

하고 입을 다물었다.

갑이는 여러 차례 얻어맞아서 뺨이 부어오르고 쥐어질리어서 입귀에 피가 흐르고 또 걷어차이어서 땅바닥에 주주물러앉게 되었다. 그러나 입은 닫힌 채로 떼지 아니하여 아프단 소리 한마디가 없었다. 정현이 이것을 보고

"조그만 년이 괘씸스럽게 얼마나 말 안 하고 배길 테냐!"

하고 소리를 지르고 곧 하인을 호령하여 물볼기 때릴 거조를 차리게 하였다. 마당에 멍석을 깔고 갑이를 속곳 하나만 남겨두고 아래옷을 모두 벗긴 뒤에 멍석 위에 잡아 엎지르고 속곳 위에 동이 물을 들어부으니 속곳이 살에 달라붙어서 올통볼통한 살 모양이 드러났다. 매질이 시작되었다. 갑이의 고운 살이 첫매에 부르터지기 시작하여 매 열 개 안에 불그스름한 핏물이 멍석 위에 고이었다.

"그 손마디가 어디서 났느냐?"

"그 손마디를 누가 얻어주었느냐?"

하고 매질 사이에 고찰하는 호령은 서리 같으나 갑이는 벙어리 된 듯이 대답이 없었다. 아래웃니가 마주치는 딱딱 소리 외에는 이를 가는 아드득 소리가 들릴 뿐이었다.

"독한 년이다. 톡톡히 쳐라!"

하고 호령이 떨어진 뒤 매질이 더욱 무지스러웠다. 매 잡은 하인의 긴대답이 연해 나는 중에 계놈이가 어디서 뛰어나와서 뜰아래에 엎드리며

"매질을 그치라십시오. 소인이 말씀을 아뢰겠습니다. 그 손마디는 소인이 얻어준 것이올시다."

하고 말하여 갑이를 제치어놓고 계놈이의 문초를 받으려고 할 즈음에 갑이가 감았던 눈을 뜨고 계놈이를 보더니

"저 얼뜬 자식이 내게 속은 것도 분하지 아니한가."

하고 비로소 입을 떼어 말을 하기 시작하였다.

"내가 다 말할 것이니까 계놈이 같은 얼뜬 자식에게 물을 것이 없소. 내가 상전의 원수 갚을 꾀를 생각하고 말 안 내고 심부름해 줄 사람을 구하는 중에 계놈이가 내게 부니는 눈치가 보입디다. 그래서 이 자식을 한번 놀려서 심부름꾼을 만들어보리라 작정했소. 내가 저에게 끌리는 체한 것이 실상은 내가 저를 끈 것이오."
하고 말하여 가다가

"말할 것은 많은데 목이 타서 말을 못하겠으니 물 한 모금 먹여주시오."
하고 말하여 정현이는 갑이의 말을 들으려고 물을 먹이어주게 하였다. 갑이가 물 몇모금을 받아먹은 뒤에 다시 말을 이었다.

"그래 계놈이를 내 손에 넣게 되었소. 옥잔 야단이 났을 때 옥잔은 내가 없이한 것이오. 옥잔을 가지고 우리 상전을 들추는 것이 괘씸해서 내가 깨뜨려버렸소. 깨뜨린 것은 뒤꼍 굴뚝 옆에 묻었으니 궁금하거든 나중에 파보시오. 그래 옥잔 까닭에 치의받아서 죽을 곡경을 치를는지 모른다고 계놈이를 흔동하고˙ 옥잔 훔쳐간 사람을 방자한다고 초빈 송장의 뼈마디를 얻어달라고 했소. 그 뒤에 뼈마디 방자가 잘 안 된다고 또 산도야지털을 얻어달라고 했소."

● 흔동(掀動)하다
함부로 마구 흔들다.

하고 말하는데 정현이가

"산도야지털은 무엇에 썼느냐?"
하고 물었다. 갑이는 무심결에 몸을 움직이려다가 아픔을 참느라고 한동안 입을 악물고 있는 것을

"무엇에 쓴 것을 바로 대라."

하고 정현이가 호령하니 갑이가 고개를 들고 치어다보며

"호령 마시오."

하고 타박한 뒤에 또다시 말을 이었다.

"그 도야지털은 늙은것이 술 취해 곤드라졌을 때 배꼽 속에 박았소. 미심하거든 염한 것을 풀고 보시오."

하고 다시 물을 좀 먹여달라고 하인에게 손짓하는 것을 정현이가 보고

"말을 더 들을 것이 없다. 물 먹여주지 마라."

하고 이르는데 옆에서 보던 정작이가 그 형에게

"내가 몇마디 물어볼 말이 있으니 물을 먹이라고 하시오."

하고 말하여 갑이는 다시 물 몇모금 얻어먹게 되었다.

"네가 유씨만 상전이라고 말하니, 우리는 너의 상전이 아니란 말이냐?"

"상전의 원수이지, 상전은 무슨 상전이오? 우리 상전이 나를 친자녀같이 기른 은공을 말하면 상전이요, 부모이니까 우리 상전은 예사 상전과도 다르지요."

"대감 돌아가신 뒤에 네가 섧게 운 것은 작죄한 것이 무서운 것이냐?"

"여보, 어린애 소리 고만두시오. 나는 내 설움에 울었지 당신네 집 초상에는 상관도 없소."

하고 갑이는 정작이의 묻는 말을 웃었다. 정현이 그 아우를 돌아

보며 그만두라고 말하고 작도斫刀를 들이라고 하여 갑이를 공석에 두르르 말아서 작도에 넣고 목을 자르게 하였다. 계놈이까지도 죽이려고 하는 것을 정작이가 죄의 경중을 분간해 말하여 계놈이는 죽도록 매만 맞았다.

순붕이 명에 죽지 못한 것을 그 집에서는 깊이 숨기고 말이 밖에 나가지 아니하도록 안팎 하인들을 단속하였다. 조객이 와서

"무슨 병환에 그렇게 졸지에 궂기셨소?"

하고 물으면 상주들은

"약주가 좀 과히 취하신 중에 동풍動風이 되셔서 갑자기 상사가 나셨습니다."

하고 대답하고 겉풍문을 듣고 와서 체면없이

"무슨 하인의 변이 있었다니 참말이오?"

하고 묻는 사람이 있으면

"손버릇 사나운 아이종이 매맞은 끝에 죽은 일이 있습니다."

하고 대답을 하였다. 순붕의 졸곡이 지난 뒤에 어느 날 이기가 상주들을 보러 와서

"선대감 작고하신 뒤에는 무슨 일 하나 서로 의논할 사람이 없네그려."

하고 한탄하듯이 말하니, 정렴이는 속으로 불쾌히 여기며 잠자코 앉았고 정현이는

"대감께서 소인의 선친과 좀 자별히 지내셨습니까?"

하고 말을 받들어주었다. 이기가 자연히 정현이와 많이 수작하게

되어서 이런 말 저런 말 하다가 무슨 말끝에

"선대감 생존시에 가까이 시중하던 아이종년이 있었지?"

하고 말하여 정현이

"네."

하고 대답한 뒤에

"그년이 어디 갔나?"

하고 물으니 정현이 대답이 없었다.

"죽었단 말이 있으니 그것이 참말인가?"

"죽었습니다. 대감께서 그것을 어떻게 들으셔 계십니까?"

"나도 귀가 있으니까 듣지그려. 그런데 그년이 어떻게 죽었나?"

하고 밑을 캐어물으니 정현이 까닭을 몰라 황당하여하며 대답하였다.

"그년이 흉한 년이에요. 그년이 상노놈과 부동해가지고 선친이 신명身命같이 아끼시던 옥잔을 훔쳐갔습니다. 선친도 생존시에 그년을 치의하셨습니다. 그런데 선친 작고하신 뒤에 그년이 적실히 훔쳐간 것을 알게 되어 소인이 형의 몸을 받아서 치죄했습니다. 죽게까지 치죄할 생각은 없었습니다만, 그년이 매를 맞아보지 못한 탓으로 장독이 심했던 모양이올시다."

이기가 정현의 말을 듣고

"그러면 그렇지. 나는 듣기를 그년이 전 상전의 원수라고 선대감을 치독했다고 들었어. 거짓말이 많은 세상이라 할 수 없네. 옥잔 잃은 것은 나도 아는 일일세."

하고 얼굴에 안심하는 빛이 있었다. 사실로 이기는 배의裵醫라는 친한 의관에게서 소문을 들은 뒤에 전에 사패한 노자와 비자들은 일절 앞에 가까이 하지 않는 터이었다.

이기가 조용히 집에 있을 때 배의가 온 것을 방으로 불러들이었다.

"여보게 이 사람, 향자에 자네가 정의정 집 소문을 이야기한 것이 있지 않은가? 그것이 거짓말이데."

"허무한 말이와요?"

"꼬투리는 있으니까 허무하다고까지 말할 수는 없지만 하여튼 거짓말은 거짓말이야."

"정의정 댁 상노로 있던 아이놈이 장독으로 소인의 약을 먹었삽는데, 그놈의 입에서 난 말이올시다."

"글쎄 요전에도 말했지. 그런데 내가 알아본즉 아이종년이 상노놈과 부동해가지고 무엇을 훔쳐냈더라네. 그 집에서 치죄는 좀 과히 했던 모양이야."

"대체 그 아이놈의 아비가 저의 자식의 매맞은 까닭을 말하는 것이 동에 잘 닿지 않아서 거짓말인 듯한 의심이 없지 않았습니다. 아무리 의심나는 소문이라도 소인이 들은 바에야 대감께 아니 와서 여쭐 길이 있습니까."

"암, 그렇지."

"황송하오나 오늘은 소인이 대감께 여쭐 말씀이 있어 왔습니

다."

"무슨 말인가?"

"가까이 전의典醫에 변동이 있으리라고 말들 하옵는데, 대감께서 소인의 일을 특별히 하념하옵시는 터이오니 이번에 제조提調 대감께 편지 한 장 써주시기를 바랍니다."

이때 허자가 이조판서로 전의 제조를 겸하고 있었다.

"어렵지 않은 일일세만 남중南仲이가 내 말을 들을는지 모르겠네."

"어디로 보기로 허판서가 대감 말씀을 무일 수가 있습니까."

"그렇지도 않아. 연전에 위에서 공신 자제를 녹훈하라실 때 남중이가 유독 사양하는 것을 내가 그리 못하는 법이라고 나무라기까지 하였건만 육칠 차나 고사해서 그예 사양했었네. 그때 공신의 자제로 정현이 하나만 녹훈된 것이 남중이가 고집을 부린 까닭일세."

"그때는 그때고 지금은 지금이옵지요."

"아무래도 편지로는 어려울 듯하니 내가 지금 녹사*를 보내서 말해봄세."

하고 이기는 허자에게 녹사를 보내었다.

의정부 영의정 이기의 녹사가 허자에게 갔다왔다.

"대답이 무어라던고?"

"소인이 가서 처음에 말씀을 여쭈온즉 못 들은 체하고 앉으셨기에 재차 말씀을 여쭈었습지요. 그리하였삽더니 홀제 벌떡 일어서서 소인의 뒷덜미를 잡고 휘두르며 내가 정부 서리書吏란 말이냐? 그따위 청을 어디 와 말하느냐? 하고 호령짓거리를 하시겠지요. 항거할 수 있습니까? 꼼짝없이 당했습지요."

"무엇이 어째!"

하고 이기가 발끈 화를 내는데, 배의관이

"허판서가 그럴 수가 있습니까."

말하고 또 녹사가

"소인이 녹사를 다닌 지 십여년에 오늘 같은 봉변은 처음이올시다."

말하여 화를 돋워주어서 칠십 노인 이기가 한동안은 철없는 젊은 사람들 골내듯이 손발 하나 가만두지 못하고 펄펄 뛰다가 조금 진정이 된 뒤에

● 녹사(錄事)
높은 벼슬아치 밑에서 일을 보던 사람.

"되지 못한 기광 얼마나 부리나 두고 보자."

하고 허자를 별렀다.

　허자는 자기의 소행이 그른 것을 알고 일등공신 된 것을 부끄럽게 생각하므로 한때 만난 듯이 부귀공명을 자랑하는 다른 공신들과는 심사가 다르지 않을 수 없었다. 같은 공신들 중에서 허자의 심사를 알아주는 사람은 좌찬성 민제인 한 사람뿐이라 허자가 이기에게 문후할 틈이 있으면 그 틈을 가지고 민제인을 심방하였다. 허자와 민제인이 서로 막역하게 지내는 것이 과부 설움을 동무 과부가 아는 격이었다.

　어느 날 허자가 민제인을 찾아왔다가 그 얼굴에 분한 빛이 있

는 것을 보고

"대감이 무슨 분한 일을 보았소?"

하고 물었다. 그때 민제인은 한 동리에 사는 젊은 친구 김난상을 찾아갔다가 창피한 대접을 받고 온 길이었다. 민제인이 김난상에게 가서 통자˚한즉 직품으로 보든지 연기로 보든지 무엇으로 보든지 진동한동 뛰어나와서 맞아들여야 할 사람이 방금 머리를 빗는 중이니 문안에 들어서서 기다리라고 아이종에게 말을 일러 보냈으니, 이것은 남에게 말도 못할 창피한 대접이라 민제인이 분하게 여기어 바로 곧 집으로 돌아왔었다. 민제인이 허자의 묻는 말에

"대감이 아니면 말도 할 수 없는 분한 일이오."

하고 김난상에게 창피 받은 것을 이야기하고

"내가 한번 죽지 못한 탓으로 동리 소년에게까지 봉변하고 살게 되니 이런 분하고 절통한 일이 어디 있겠소."

"지금 대감이나 나에게는 남은 것이 욕뿐이오."

"지금 욕만 먹소? 후세의 악명은 어떻게 하오."

"대감은 그래도 나보다는 덜할 것이오."

"한번 소인 이름이 붙는 날이면 더하고 덜할 것이 무엇 있소."

"우리가 소인 소리 듣기는 원통하지 아니하오?"

하고 허자와 민제인은 서로 손 맞잡고 눈물까지 흘리었다.

안명세 옥사 때에 민제인이 사기史記를 고치지 못한다고 말하고, 또 죄인을 두둔해 말하다가 죄로 몰리어서 공주로 귀양가게

되었다. 민제인이 집이 가난한 까닭으로 귀양간 뒤에 의식이 군간하여˚ 그 아우 제영齊英이 한걱정으로 지내는데, 허자가 이것을 알고 민제영을 당진현감으로 제수하게 하니, 그 형을 돌보아 주라는 뜻이었다. 이때 마침 허자의 친한 사람이 이기에게 가서

"연전 옥사를 일으킨 공로로 녹훈까지 된 것은 한恨되는 일이로다."

하고 허자가 말한 것을 옮기었더니 이기가 속으로

'옳다, 되었다.'

하고 대사헌 진복창과 사간 이무강李無彊을 불러서 허자를 탄핵하도록 지주˚하였다.

허자가 대간 탄핵에 몰리어서 일등공신이 삼등으로 깎이고 함경도 홍원으로 귀양가게 되었다. 이기는 이것도 맘에 부족하여 사사賜死하도록 가죄하기를 청하려고 계초를 품에 품고 예궐하여 탑전에서 먼저 다른 일을 아뢰는 중에 갑자기 현기가 나서 앞으로 꼬꾸라졌다. 대비가 이것을 보고 놀라 여러 내시를 시켜서 빈청으로 내어다 뉘게 하고 여러 의관을 시켜서 의약으로 구호하게 하였으나 이기는 나이 칠십이 넘은 사람이라 평일의 근력이 좋았다고 하더라도 종시 젊은 사람과 달라서 돌리지 못하고 집에 나올 사이도 없이 운명하게 되었는데, 죽을 때 전신 혼몽한 중에

"이해가 나를 죽인다."

하고 소리를 지르고 이내 성각˚이 없어졌다. 이기가 급사하는 바

- 통자(通刺) 예전에 명함을 내놓고 면회를 청하던 일.
- 군간(窘艱)하다 살림이나 형편이 군색하고 고생스럽다.
- 지주(指嗾) 달래고 꾀어서 무엇을 하도록 부추김.

람에 허자는 다행히 가죄를 면하였으나 얼마 뒤에 구경 배소에서 병들어 죽었다.

정순붕, 이기 등이 차례로 죽은 뒤에 조정은 윤원형의 독판이라 사헌부 대사헌이니, 사간원 대사간이니 또는 홍문관 부제학이니 서슬 좋은 조정 관원들이 대개는 원형의 앞에서 견마犬馬의 충성을 다하는 인물들이었다. 대체 말이나 개의 주인 위하는 충성은 일호 거짓이 없지마는 사람으로서 말 노릇 개 노릇 하는 것은 충성이 곧 거짓이라 말이나 개만 못한 거짓 충성이 주인의 눈 밖에 나서 좋지 못하게 신세를 마치는 것은 첩경 있기 쉬운 일이다.

대사헌 진복창은 세상 사람에게 독사 지목을 받아가며 원형이 미워하는 사람들을 배척하고 구축하고 살육하되 항상 원형의 소망에 지나도록 힘을 썼다. 그러나 복창도 원형의 눈 밖에 나는 날이 있어서 원형의 말이

"내가 남을 해치려고 독사를 기를 사람이 아니다."
하고 복창의 허물을 잡아 대비께 품하고 삼수三水로 귀양 보내게 하였다.

부제학 정언각은 양재 익명서를 큰 공로거리로 생각하여 귀 뒤의 옥관자가 쉽사리 두서너 번 변하여 도리어 승품 재상이 될 것을 꿈꾸고 있었으나 꿈은 꿈대로 떨어지고 관자는 좀처럼 변하지 아니하였다. 아침에 소세하고 망건을 쓸 때 관자의 연화수조蓮花水鳥를 들여다보며 쓴 입맛을 다신 적도 한두 번이 아니었다. 정

언각이 익명서의 공로만 가지고는 속히 현달˙하지 못할 것을 깨닫고 원형의 문하에 드나들기 시작하여 원형의 집 청지기에게 약간 토심받는 것을 달게 여기지 않을 수 없었다.

어느 날 정언각이 원형의 집에 와서 원형의 거처하는 방이 조용한 것을 보고 청지기에게 말을 물었다.

"대감이 어디 가셨나?"

"작은댁에 가셨어요."

"곧 오시겠나?"

"그걸 알 수가 있나요."

"좀 기다려볼까?"

"요량대로 하시지요."

"사랑으로 들어갈까?"

"대감이 아니 계신 때는 영의정 대감이 오셔도 사랑에 들이지 아니해요."

"그러면 마루에 앉아 기다림세."

● 성각(醒覺)
깨어 정신을 차림.
● 현달(顯達)
벼슬, 명성, 덕망이 높아서 이름이 세상에 드러남.

하고 정언각이 한두 시각을 착실히 기다린 뒤에 '에라 쉬' 소리가 나며 원형이 탄 남여가 사랑 뜰아래에 와서 놓이었다. 원형이 청지기의 좌우 부축으로 마루에 올라올 때 뜰 위에 내려섰는 정언각을 보고 잠깐 고개를 끄덕이었다.

정언각이 원형의 뒤를 따라 사랑에 들어와서 장지 밖에 꿇어앉으니 원형이 인사말도 하기 전에

"영감이 말을 타고 왔소?"

하고 물었다.

"네, 말을 탔습니다."

"그 말이 장히 눈에 익기는 한데 뉘 말이든지 생각이 아니 나서 지금 들어오다가 하인들더러 물어보기까지 하였소. 본래는 영감의 말이 아니지?"

"네, 아니올시다. 전에 임형수 타던 말이랍니다."

"옳지, 임형수 타고 다니던 말이야. 말이 좋더군."

"걸음이 시원해서 좋아요. 조금 사납기는 하지만 자견˚으로 다녀도 아무 일이 없습니다."

"우선 생김생김이 잘생겼어."

"대감께서 세워보실 의향이 계시다면 바치겠습니다."

"아니, 나는 말이 소용없소."

하고 원형이 주는 말은 받지 아니하였으나 주는 뜻은 받아서 언각을 술대접까지 하여 보내었다.

언각이 원형의 돌보아주는 힘을 입어서 옥관자를 금관자로 바꾸어 붙이게 되고 얼마 뒤에 경기감사로 나가게 되었다. 언각이 예궐 숙배하고 나와서 원형의 집을 향하여 오는 길에 하인들은 뒤에 따르게 하고 자견하고 앞서 오는데, 언각이 정신 놓고 무엇을 생각하는 중에 말이 무엇에 놀랐던지 갑자기 뒤를 솟치어서 말 위에서 떨어졌다. 아주 다 떨어지기나 하였더면 낙상할 뿐이었겠지만, 한 발이 등자에 걸리어서 몸이 매어달리게 된데다가 뒤에 오던 하인들이 무망중에 놀라 소리치는 바람에 말이 들고 뛰기 시작하여 언각은 두골이 깨어지고 온몸이 성한 곳이 없이 갈리고 찢어져서 즉사하게 되었다. 정언각이 임형수의 말에 죽었다는 말이 세상에 퍼진 뒤에

"천도가 무심치 않다."

"보복이 무섭다."

하고 수군거리는 사람이 한둘이 아니었다.

● 자견(自牽)
말 따위를 스스로 몲.

권세

 천도가 무심치 아니하여 보복이 영절스러울 것 같으면 윤원형은 백번 천번 급살을 맞아도 가하건마는, 천도가 나름이 있는지 보복이 원형에게까지 미치지 못하였다. 원형은 일국의 권세를 한 손에 잡고 맘대로 휘둘렀다. 원형의 형 원로는 처음 살육이 난 뒤에 곧 풀리어 돌아와서 돈령도정敦寧都正 벼슬까지 지내었는데, 공신에 참예하지 못한 것을 분하게 여기어서
 "소위 공신이란 것들이 도적놈들이다. 남이 죽을동살동 모르고 만들어놓은 일의 공을 앗아다가 일등이니 이등이니 떠벌리고 나섰으니 이것이 도적놈이 아니고 무엇이냐."
하고 노발대발한 일까지 있었다. 원로의 말이 원형의 귀에 들어간 뒤 원형이 원로를 보고
 "여보 형님, 말조심하시오."

하고 말하였더니 원로가 눈썹이 쌍그레지며

"무슨 말을 조심하란 말이야?"

하고 뇌까리었다.

"공신이 이러니저러니 말한답디다그려. 국가의 공신을 함부루 말해 되겠소?"

"갸륵한 공신들을 누가 무어라고 말해?"

"그렇게 빈정대실 것도 아니오."

"영감이 작위가 높아지더니 형의 버릇까지 가르치려는가?"

"형님도 딱하오."

"딱하다는 건 무어야? 공신이 흔한 세상에는 윤기倫紀도 없나? 형보고 딱하다니 고현 인사로군."

하고 원로가 뛰는 바람에 원형은 오만상을 찡그리었다.

원형과 같이 국사에 큰 공이 있는 사람을 오래 종이품으로 두는 것은 미안한 일이라고 윤인경 이하 대신들이 대비께 품하여 특지로 원형의 직품을 돋워주었다. 며칠 동안 원형의 집에는 치하하는 손이 그칠 사이가 없었는데, 그의 형 원로는 그림자도 보이지 아니하더니 어느 날 밤에 와서 원형을 보고

"천은이 감축하다."

하고 해라로 인사하니 원형이

"형제간이라고 직품을 보지 말란 법이 없으니 남 보는 데서는 해라하지 마시오. 내게 창피하다느니보담 형님에게 창피하오."

하고 좋지 않은 기색을 보이었다.

"대감께 잘못했소."

하고 원로는 당장에 말을 고치고

"여보 대감, 대감 소리가 듣기에 어떻소? 좋소, 언짢소?"

하고 비위에 거슬려나오는 웃음을 웃으며 원형의 얼굴을 들여다보니 원형이 얼굴을 들고 천장을 치어다보며

"언짢을 것 없지요."

하고 대답하였다.

"좋지? 좋으면 대감 우애 덕분에 나도 대감 좀 바쳐봅시다."

"계제가 있는데 그렇게 쉽게 되나요."

"쉽게 안 되어?"

하고 원로가 뇌고 나서 도로 해라로

"아무도 없으니 말이다. 오늘날 너의 참판이니 판서이니 하는 것은 다 어디서 나왔느냐? 내가 없었더면 지금쯤 윤임이 손에 목숨이 달아났을 것 아니냐? 형도 형 나름이지, 네가 어째 나를 푸대접하게 되니? 일분 사람의 맘이 있거든 생각 좀 해보아라."

하고 소리를 높여 말하니 원형이는

"형님, 약주 취했구려. 하인이 듣더라도 창피하오. 가만가만히 나 말하시오."

하고 손을 흔들었다.

"오냐, 나는 창피도 모른다. 너희들의 오늘날 공명이 대체 뉘 공로냐? 너는 다 알지. 뉘 공로냐? 말 좀 해보아라."

"형님 공로가 많지요."

"공로가 많은 줄 아는 네가 나를 푸대접한단 말이냐?"

"푸대접이 무슨 푸대접이오?"

"이기, 정순붕 따위를 대신을 시키고 임백령, 허자 따위를 좋은 벼슬을 시키면서 나는 돈령도정으로 썩힐 작정하는 것이 푸대접 아니고 무엇이냐?"

"그 말씀은 대비전에 여쭐 말씀이고 내게 하실 말씀이 아니오."

"옳다. 대비전에 여쭐 말씀이다. 그러나 대비전에서도 전과 달라서 내 말을 네 말만큼 알아주시지 않더라. 이렇게 대비전 맘을 돌린 것은 뉘 짓이냐?"

"그걸 내가 아오?"

분이 상투 끝까지 오른 원로는

"이놈아, 네가 모르면 누가 아니?"

하고 원형의 얼굴에 침을 뱉었다.

"이게 무슨 행실이오?"

"형더러 행실? 잘 배웠다."

하고 원로가 체면까지도 돌보지 않고 원형의 상투를 감투 께서 훔켜잡고 앞으로 끄숙이었다. 형제가 일어서서 두발놀이를 시작하였다. 원로는 원형의 뺨을 치고 원형을 몇번 걸어차기까지 하였으나, 원형은 그중에 형 대접한답시고 계집아이 싸우듯이 원로의 팔을 꼬집고 원로의 얼굴을 할퀴었다.

원형이 원로를 미워하는 맘이 뿌리 깊이 박히어서 서로 대면하기를 싫어하게 되었다. 원로가 이 눈치를 알고는 짓궂이 하루돌

이로 원형을 찾아왔다. 원형이 한번 하인들을 불러서

"누가 찾아오든지 내 말 듣기 전에 들이지 마라. 큰댁 영감이 오시더라도 거래˚하고 들어오시게 해라."

하고 일러둔 까닭에, 어느 날 하인들이 상전의 분부대로 원로가 들어오는 것을 가로막고 거래하려고 하였다.

"무슨 일이냐?"

"대감마님 분부에 누가 오시든지 거래하라셨습니다."

"너희가 눈이 멀었느냐? 내가 누구인지 모르느냐?"

"아니올시다."

"아니라니? 내가 이 집에 손님이냐?"

"아니올시다."

"괘씸한 것들 같으니."

하고 원로는 상전과 하인을 휩쓸어 꾸짖고 앞 막아선 하인을 밀치고 들어와서 곱지 않은 눈으로 원형을 보며

"대감, 말 좀 물어보세. 형이 아우의 집에 와서도 거래해야만 들어오는 법인가?"

하고 곧 뒤를 이어서

"내가 요전에도 대감더러 한 말이지만 나도 대감을 바치고 싶으니 남행판서南行判書 한 자리를 벌어내게. 내가 대감에게 자주 오는 것이 나로는 근사를 모으는˚ 셈인데, 대감 댁 하인이 서슬이 푸르러서 근사 모으러 다니기도 비편할 모양이니 지금 아주 단단히 청해두네. 그것도 오래는 기다릴 수 없네. 대감이 하려고

만 들면 오늘내일로도 될 수 있을 줄 알지만 아주 넉넉히 한 달만 참고 기다림세."

하고 말하는데 비위 파는 것도 같고 유세 부리는 것도 같았다.

"사람이 성가시게 왜 그러시오?"

"대감이 못해주겠단 말인가?"

"남행판서고 백의정승이고 대비전 처분을 물으시오."

"속담에 중이 제 머리 깎느냐는 말이 있지. 대비전 처분을 대감이 물어주게나. 나는 대감만 믿네."

며칠 뒤에 원형이 대왕대비께 문후할 때 원로를 꺾어 말씀하되

"신이 정경正卿이 된 뒤로 형은 남행판서가 못 되어서 원망이 대단하오이다. 신을 원망하는 것은 오히려 모를 일이오나 어느 동기는 동기가 아니냐 마냐 하고 함부루 마마를 원망하오니 실로 딱한 일이외다. 그리 말라고 신이 말씀하온즉 너는 대비의 긴목이라 말이 다르다고 조롱하듯 말하옵니다. 마마께서 한번 불러 이르시는 것이 좋을 듯하외다."

● 거래(去來) 예전에, 사건이 일어나는 대로 아랫사람이 윗사람이나 관아에 가서 알리던 일.
● 근사(勤事)를 모으다 공을 들이다.

하고 그럴싸하게 말씀하여 대비는

"이르기는 무어를 이른단 말이야. 내버려두지. 원망도 하다 지치면 아니하겠지."

하고 화를 내었다. 그 뒤에도 원형이 대비를 뵈올 때마다 번번이 원로의 말로 대비의 화를 돋워서 대비까지 원로를 미워하게 되었다.

원형이 종질從姪 되는 병조좌랑 윤춘년尹春年을 시켜서 원로를 몰아 상소하게 하였는데, 그 상소의 대지는 아래와 같았다.

"대왕대비께옵서 여희˚ 같다는 악명을 쓰시게 된 것은 윤임이 일을 얽었다느니보다 원로가 말을 만들었다 하올 것이 원로가 인종께 이롭지 못한 말과 해로운 짓을 하되 언언사사言言事事에 내지˚라고 자탁하였사온즉 윤임이 인종의 지친으로 내지라는 말 듣고 의심 없기가 어려웠을 것 아니오니까? 원로가 신에게 이르는 말이 오늘날 공신이란 것이 오래갈 줄 아느냐? 대비만세 후에 변복變覆이 되지 않을 줄 아느냐? 하고 횡설수설하는 것이 모두 신자의 도리로는 입에 올리지 못할 말이었습니다. 원로가 국사를 그르치고 종사를 위태케 할 위인인 것은 아는 사람이 신 한 사람뿐이 아니올 것이나, 원로의 흉한 심사를 잘 아는 사람은 신 만한 사람이 별로 없을 것이외다. 대체로 말씀하오면 윤임은 천하의 역적이요, 원로는 인종의 역적이외다. 신은 원로를 버릴망정 전하를 마저 버리지 못하와 원로의 죄상을 들어 말씀하오니 전하는 굽어살피시기 바랍니다."

대왕대비가 춘년의 상소를 대신에게 보인 뒤에 대신의 말을 좇아서 원로를 파직하고 양사 의론을 좇아서 원로를 원찬하였다가 다시 사약을 내리었다. 원로가 죽은 뒤에 상소 이허裏許를 아는 사람들 중에는

"춘년이가 당숙을 죽인 것이 아니라 원형이가 친형을 죽이었다."

하고 말하는 사람도 있었고, 또 상소 문구를 들은 사람 중에는

"원로가 인종의 역적이면 원형이는 무엇인가? 원로와 원형이가 처음부터 갈렸던가?"

하고 공론하는 사람도 있었다.

원형은 본래 삼사 형제라 원로 외에 원량元亮이란 형이 있고, 또 도손度孫이란 서제庶弟가 있었다. 원량은 위인이 영발˚치 못하여 아우들의 지실받이˚로 늙은 까닭에 원형에게 형 대접을 받지 못하고 도손이는 형제의 셈 밖이었다. 원로의 초상을 치를 때, 원로의 아들 백원百源이가 모든 절차를 융숭히 하려고 하였더니 원형이 이것을 알고 백원을 불러다가

"국가 죄인의 초상이라 그리 못하는 법이다."

하고 금하였다. 백원이 원량을 보고

"큰아버지, 다른 것은 어쨌든지 상여나 구정九井 겹줄을 쓰게 해주시오. 남의 이목도 있지 않습니까? 마주잡이는 너무 초라합니다. 작은아버지를 보고 말씀 좀 하세요."

하고 청한즉 원량은 처음에는

"그 사람이 내 말을 듣나. 말해 소용없어."

하고 방색˚하다가

"그래도 한번 말씀해보세요."

하고 백원이 우기는 바람에

"아무리나 한번 해보지."

● 여희(麗姬)
중국 진나라의 헌공이 정벌한 이민족 여왕의 딸로, 진나라로 끌려와 빼어난 미모를 이용해 헌공의 마음을 사로잡아 자신의 아들에게 왕위를 계승시키려다 실패하고 자살한 여인.
● 내지(內旨)
임금의 은밀한 명령.
● 영발(英發)
재기가 두드러지게 드러남.
● 지실받이
무슨 재앙으로 해가 되는 일을 당하는 사람.
● 방색(防塞)
남의 청을 받아들이지 않고 막음.

하고 마침내 허락하였다. 원량이 원형을 와서 보고
 "여보 대감, 상여만은 조금 좋게 쓰도록 하세그려. 남의 이목이 있지 아니한가? 이 세상에서 마지막 길 떠나는 동기를 마주잡이로 거들거들 내보내면 첫째 대감에게 창피하지 않겠나."
하고 간곡히 말하였더니 원형이 증을 내며
 "죄인으로 죽은 것은 생각지 못하오? 지각 없기가 백원이나 다름없구려."
하고 우박을 주어서 원량이는 다시 두말을 못하였다. 처음 배소에서 운구하여 오던 날 원형이는 잠깐 상가에 와서 보고 다시 오지 아니하더니 발인날 식전에 온다는 선통이 왔었다. 원형이 오기를 기다리느라고 발인 시각이 한없이 늦어졌다. 하인들이 몇몇 번 왔다갔다한 뒤에 원형이 와서 견전˚에 참예하게 되었는데 영결종천永訣終天의 축문이 끝이 나며 상주 이하 비복婢僕들까지 일제히 곡소리를 내어 애고지고 하는 판에 원형이 몇마디 어이어이 하다가 슬그머니 그치고
 "곡들 그치래라."
하고 말하였다. 원형의 말 한마디에 상주까지 곡을 그치어서 곡소리가 소낙비 쏟아지다 그치듯이 뚝 그치게 되니 진정으로 곡하던 사람들은 고사하고 체면으로 곡하던 사람까지도 어이없어하였다.
 "벌써 늦었다. 어서 떠나거라."
하고 원형이 재촉하여 마주잡이 상여는 장지로 떠나갔다. 도손이는 나이는 젊으나 선천부족先天不足으로 시름시름 앓던 터이라

수상˚하지 못하였는데, 원형이 이것을 보고

"너 어째 산하山下에까지 가지 않느냐? 나는 국사에 몸이 매여서 잠시 서울을 떠나지 못하지만 너야 아무것도 않고 노는 사람이 어째 산하에까지 가지 않느냐? 젊은 아이들이 몸 좀 아프다고 형님 장사를 가보지 않는단 말이냐? 그럴 도리가 어디 있을꼬. 큰형님이나 백원이는 일의 두서를 차리지 못할 것이니 네가 가서 장사를 보고 오너라."

하고 이른 뒤에 곧 도손이를 말을 태워 상행을 뒤쫓아 보내었다.

그날 저녁때 원형이 예궐하였다가 나오는 길에 도손의 집을 들러서 계수를 보고

"그 아이가 병을 자세하고 산하까지 아니 가는 것을 내가 쫓아 보내다시피 하였소. 갔다온 뒤에 혹시 병이 더치더라도 원망은 마시오."

하고 허허 웃으니 도손의 아내는

"천만에요."

하고 고개를 숙이었다. 도손의 아내는 세동˚이 알맞아서 맨드리에 태가 나고 가죽이 얇고 빛이 희어서 얼굴이 돋보이는 중에 너글너글하고도 어여쁘게 보이는 두 눈이 사람 끄는 힘을 가졌었다. 원형은

"그 아이가 요사이 뉘 약을 먹소?"

"약도 별로 먹지 않습니다."

"약을 먹어야지."

● 견전(遣奠)
발인할 때에,
문 앞에서 지내는 제사.
● 수상(隨喪)
장사 지내는 데 따라감.
● 세동 몸매.

"약에 녹용이 들어서 이루 먹기 어렵다고 하와요."

"내 아우가 되어가지고 용이 없어서 약을 못 먹는단 말이오? 지금 집에 있는 것만 해도 저는 먹고 남을 게니 먹는 대로 갖다 먹으라고 하시오."

하고 원형이가 말거리가 궁하여서 잠깐 말이 없이 두리번거리다가 옆으로 제쳐놓은 바느질감을 가리키며

"무슨 바느질 하셨소? 침모를 두시구려. 사람이 마땅한 것이 없거든 내게서 하나 데려가시오."

하고 원형이 그 계수의 얼굴을 치어다보니 그 어여쁜 눈이 말 대신으로 고맙다는 뜻을 말하였다. 원형이 수숙의 체모를 보아서 뜰에 서서 말하다가 그대로 집으로 돌아갔다.

도손이는 산하에까지 휘달려가서 몸이 뼈친 끝에 하관下棺 시간이 밤중인 까닭으로 산상에서 야기夜氣를 쏘이고 병이 갑자기 더치었다. 두통신열은 고사하고 제일로 해소가 심하여서 산하에서 지내게 된 초우제에도 참예하지 못하였다.

도손이가 서울 온 뒤로 몸겨누워 앓게 되었는데, 의약 구호가 부족한 것은 아니로되 병은 조금도 감세減勢가 없었다. 도손이가 본래 심약한 사람이 가래에 선혈이 섞여 나오는 것을 보고는 병이 고황에 들어서˚ 할 수 없거니 생각하여 죽을 것을 자기自期하고 약도 정성스럽게 먹지 아니하였다. 병은 중병이건마는 구미口味를 젖히지 아니하여 먹을 것을 갖가지로 다 찾는데, 어느 날은 평상시에 좋아하는 저육豬肉을 먹겠다고 도야지의 업진˚ 하나를

거의 다 먹다시피 하더니 이것이 체하여 마침내 젊은 일생을 마치게 되었다.

 도손이가 앓는 중에 원형이는 자주자주 와서 보는데, 석후에 와서 밤늦도록 있을 때가 많았다. 원형의 첩 난정이가 원형을 대하여

 "대감이 갑자기 우애가 놀라워지셨습니다그려."
하고 기롱˙으로 말을 한즉

 "도손의 병은 내가 더치어준 셈이라 무안하지 아니한가."
하고 발명같이 말하다가

 "그래 대감이 무안풀이로 자주 가십니까?"
하고 가시로 찌르듯이 묻는 말에 원형이는

 "그것도 있지."
하고 모호히 대답하고 말을 달리 돌리었다.

- 고황(膏肓)에 들다 병이 고치기 힘들게 몸속 깊이 들다.
- 엎진 가슴살.
- 기롱(譏弄) 실없는 말로 놀림.

 도손이 죽어 초종이 지나고 졸곡이 지난 뒤에 원형이가 원량을 보고 도손의 집 일을 의논하였다.

 "도손의 아내를 어떻게 할까요?"

 "어떻게 하다니?"

 "젊은 부녀를 혼자 살림하라고 내버려둘 수가 있어요?"

 "그러면 어떻게 하나?"

 "이 동리에 집이 한 채 있으니 그 집으로 이사를 시키고 돌보아줄까 하오."

 "그러면 더 말할 것이 없지."

하고 원량이는 원형의 뜻을 동기간의 우애로 알고 자기가 받는 것같이 좋아하였다. 원형이가 도손의 아내를 가까이 이사시키고 일동일정을 돌보아주는데, 돌보아주는 것이 너무 과할 뿐 아니라 수숙간에 혐의없이 구는 것이 집안 이목에까지 거슬리었다. 난정이가 이것을 알고도 짐짓 모르는 체하고 있다가 어느 날 밤 조용히 원형이를 대하였을 때

"세상에 계집이 씨가 졌소? 대감의 행세가 무슨 행세요?"
하고 토죄하니 원형이는

"종없는 소리 지껄이지 마라."
하고 도리어 화를 내었다.

"내가 종이 없세요?"

"그러면?"

"내가 종이 없더라도 대감같이 종없지는 않을걸요."

"발칙한 것이로구나."

"인제는 별소리를 다 하는구려."

"그리하다가는 뒤가 좋지 못할 게니 함부로 입을 놀리지 마라."

"자식새끼 낳아가며 몇몇해를 살다가 인제 쫓겨나는가 보오그려."

"그예 무슨 일을 내라고 화를 돋우는 셈인가?"

"대감이 지금 내게 화내시는 것이 옳은지 그른지 전후 사정을 대비전에 품하여 볼 터이오."
하고 난정이가 대비를 내세우니 원형이는 갑자기 풀이 꺾이면서

"당치 않은 소리를 마라."

하고 난정이의 눈치를 보았다. 난정이는 장흥長興 관비의 딸로 원형의 첩이 되어 들어온 뒤 근 이십년 동안에 원형의 일을 도와 준 것이 많을 뿐 아니라 사람이 영리하여 대왕대비의 총애를 받는 까닭으로 원형이도 함부로 대접하기 어려운 터이었다.

"대감, 나를 샘바른˙ 계집으로만 알지 마시오. 내가 이런 말씀 저런 말씀 하는 것도 모두 대감을 위해서 하는 말씀이오."

"그건 나도 알아."

"그걸 아시면 왜 화를 내시오?"

"화를 내게 말하는 것이 잘못이지."

"화를 내는 것이 잘못이지."

하고 난정이가 흉내를 내듯이 말하고 상긋 웃으니 원형이

"입도 싸다."

하고 난정의 등을 툭 치고 빙그레 웃었다.

"대감 조처할 도리를 생각하시오. 하인들이 창피하오."

"그래그래, 잘 알았다, 잘 알았어. 내가 조처할 게니 걱정 마라."

"대감 믿습니다. 말이 왜자하게˙ 나기 전에 조처하십시오."

그 뒤에 며칠 지나지 아니하여 원형이는 도손의 아내를 문밖 암자로 내보내어 승이 되게 하였다.

● 샘바르다
샘이 심하다.
● 왜자하다
소문이 온 동네에 퍼져 요란하다.

원형의 아내 김씨는 원형에게 소박을 받아서 명색만 내외이지 사실로 남과 같이 지내었다. 원형이는 난정의 집에서 거처하고 김씨에게 오지 아니하였다. 김씨가 정실이지마는 원형의 식사 한 때와 옷뒤 하나를 아랑곳하지 못하므로 정실이 정실 같지 아니하고 김씨의 집이 큰집이지마는 원형이가 지차*이니 제사를 받들 까닭이 없고 원형이가 사랑을 쓰지 아니하니 손님을 대접할 까닭이 없으므로 큰집이 큰집 같지 아니하였다. 난정이가 원형의 집 안일 권을 손에 잡고 휘두르나, 나라에서 내리는 정부인이니 정경부인이니 하는 부인 직첩은 김씨에게로 내리고 난정이가 안에 섯님*으로 마마님 소리밖에 듣지 못하니 이것이 난정의 맘에 부족하였다. 난정이 골이 날 때는

"제가 무슨 턱에 정경부인인고."

하고 김씨를 귀너머로 욕하며 혀도 차고

"마마님인지 호구별성戶口別星인지 염병에 까마귀 소리같이 듣기 싫다."

하고 저의 심정을 쏟아놓으며 눈물도 지었다. 김씨의 좌우에도 사람이 있는 까닭에 이런 말을 전하여 주는 사람이 없지 아니하여 김씨는 들을 때마다 속에서 분이 복받치었다. 그러나 자기의 신세를 돌보아서 줄곧 참고 지내는데, 어느 날 난정이가 자기를 이년저년 하며 욕설하더란 말을 듣고 김씨는 눈에서 피가 날 듯이 분하였다. 욕설도 유만부동이지 이년저년 종년 대접은 너무 심하였다.

"가만히 내버려두니까 점점 더하는 것이다."

김씨는 분김에 쫓아가서 야단치려고 맘을 먹었다. 김씨가 난정이의 집에 와서 보고 밖에 나오면서 곧 마루에 섰던 난정이에게 손가락질하며

"이년아, 네년이 누구더러 이년저년 했니? 이년아, 아무리 기광을 부려도 네년은 관비의 딸년이고 첩년이지야. 나는 봉치 받고 초례 지낸 양반의 정실이다. 네년이 누구더러 이년저년 했단 말이냐? 여우 같은 년, 오장 없는 사내만 홀리면 눈에 보이는 것이 없느냐? 괘씸한 년 같으니."

하고 입귀에 게밥을 지으며 야단쳤다. 난정이는 얼굴이 새파랗게 질리고 말 한마디 못하다가 김씨가 돌아간 뒤에 친상親喪의 통부通訃 받은 사람같이 곡성을 내어놓았다. 원형이가 사랑에서 손과 이야기하는 중에 이것을 듣고

- 지차(之次) 맏이 이외의 자식들.
- 안에섯님 아나서님. 정3품 이하의 보통 벼슬아치의 첩을 높여 이르는 말.

"웬 곡성이냐? 알아보아라."

하고 분부하여 난정이의 곡성인 것을 알고 안으로 들어와서

"별안간에 웬일이냐?"

"집안에 까닭 없는 곡성이 사위스러우니 울지 말고 말을 해."

하고 일러서 난정이가 눈물을 거두고 나서 말하였다.

"봉치 받고 초례 지낸 양반의 정실이 관비의 딸년 첩년에게 와서 무단히 야료를 하니까 야속해서 원통해서 분해서 소리가 나오는 줄도 모르고 울었습니다."

원형이가 전후 사정을 들어서 안 뒤에 곧 하인들을 데리고 김씨에게 와서 안대청 들보가 울리도록 한바탕 호령질하고 김씨의 방에 있는 납채함과 혼인롱을 빼앗아갔다.
　김씨는 분한 끝에 자처하려고까지 하였는데, 좌우에 있는 사람들이 말리어서 죽지는 못하였으나 이내 병이 나서 자리에 눕게 되었다. 김씨가 병중에 식혜 생각이 나서 병구원하는 늙은 할미더러 말하였더니 그 할미가 생각이 없이
　"대감 잡수시는 식혜 한 그릇만 가져오너라."
하고 아이종에게 말을 일러서 아이종이 식혜를 가지러 난정의 집에 왔다. 난정이 이것을 알고
　"아무리 원수라도 앓는 것은 불쌍하다."
하고 말하며 식혜를 큰 항아리째 갖다가 저의 손으로 조그만 항아리에 나눠 담고 봉지를 봉하여 아이종을 주었다. 김씨가 속이 타던 끝에 식혜가 시원하다고 맛도 모르고 한 그릇을 다 먹더니 한 시각이 못 지나서 타던 속이 짜개지고 찢어지는 것 같다고 하며 자반뒤집기를 하다가 나중에는 기진역진하여 말도 못하고 간신히 손으로 가슴을 가리킬 뿐이었다. 김씨가 죽은 뒤에 손발 끝이 검푸르고 아래웃니에 검은 피가 엉키어서 누가 보든지 병에 죽은 것 같지 아니하였다. 그의 친정어머니 강씨가 이것을 와서 보고 식혜 내력을 물어 안 뒤에 항아리에 남은 식혜 속에 은가락지를 넣어보니 은빛이 당장에 시커멓게 변하였다.
　강씨가 자기 집에 돌아가서 조용히 아들을 보고 식혜에 은빛

이 변하던 것을 이야기하고 형조에 정장˙할 것을 의논하니 그 아들이

"지금 형조는 윤가의 집 사가 형조나 다름이 없어요. 그런 형조에 잘못 정장하다가는 도리어 욕보기가 쉬우니 생각 마십시다."

하고 그 어머니를 말리었다.

"죽은 사람이 불쌍하지 아니하냐?"

"누가 불쌍하지 않답니까."

"그러면 원수를 갚아주어야지."

"지금은 윤가의 세력이 충천한 까닭에 할 수 없지만 저도 휘짝 넘어박힐 날이 있을 것이니까 그때까지 기다리십시다."

하고 그 아들이 말하여 강씨는 김씨의 수상한 죽음을 탄하고 나서지 아니하였다.

● 정장(呈狀) 소장을 관청에 냄.

원형이 상처한 뒤에 속현續絃하지 아니하고 난정을 부인으로 올리었다. 이때 난정의 친정 오라비 정담鄭淡은 장흥서 관노를 다니었는데 관노 오라비 있는 것이 정경부인의 수치라 원형이 장흥부사에게 기별하여 노적奴籍에 이름을 없이하고 서울로 이사시키었다. 정담은 지각 있는 사람이라 원형과 난정이가 장래 화패 받을 것을 미리 짐작하고 원형의 집에 왕래를 끊으니 난정이 한 번 와서 보고 야속하다고 사설하고 또 오괴하다고 책망하였다. 난정이 다녀간 뒤에 정담은 자기 집 앞마당에 꼬불꼬불하게 담을 쳐서 사람 하나 간신히 드나들게 만들어놓고 들어앉으니, 이것은

사인교나 보교 탄 사람을 오지 못하게 막는 뜻이라 난정이 이것을 알고

"남매간이라고 남만도 못하다."

하고 골을 내었다. 난정의 골이 저절로 풀린 뒤에 어느 날 원형을 보고

"우리 오빠가 사람은 괴상하지만 나로는 모른다 할 길이 없으니 내 낯을 보아서 택호나 부르게 초사初仕 하나 시켜주시오."

하고 청하니 원형이 머리를 흔들며

"초사는 어려울 것이 없지만 일껀 돌보아주어도 제가 싫다고 내빼는 것을 나는 알은체하기 싫소. 제가 아쉬우면 오겠지. 제가 오거든 그때 다시 이야기합시다."

하고 청을 듣지 아니하였다. 그러나 정담은 원형에게 오지 않을 뿐이 아니라 난정도 모르게 슬그머니 원주로 이사 내려가서 자기 손으로 농사를 지어먹고 살았다.

난정이 친동기에게 의절을 당한 뒤에 자기의 몸에 죄악이 있는 것을 돌이켜 생각하고 적이 선심善心이 나서 문간에 오는 중이나 동냥아치를 후히 대접하여 보내게 하고, 또 용왕에게 발원한다고 춘추에 한번씩 섬쌀로 밥을 지어 강물에 풀게 하였다.

난정이 정경부인을 바치던 이듬해 구월에 대왕대비가 상국연賞菊宴으로 내연˚을 배설˚하고 공신들의 부인을 불러들이는데, 전에 없이 과부 된 사람까지 불러 참예하게 하였다. 대왕대비는 이때 춘추가 사십이 훨씬 넘었으나 본래 기부가 좋은 까닭으로 왕

대비보다 오히려 젊어 보이는 터인데, 이날은 몸을 특별히 치장한 까닭으로 일층 더 젊어 보이었다. 잔치가 벌어져서 중간이 지난 때에 대왕대비가 국화잎을 따서 넣은 국화주를 서너 잔 마시고 술 뒤의 풍치가 소조하지˚ 않아서 국화를 많이 꺾어오라 하여 손수 한 가지를 뽑아 머리에 꽂고 공신들의 부인을 돌아보며 꽃을 꽂으라고 권하니, 여러 부인들은 차례를 다투어 꽃가지를 뽑는데 홀로 임백령의 부인이 꽃에 손을 대지 아니하였다. 대왕대비가 이것을 보고

"공신의 집안은 국가와 한집 같은 터이라 내가 지금 여러 부인들을 한집안 사람같이 보는 까닭에 나도 미망인의 몸이지만 먼저 머리에 꽃을 꽂았으니 부인도 한 가지를 꽂아보라."

하고 말씀하나 임백령의 부인은

"황송합니다."

하고 대답하고 여전히 꽃가지에 손을 대지 아니하였다. 난정이 자리에 일어나서 임백령 부인의 앞으로 나가더니

"부인이 미망인의 몸으로 꽃을 꽂지 않으시는 것은 예에 합당하나 부인이 신자의 몸으로 대왕대비의 명을 어기는 것은 예에 합당치 못하니 부인으로는 꽂기도 어렵고 아니 꽂기도 어려우신 터이라 제가 외람히 대비의 명을 봉행하기 위하여 한 가지 꽂아드립니다."

하고 임백령 부인의 머리에 꽃가지를 꽂아주었다. 임백령 부인은

● 내연(內宴)
조선시대에 내빈을 모아서 베풀던 궁중 잔치.
● 배설(排設)
연회나 의식에 쓰는 물건을 차려놓음.
● 소조(蕭條)하다
고요하고 쓸쓸하다.

얼굴에 불쾌한 빛이 현연히 나타났지만, 꽃은 꽃을 차마 뽑아버리지 못하여 공신 부인들에 꽃 안 꽂은 사람이 하나도 없게 되니 대왕대비가 대단히 기뻐하여 난정의 재치를 칭찬하였다. 다른 부인들은 칭찬받는 것을 보고 부러워하여

"평지돌출로 정경부인 바치는 사람이라 다르구려."

"그러고말고요."

하고 서로 속살거리었다.

내연이 파하여 다른 부인들이 물러나갈 때에 난정은 뒤에 떨어져서 대비를 침전에까지 모시고 왔다. 대비의 얼굴에 피로한 기색이 있는 것을 보고 난정이도 물러나가려고 한즉 대비가

"별로 볼일 없거든 이야기나 더 하다가 나가거라."

하고 붙들었다. 대비가 임백령 부인의 엄한 것을 돌이켜 생각하고

"숭선崇善(임백령의 군호)의 부인은 사나이 같더구나."

하고 말씀하니 난정이

"그렇기에 팔자가 거세서 과부가 되었습지요."

하고 자발없이 대답하고 나서 대비 존전에 과부란 말이 거침 있는 것을 생각하고 그것을 덮으려고

"숭선군이 살았을 때 그 부인을 어머니같이 무서워했더랍니다."

하고 고쳐 말하였다.

"그런 사람이 어째서 옥매향이를 들여앉히게 가만두었더란 말이냐?"

"그 부인이 첫아이 낳고는 내소박을 했더랍니다."

"그것이 어째서?"

"아이 낳기가 양반 부인의 두 번 못 당할 욕이라고 남편을 가까이하지 않았답니다."

"별사람이다."

"괴상스러운 사람입지요. 신 같은 것은 천골賤骨이라서 그러하온지 다 큰 자식들이 있건만도 지금 하나쯤 더 낳고 싶은 맘이 없지 않습니다."

하고 난정이가 해해 웃으니 대비도 빙그레 웃으면서

"너도 그저 몸하느냐?"

하고 묻고

"나는 성가시어 못 견디겠다."

하고 말씀하는데 마침 어린 왕이 문안을 들어왔다.

"오늘 곤하시지요?"

"대단치 아니하다."

"지금 무엇이 성가시다고 말씀하셨습니까?"

"아니다."

자리에 일어섰는 난정이가 손으로 입을 가리고 웃는 것을 왕이 치어다보며

"왜 웃느냐?"

하고 묻는 것을 대비가 가로막고

"아니라니까 그러는구나. 그리고 저 사람도 전과 달라서 일품

명부니까 해라하지 마라."
하고 말씀하여 자전 말씀에 복종을 잘하는 왕이 난정을 바라보고
"잘못했소."
하고 말씀하니 난정은 옷깃을 고쳐 여미고 머리를 구부슴하여
"황감하오이다."
하고 대답하였다.

　난정이 궐내에서 나올 때에 대비가 상급으로 내린 남치마차를 가지고 나와서 원형을 보이며 임백령 부인에게 꽃 꽂아주고 상급 받은 것을 이야기하고
"상급뿐인 줄 아시오? 대비마마께서 오늘은 특별히 좋아하셔서 대전께 해라 말라고까지 말씀하셨소."
하고 상글상글 웃으니 원형이 난정의 얼굴을 향하여 손가락을 까댁이며
"그것이 다 내 덕인 줄이나 알아."
하고 웃었다.
"덕으로 알고 모르고가 어디 있세요?"
"덕은 덕으로 알아야지."
"대비마마의 덕은 무엇으로 갚으실라오?"
"무엇으로 갚아, 충심으로 갚지."
"여보시오, 대비마마께서 아직도 아이낳이하시겠습디다."
"그건 무슨 동에 닿지 못한 소리야?"
"글쎄 말이에요."

난정이는 저 혼자서 무슨 생각을 하다가

　"사람이 지위가 높으면 높을수록 행신行身하기가 거북합디다그려."

하고 말하니 원형이는 저의 의사로 난정이 정경부인이 된 뒤에 행신이 어렵다는 말로 듣고

　"정경부인으로 모든 데 수빠지지 않기도 쉽지 않겠지만 여편네는 사나이처럼 셈이 많지 않으니까 오히려도 좋지. 사나이는 벼슬 한 계제 한 계제에 셈이 다 각각이야. 대신이 좋은 줄들 알지만 대신 노릇같이 귀찮은 일은 세상에 다시 없을 것이니."

하고 높은 벼슬에 셈이 많은 것을 길게 말하였다.

　"나는 그런 말이 아니에요. 비妃니 빈嬪이니 하는 귀인들이 여염가 부녀보다 거북한 일이 많다는 말이에요."

　"그거야 물론 그렇겠지."

　"첫째, 양반부터 거북한 것이니까요."

　"관비가 생각나는가?"

　"방수에 꺼리는 말을 마시오."

　"왜 방수는?"

　"내가 관비가 되면 대감은 어떻게 되오?"

　"쓸데없는 소리 다 한다."

　"그러기에 그런 소리 마시란 말이에요."

　"내가 조금 잘못하는 일이 있더라도 설마 내 생전에야."

하고 원형이는 앞일을 생각하다가 그치고

"술이나 한잔 먹을까?"

하고 난정이를 돌아보았다.

원형이 난정의 방에서 술을 마시는 중에 난정의 소생딸 아가년이 저녁 문안하러 방으로 들어왔다. 아가년이가 얼굴 바탕은 어미를 닮아서 밉상이 아니나 한 눈은 크고 한 눈은 작아서 짝눈이 보기 흉하였다. 원형이 술김에

"저것이 눈만 아니면 좋은 사위를 얻어줄 수 있지만 눈이 저러니."

하고 한구석에 섰는 아가년을 가리키며 실없이 말하니 아가년은 얼굴을 붉히며 눈을 아래로 깔고 난정은

"사지 병신이면 좋은 사위 안 얻어줄 터이오?"

하고 성을 내었다.

"서출庶出 짝눈이를 누가 잘 데려가려고 하나."

"서출이 무어요? 내 딸이 서녀庶女란 말이오?"

"골낼 일도 많다. 혼자 낳은 딸인가."

난정이가 원형의 말은 대꾸하지 아니하고 아가년을 바라보며

"네 방으로 가거라."

하고 포달스럽게 말하여 아가년이가 원형에게 절하고 돌아서는데 크고 작은 눈에 다같이 눈물이 맺히었다.

"실없는 말에 골낼 것이 무어야."

"실없는 말도 대중이 있지요. 그렇지 않아도 그애가 눈이 남만 못해서 분해 죽으려고 하는데 세워놓고 그게 무슨 말이오?"

"잘못했소. 실없는 말이지. 사실로야 내 딸이 사지 병신인들 사위를 못 얻을까."

"그러고저러고 그애 혼인을 어디로든지 속히 완정합시다."

"통혼 들어온 데도 많으니까 낭재˚를 간선˚해서 정하지."

원형이 국가에 공로가 있다고 그 서출 자녀를 통적通嫡하여 적실 소생과 같이 하라고 대비가 전교를 내린 일까지 있었으나, 적서를 가르는 관습이 흉악하던 때라 적자를 가지고 난정의 소생 아가년과 혼인하자 할 사람이 적을 일이지만 세력 좋은 원형과 사돈할 욕심으로 통혼하는 사람이 많아서 그중에는 누대 봉사奉事의 맏며느리로 데려가겠다고 말하는 사람도 없지 아니하였다.

"남의 집 지차 며느리로는 주지 마시오."

• 낭재(郎材) 신랑감.
• 간선 선을 봄.

"지차는 어떤가?"

"맏동서에게 쪼들려 지내지요."

"지차도 지차 나름이지. 우리 형수들에게 쪼들린 일이 있나? 자기 일을 생각해보지. 좋은 사윗감만 고르면 고만이지."

아가년이는 저의 방에 돌아와서 종작없이 울다가 나중에

"자기가 낳았지 내가 낳았나."

하고 주작없는 말로 그 아비를 원망하기까지 하였다.

이튿날 식전에 아가년이가 저의 방에서 경대를 버티어놓고 얼굴에 분을 바르다가 경대 속의 짝눈이 전날 밤 아비의 말을 돌이켜 생각하게 하여 새삼스럽게 눈물을 흘리는데, 그때 마침 원형의 아들 두리손이 난정에게 아침 문안하고 나가는 길에

"누이 일어났나?"
하고 방문을 열었다.
"왜 꼭두식전에 울고 앉았어?"
아가년이 대답이 없이 손으로 눈을 가리다가
"오빠, 잠깐 들어오."
하고 말하여 두리손이 방으로 들어온 뒤에 아가년이 부모까지 짝눈을 흉보니 분해 살 수 없다고 사정하니 두리손이
"그렇지, 구렁이를 구렁이래 맛인가. 아버지 말이 잘못이지."
하고 허허 웃었다. 아가년이는 뺨 맞고 하소연하다가 볼기 맞은 셈이라 입술을 악물고 돌아앉았다.
아가년이가 머리를 싸고 드러누워서 죽네사네하여 난정이가 처음에는
"지각없이 굴지 마라. 너의 아버지가 약주가 취하셔서 실없는 말씀 하셨거든 무엇이 그리 야속해서 죽네사네한단 말이냐."
하고 아가년을 나무라다가 두리손과 말다툼하였다는 아이종의 말을 듣고
"그놈이 볼기가 가렵든가 종아리가 가렵든가 어디 보자."
하고 두리손을 별렀다. 두리손은 원형이 외입하여 낳아온 자식이라 난정이 사랑하는 맘이 있을 까닭이 없다. 그날 저녁때 원형이 안에 들어와서 난정의 참소를 받고 곧 두리손을 불러들이어서 앞에 세워놓고
"네가 아가년이를 어떻게 했기에 아가년이가 죽네사네하느

냐? 조금이라도 기일 것 같으면 다리뼈를 분질러놓을 테니 바른 말 해라."

하고 어르니 두리손은 눈이 휘둥그레졌다.

"별말 한 일 없습니다. 아버지께서 짝눈이라고 흉보시더라고 사정하기에 아버지 말씀이 잘못이라고 위로조로 말했을 뿐입니다."

"무엇이 어째?"

하고 원형이 옆에 놓였던 여의如意를 들어 두리손을 내리쳐서 두리손은 해골이 깨어져 당장에 즉사하였다. 원형이 본래 죽일 맘이 있던 것이 아니지만 손에 살이 있던지 죽여놓고는

"그까짓 놈 죽어 싸다."

하고 그날 밤으로 하인을 시켜 두리손의 시체를 강물에 갖다 띄우게 하였다.

명률明律 조문條文에 비추어보면 부모, 조부모가 자손을 죽인 죄는 예사 살인과 달라서 형벌이 중하지는 아니하나, 역시 인명에 관한 죄인 이상에 아무리 경하게 치죄한다 하더라도 장일백杖一百은 의당향사宜當向事일 것이고, 또 재상은 소민小民과 달라서 함부로 치죄하지 못한다 하더라도 법관이 논죄하여 해당하는 견전을 물을 일이지마는, 원형은 두리손을 죽이고 법관에게 논죄를 당한 일이 없었다. 법관이 원형의 죄를 몰랐다느니보다도 원형을 논죄할 법관이 없었던 것이다. 그러나 이것은 오히려도 여차 일이다. 원형의 하인이 외방外方에 나가서 살인하는 일이 있어도 시친屍親이 하인의 기세에 눌리어서 고관告官하지 못하고, 수령

이 원형의 세력을 겁내서 살옥을 일으키지 못하는 판이며, 또 살인과 같은 죽을 죄를 지은 정범正犯이라도 원형의 집에 들어가 있게만 되면 군교, 포교가 당초에 잡을 생각을 먹지 못하는 판이니, 원형이 저의 손으로 저의 자식을 죽인 것쯤은 죄라고 말할 것도 없었다.

  원형은 형을 해치고 자식을 죽이고도 뉘우치는 맘이 없을 만큼 위인이 한독旱毒할 뿐 아니라 갖은 악덕을 구비하여 갖은 악행을 다 하였는데, 그중에 심하고 심치 않은 것을 갈라 말하기도 어렵지만, 말하려면 가장 심한 것이 탐심貪心이었다. 이끗에는 친족도 없고 친구도 없어서 조카에게서 남녀노비 백여명을 빼앗고, 동리 친구에게서 전가보물을 빼앗았으니 다른 사람에게 하는 것은 말할 것도 없었다. 연년이 일어나는 큰 옥사에 번번이 될 수 있는 대로 많은 사람을 얽어놓고서 뇌물의 다과로 형벌의 경중을 달리하고, 또 각 고을 수령으로부터 각진 무직武職과 각도 방백에까지 뇌물을 받고 올리고 옮기고 하여 원형의 집 문간에는 뇌물짐이 그칠 날이 없었다. 어느 때 북도北道의 변지邊地한 사람이 전동 백여 개를 한 짐에 묶어 바치었는데, 원형이 전동이란 물목을 보고

  "미친 것이로군. 내가 한량인가? 전동은 무엇에 쓰노."

하고 긴치 않게 생각하여 그 짐을 풀어보지도 아니하고 광 속에 들이뜨려 두게 하였다. 얼마 뒤에 그 사람이 벼슬이 갈리어 서울로 올라와서 원형에게 문후하러 온 길에

  "향자의 전동은 감鑑하셨습니까?"

하고 물으니 원형이 긴치 않게 여기던 것을 돌이켜 생각하고

"전동은 그렇게 많이 보내서 무엇에 쓰나?"

하고 신신치 않게 대답하였다.

"전동 속을 보시지 않았습니까?"

"아니."

"대감께서 전동을 받으셨단 말씀 한마디가 없으시기에 괴상하게 생각하였습니다."

"속에 무엇이 들었나?"

"네, 지금 좀 갖다가 보시지요."

원형은 하인을 불러서 그 전동을 내오라고 분부하였다. 하인이 광 속에 들어가서 이짐 저짐 속에서 간신히 찾아내온 뒤에 짐을 풀고 전동 뚜껑을 뽑으라 하고 보니 전동 속에서 초피˙ 한 장이 나왔다. 전동 하나에 초피 한 장씩 초피가 백여 장인데 초피나마 여간 힘들여서는 구하기 어려운 극상등 초피였다. 원형이 맘에 흐뭇하여 싱글벙글하면서

● 초피(貂皮) 담비 종류 동물의 모피를 통틀어 이르는 말.

"그걸 누가 알겠나? 자네에게 미안했네."

하고 사과하듯이 말하고

"자네 이번에 어디로 옮겼어?"

하고 이직된 것을 물었다.

"위원渭原이올시다."

"자네가 위원 같은 데를 갈 수 있나? 어디 의주義州로 옮겨보세."

"황송하오이다."

그때 의주부윤이 벼슬자리가 위태한 것을 탐지하고 원형에게 뇌물을 바치었는데, 그 뇌물은 백미 삼백 석에 백미 실은 배까지 바치는 것이었다. 원형이 이미 초피 백여 장에 허락한 일이 있으나, 백미 삼백 석을 받고 모른다 할 염의가 없어서 초피를 의주부윤으로 보낼 때에 백미는 좋은 내직으로 부르게 하였다.

충주 부자에 고비高蜚란 사람이 있었으니 위인이 다랍게 인색하여 자린고비로 유명하였었다. 고비의 큰아들 고치高致는 그 아비와 딴판 달라서 잘 먹고 잘 입고 기생 외입까지 할 줄 알아서 고비가 죽는 날까지 개미 금탑 모으듯 모아놓은 재물이 차차로 줄어들었다. 한 있는 재물은 줄어들고 한없는 씀씀이는 늘어나서 장자長者 칭호를 듣던 고치가 겨우 견딘다는 소리를 들을 뿐 아니라 거지 다 되었다는 소문까지 나게 되었다. 고비의 모아놓은 재물이 워낙 엄청나게 많아서 거지 되었다고 소문났을 때도 고치의 집안 식구 먹을 것은 넉넉히 끼쳐 있었다. 그러나 재물이 빠진 뒤로 남들이 사람을 넘보아서 친하게 상종하던 친구들까지 예사로 고치를 앉혀놓고 고비의 행사를 흉보았다.

"저 사람의 집에 지금도 썩은 조기가 남아 있을걸? 전에 조석 반찬으로 매달고 치어다보던 조기가 어디 갔을라구."

하고 한 사람이 고치를 가리키면서 웃으면

"이 사람, 자네 선장先丈이 쥘부채를 한쪽씩 펴서 부치다가 전주 자린꼽짝이를 만나서 부채는 펴서 쥐고 고개만 흔드는 법을 배웠다니 참말인가?"

하고 다른 사람이 웃으면서 고치에게 말을 붙이다가 고치가

"미친 사람들."

하고 골을 내며 일어서면

"고만두게."

"잘못했네."

하고 이 사람 저 사람이 함께 고치를 붙들어 앉히고 얼마 아니 있다가는 또다시 슬금슬금 조롱하였다. 고치가 친구들에게 조롱받는 것이 속상할 뿐 아니라 저의 아비 생전에 부자인 체도 못하던 김개金漑의 집에서 세간이 늘어서 부자로 기광을 부리는 것이 눈꼴이 사나워서 구사˙한다고 핑계하고 서울 와서 ● 구사(求仕) 벼슬을 구함.
유경留京하고 집에 내려가지 아니하였다. 충주 부자 김개의 아들이 초사하려고 연줄을 얻어서 원형에게 청질하였더니 원형이

"김개라면 팔도에 이름난 부자인데 그 아들이 빈 청질로 초사하려는 것은 잘못 생각이지."

하고 말하여 김개의 아들이 이 말을 듣고 누에고치 이백 석을 뇌물로 바치었다. 이때 원형이 겸이조판서로 있어 이조 일을 총찰하던 때라 어느 날 각릉各陵 참봉參奉의 궐난 자리를 보충하게 되어 좌랑이 붓을 들고 원형 앞에 앉아서 원형이 부르는 이름을 받아쓰게 되었는데 네댓 사람의 이름을 적은 뒤에 좌랑이

"양주 현릉顯陵이올시다."

하고 기다리다가 원형이 너무 오래 끄는 것을 괴상히 생각하여 수

그리고 있던 고개를 들고 쳐다본즉, 원형은 꾸벅꾸벅 졸고 있었다. 원형이 전날 밤에 새로 들어온 약방기생 하나를 불러다가 수청 들이고 밤잠을 잘 자지 못한 까닭에 몸이 노곤하였던 것이다.

"현릉이올시다. 누구로 내시렵니까?"

하고 좌랑이 조금 소리를 크게 한즉 원형이 여전히 졸면서

"현릉?"

하고 능 이름을 한번 받아 옮기고는 다시 말이 없었다.

"네."

하고 좌랑이 대답하고 다시 한동안 기다리다가

"누구입니까?"

하고 목소리를 크게 하여 물은즉 원형이가

"고치, 고치."

하고 엉절거리듯이 말하였다.

"고치예요?"

"응."

"어디 고치입니까?"

"유신현."

하고 원형은 고개를 끄드럭거리었다.

고치가 다년 유경하던 끝에 영문 모를 참봉 초사를 얻어 하고 원형에게 문후하러 왔다. 원형은 참봉쯤이 와서 쉽게 볼 수 없는 사람이라, 고치가 육칠 차 허행한 뒤에 원형의 집 사람 한둘을 술잔 대접하고야 원형의 얼굴을 얻어보게 되었다.

"성명이 고치라지?"

"녜."

"고향이 어디? 유신현이야?"

"녜."

"김개라는 부자와 한 고향이겠군."

"녜."

원형이 김개의 아들을 초사시킨다는 것이 잠결에 사람 이름을 부르지 못하고 뇌물로 온 고치를 불러서 사람 고치가 움 안에서 떡을 받게 된 터이라 원형이 발설은 아니하였으나 속으로 고치가 운수 뻗친 놈이다 생각하여

"꿈 잘 꾸었네. 가서 능 수호나 각근˚히 하게."

하고 고치를 현릉으로 보내었다.

● 엉절거리다
작은 소리로 원망스럽게 중얼중얼 군소리를 자꾸 내다.
● 각근
정성을 다해 부지런히 힘씀.

원형이 벼슬 장사에 날도적까지 겸하여 불과 오륙년간에 긁어모은 재물이 벌써 일국의 으뜸 될 만하였다. 서울 안에 있는 큰 집이 열여섯 채요, 팔도에 널려 있는 전답이 만여 두락이요, 드난하고 거행擧行하는 종이 백여명 외에 나가 살며 몸세 바치는 종이 사오백명이요, 시골 각처에 나눠놓은 소가 칠팔백 필이요, 집안에 쟁여 있는 상목이 팔구천 동이요, 다락과 벽장에 능라주단과 금은보옥이 쌓여 있건마는 원형은 오히려도 부족하여 북경 사신 편에 중국 비단을 사들이고 동래 왜관에서 왜국 은을 사 올렸다.

원형의 외람하고 방자한 것이 한이 없어 조석 식사를 궁중과

같이 수라라 이름하여 수라간에 사나이 숙수˚를 두고 궁중에서도 귀하게 여기는 타락죽을 아이들까지 배불리 먹이고 임금이 거동할 때 소연小輦을 대연大輦으로 바꾸듯이 출입할 때 중문간까지 소여小轝를 타고 나와서 사인교나 평교자平轎子로 바꾸어 타고 임금이 신하의 조의朝儀를 받듯이 식전에는 대청에 놓인 주홍교의朱紅交椅에 나앉아서 하인들의 문안을 받되 요란한 긴대답소리 속에 이백여명이 한결같이 진퇴하게 하고 또 하인들도 궁중과 비슷하게 소임을 따라서 명칭을 달리하여 사환使喚하는 계집하인을 시녀라 하고 일 맡은 계집하인을 감찰監察이라 하고, 사환하는 사내하인을 사약司鑰이라 하고, 일 맡은 사내하인을 차지次知라 하였다. 도차지都次知는 고사하고 차지쯤만 되어도 외방에 나가서 수령까지 눈에 두지 않고 마음대로 기세를 부릴 수 있었다.

어느 때 용인 땅에 나눠 먹이던 소 삼십여 필에 이십오륙 필이 우역牛疫에 축이 나서 도차지가 차지 하나를 내보내게 되었는데, 그 차지가 용인서 어느 동네의 큰 집을 치우고 앉아서 소 먹이던 농군들을 불러다놓고 소들을 물어놓으라고 땅방울같이 을렀다. 그중에 똑똑한 농군 하나가 여러 사람의 앞으로 나서서

"우리들이 잘못 먹여서 죽은 것 같으면 물어놓아도 원통치 않지만 우역에 죽은 것을 물어놓을 수 없습니다."

하고 말마디를 하다가 골이 난 차지에게 사매로 얻어맞아서 얼굴에까지 생채기가 나게 되었다. 조정암 집 산지기 한 사람이 원형의 소를 농우農牛로 먹이다가 죽이고 불려와서 여러 농군들 틈에

섞여 있다가 차지의 하는 것을 보고 앞으로 나서서

"저도 양반댁 산지기를 거행합니다만 양반의 댁 일에 이런 법이 어디 있습니까. 우리가 잘못 먹여서 죽었더라도 용서하실 터인데 우역에 죽은 소를 물어놓으라실 수가 있습니까."

하고 말하는 중에 차지는 눈을 동그랗게 뜨고 노려보고 있다가

"이 자식, 양반의 댁 묘리를 잘 아는구나. 경칠 자식 같으니."

하고 데리고 온 사람들을 시켜서 그 산지기를 여러 차례 끄들렀다.

"용인놈들이 천하 괴악한 놈들이다. 내가 부처님이라도 용서할 수 없다. 사흘 안으로 부정지속˚이라도 팔아서 물어놓아라. 없는 놈들은 족징族徵을 시킬 테다."

하고 호령하여 농군들을 돌려보내고 말한 대로 사흘 안에 이십오륙 필 소를 모두 물리는데, 밭뙈기라도 있는 사람은 당자에게 물리고, 물 것이 없는 사람은 일가에게 물리고, 일가도 없는 사람은 동리에 물리었다. 이때 조정암 집에서 원형의 하인이 행악行惡한다는 말을 듣고 징치懲治하라고 용인현령에게 기별하였더니 현령이 그 차지를 잡아오지는 못하고 보자고 말하여 관가로 불러들이었다.

● 숙수(熟手)
잔치와 같은 큰일이 있을 때 음식을 만드는 사람.
● 부정지속(釜鼎之屬)
솥, 가마, 냄비 따위의 부엌에서 쓰는 그릇들을 통틀어 이르는 말.

"우역에 죽은 소를 물린 것이 참말인가?"

"그건 왜 물으시오?"

"먹이던 농군이 잘못해서 죽인 것도 아니고 우역에 죽은 것을 물리는 것이 너무 억울하지 아니한가?"

"이번 우역에 용인 일읍 소가 다 죽었나요? 다른 사람은 죽이지 않는데 죽인 것만도 잘못 먹인 죄이니까 물려 싸지요."

"그러나 그건 너무 심한걸."

"심하고 안 심하고 간에 우리 대감 댁 일에 원님이 무슨 참견이오?"

"원이란 것이 백성의 억울한 것을 보살필 직책이 있으니까 일부러 불러서 말하는 것이야."

"그 직책을 다른 데다 쓰시오."

"대감이 물리라고까지 분부하셨을 리는 만무한 일인즉 정녕코 중간 작폐作弊이지."

하고 원이 차지 대답에 화가 나서 언성을 높이니 차지는 냉소하면서

"여보시오, 원님은 우리 댁 대감이 조선 일국을 전제專制하시는 줄 모르시오? 공연히 그러지 마시오. 나는 오늘 서울 올라가야 할 터이니까 곧 나가겠소. 더 물으실 말씀 없지요?"

하고 그 차지가 돌아서 나가는데, 용인현령은 관속 보기 부끄러울 만큼 무료하였다.

원형의 차지가 축난 소를 채워놓을 뿐 아니라 용인현령까지 망신 주고 의기양양하여 서울로 올라오는 길에 서빙고 나루에 당도하니 마침 나룻배가 사람과 마소를 실을 만큼 싣고 빨랫줄 두어 길이쯤 떠서 나간 때다.

"사공아."

"사공아, 배를 돌려라."

"배를 도루 대지 못하느냐!"

사공이 노질하던 손을 쉬고

"한 배만 기다리시오."

하고 맞소리를 치니

"사공놈 머리가 둘이냐? 잔소리 말고 배를 도루 대어라."

하고 호기 부리는 것이 배 안에 있는 사람들 눈에는 행악 잘하는 양반의 행차같이 보이었다. 사공이

"제기, 사공질도 못해먹어. 비위가 아니꼬워 살 수가 있나."

하고 중얼거리면서 뱃머리를 돌리었다. 이때 영남 양반 한 분이 고물 편에 타고 있었는데, 이 양반이 노질하는 사공에게 말을 물었다.

"저 호기 있는 양반이 성씨가 누구인 것을 사공이 짐작하는가?"

"양반이 무슨 양반이에요. 양반의 집 하인이랍니다."

"양반의 집 하인?"

하고 영남 양반의 얼굴에 놀라는 빛이 나타났다.

"윤 무슨 군 집 하인이랍니다. 그 집 개새끼도 지금은 양반보다 무서우니까요."

"응, 윤원형의 하인이로군."

"며칠 전에 시골 내려갔었는데, 가까운 시골을 갔다오는구면요."

배가 사장에 닿으며 그 차지가 사공을 보고

"배를 돌리라면 빨리 돌릴 것이지, 기다려라 말아라 잔소리가 무어냐?"

하고 개 꾸짖듯 꾸짖고 나서 배에 오르더니 고물 근처에 물기가 적은 것을 보고 여러 사람을 비키고 와서 영남 양반에게 가까이 서 있었다. 배가 강물 한중간을 지나 건너온 때에 섰던 차지가 다리가 아프던지 영남 양반의 옆에 와서 앉으려고

"자리 좀 비키시오."

하고 그 양반이 몸을 움직이지 않는 것을 보고는

"귀가 먹었나, 저리 좀 비키오."

하고 떠다밀려고 하였다.

"이게 무슨 짓이니?"

"무어요?"

"내 옆에는 너 앉을 자리가 없다."

하고 호령기 있게 말하며 차지를 치어다보는데, 그 양반의 기상이 심상한 사람과 같지 아니하였다. 차지가 떠다밀지는 못하고

"별 사람도 다 보겠다."

하고 중얼거리며 돌아섰다. 배가 이편 나루터에 닿아 사람과 짐승이 모두 배에서 내린 뒤에 영남 양반이 데리고 오던 하인을 돌아보며

"저기 저 사람을 이리 좀 데려오너라."

하고 그 차지를 가리켰다. 차지가 속으로

'우스운 꼴을 다 보는 게다.'

하고 생각하면서 그 양반 앞에 와서 섰다.

"네가 윤원형의 집 하인이라지?"

"그건 물어서 무어할 테요?"

"이놈, 남의 집 하인놈이 양반을 몰라보느냐? 너 같은 놈은 버릇을 좀 알려야 한다."

하고 곧 옆에 섰는 하인을 보고

"이놈을 끄들러라."

하고 호령하여 무식한 시골 하인이 차지의 뒤통수를 쳐서 갓, 탕건, 망건을 한꺼번에 벗기고 상투를 잡고 회술레*를 시켰다. 뱃사공과 나루터에 사는 사람들이 속으로 시원히 여기면서도

"물계* 모르는 시골 양반이 범의 아가리에 손 집어넣네."

"저 양반이 뒤탈을 안 당할 리 만무하지."

하고 서로 수군거리었다. 영남 양반이 그 차지를 꿇어엎어놓고

"나는 영남 사는 조판관이다. 너의 상전에게 하인 버릇 잘 가르치라고 내 말로 말해라."

하고 이른 뒤에 나귀를 타고 하인에게 견마 들리고 문안으로 들어갔다. 그 차지가 부서진 갓에 찢어진 망건을 쓰고 진흙 묻은 옷을 입고 원형의 앞에 와서

"서빙고 나루터에서 시골 양반에게 욕을 잔생이 보았소이다.

● 회술레
예전에, 목을 벨 죄인을 처형하기 전에 얼굴에 회칠을 한 뒤 사람들 앞에 내돌리던 일. 사람을 끌고 돌아다니며 우세 주는 일을 이름.
● 물계 어떤 일의 처지나 속내.

대감 댁 하인이라고 소인을 욕보이는 것이 거심은 괘씸하오나 양반 명색을 어떻게 할 수 없사와서 욕을 당하고 왔소이다."
하고 하소연하니 원형이
"내 집 차지를 욕보인 양반놈이 누구란 말이냐?"
하고 화를 내다가
"영남 사는 조판관이라고 하옵디다."
하고 차지의 말하는 것을 듣고는
"조식曹植이로구나. 네가 잘못 걸렸다. 아무 소리 마라. 그자는 나도 꺼리는 터이다."
하고 하인에게 분풀이해줄 수 없는 것을 말하였다.

조식은 이름 높은 큰 선비라 나라에서 은일隱逸로 불러서 단성 현감을 제수하였더니, 권세 있는 윤원형이 나라를 그르치고 백성을 병들리는 때에 사환仕宦에 종사할 맘이 없어 조식은 곧 상소로 사직하고 부임하지 아니하였다. 조식의 사직 상소에 시폐時弊까지 말하였는데, 그중에

"자전은 궁중의 한 과부요, 전하는 선왕의 한 아들일 뿐이니 천백가지 천재天災를 어찌 다 감당하며, 억만 갈래 인심을 어찌 다 수습하시렵니까? 나랏일이 그릇되고 백성이 병들게 되는 것이 근원이 어디 있는 것을 밝히 살펴서 맹렬하게 고치지 아니하면 나라가 장차 어찌 될지 모릅니다. 흰 복색과 슬픈 노래가 늘어가는 것도 심상한 징조가 아닌 줄로 생각합니다."
하고 위태위태한 말까지 베풀어놓았었다. 이때 왕은 나이 십팔구

세라 신하들의 말을 들을 짐작이 있었다. 왕이 조식의 상소를 보고 좋아하지 아니하여 좌우에 입시하였던 신하들을 돌아보며

"과부란 말이 흘한 말이 아닌가?"

하고 물으니 원형이 앞으로 내달아서

"흘한 말일 뿐입니까? 여항閭巷 부녀에게도 조금 대접하여 말하려면 과댁이라고 하지 과부라고 아니합니다."

하고 대답을 아뢰었다.

"그러면 조식의 말이 자전께 욕이로군."

"그렇습지요. 조식을 치죄하여 마땅합니다."

하고 원형이 말씀을 품할 때에 차지의 하소연하던 것을 돌이켜 생각하였다.

● 고위(孤危)하다
일가친척이 없는 홀몸으로
외롭고 위태롭다.

원형과 같이 입시하였던 다른 대신이 임금께 고하는 언사에 이와같은 전례가 있는 것을 인증引證하고

"조식이 국가의 고위한 것을 극진히 말씀하려고 고인古人의 투套를 본받은 것이외다."

하고 풀어 말씀을 아뢰었더니 원형이 얼굴에 불쾌한 빛을 나타내며

"고인의 말에는 잘못이 없으란 법이 있소?"

하고 말다툼을 시작하려고 하여

"그것도 그렇지요."

하고 그 대신은 다시 말을 못하였다.

"조식의 말이 과하달 뿐이지 치죄할 일은 아니야. 작은 언사의

잘못을 죄로 돌리는 것은 국가가 선비 대접하는 법이 아니지?"
하고 왕이 원형을 돌아보니 원형은

"하교가 지당합니다."
하고 말씀하지 않을 수 없었다.

조판관이 서울 와서 묵는 동안에 호반 남치근南致勤의 조카 남언경南彦經의 집에 주인하였는데, 주인과 손이 서로 대하여 앉았을 때에 화담 주인 서경덕의 이야기가 많이 났었다. 조판관은 서처사와 친분이 있던 터이고 남언경은 서처사에게 수업한 사람인 까닭이었다. 이때 서처사는 죽은 지 벌써 육칠년이라 조판관이 한번 그 무덤에나 다녀온다고 언경과 같이 송도를 가기로 언약하였는데, 송도길을 떠날 때는 언경 외에 동행 두 사람이 더 있었다. 한 사람은 당대 이인 이지함이고 다른 한 사람은 정렴의 아우 정작이었다. 이지함은 조판관과 교분이 두터운 터이고 정작은 조판관의 선성을 듣고 흠앙하는 터이라 두 사람이 각각 조판관이 서울 온 것을 알고 선후하여 만나보러 왔다가 송도 간다는 말을 듣고 서처사와 상종이 있던 이지함은 두말없이 동행한다고 나서고 서처사를 생전에 만나보지 못한 정작이는 여러 선생의 뒤를 따라서 송도를 구경하고 온다고 좇아나서게 된 것이다. 네 사람 중에서 가장 연소한 정작이도 공부가 숙성하여 『경사자집經史子集』에 능통하므로 네 사람의 이야기는 대개 학문편 이야기가 많았으나 간간이 다른 이야기도 없지 아니하였다. 이지함은 죽으러 나가는 윤결을 작별한 뒤에 단양 땅에 가서 돌아다니었다고 도담

귀담島潭龜潭 상중하 삼선암三仙岩의 경치를 이야기하고, 정작이는 그 백씨가 부친 삼상三喪을 마치지 못하고 돌아갔는데 자기가 미리 죽을 것을 알고 사세가辭世歌까지 지었다고 그 백씨가 예사 사람과 다른 것을 이야기하였다.

조판관이 송도 다녀온 뒤의 일이다. 윤원형이 사람을 시켜서 한번 찾아오면 좋을 뜻을 말하였더니 조판관이
"나같이 산야에서 생장한 사람은 권문세가에 투족投足할 수 없소."
하고 거절하여 그 사람을 돌려보내고 남언경을 대하여
"제가 찾아와도 내가 볼지말지한데 나더러 찾아오라니, 방자한 일일세."

• 돌탄(咄嘆)하다 혀를 차며 탄식하다.

하고 돌탄하는˙ 중에 이지함이 찾아와서 조판관은
"형중馨仲이 오나."
하고 반겨 맞아들이었다.
"지금 문에 나가는 사람이 누구인가?"
"권문의 심부름꾼이라네."
"권문이라니, 윤원형의?"
"그래, 나를 부르러 온 모양이야."
"창피 보았네그려."
"서울 올 때 그만 욕은 볼 줄 알았네. 그러나 이번에 두번째 소조를 당하네."

"한번은?"

"서빙고 나루에서 윤씨 집 하인에게 봉변하였어."

"호랑이 같은 하인에게 시골 선비가 봉변하기 쉽지."

"그놈을 나루터에서 회술레를 시켜 보냈네. 무슨 뒷말이 있을 줄 알았더니 아직까지 아무 말도 없어."

"뒷말은 어쨌든지, 그 하인놈이 회술레를 당한 것부터 자네에게 압기壓氣가 되었던 것일세."

이러한 수작을 하던 끝에 이지함이

"오늘 일기도 좋고 하니 무계동武溪洞으로 소창˚이나 나가세."

하고 말하여 조판관은 남언경과 같이 이지함을 따라 소창하러 나갔다.

이때 부마도위駙馬都尉에 여성위礪城尉 송인宋寅이란 사람이 있었는데, 그 지위가 괴상하여 한만히 사대부와 교유하지 못하나 사람이 원래 유아儒雅한 까닭에 맘으로는 항상 선비를 좋아하여 평소에 경앙하는 조판관을 한번 만나보고 싶은 맘이 간절하지만, 자기가 선뜻 찾아가기도 어렵고 또 억지로 맞아오기도 어려워서 자저하고 있던 터에 마침 무계동 소창 나간 소문을 듣고 갑자기 연수˚를 차려가지고 장의문藏義門 밖에 나가서 송림 속에 포진하고 조판관이 돌아 들어갈 때를 기다리고 있었다. 중간에 기다리는 사람이 있는 줄을 알지 못하는 소창 나간 일행은 소창할 대로 소창하느라고 돌 위의 이끼를 쓸고 술도 마시며 냇물에 발을 담그고 한담도 하여 여러 시각을 보내었다. 이동안에 여성위는 연

통꾼으로 길가에 세워놓았던 하인을 여러번 송림 속으로 불러들이어서 번번이

"그저 오시지 않느냐?"

하고 묻고 나중에는 다른 길로 돌아 들어갔는가 의심하여 먼빛으로 가보고 오라고 하인을 보내기까지 하였는데 그 하인이

"냇가에서 발들을 씻으십디다."

하고 회보한 까닭에 다시 한동안 맘을 놓고 기다리었다. 해가 설핏하여진 때에 길에 세워둔 하인이 두 걸음을 한 걸음으로 뛰어 들어와서

"인제 들어오십니다."

하고 보하였다. 여성위가 벗어놓고 풀어놓았던 의관을 다시 정제하며 데리고 나온 청지기를 향하여

● 소창(消暢)
심심하거나 답답한 마음을 풀어 후련하게 함.
● 연수(宴需)
잔치에 드는 물건과 비용을 통틀어 이르는 말.

"네가 한 걸음 먼저 나가서 내가 술 한잔을 드리려고 기다리고 있습니다고 말씀해라."

하고 일러서 그 청지기가 문안을 향하고 오는 일행 앞에 나아가 공손히 문안을 드리고

"어느 나으리께서 조판관 나으리십니까?"

하고 물은 뒤에 조판관을 향하여 다시 한번 문안을 드리고

"여성위 대감께서 술 한잔 잡수시게 하려고 송림 속에 자리를 잡고 기다리십니다. 대감께서도 뒤에 곧 마중을 나오실 터입니다."

하고 말하니 조판관이

"여성위 대감이?"

하고 다지어 묻는 것같이 말하고 곧 뒤를 이어서

"어른을 길에서 장맞이하는 법이 없는걸."

하고 말한 뒤에 소매를 떨치고 가는데 뒤도 한번 돌아보지 아니하였다. 여성위가 송림 밖에 나왔을 때, 그 청지기가 한 말과 들은 말을 일일이 옮기고 나서

"그 양반 성미가 괴상스러운 모양이올시다."

하고 말하니 여성위는

"내가 좀 덜 생각했다."

하고 서운한 모양으로 조판관 일행의 뒷그림자를 바라보고 있었다.

윤원형이 조판관의 찾아오지 않는 것을 분하게 생각하던 차에 이 이야기를 듣고

"흉악하게도 고연 사람이다."

하고 용인 갔던 차지를 보고

"네가 조판관같이도 고연 사람에게 걸려서 회술레만 당한 것도 다행이다."

하고 웃으니 그 차지가 나와서 다른 차지를 보고

"우리 댁 대감의 권세로도 어찌지 못하는 사람이 있데그려."

하고 뒷공론같이 말하였다.

사람의 아첨하는 버릇은 아무리 성세盛世에라도 아주 없지 않

겠지마는 말세일수록 더 심한 법이라, 윤원형이 당국當國하였을 때 세상이 말세가 되었다고 한탄하는 사람이 많더니만큼 사람의 아첨하는 버릇이 심하였다. 대개 말세란 말은 몇백년, 몇천년을 두고 쓰는 것이니까 그때가 꼭 말세인 것은 아니겠지만, 아첨을 가지고 말세를 징험徵驗하여 틀림이 없다면 그때를 곧 말세라고 하여 좋을 만큼 아첨꾼들이 많았던 것이다. 그때에 상진尙震이란 정승이 있었는데 관후장자*로 이름난 사람이라 간특한 아첨을 좋아하지 아니하건마는, 어느 때 여러 아첨꾼들이 대령하고 있는 자리에서 방귀를 한번 내놓았더니 그중의 약빠른 자 하나가 낯간지러운 줄도 모르고

"대감께서는 예사 사람과 다르셔서 방귀에 향취가 있습니다."

• 관후장자(寬厚長者) 너그럽고 후하며 점잖은 사람.

하고 첨하는 것을 상정승이

"내가 궁노루인가? 방귀에 향내가 나게. 에 이 사람, 실없는 말 마소."

하고 나무라서 첨하던 자를 낯뜨겁게 한 일이 있었다. 상정승과 같이 실상 무력한 재상에게도 이와같이 첨꾼들이 있었으니 일국의 권세를 손 속에 쥐락펴락하던 윤원형이 첨꾼들 속에 파묻히어 지낸 것은 두 번 말할 것조차 없는 일이다. 원형의 문하에 출입하는 첨꾼들이, 원형이 조판관에 대하여 괘씸히 생각하는 것을 알고 조판관을 갖가지로 헐뜯어 말하였다.

"조식이가 빈 이름은 있지마는 실재實才가 아닙니다."

"조식이가 사직을 잘했지요. 단성 같은 작은 고을에 가서라도 불치不治 소리는 면치 못하였을 것이니까요."

"조식이는 당나귀 턱 밑에 다는 방울인지 허리띠에 방울을 달랑달랑 차고 다닌답니다."

"조식이를 이황이와 같이 치지마는 이황이는 사람이나 온자하지요."

여러 자들이 되숭대숭 지껄일 때 그중에 어기뚱한 자는 조판관을 추어가면서 원형의 비위를 맞추었다.

"조식이는 높은 선비올시다. 그렇지만 대감 아니시면 조식의 높은 것을 용납할 수 있습니까? 한광무漢光武가 아니면 엄자릉嚴子陵의 절조節操를 이루어주지 못하고 엄자릉이 아니면 한광무의 도량을 드러내지 못한다는 격입니다."

첨꾼들의 달콤한 말에 원형은 괘씸히 여기던 생각이 사라져서 조판관이 시골로 내려갈 때

"역마 태워 보내는 것이 국가의 은일 대접하는 법이올시다." 하고 위에 품하기까지 하였다.

이기가 죽던 해에 원형이 대배하여 우의정이 되며 상진이 좌의정이 되고 젊은 왕비의 조부 되는 심연원沈連源이 영의정이 되었다.

아이 왕은 자고로 없는 법이라 어린 왕이 즉위하던 해에 심연원의 손녀를 왕비로 책봉하였던 것이다. 원형이 처음에는 심연원을 꺼리는 맘이 없지 않았으니, 이것은 저의 손에 있는 권세를 나

누어갈까 의심한 까닭이었다. 그러나 심정승은 조심 많은 사람이라서 대왕대비의 뜻을 거스르지 못할 뿐 아니라 원형의 말도 거스르지 못하였다. 그리하여 조심 많은 영의정과 심지가 너그러운 좌의정이 방자한 우의정에게 휘둘려 지내지 아니할 수 없었다. 대왕대비가 불도佛道를 좋아하여 궁중에 불사佛事가 그치지 아니하매, 영의정 심연원과 좌의정 상진이 참고 참던 끝에 대신 체모로 말 한마디 아니할 수 없다고 생각하여 어느 날 삼정승이 빈청에 모여 앉았을 때 심정승이 먼저 입을 열어서

"근래 궁중의 불사가 너무 굉장하지 않습디까?"

하고 원형을 돌아보는데 상정승이

"불사를 너무 굉장히는 마십시사고 우리 세 사람이 함께 자전에 품해보는 것이 좋을 듯합디다."

하고 역시 원형을 돌아본즉 원형이 심정승과 상정승을 반반씩 갈라서 바라보면서

"대감 두 분이나 함께 품해보시지요. 소생은 참예 않겠소이다."

하고 말한 뒤에 한동안 있다가

"어지간하거든 잠자코들 계시지요."

하고 말하여 상정승은

"대감이 싫다는데 우리 둘이만은……."

하고 끝 없는 말로 대답하고 심정승은 쓴 입맛만 다시었다.

그러나 두 정승이 다 원형의 말에 끌려서 잠자코 있지 않을 수 없었다.

이봉학이 진전에 나설 때에
왜장은 소달의 머리를 들고
왜진으로 돌아가는 중이었다.
봉학이가 급히 앞으로 쫓아가며
한번 활을 잡아당기니
날아가는 살이 왜장의 뒤통수를 꿰어뚫어서
그 자리에 고꾸라지게 하였다.
봉학이가 소달의 머리를 빼앗아오려고
고꾸라진 왜장에게로 쫓아갈 때에
여러 왜들이 일시에 쏟아져나오니
남치근이 이것을 보고 급히 진을 풀어가지고
쫓아나가서 접전이 나게 되었다.

보우 왜변

보우

고려 때 불교를 숭상하던 풍습이 뒤에 남아서 국초國初 적에는 사대부 명색들도 불도를 좋아하였다. 초상이 나면 중들을 청하여 빈소에서 경을 읽히었는데, 이것이 이름이 법석法席이니 중과 속인이 뒤섞이어서 짝없이 수선을 떠는 까닭에 수선 떠는 것을 법석 벌인다고 말하게까지 되었고, 집에서 법석을 벌일 뿐 아니라 식재食齋라고 절에 가서 재를 부치는데, 칠일부터 사십구일까지 일곱 번 식재에 일칠일 첫재와 사십구일 끝재가 가장 굉장하여 친척과 친구들까지 포목을 지워가지고 나가서 중에게 시주하였고, 또 기제忌祭날을 승재僧齋라고 중을 맞아다가 한밥을 먹인 뒤에 염불로 혼령을 인도하는데 중의 인도가 아니면 혼령이 운감˙하지 못한다고 생각하여 제주祭主부터 승재에 정성을 들이었다. 이외에도 시주와 불공이 많아서 민간의 재물이 절로 흘러들어가더니 성종대왕 시절에 대간이 그 폐단을 논계하여 유교 숭상하던 대왕이 민간의 불사를 일체로 금하고, 대왕께 어머님 되는 인수대비가 노산군 부인 송씨 단종왕비가 출가하였던 정업원淨業院에 새로 불상을 조성하였을 때 어느 유생이 짐짓 그 불상을 태워버린 까닭에 대비는 화가 충천하게 섰으나 대왕은 그 유생을 죄주지 아니하였었다. 성종대왕 이후로 재상의 집이나 선비의 집에서는 법석도 못 벌이고 식재도 못 부치고 승재도 못 올리고 다른 불공도 드러내놓고 못하였는데, 이때 대왕대비가 후생 길을 닦으려는 의사로 부처를 위하기 시작하여 정업원 터에 새로 인수궁仁壽宮을 이룩하고 자주 거동하여 친히 불공을 올리게 되니 민간에서 금법을 지킬 까닭이 없어 재팔소리, 목탁소리가 도처에 낭자하게 되며 죽치어 들어앉았던 중들이 다시 한세월을 만나게 되었다.

● 운감(殞感)
제사 때에 차려놓은 음식을 귀신이 맛봄.

  대왕대비가 인수궁에서 무차대회無遮大會를 건설하려고 명승名僧을 팔도에 구하니 영변 묘향산 보현사에는 청허당淸虛堂 휴정休靜이란 젊은 중이 공부가 놀라웠고 안성 칠현산 칠장사에는 병해라는 늙은 중이 도술이 놀라워서 각각 유명하였으나 두 중은 모두 서울 오지 아니하고, 춘천 청평산 문수사文殊寺에 있는 보우란 중이 강원감사 정만종鄭萬鍾의 천거로 서울에 오게 되었는데 보우는 신수 좋고 언변 좋고 무차대회에 익숙하여 대회를 한번 치르고 곧 대비의 눈에 들었다. 보우는 금강산에서 병해대사를 해치려던 중이니, 그때 곧 경산으로 오지 못하고 전에 있던 안변 황룡사로 나와 있다가 계림군이 황룡사 토굴에서 잡히어 나갈 때 석왕사로 옮기고 얼마 뒤에 또다시 춘천 문수사로 옮기어 몇해 동안 눌러 있었던 것이다. 대왕대비가 보우의 설법에 반하여 처음에는 인수궁에 거처하게 하고 나와서 보다가 나중에 경복궁 안으로 불러들이어 특별히 거처할 처소를 정하여 주었다.

어느 날 대왕대비가 난정과 여러 궁인을 데리고 보우의 처소에 와서 설법을 듣는데, 보우는 비단보료 위에 비단방석을 겹깔고 앉아서 앞에 앉은 대비를 바라보고

"대왕대비의 존귀하신 몸이라도 부처님께 바치신 바에는 불가의 심법心法을 아셔야 합니다. 불가에서는 사민평등四民平等에 귀천을 가리지 않습니다. 다같이 설법을 듣는 자리에 앉았는 사람과 섰는 사람이 달라서는 설법 듣는 보람이 없습니다."

하고 손을 들어서 대비 뒤에 둘러선 난정과 여러 궁인들을 가리키니 대비가 여러 사람들을 돌아보며

"거기들 앉아라. 이 자리에서는 나나 너희들이나 다같이 대사의 제자이니 어려워들 말고 앉아라."

하고 말씀하여 여러 사람이 둘러앉은 뒤에 보우는 『미타경彌陀經』을 가지고 극락세계의 장엄한 것을 말하여 들리었다. 대비가

"우리가 무슨 공덕을 쌓아야 극락을 가게 될까요? 나는 나이 벌써 오십이 가까웠으니 속한 길을 가르쳐주시오."

하고 보우를 치어다보니 보우가

"환희불歡喜佛이 육신성불하는 비밀 법문이 있으니 이것이 극

락 가는 데 가장 속한 길이올시다."
하고 한번 허허 웃었다. 이후로 대왕대비는 보우에게서 그 법문 전수傳受를 받게 되었는데, 그 자리에는 난정과 여러 궁인들이 감히 참예하지 못하였다.

보우는 저의 말이 득도하였다고 하나 대왕대비부터 득도가 어떠한 것인지를 알지 못하여 그때 성균관 대사성으로 있던 윤춘년이 문후하러 들어왔을 때

"득도한 사람은 어디가 예사 사람과 다르냐?"
하고 하문하였다. 윤춘년은 다소 공부가 있는 것을 믿고 모든 것을 다 아는 체하는 사람이라, 대비의 하문을 받고

"황송하오나 먼저 하순하시는 뜻을 알고자 합니다."
하고 대비의 말씀으로 보우가 자칭 득도하였다고 하는 것을 알고

"득도한 사람이라고 밥 안 먹고 잠 안 자는 것은 아니옵지만, 물욕 없는 것이 예사 사람과 다르외다."
하고 대답을 아뢰었다.

"너 같은 공부 있는 사람은 알는지 모르나 나는 득도한지 아니한지를 분간할 수가 없더라."

"신인들 용이히 안다고야 할 수 있사오리까만 몇 마디 수작해보면 짐작은 할 수 있을 듯하외다."

"내가 알고 싶으니 너 한번 보우선사와 수작해보아라."
하고 대비는 춘년의 대답도 듣지 아니하고 곧 궁인을 보내어 보우를 청하였다. 보우가 들어와서 대비께 향하여 합장배례를 드

리고

"소승을 부르셨습니까?"

하고 말하니 대비가 앉은 건너편 방석을 보우에게 권하였다. 보우가 앉은 뒤에 대비는

"혼자 심심하시지?"

하고 묻고 나서 춘년을 가리키며

"저 사람은 나의 친족인데 유식하다고 칭찬받는 사람이니 데리고 이야기해보시오."

하고 말씀하여 보우가 잠깐 몸을 일으켜 춘년을 향하여 합장하고 다시 앉으니

"대사의 공부 놀라우신 것은 말씀을 듣자왔소."

하고 춘년이 먼저 입을 열었다.

"공부가 놀라운 것이 아닌 줄을 아시겠지요?"

하고 보우의 말이 윗손을 치는데 춘년이 슬그머니 화가 나서 대번에 기세를 꺾어보려고

"누가 문자만을 공부라 하겠소. 황매산黃梅山의 절구질도 공부이지요."

하고 말하였더니 보우가 빙그레 웃고 대답이 없었다. 그러나 웃는 것이 역시 윗손치는 거동으로 보이었다.

춘년이 보우와 수작하는 동안에 말이 유교와 불교의 다른 점에 미치었더니 보우는 도도한 변설로 저저히 차별하여 말하는 중에

"공자 맹자의 유교가 정자 주자의 유교와 다른 것을 구별할 줄

아실 터이지요?"

"정자 주자의 유교는 불교와 같은 점이 많은 것을 아실 터이지요?"

"공자가 부처님 출세하신 것을 알고 서방西方에서 큰 성인이 나셨다고 말씀하셨으니 성인 값이 있습니다."

이와같은 말로 춘년의 말문을 막아서 나중에 춘년이

"대사의 공부가 참말로 놀라우시오."

하고 칭찬하여 보우보다 대왕대비가 대단히 좋아하였다. 보우가 처소로 나간 뒤에 대비가

"득도한 중이지?"

하고 춘년에게 물으니 춘년은

"득도는 모르겠소이다만 유식한 것은 의심 없소이다."

하고 대답을 아뢰었다.

● 윗손치다
선손 걸다. 먼저 손찌검을 하다.
● 저저히
이것저것 이유를 대는 것이 구구하게.

이때 경복궁 안에 도깨비장난이 심하였다. 밤저녁에 모래를 뿌리는 것과 사람은 없는데 나무신을 신은 걸음소리가 들리는 것은 예삿일이고, 궁인들이 옷상자에 불이 나는 것을 허둥지둥 끄고 보니 불탄 자국이 없이 아무렇지 않은 일도 있고, 무수리가 빨랫가지를 잃어버리고 이리저리 찾으려니 바람이 분 일도 없었는데 높다란 나뭇가지 위에 걸치어 있는 일도 있고, 나이 어린 궁인이 도깨비를 탓하여 욕설하다가 난데없는 흙덩이가 입으로 튀어 들어온 일까지 있었다. 도깨비장난이 사정전思政殿 뒤가 제일 심하

여 밤만 되면 아무리 장력 있는 궁인이라도 사정전 뒤에는 갈 생각을 먹지 못하였다.

대비가 이것을 보우에게 말씀한즉 보우의 말이 백신百神이 수호하는 궁궐 안에 이매망량*이 장난하다니 무엄한 일이라고 하고 며칠 밤을 두고 사정전 뒤로부터 도깨비장난한다는 곳을 빼지 않고 돌아다니며 호령질하더니 그 장난이 일시에 지식이 되었다. 이 일이 있은 뒤로 보우가 득도한 중인 것은 대왕대비가 믿을 뿐 아니라 여러 궁속들까지도 의심하는 사람이 없었다.

대왕대비가 보우의 말을 믿는 품이 감나무에 배가 열린다 하여도 의심하지 않고, 보우의 말을 좇는 품이 소금섬을 물로 끌라 하여도 주저하지 않게 되었다. 대왕대비가 보우의 말을 듣고 한동안 침체한 불법을 진작하려고 하여 선종, 교종의 구별을 세우고 양종 선과禪科를 설시設始하기로 작정하였다. 대왕대비가 왕을 데리고 정전에 전좌하고 영의정 심연원과 좌의정 상진과 우의정 윤원형을 함께 불러들이어 양종 구별할 일과 선과 보일 일을 문의하니 심연원은

"선종, 교종의 구별은 전에도 있던 일이올시다."

하고 간단하게 말씀을 아뢰고 상진은

"계행戒行 있는 중은 선과에 잘 응시하지 않을 듯하외다."

하고 말씀하다가 대비가

"선과에 응시하면 계행이 깨어지나? 나는 계행 있는 중을 많이 뽑게 할 작정이니 대신의 말이 맞나 나의 말이 맞나 두고 봅시

다."

하고 미안한 기미가 있게 말씀하여

"노신의 소견에는 중에게 과거가 당치 않은 일이옵기에 한마디 말씀을 아뢰온 것이올시다."

하고 순순하게 말씀을 아뢰고 윤원형은 말없이 고개를 숙이고 있다가

"우상右相은 의견이 어떠한고?"

대비의 하문에

"신은 별 소견이 없습니다."

하고 한마디 대답을 아뢰올 뿐이었다. 대왕대비가 대신들의 이론異論이 없는 것을 보고 곧 다시 보우와 의논하고 광주 봉은사奉恩寺를 선종대찰로 정하고 양주 봉선사奉先寺를 교종대찰로 정한 뒤에 양종 선과를 설시할 터이니 정하여 주는 각도 사찰에서 초시를 보고 서울 와서 회시會試를 보게 하되 이름 있는 중으로 선과에 빠지는 자가 없게 하라고 팔도 사찰에 영을 내리었다.

● 이매망량(魑魅魍魎)
사람을 해치는 온갖 도깨비나 귀신.

양사 옥당이 함께 나서서 국가에서 이교異教를 숭봉하는 것이 부당한 일이라고 다투기 시작하였다. 그 뒤에 육조 백관들이 나서서 정론庭論으로 보우의 죄를 말하고 또 관학館學 유생들이 나서서 상소로 보우를 죽이자고까지 청하였으나, 대비의 맘은 움직일 까닭이 없었다. 이때 대왕대비는 눈 안에도 보우 한 사람이 있을 뿐이요, 맘 안에도 보우 한 사람이 있을 뿐이라 보우 한 사람

의 한마디 말이 대비에게는 천 사람 만 사람의 천 마디 만 마디 말보다 더 힘지던 것이다. 유생들의 보우 죽이자는 상소를 보고 대왕대비가

"맨망스러운 자식들 같으니. 공부는 아니하고 상소질은 무어냐? 그까짓 것들은 공부시켜 놓아도 소용이 없으니 다 내쫓아버려라."

하고 화가 꼭뒤까지 나서 유학생들이 성균관을 비우고 나가게 되어도 안위安慰시키지 아니하였고, 한동안 지나서 화가 조금 풀린 뒤에야 조관朝官 중 부형 된 사람들에게 명하여 그 자제를 관으로 보내게 하였다.

양사 옥당이 꾸준히 다투는 중에 각처에서 선과 초시를 마친 중들이 회시를 보려고 서울로 모여들었다. 선과 회시의 과목은 강경講經과 제술製述이요, 시관試官은 허응당虛應堂 보우대선사이었다. 문과文科 회시제도와 방사한 제도로 선과 회시를 보이어 선과에 급제 몇사람과 교과에 급제 몇사람을 각각 뽑은 뒤에 선과 급제는 선사禪師라 칭하고 교과 급제는 대사大師라 칭하게 하였는데, 이때 선과의 장원급제는 청허당 휴정선사이고 교과의 장원급제는 송운당松雲堂 유정대사惟政大師이었으니 송운당은 청허당의 제자인데 선생 제자가 다같이 명승이었다.

이때 선과의 득인得人한 것은 선종, 교종의 두 장원만 가지고도 넉넉히 짐작할 수 있으니 선종의 장원급제 청허당 휴정은 곧 임진왜란에 일국도대사一國都大士 팔도도총섭부종수교보제등계존

자八道都總攝扶宗樹敎普濟登階尊者로 승병을 통솔한 서산대사西山大師이고, 교종의 장원급제 송운당 유정은 곧 임진왜란 후에 사신으로 일본 가서 난중에 잡혀간 남녀인구 삼천여명을 찾아내온 사명당四溟堂이다.

청허당과 송운당이 뒷날에 장한 중이 된 것은 차치하고 그때 벌써 이름이 높아서 선과의 두 장원이 모두 비범하다고 칭찬하는 사람이 승속간僧俗間 적지 아니하였다. 당시 문신 중에 가장 총명한 체하던 윤춘년은 선과 창방˚하던 날까지

"인재를 뽑는 것은 경권 보는 것과 달라서 인물을 감별하는 안식眼識이 있어야 할 터인데 보우가 그 안식이 있을까?"

하고 의심하던 사람이 두 장원을 보고는 맘이 절로 꺾이던지 이 사람 저 사람을 대하여 여러번

"보우 화상의 인물 감식이 제법입디다그려."

하고 보우의 시관 노릇 잘한 것을 칭찬하였다. 윤춘년은 청허당과 계분契分을 맺어서 이조판서로 조명˚하느라고 문에 잡객을 들이지 아니할 때, 청허당이 오면 반드시 맞아들이어 경도傾倒하는 벗과 같이 대접하였다.

● 창방(唱榜)
과거 급제자의 이름을 부르던 일.
● 조명(釣名)
거짓을 꾸며 명예를 구함.

대왕대비는 선과의 득인한 것을 문무과 득인한 것보다 일층 더 좋아하여 장원 이하 급제들을 나라에서 대접하되 무과의 선달은 고사하고 문과의 급제로도 바라지 못할 만큼 모든 절차를 융숭하게 하였다. 대왕대비가 보우를 보고 급제들의 신래 불릴˚ 것과 유가 돌릴˚ 것을 의논하니 보우가 대번에

"신래는 고만두고 유가나 돌려보십시다."

하고 말하였다.

"신래도 불리는 것이 좋지 않소? 대사가 궐내에서 불리시구려."

"점잖은 중들을 갖다가 웃음바탕 만들 것이 있습니까? 고만두시지요."

"까까중들을 눈에 왕방울 퉁방울 그리고 이리위 저리위 하고 끌고 다니면 구경스럽겠네."

하고 대비가 한번 깔깔 웃은 뒤에 다시 말씀을 이어

"그래, 신래는 대사가 좋아 아니하니 고만두기로 하고 유가나 잘 돌려봅시다. 유가는 어떤 절차가 좋겠소? 문과 급제들과 같이 하라 하리까?"

하고 의향을 물으니 보우는

"유가도 문무과와는 좀 달리하는 것이 좋을 듯합니다. 세조대왕 때 흔히 행하시던 전경법轉經法이란 것을 참작해서 새로 절차를 정하십시다."

하고 말하였다.

대왕대비가 보우의 말을 좇아서 새로 절차를 마련하여 유가 돌리게 하였는데 전경법을 참작하니만큼 절차가 서로 근사하였다.

앞줄에는 수많은 기잡이와 일산잡이를 쌍쌍이 세우고 그 뒤에 부처 태운 벌린 연輦을 뜨게 하는데, 연의 앞줄에는 조라치*들이 삼현육각을 잡히며 가고 연의 좌우에는 중들이 판에 받친 향로를 받들고 가게 하고 뒷줄에는 조그만 상좌중을 큰북 실은 수레에 태워서 따라가게 하고 장원 이하 급제들은 갖은 안장을 지운 사복司僕 말들을 타고 좌우편 중들의 앞을 서게 하였다. 유가 돌러 나갈 때에 대왕대비는 왕대비와 왕과 왕비 외에 보우와 여러 궁인을 데리고 광화문 문두에 나와 앉아서 떠나보내는데, 둥둥 북소리가 나면서 조라치의 풍류소리가 나고 한동안 뒤에 또 둥둥 북소리가 나면서 중들의 송주誦呪소리가 나서 둥둥 소리가 나는 대로 조라치의 풍류소리와 중들의 송주소리가 번갈아 들리었다. 유가돌이가 늦은 아침때 육조 앞을 떠나서 거리를 돌다가 태평관太平館에서 점심 먹고 다시 거리를 돌기 시작하여 해를 지우고 육조 앞으로 돌아와서 대왕대비와 보우가 다시 광화문 문두에 나와 앉은 뒤에 각기 흩어졌는데, 이날 쉬는 곳의 장막은 전설사典設司에서 등대하고 태평관의 점심은 예빈시禮賓寺에서 공궤˚하고 어둔 뒤의 햇불은 사재감司宰監에서 대령하였다.

보우가 대왕대비를 끼고 한바탕 뒤설레를 치는 바람에 불교가 왕성하여 팔도 사찰이 일신하게 되었다. 이때 시골 있는 선비들은 옥하사담˚이 많았는데, 이황과 같이 간정한 사람은 당초에 서울 소식을 귀 막고 듣지 아니하려고 할 뿐이었지만, 조식은 몸이 시골에 물러와서 있을지언정 맘으로는 세상을 걱정하는 사람이라 제자들을 데리고 앉았다가 말이 나랏일에 미치어

- 신래(新來) 불리다
과거에 급제한 사람들을 선배들이 축하한다는 뜻으로 그들 얼굴에 먹으로 그림을 그리고 괴롭히던 일.
- 유가(遊街) 돌리다
과거 급제자가 광대를 데리고 풍악을 울리면서 시가 행진을 벌이고 시험관, 선배, 급제자, 친척 등을 찾아보던 일.
- 조라치 취라치. 조선시대 군에서 소라를 불던 취타수.
- 공궤(供饋)
윗사람에게 음식을 드림.
- 옥하사담(屋下私談)
쓸데없는 사사로운 이야기.

"원형 하나도 과하거니 보우까지는 심치 아니하냐. 국가는 장차 어찌 되며 생령生靈은 장차 어찌 되랴."
하고 주먹으로 자리를 눌러 팔을 세우며 눈물 흘릴 때가 있었다. 어느 날 달 밝은 밤에 조식이 혼자 칼을 안고 앞마루에 앉아서 슬피 노래를 부르는데 이때 마침

"남명南溟 선생이 기시오?"
하고 문밖에서 큰 소리를 지르는 사람이 있었다. 남명은 조식의 아호雅號이다. 남명이 칼을 놓고 일어서서 옷을 가다듬는 중에 그 사람은 벌써 마당 안에 들어섰다. 남명이 달빛 아래 걸어오는 얼굴을 바라보며

"형중이 아닌가? 이거 웬일인가?"
하고 뜰아래로 쫓아내려와서 맞아올린 사람은 곧 이지함이다. 두 사람이 각각 자리를 잡고 앉은 뒤에

"웬일인가?"
"웬일이라니? 자네가 보고 싶어 찾아왔네."
"토정土亭이 갑갑하든 것일세그려."
하고 남명이 껄껄 웃었다. 이지함은 자기의 사는 집을 담집으로 치고 그 지붕을 평평하게 하여 정자를 삼고 지내는 까닭으로 별호까지 토정으로 행세하는 터이라

"이 몸이 갑갑한들 어찌하나."
하고 토정은 별호를 빙자하여 집 말을 몸으로 대답하고 나서 역시 허허 웃었다.

"자네가 내게로 바로 오는 길인가?"

"아니 보은報恩을 들렀었네."

"보은을 들렀어? 건숙建叔이 잘 있든가?"

하고 남명이 묻는 사람은 보은 종곡鍾谷에 사는 처사 성운成運이요,

"자경子敬이도 나와서 며칠 동안 잘 놀다 왔네."

하고 토정이 말하는 사람은 현감으로 있던 성제원成悌元이니 성처사와 성현감은 모두 인품이 높아서 남명과도 서로 친한 터이다.

"자네 말을 들으니 거문고 안은 건숙이와 술잔 잡은 자경이가 곧 눈앞에 보이는 것 같아."

"그렇지 않아도 우리들이 자네 말을 많이 하였었네."

- 생령(生靈) 살아 있는 백성.
- 섭위(涉危) 위험을 무릅씀.

"속리산에 들어갔든가?"

"나 혼자 한번 문장대文藏臺에 올라갔었네."

"요전에 나와 같이 갔을 때도 자네 혼자 올라가더니 또 올라갔단 말인가? 자네의 섭위˙ 잘하는 것도 못쓸 버릇이니."

"쓸 버릇, 못쓸 버릇 가르는 법은 나중에 듣기로 하고 지금 내가 시장하니 밥 좀 지어 내오라게."

하고 말하는 토정의 얼굴에는 시장한 모양이 보이었다.

"내가 불민해서 미처 묻지 못하였네."

"물어 무어하나, 내가 말하는데."

"그리할까?"

하고 남명이 한번 웃고 곧 하인을 불러서 밥을 지어 내오라고 안에 통기하였다.

"좀 눕게."

하고 남명이 방에서 목침을 집어다가 권하니

"눕도록 피곤하지는 아니하니 걱정 말게."

하고 토정은 눕지 아니하였다.

"서울 있을 때 소위 선과 창방이란 것을 구경하였나?"

"점잖은 사람이 누가 그걸 구경한단 말인가."

"보우는 문교文敎를 그르치니 국사는 말이 아니지."

하고 남명이 한숨을 쉬니

"보우가 국정까지 그르친다네. 대왕대비의 하시는 일이 모두 보우의 주장인 줄을 모르나? 보우 앞에서는 원형이도 어찌하지 못하는 모양이데."

"신돈이가 또 하나 났군."

"신돈이라니 생각나는 일이 있네. 십여년 전에 한번 이장곤 이판서를 만난 일이 있는데, 그때 이판서 말이 신돈 같은 중놈이 장차 나온다고 하고, 어찌 아십니까 하고 물으니까 자기가 선생같이 믿는 사람이 앞일을 능히 짐작하여 말하더라고 하더니 그 말이 맞았네그려."

"미리 알았으나 미리 몰랐으나 그런 완승*이 나기는 일반이라면 미리 아는 것이 소용 있나?"

"하여튼지 말이 맞는 것이 신통하지."

"지금 조정에는 이존오˚ 한 사람이 없단 말인가."
하고 남명이 개탄함을 마지아니하는데 토정은
"양사 옥당과 육조 백관과 관학 유생이 모두가 다 이존오시지."
하고 허허 웃고
"우리는 구전성명˚이나 하지 별수 있나. 나도 조카자식들을 데리고 시골 가서 숨어 살 작정일세."
"언제는 우리가 세상에 나섰는가?"
하고 남명은 토정을 바라보며 입맛 쓴 웃음을 웃었다.
토정이 석반을 마친 뒤다. 밤이 들수록 달빛은 더욱 밝아 대낮 같으나 바람이 조금 선선하였다.
"선선하거든 방으로 들어가세."
"달이 아까우니 잘 때나 들어가지."
"길에 뻐쳤을 터인데 곤하지 아니한가?"
"자경이와 같이 보름씩 잠 안 자고는 배기지 못하지만 설마 길에 좀 뻐쳤다고 곤하겠나."

● 완승(頑僧)
완고하고 고집스러운 중.
● 이존오(李存吾)
신돈의 횡포를 탄핵하다가 왕의 노여움을 산 고려 공민왕 때의 충신.
● 구전성명(苟全性命)
구차하게 목숨을 보전함.

하고 토정이 말하는 것은 성현감의 일이니, 성현감이 어느 중을 데리고 잠 안 자기를 내기하여, 그 중은 열사흘 만에 정신을 잃고 쓰러졌는데 성현감은 보름을 채우고도 평일과 별로 다름이 없이 기거起居한 일이 있어서 그 정력의 절등한 것을 친구들 사이에서 칭도稱道하는 터이었다.
"자경이는 별사람이야."

하고 남명이 토정의 말 뒤를 이으니 토정은 별사람이란 말이 자기 뜻에 맞는 듯이

"참 그러해, 별사람이야. 내가 연전에 자경이와 같이 뉘 집에 갔다가 광대 소리를 듣게 되었는데, 광대가 소리를 시작해서 단가短歌 한 곡조 다 하기도 전에 자경이가 그 광대를 돌려보내자고 주인더러 말하데그려. 우리야 까닭을 알 수가 없었지. 그래서 왜 돌려보내라느냐고 묻지 않았겠나? 자경이 말이 이 소리가 상고喪故 있는 사람인 것 같으니 소리 시키지 말고 돌려보내는 것이 좋겠다고 하데그려. 나중에 알아본즉 그 광대의 어미가 먼 곳에 있었는데, 그날 밤에 통부가 왔더라네. 자경이가 성음聲音을 살필 줄 아는 것이 확실하지."

하고 한동안 앉았다가

"별사람이라니 생각나는 일이 있네."

하고 다른 이야기를 꺼내었다.

"내가 둘쨋번 제주를 갈 때에 중 동행을 만났었는데 그 중이 별사람이야. 문식도 유여하거니와 의약복서와 천문지리를 모르는 것이 없데그려. 그 중이 지금 살았으면 나이 근 칠십 했을 것일세. 그 중이 상좌 같기도 하고 상좌 같지 않기도 한 아이놈 하나를 데리었었는데 그 아이놈 역시 별사람이지. 한라산 올라갈 때 저의 선생을 등에 업고서 올라가는데 홀몸으로 가는 사람보다 더 빨리 올라가데. 저희의 말을 들으니까 백두산에도 그놈이 선생을 업고 올라갔더라네."

하고 또 무슨 말을 하려다가 남명이

"장사일세그려."

하고 말하여 토정은 그 말을 따라서

"장사이고말고. 엄장도 예사 사람보다 크지만 무쇠로 만든 것 같은 두 팔뚝이 천 근의 힘이 들어 보이데."

하고

"그런데 그놈에게는 양반이 비각˙이야. 양반이라면 당초에 만나보기를 싫어하고 말말끝에 양반의 말이 나기만 하면 함부루 욕설을 하는데 선생 되는 중이 항상 타일러 못하게 하더군."

하고 말을 달리 돌리었다.

"불학무식한 상것들의 자식이 그러기가 쉽지."

• 비각
물과 불처럼 서로 상극이 되어
용납되지 아니하는 일.

"백정의 자식이래. 내가 아까 이야기하려다가 미처 못했지만 그놈이 이장곤 이판서의 처족이란 말을 들은 법해. 이판서를 만나면 한번 물어본다는 것이, 이것을 물어보려고 일부러 찾아갈 까닭은 없고 이내 못 물어보았어."

"그러기가 쉽지. 이판서의 부인이 함경도 백정의 딸이라니까."

"이판서는 작고한 지 오래지만 그 부인은 아직 살아 있겠지?"

"아니, 이판서의 부인이 작년 가을에 죽었다지. 요전에 이판서 집 이웃에 사는 일가 사람이 문인들과 이야기하는 것을 언뜻 들은 일이 있네."

"백정의 딸 봉단이로서 일품명부가 되었던 유명한 부인이 작고했네그려. 인물이 잘났었더라는걸."

"인물이 났기에 천인의 딸로 정경부인까지 바쳤겠지. 치가治家 범절도 무던했었더라네."

하고 두 사람이 번갈아가며 이판서 부인의 말을 가지고 수작하던 끝에 남명이

"곤하지는 않더라도 고만 방에 들어가 눕지."

하고 칼과 목침을 거두니

"아무리나 하세."

하고 토정이 몸을 일으켰다. 주인과 손이 앞서거니 뒤서거니 방으로 들어간 뒤에는 빈 마루에 달빛만 가득하였다.

토정이 남명에게서 묵는 동안에 보우가 역적으로 몰렸다는 소문이 있었다. 남명이 이 소문을 듣고

"궁중에 거처하는 놈이 역적질을 하려고 했다면, 만분 위태한 일이 있었을 터인데 첫째 대전께서 무사나 하신지."

하고 왕의 몸에 변고가 있지 아니할까 하고 걱정하니 토정은

"보우가 시역˚을 꾀하였다면 대왕대비께서 미리 모르셨을 리 없을 것인즉 다른 변고면 모르되 그런 변고는 당저˚에 없을 것일세."

하고 왕의 몸이 무사할 것을 말하였다. 그러나 진적한 서울 소식을 몰라서 궁금히 생각하기는 남명이나 토정이 다름이 없었다. 대체 보우가 역모하였다는 소문이 터무니없는 소문은 아니나 일이 소문과는 같지 아니하였다. 처사별(處士星)과 같이 한구석에 숨어 있는 조남명과 상서별(瑞星)과 같이 나타났다 사라졌다 하는

이토정의 이야기는 그만두고, 제원帝垣을 침범한 요기로운 별〔妖星〕과 같은 보우의 일을 자세히 이야기할 터이다.

조관과 선비들은 만 사람이면 만 사람이 모두 보우를 미워할 때라 보우를 큰 죄에 몰아넣으려고 하는 사람이 많았으나 보우의 뒤에 있는 대왕대비를 꺼리어 함부로 건드리지 못하는 판에 함경도 어사 왕희걸王希傑이 장계를 올리어 보우가 전에 지은 죄상을 적발하였다.

보우가 안변 황룡사에 있을 때에 계림군의 하인 무응송이란 자와 부동하여 계림군을 토굴에 숨겨주고, 수색하는 전령이 급한 것을 알고는 화가 저의 몸에까지 미칠까 겁을 내서 저 혼자 슬그머니 석왕사로 옮기었는데, 석왕사로 옮긴 뒤에도 무응송이가 내왕한 일이 있었고, 또 보우가 계림군을 위하여 산골에서 남몰래 여러번 성재聖齋

- 시역(弑逆) 부모나 임금을 죽임.
- 당저(當宁) 지금의 임금.
- 핵실(覈實) 일의 실상을 조사함.

를 올린 일이 있었다. 재 올릴 때에 쌀을 꾸어준 중이 지금까지 석왕사에 있으니 언제든지 불러 물어볼 수가 있다. 그런즉 보우는 역적으로 몰린 계림군의 여당이라 곧 역률逆律로 다스려야 마땅하다는 것이다. 정원에서 왕어사의 장계를 받아 바친 뒤에 왕희걸의 장계로 보면 보우의 죄상이 자못 중대하니 우선 전옥典獄에 내리어 가두고 핵실*하여 보자고 왕께 청하였으나 대왕대비는 왕을 시켜

"이것은 보우를 해코자 하는 자의 조작부언造作浮言이 분명하니 고만두어라."

하고 전교를 내리게 하였다. 양사에서 이것을 알고 나서서 논계하고 대신이 이것을 가지고 청대請對하여 다같이 보우를 치죄하자고 주장하였더니 대왕대비가 왕을 보고

"근래 조정에 일이 없으니까 별일을 다 가지고 떠드는구나. 양사의 젊은것들은 모르지만 대신들이 그렇게 경거망동할 수야 있느냐? 그까짓 일에 청대란 다 무어냐? 가만들 내버려두어라. 하다가 하기 싫으면 고만두겠지."

하고 화를 내면서 하교한 까닭에 왕은 불윤*이라는 간단한 말로 방패를 삼아 양사와 대신의 여러 말을 막아버리었다. 왕어사의 장계 뒤에 판서 송세형宋世珩이 혼자서 서계를 올리어서 보우를 죄주자고 청하였는데, 그 서계의 대지는

"보우가 국가의 권세를 잡고 교양방자하여 무식한 인민들이 군부와 같이 존숭하는데 이것을 말하는 사람이 없으니 개탄할 일이외다. 보우가 불측한 맘을 품으면 곧 큰 화를 국가에 미치고 말것인즉 지금 처치하여야 합니다. 보우의 위인이 족히 불측한 맘을 가질 것은 이러이러한 거동만 보아도 알 수 있삽네다."

하고 아래에 보우의 패악한 거동을 나열한 것이었다. 그러나 송세형의 서계도 불윤이라는 비답밖에는 받지 못하였다. 보우가 역모를 꾀한 일은 없었지만, 왕어사의 장계와 송판서의 서계가 난 뒤로

"보우가 역적질을 하려고 하였다."

"보우가 역모하다가 미리 발각되었는데 대왕대비가 용서하셨

다."

"보우가 지금도 역모에 뜻을 두고 있는 것은 모두 아는 사실이건만 조신들이 대왕대비를 꺼리어 말을 못한다."
하고 선비들의 입에서 사실과 틀리는 소문이 일시는 널리 퍼지었었다.

보우가 교앙방자하다는 것은 틀림없는 사실이었으니, 여간 사람은 눈에 사람으로 보지 아니하여 처음 보는 사람에게라도
"소승 문안드립니다."
하고 인사하는 법이 없는 것은 고사하고 남의 정성스러운 첫인사를 고개만 끄덕거리며 앉아 받고, 재상들에게는 고사하고 대왕대비께까지라도 저의 말을 '보우가' 또는 '내가' 하고 말하지 신승臣僧이나 소승이라 말하지 아니하고, 궁인과 액정소속˚에게 몰밀어서 하게할 뿐 아니라 대왕대비가 해라하는 사람에게는 거지반 하게나 반말을 쓰는 까닭에 난정이와 같은 일품 부인에게는 흔히 반말지거리로 대답하였다.

● 불윤(不允)
임금이 신하의 청을
허락하지 않음.
● 액정소속(掖庭所屬)
조선시대에, 내시부에 속하여
왕명의 전달 및 안내,
궁궐 관리 따위를 맡아보던
액정원 소속의 구실아치와 종.

보우가 처음에는 산인山人으로 자처自處를 높이 하여 대왕대비가 혹시 국사를 가지고 의논하면
"그것은 보우의 알 바가 아닙니다."
하고 웃어버리던 사람이 불과 일년이 못 지나서
"함경감사는 아무가 좋습니다."
"아무개는 사람이 변변하다니까 목부사牧府使가 과하지 않겠

습니다."

하고 대왕대비께 말씀하면 대왕대비가 원형이나 춘년에게 하교하여 보우의 말대로 수령 방백을 내는 일까지 없지 아니하였다.

보우의 고향 임피에 보우의 사촌형 하나가 있었는데, 그 사촌형수가 사람이 그악하여 보우가 임피 절에 있을 때에 사촌의 집에 가서 찬밥 한술을 잘 얻어먹지 못하였었다. 그 사촌이 보우의 놀랍게 출세한 소식을 듣고 아내를 보고 말하였더니 그 아내가

"사람이란 것이 알 수 없는 것이오. 중 아재가 그렇게 귀인이 될 줄을 누가 알았겠소."

하고 그다음에는 곧 남편더러 서울을 가보라고 권하였다.

"서울 가면 만날 수가 있을까?"

"아무리 귀인이기로 사촌이야 아니 보겠소."

"그건 그렇겠지만 서울 갈 길양식은 어디 있나?"

"개똥이네 집에 가서 꾸지도 못한단 말이오? 개똥이 아버지더러 말하고 꾸어달래 보구려."

"그래 볼까?"

하고 내외 공론한 끝에 길양식을 꾸러 갔었다. 개똥이 아버지는 보우의 어릴 때 동무라 그 사촌이 만나러 간단 말을 듣고 양식을 대어주고 동행하기로 작정하여 두 사람이 같이 서울을 올라와서 보우를 만나보려고 애를 썼으나, 궐내에 거처하는 보우를 만나보기가 하늘에 별 따기보다도 더 어려웠다. 두어 달 동안 헛근사를 모으던 끝에 보우가 인수궁에 나가는 것을 미리 알고 동대문 밖

에서 길목을 지키고 있었다. 보우의 행차가 예사 때 거동이나 다름없어서 촌사람들로 덤비기가 어려웠으나, 두 사람은 악증을 부리듯이 행차 중간으로 뛰어들어가며
"보우."
"보우."
하고 소리를 질렀다. 보우를 따라오는 액정소속들이
"잡인을 치워라."
하고 호령하며, 보우를 호위하고 나오는 금위군사들이 두 사람을 덜미 집어 몰아내쳤다. 두 사람 중의 한 사람이
"귀히 되면 사촌형도 몰라보나."
하고 엉엉 우는 것을 몰아내치던 군사가 보고 액정소속에게 말하고 그 액정소속이 보우에게 말하였더니 보우가 눈살을 잠깐 찌푸리며
"사촌형이래?"
하고 혼잣말하듯이 말하고
"그 사람을 인수궁으로 데려오라게. 내가 이따 좀 불러보겠네."
하고 말을 일렀다.
　임피 사람들이 보우를 만나보게 되어서 인수궁 문밖에서 반나절을 넘어 기다리었다. 나중에 두 사람이 함께 보우의 앞으로 불려들어가며 치어다보니 보우가 큰 대청 한중간에 무엇을 놓고 높이 앉았는데, 머리에는 비단건을 쓰고 몸에는 수놓은 장삼을 입

고 손에는 보패寶貝로 만든 염주를 가졌는데 그 위풍이 으리으리 하였다. 두 사람은 뜰 위에도 올라서지 못하고 뜰아래에서 무춤무춤하다가

"뜰 위에 올라서라고 하게."

하고 보우의 입에서 말이 떨어지며 뜰 위에 서서 말을 받는 사람이 올라서라고 권한 뒤에 기어올라가듯이 올라가서 손길을 맞잡고 섰다.

보우가 눈을 지그시 뜨고 그 사촌을 내려다보며

"모발이 벌써 반백頒白이 되었군."

하고 말하니 그 사촌이 어리둥절하고 대답을 못하는 것이 그 말을 잘 알아듣지 못하는 모양이라 보우가 다시

"늙었단 말이야."

하고 뜻을 풀어 말한즉 그 사촌이 그제야

"늙고말고. 밤에 새끼 눈을 잘 못 보는 지가 오래요."

하고 대답하는데, 이번에는 보우가 무슨 말인지를 못 알아듣고

"새끼 눈이라니?"

하고 괴이쩍게 여기니 그 사촌이

"꼬는 새끼 말이오."

하고 두 손바닥을 맞비비어 새끼 꼬는 시늉을 내었다. 보우가 이것을 보고 빙그레 웃고 그다음에 개똥 아버지를 가리키며

"저 사람은 누구야?"

하고 물으니 그 사촌이 입에 익은 대로 개똥 아버지의 자를 불

러서

"원보요."

하고 대답하였다.

"원보라니?"

"오, 원보래서 모르겠구먼. 애명으로 되살이오."

"응, 어려서 마마할 때 죽었다가 살아난 사람인가?"

"그렇소이다."

하고 개똥 아버지가 대답하는데 보우의 사촌에게 대답을 빼앗기지 아니하려는 것같이 얼른 대답하였다.

"어렸을 때 냇물에서 탐방구질을 잘하였지?"

하고 보우가 옛일을 말하니 개똥 아버지는

"정신도 좋으십니다."

하고 대답하며 싱글벙글 좋아하였다.

"어, 반가운 사람을 다 만나는군."

"반가워하실 줄까지 알고 보이러 왔소이다."

"내가 오늘 환궁還宮하기가 급해서 긴 이야기를 다 못하니 한 번 대궐 안으로 찾아오라구."

"대궐 안에를 들어갈 수가 있어야 합지요."

"경복궁 대궐 서편에 영추문이란 큰 문이 있어. 내일 아침때 그 문밖에 와서 기다리고 있으면 내가 사람을 내보내지."

"녜, 그렇게 하겠소이다."

"그러면 내일 만나기로 하고 오늘은 고만들 나가라구."

"네."

하고 개똥 아버지가 몸을 굽실하고 나서 보우의 사촌을 돌아보니 그 사촌은 보우를 치어다보며

"나도 내일 같이 만나겠소?"

하고 물어 보우가 고개 끄덕이는 것을 본 뒤에야 안심한 듯이

"나가겠소."

하고 인사하고 개똥 아버지와 같이 밖으로 나갔다.

그 이튿날 시골 사람들이 이른 식전부터 영추문 밖에 와서 빙빙 돌아다니는데 해가 점심때가 기울어도 부르러 나오는 사람이 없었다.

"배고프지 않은가?"

"왜 아니 고파. 창자에서 쪼르륵 소리가 나네."

"아마 기다리라고 하고 잊은 모양이지?"

"글쎄."

"어떻게 하면 좋은가?"

"인제는 다시 못 만나는 게지. 두어 달 소수 품을 삭여가지고 간신히 얼굴 한번 얻어보고 말다니, 기막히는 일일세."

하고 두 사람이 구두덜거릴 때에 큰문 안에서 송기떡빛 군복을 입은 사람 하나가 나와서

"임피서 온 사람들이오?"

하고 물어서 두 사람이 일시에

"네."

하고 대답하였다.

"나를 따라 들어오시오."

하고 돌아서 들어가는데 두 사람이 그 뒤를 따랐다. 어디를 어떻게 돌아 들어가는지 정신없이 돌아서 한 곳에를 오니 영창이 열리었는데, 보우의 앉았는 것이 보이었다. 그 송기떡군복˚이 영창 앞에 가까이 가서

"손님들을 데려왔습니다."

하고 말한 뒤에 보우가 무어라고 말하는 모양이 보이더니, 다른 영창문 하나가 열리며 쪽찐 머리 정수리에 조그만 쇳조각을 붙인 여인 하나가 내다보고 들어오라고 손짓하였다. 두 사람이 무서워하면서 들어가니 아랫목인지 딴방인지 모를 만큼 먼 곳에 앉았는 보우가 거기들 앉으라고 말하고 나서 한번 여인을 돌아보았다. 여인이 어디로 들어갔다 오더니 음식상이 나왔다. 두 사람은 생외에 처음 보는 음식이라 먹는지 마는지 하고 앉았는 것을 보우가 바라보고 싸가지고 가라고 피딱지를 몇장씩 나눠주게 하였다.

˚ 송기떡군복
무예별감을 낮잡아 이르던 말.
무예별감의 군복색이
송기떡과 같았다.
● 일새 일솜씨.

보우의 사촌이 무슨 말을 할까 말까 하는 모양으로 입술을 움직거릴 때 보우가

"살기들이 어떠한고?"

하고 물은즉 그 사촌이 예비한 말을 늘어놓듯이

"살기가 점점 억척이오. 자기 농토로 산달밭 한 뙈기도 없는 사람이 잘살기를 바랄 수 있소? 그중에 낫살을 먹고 보니 일새˚

도 전만 못하고 요즈막은 양식을 꾸지 않고 보리때를 대어본 적이 없소. 딸년은 두서넛 되지마는 쓸 자식이라고는 지금 열살 먹은 놈 하나뿐이오. 낫살 먹은 것이 구부렁거리며 남의 품앗이를 다니자면 한심한 생각이 날 때가 많소. 그래도 자기 농토나 있으면 걱정이 없겠소만 앉은뱅이 천리 갈 생각이지, 생각이 소용 있소? 이 원보는 팔자가 좋아서 아들 삼형제 틈에 벌써 손자가 다섯이고 살년만 아니면 자기 농토의 소출이 여러 식구의 양식은 될 만하오."
하고 말하는데 원보가
"이 사람아, 양식이 될 수가 있나? 나의 지내는 형편이 자네보다는 좀 낫겠지만 남의 양식을 안 꾸어먹을 수가 있나."
하고 보우 사촌의 말을 막고 보우를 바라보며
"근근이 여러 식구 호구를 해가자니 밤낮 고생이올시다."
하고 하소연하듯이 말하였다. 보우가 잠자코 앉아서 두 사람의 말을 듣고 나서
"시골 사람들 사는 것이 잘살고 못살고 다 그렇지."
하고 말하여 그 사촌이
"서울 안목으로 보면 잘산다고 해야 오죽지 않지요."
하고 뒤를 받았더니 보우가 미간을 찌푸리며
"연명도 잘 못한다는 주제에 무슨 말이야."
하고 나무라듯이 말한 뒤에 앞뒷동이 없이
"그 계집을 그저 데리고 살지?"

하고 묻고서 그 사촌의 대답 없는 것을 보고

"계집을 잘못 얻으면 집안이 안 되는 법이야."

하고 혼잣말하듯이 말하였다. 이때 대왕대비가 온다고 연통이 나왔다.

"대비마마께서 납십니다."

하고 한 사람이 나온 뒤에

"소연을 탑셨습니다."

하고 또 한 사람이 나오고

"소연이 떴습니다."

하고 또다시 한 사람이 나왔다.

"대비가 나오시면 여기들 있지 못할 것이니 고만들 나가라구."

하고 보우가 두 사람에게 말을 이르고 옆에 있는 궁인 하나를 돌아보더니, 그 여인이 옆방으로 들어가서 보퉁이 둘을 가지고 나오는데 부피가 하나는 크고 하나는 작았다. 보우가 먼저 작은 보퉁이를 그 사촌에게 주며

"그 계집이 그악만 하지 살림을 살 줄 모르니까 은금보화를 산같이 쌓아주어도 잘살지 못할 것이야. 내가 지금 이것을 주는 것은 아무개의 사촌이니 육촌이니 하는 것이 남에게 과한 창피나 보지 말란 말이야."

하고 그다음에 큰 보퉁이를 원보에게 주며

"어려서 알던 사람이라 약간 물건을 정표로 주는 것이니 가지고 가게."

하고 각각 이른 뒤에

"인제 어서들 나가라구."

하고 일변 재촉하며 일변 지접˚도 할 사람을 불렀다. 두 사람이 보우에게 하직을 하는지 마는지 하고 총총히 송기떡군복의 뒤를 따라나오다가 장독교帳獨橋도 아니고 사인교도 아닌 것이 보우의 있는 곳으로 들어가는 것을 돌아보고

'저것이 대왕대비 타신 소연이란 것이군.'

하고 속으로들 짐작하였다.

두 사람이 주인한 곳에 나와서 보퉁이들을 펴놓고 보니 물건 하나 피륙 한 필이 민간에서 보던 것이 없었다. 두 사람이 다같이 눈이 휘둘리고 혀가 나왔으나 보우의 사촌은 보퉁이의 부피가 작은 까닭으로 원보와 같이 맘이 흐뭇하지는 못하였다.

왕대비와 왕비도 맘대로 쓰지 못하는 내탕고內帑庫 재물을 보우가 저의 사사私事 재물과 같이 쓰고 싶은 대로 함부로 쓰니 무엄하기 짝이 없는 일이건마는, 대왕대비가 보우의 하는 일은 사사이 모두 신통히만 보는 까닭으로 꾸지람 한마디가 없었다. 이런 것은 궁중, 조정의 권세를 한손에 쥐고 흔들던 윤원형으로도 감히 바라지 못할 일이었다.

윤원형은 제 손에 있는 권세를 찢어 나눠갈까 하여 젊은 왕비 심씨의 본결˚을 다소 염려하였으나, 심연원이 엄두도 내지 못하는 것을 보고 맘을 놓은 뒤에는 다른 염려가 없거니 태평으로 믿고 지내던 중에 의외 중놈 하나가 궐내에 들어오며 권세가 뿌리

로부터 흔들리게 되니 원형은 보우를 미워하지 않을 수 없었다. 원형이 보우를 내쫓으려고 맘을 먹고 있었으나, 대왕대비의 눈치를 잘 살피는 난정이가

"보우를 건드리지 마시오. 섣불리 건드리다가 대비마마께 미움만 받으시리다."

하고 눌러서 원형은 백관 정론庭論에도 참섭하지 아니하고 또 대신 면대에도 참예하지 아니하였다. 그러나 조정에서 보우의 말을 가지고 떠들 때마다 대왕대비는 원형을 불러서

"그것들이 떠드는 것을 왜 가만히 보고 있는가? 못 떠들게 못 하는가?"

하고 책망하여 한번은 원형이가

"신의 힘으로 조정공론은 좌우할 수 없습니다."

- 지접(止接) 몸을 붙이어 의지함.
- 본곁 비나 빈의 친정.

하고 말씀을 내어 받았더니 대비가 얼굴빛을 변하며

"조정공론? 나는 우의정 대감 말씀 한마디에 조정공론이 도는 줄로 알았더니 잘못 알았군."

하고 미안한 처분을 내린 일까지 있었다.

어느 때 윤원형이 저의 집 행랑채를 번와飜瓦하려고 와서瓦署의 기와를 서너 울 가져오라고 차지를 보낸 일이 있었다. 이것이 말썽이 되느라고 그때 와서 별제別提가 원형의 집 차지를 보고

"대감께서 기와를 보내라시면 필적筆跡이 있는가?"

하고 물었더니 그 차지가

"우리가 와서 말하면 고만이지 필적은 무슨 필적이오?"

하고 뇌까리었다. 별제는 똑똑한 체하느라고 필적을 가져오라거니 차지는 기를 부리느라고 필적을 가져올 수 없다거니 한동안 말다툼이 있은 뒤에 그 차지가 돌아와서

"별제가 가스러져서 와서 기와는 나라 기와이지 우의정 댁 기와가 아니라고 호령을 통통히 합디다."

하고 별제를 먹어 말하였더니 원형은 화를 내어

"그따위 호령을 가만히 받고 있었더란 말이냐? 못생긴 것이다."

하고 차지를 꾸짖어 물리치고 곧 도차지를 불러서

"건장한 하인을 한 백명 뽑아서 와서에 보내 기와를 가져오게 해라. 별제가 만일 무슨 말을 하거든 집으로 끌고 오게 해라."

하고 분부하여 범 같은 하인들이 와서에 몰려와서 한바탕 야료를 하고 기와를 가져왔다.

그 별제는 정만종의 친족이니 예방비장이 되어 정만종을 따라갔을 때 보우와 친분을 맺었던 덕으로 와서 별제를 얻어 한 사람이라, 윤원형 집 하인에게 기와를 빼앗기고 분하여 전후 사연을 보우에게 하소연하였다. 대왕대비가 보우의 말을 듣고 곧 원형을 불러서

"와서 기와가 맘대로 갖다 쓸 것도 아니고 갖다 쓰더라도 별제에게 말하고 조용조용히 갖다 쓸 것이지 하인들을 보내서 야료를 하다니 남의 이목에 해괴할 것은 생각지 못하는가?"

하고 꾸중하여 원형은

"황송하오이다."

하고 다시 두말 못하고 물러나왔으나 집에 와서는 화를 못 이겨 펄펄 뛰었다.

이때까지 원형은 유지油紙가 소용 있으면 장흥고長興庫에서 갖다 쓰고, 밀이 소용이 있으면 의영고義盈庫에서 갖다 쓰고, 의성고義成庫에 있는 장, 기름과 사옹원司饔院에 있는 분원사기를 맘대로 갖다 쓰고, 그외에도 나라 물건을 제 집 것같이 쓰고 지내도 말이 없던 터에 기와 서너 울을 갖다 썼다고 대왕대비께 꾸중을 들었으니 제딴은 속이 여간 상하지 않았던 것이다.

며칠 뒤에 난정이 예궐하였다가 나와서 조용히 원형을 보고

● 가스러지다
성질이 온순하지 못하고 좀 거칠어지다.

"일전에 대비마마께 꾸중 들으신 일이 있나요?"

하고 물으니 원형이 꾸중 들었다는 것을 창피하게 생각하던지

"꾸중은 무슨 꾸중."

하고 고개를 외로 치고 한동안 있다가 불쾌한 언성으로

"마마가 무슨 말씀 하시든가?"

하고 물은즉 이번에는 난정이가

"아니요."

하고 고개를 외로 쳤다.

"그러면 꾸중인지 책망인지 들었다는 것은 어디서 난 말이야?"

"입이 뾰족한 오상궁 아시지요? 그 오상궁이 말합디다."

"무어라고?"

"대감이 와서 기와를 함부루 갖다 쓴 까닭으로 일전에 대비마마께 꾸중까지 들으셨다고 합디다."

"그 말뿐이야?"

"그날 대비마마께서 스님에게 다녀오시더니 갑자기 대감을 불러서 꾸중하시는 것이 스님이 무슨 말씀을 여쭌 모양 같다고 말합디다."

"나도 그런 줄 짐작했소. 와서 별제 정가란 손이 정만종의 친족이라니까 보우에게 연줄이 있을 것이지. 대체 기와 서너 울 갖다 쓴 것이 말썽 될 것이 무어요? 우습지도 않지."

"그래 무어라고 꾸중하십디까?"

"글쎄 꾸중은 무슨 꾸중이야. 그까짓 일에 꾸중을 들을 까닭이 있나."

"말씀이라도 좋지 않게 하셨기에 꾸중하셨다고 말들 하지요."

"조용조용히 갖다 쓰지 않았다고 말씀하시더군."

"무슨 다른 말씀하시던 끝이면 모르지만 그만 말씀이라도 일부러 불러서 하셨다면 꾸중이나 진배 있습니까."

"그렇기에 사람이 창피하지. 남더러 말도 할 수 없고 화가 나서 견딜 수 있든가."

하고 원형이 미간을 잔뜩 찌푸리고 앉았다가 한두 번 쓴 입맛을 다시고

"중놈을 어떻게든지 처치하여야지."

하고 중얼거리듯이 말하니 난정은 깜짝 놀라는 것같이

"아이구, 큰일날 말씀을 다 하시오."

하고 조금 동안을 떼어서

"대감이 궁중 형편을 모르시니까 그런 말씀을 하시는 거요. 아예 그런 말씀은 입 밖에도 내지 마시오."

하고 나무라듯이 말하는데 원형이

"모르기는 무얼 몰라."

하고 혀를 끌끌 찼다.

"대감이 심정이 그렇게 상하실 것 무어 있소?"

"똥덩이나 빠뜨리면 망신이지."

하고 원형이 동에 닿지 않는 말을 하여 난정이

"그거 무슨 말씀이오?"

하고 물은즉 원형이 대답이 없었다.

"글쎄 그게 무슨 말씀이에요?"

"똥덩이가 무엇이에요?"

하고 다그쳐 물으니 원형이 한번 싱긋 웃고 난정의 귀에 입을 대고 무어라고 소곤소곤 말하였다. 난정이 소곤거리는 말을 듣고 나서 해끗 웃으며

"인정?"

하고 물은즉 원형이

"인성이라니까."

하고 다시 말 말라는 뜻으로 고개를 흔들었다. 원형이 난정의 귀에 소곤거린 말은 옛날 인성대군人城大君의 이야기니, 예종대왕睿宗大王이 열한두살 적에 왕비 한씨韓氏가 대군을 낳았는데 대왕의 나이 너무 어린 까닭으로 다른 말이 없지 못하였다. 그런데 인성의 이름이 똥 분糞자라 이야기를 아는 사람은 똥덩이라면 인성으로 짐작하던 것이다. 난정이 한참 잠자코 있다가 홀제 한번 해해 웃고

"촌집 질요강에 똥덩이가 떴드냐?"

"대궐 안 놋요강에 똥덩이가 떴다."

하고 가락을 떼어 옮기고 나서

"상스러운 노래도 까닭이 있구려."

하고 또다시 해해 웃었다.

"노래가 하고 싶거든 그저 하지."

"누가 노래하고 싶답디까?"

"정경부인의 노래는 더 듣기 좋소."

"대감도 딱하십니다."

하고 내외간에 실없는 말이 오고갈 때에 시녀 하나가 영창 밖에서

"마님."

하고 난정을 부르더니

"궐내에서 사람이 나왔습니다."

하고 고하였다.

오상궁의 무수리가 오상궁의 편지를 가지고 나왔는데, 그 편지

사연이 이러하였다.

"제번˚하옵고 아까 퇴궐하오신 뒤에 궁중에 적지 않사온 사단이 발생하와 자전께옵서는 전에 없이 대단 화를 내시옵서 뵈옵기하도 답답하기로 넌짓 통기하오니 시급히 입시하시옴을 바라오며 통기받지 않으신 양으로 입시하시려면 말씀 꾸미실 거리 미리 생각하오실 줄 믿삽니다. 즉시 뵈올 줄 믿삽고 총총 두어 자 그치옵니다."

원형이 난정의 편지 읽는 소리를 듣고 나서

"대체 적지 않은 사단이란 것이 무슨 사단일까? 무수리를 좀 불러 물어보구려."

하고 말하니 난정이

"무수리 같은 것이 무얼 아나요."

하고 대답하면서도 혹시 알까 하고 무수리를 가까이 오라고 불러서 영창으로 내다보며 말을 물었다.

● 제번(除煩)
번거로운 인사말을 덜어버리고 할 말만 적는다는 뜻으로, 간단한 편지의 첫머리에 쓰는 말.

"오늘 저녁때 궐내에 무슨 일이 있었나?"

"잘 모르겠습니다."

난정이 그것 보라는 듯이 한번 원형을 돌아보고 다시 무수리를 내다보며

"오상궁 마마님도 아무 말씀 없으시든가?"

하고 채치어 물으니 그 무수리는 들은 말이 있는데 옮겨 좋을는지 몰라서 주저하는 모양으로 한동안 주저주저하다가 나중에

"별로 들은 말씀이 없습니다. 그런데 저녁때 대궐 안에는 대비

마마께서 상감마마를 때리셨단 말이 있어요."

하고 대답하였다. 난정이가 미처 무어라고 말하기 전에 잠자코 앉았던 원형이

"무어 어째?"

하고 말참례하니 무수리가 황망히

"아니에요. 저희들 사이에 종작없이 지껄이는 말이니까 아마 참말이 아니겠습지요."

하고 먼저 대답한 것을 까뭉개려고 하는 것이, 자발없이 말 옮긴 것을 뉘우치는 모양이었다. 난정이 웃으며 무수리를 보고

"자네는 먼저 들어가게."

하고 말한 뒤에

"오상궁 마마님께 편지는 잘 보았습니다고 나는 궐문 닫히기 전에 예궐하겠습니다고 답장은 아니합니다고 말씀하게."

하고 전갈하는 말을 일러서 그 무수리를 돌려보냈다.

난정이 고부에서 올라온 수시˚를 목판에 담아서 젊은 감찰을 이어가지고 궐내에 들어왔다.

난정이 대비 침전에 들어가기 전에 오상궁을 만나서

"사단이 무슨 사단이오?"

하고 물으니 오상궁이 가만가만히 그 사단을 이야기하여 들리었다.

"아까 저녁때 마마께서 스님에게 갔신 동안에 상감마마께서 들어오시지 않았겠소? 문안 때도 아닌데 어째 들어옵셨습니다.

마마께서 스님에게 갔셨다고 우리가 말씀을 사뢰니까 상감마마께서는 한숨을 지읍시면서 청에서 오락가락하옵시더니 나중에 우리를 봅시고 내가 들어왔다고 가서 여쭈어라 하십디다. 그래서 김상궁과 박상궁이 가서 마마를 뫼셔왔지요. 처음에는 모자분이 다 평상시와 같이 말씀을 하시더니 상감마마께서 우리를 돌아봅시고 밖으로 나가라고 말씀하십디다. 그 뒤에 상감마마께서 무슨 말씀을 합시는지 말소리가 나직나직해서 밖에 있는 우리들은 잘 들을 수가 없었지만, 중이니 절이니 열성조에 없는 일이니 합시는 말씀이 스님의 말씀 같습디다. 나중에 찰싹 하고 뺨을 치는 소리가 나며 마마의 화나신 말씀소리가 들립디다. 네가 오늘 임금 노릇하는 것이 뉘 덕인 줄 아느냐? 나와 우리 오빠들의 덕이 아니냐? 네가 어째서 내 뜻을 거스르느냐? 하고 말씀소리가 끝나자마자 또다시 찰싹 소리가 들립디다. 그 뒤에 얼마 있다가 상감마마께서 나갑시는데 용안에 눈물자국이 가득합디다. 마마께서는 상금 화가 풀립시지 않아서 우리들이 앞에서 부쩌지˚를 할 수 없소."

• 수시(水柹) 모양이 좀 길둥글며 물이 많고 맛이 단 감.
• 부쩌지 못하다 부쩝 못하다. 감히 가까이 사귀거나 다가서지 못하다.
'부쩝'은 '부접'을 강조한 말.

난정이 오상궁의 일장 이야기를 듣고 한동안 아무 말도 못하다가 나중에

"지금 어느 상궁이 마마를 뫼시고 있소?"

하고 물으니 오상궁이 뾰족한 입을 더 뾰족하게 내밀며

"지금 말씀하니까 그러시오. 우리가 앞에 얼씬만 하면 나가라

고 야단을 합시니까 뫼시고 있을 수가 있소? 혼자 누우셨지."
하고 공연히 고개를 살래살래 흔들었다.

"저녁 수라는 어떻게 하셨소?"

"진어하시지 않았지요."

"섣불리 침전에 들어섰다가 꾸중이나 듣지 아니할까요? 만일 꾸중을 들으면 상궁마마를 탓할 터이오."

"얼마든지 탓하시오. 그렇지만 정경부인은 우리들과 달라서 꾸중 들으실 리 없지요."

"잘못하다가는 다시 궁중에 발을 들여놓지 못하게 될 것이니까 조심조심하지요."

하고 난정이 오상궁과 몇마디 수작한 뒤에 혼자서 대비 침전으로 들어갔다.

대비가 머리를 동이고 벽을 안고 누웠다가 밀장지 열리는 기척을 알고서 돌아눕지는 아니하고

"누구냐?"

하고 소리를 질렀다. 난정이 걸음을 사뿐사뿐 걸어 대비의 발치에 가 서서 나직한 목소리로

"난정이올시다."

하고 고하니 대비가 돌아누우며

"어째 또 들어왔느냐?"

하고 물었다.

"어디가 불편하십니까?"

"어째서 또 들어왔느냐니까?"

"말씀 사뢰기 황송합니다만."

하고 난정이 잠깐 말을 그치고 방글거리다가

"내외 말다툼을 했습니다."

하고 말하였다.

"왜 말다툼은?"

"저녁때 수시가 생겨서 안으로 들여보냈삽기에 두서너 개 맛보았삽더니 마마께 드리기 전에 먹었다고 지각없다고 야단을 치와요. 그 생각 못한 것이 불민한 일인 줄은 알지요만 하인들 소시˚에 그만 일을 가지고 야단치는 것이 조금 야속도 하려니와 첫째 창피하와 가만히 있기 어렵삽기에, 임금이 잡수실 음식을 신하가 먼저 맛보라는 말이 옛글에도 있지 아니하냐고 좀 억지말을 했삽더니 대번에 주둥이만 깠느냐고, 사람을 닭의 새끼같이 말합니다. 그제는 창피도 어디 가고 골이 나와 견딜 수가 있어야 합지요. 그래서 한바탕 말다툼을 했습니다. 그 수시를 내일 드리게 하라고 말하옵는 것을 기어이 어기어 보려고 오밤중이라도 갖다 드리고 나온다고 가지고 들어왔습니다."

하고 난정이 갖은 요신과 갖은 간특을 다 부리며 말하여 대비가 난정의 말에 끌리어서 한번 빙그레 웃고

"그래 그 수시는 어디 두었느냐?"

하고 물었다. 난정이 대비를 부축하여 일어앉게 한 뒤에

"수시를 들여오리까?"

● 소시(所視) 남이 보는 바.

하고 물어서 대비가 고개를 끄덕이니 난정이 곧 밖으로 나가서 저의 손으로 목판째 들고 들어와서 대비 앞에 놓았다. 대비가 한 개를 손바닥에 놓고 윗부리를 제기고 속을 입으로 빨아들인 뒤에 껍질 남은 것을 목판 구석에 놓으며

"이것이 어디 소산이냐?"

하고 물으니 난정이

"전라도 고부 소산이랍니다."

하고 대답하였다.

"고부가 장흥서 머냐, 가까우냐?"

"장흥서 대단히 먼가 보아요."

"고향에서는 먹어보지 못했겠구나."

"못 먹어보았습니다."

"임피서는 가까운가?"

"장흥서보담은 퍽 가까울 줄 압니다."

하고 난정이 대답하고 나서 대비의 눈치를 살피어가며

"스님은 혹 자시어 보았을는지 모릅지요. 스님에게 몇개 보내렵니까?"

하고 물으니 대비가 미간을 찌푸리며

"주더라도 급할 것 있느냐. 목판을 저리 치워라."

하고 말하였다.

"인제 곧 물러나가야 하겠습니다."

"이왕 들어왔으면 그렇게 급히 나갈 것이 무엇 있니?"

"말씀 아뢰기 황송합니다만, 공연히 말다툼하다가 저녁밥을 아니 먹었더니 조금 시장합니다."

"너도 저녁밥을 안 먹었니? 내가 아직까지 저녁 수라를 받지 않았다."

"어째서 이렇게 늦도록 진어하시지 아니하셨습니까?"

"공연히 그랬다."

"그러면 진어합시고 나서 대궁을 물려주시면 황감하겠습니다."

"상궁이란 것들은 어디 가서 자빠져 있노. 좀 불러다오."

하고 대비가 말하여 난정이 나와서 상궁들을 부르니 오상궁이 난정을 보고

"나는 탓을 받을 줄 알고 속으로 걱정했습니다."

하고 웃고

"어쩌면 그렇게 수단이 용하시오."

하고 칭찬하였다. 오상궁 이하 여러 상궁들이 난정의 뒤를 따라 대비 침전에 들어오니 대비가

"너희들은 무슨 큰일이 나도 모르고 있겠다. 가끔 와서 들여다보지도 못하느냐?"

하고 무정지책으로 나무란 뒤에 저녁 수라를 들이라고 하여 대비가 수라상을 받았을 때, 궁중이 갑자기 술렁거려서 무슨 일이 있는가 알아보라고 대비가 오상궁을 내보냈더니 오상궁이 즉시 도로 뛰어들어오며

"큰일났습니다."

하고 소리를 질러서 대비의 손에 들었던 수저는 저절로 자리 위에 떨어졌다.

그날 밤에 경복궁 안에 화재가 나서 사정전으로부터 남편은 몰수이˚ 탔는데, 백관의 조회를 받는 근정전勤政殿이 타고, 근정전 앞에 있는 근정문이 타고, 근정문 남편에 있는 홍례문弘禮門이 타고, 근정전 좌우에 있는 융문루隆文樓와 융무루隆武樓가 모두 타서 침전인 강녕전康寧殿이 광화문 밖에서 들여다보이게 되었다. 불이 났을 때에 알기는 곧 알았으나 북악北岳에서 내려부는 바람이 불의 형세를 돋워서 걷잡을 사이도 없이 삽시간에 이리저리로 옮겨붙었다. 불이 가까운 곳에서는 와글와글하고 불이 먼 곳에서는 술렁술렁하다가 시각 내에 가까운 곳 먼 곳 할 것 없이 온 궁중이 물끓듯하였다. 대왕대비는 여러 상궁들의 부축으로 침전 밖으로 나서서 불타는 것을 바라보는데 불길이 안으로 서리어 연기만 무럭무럭 날 때에

"거진 잡히는 게다."

하고 옆에 사람을 돌아보다가 불머리가 하늘을 찌를 듯이 솟아오르며 불똥이 사방으로 튈 때는

"저걸 어떻게 하나."

하고 하늘만 우러러보았다. 대전에서는 내관內官이 들어오고, 왕대비전에서는 궁인이 오고, 왕비전에서도 궁인이 오고, 빈이 진둥한둥하며 오고, 공주와 부마가 창황하게 들어오고, 그외에도 문안 오는 사람이 많았다.

"얼마나 경동驚動되셨습니까?"

"대단히 놀랍시지는 않으셨습니까?"

하고 이 사람 저 사람이 문안을 드리는 중에 쉬 하는 소리가 나며 왕이 몸소 문안을 들어오는데 왕의 뒤에 윤원형이 따랐다. 대비가 원형을 보고 수어 수작한 뒤에

"이 침전은 무사할까?"

하고 물으니 원형이

"강녕전까지는 염려 없을 줄 압니다. 풍세를 보아도 불이 북편으로 올 리 없을 뿐 아니오라 내금위內禁衛 군사를 풀어서 사정전 뒤에 진을 치다시피 하고 불을 막습니다."

하고 대답을 아뢰고

- 몰수이 있는 수효대로 모두 다.
- 고대 이제 막.

"야기가 좋지 않사오니 침전에 듭시지요."

하고 말씀을 여쭈어서 대비는 왕을 데리고 침전 안으로 들어가고 여러 궁인들은 그대로 밖에 섰는데, 오상궁이 윤원형의 두리번거리는 것을 보고 난정이 찾는 줄을 짐작하고

"정경부인을 찾으십니까?"

하고 물으니 원형이

"그렇소."

하고 대답하고 곧

"어디 있소?"

하고 물었다.

"고대˙까지 여기 계셨는데 어디를 가셨을까?"

하고 오상궁이 휘휘 돌아보다가

"급한 볼일이 기셔 가신 거로군."

하고 혼잣말하니 원형은 뒤보러 간 줄로 짐작하고 한동안 서성거리다가 밖으로 나갔다. 이때 근정전이 한참 타는 중이라 청기와 튀는 소리가 요란하였다. 오상궁은 난정을 찾아보려고 생각하였으나 그 생각은 곧 잊어버리고

"저것이 청기와 튀는 소리라지. 상기와보다 소리가 더 무섭구려."

하고 옆에 있는 다른 궁인과 지껄이기를 시작하였다.

"여기까지 대낮같이 환하니 사정전 근처는 말할 것이 없겠지."

"여보, 궁중은 고사하고 온 서울이 대낮 같을 것이오."

"아우성 소리는 어디서 나오?"

"불 끄는 군사들의 아우성 소리지요."

"큰 난리가 쳐들어온 것 같구려."

"난리는 겪어보지 못했지만 이보담 더 소란할라구."

"오늘 밤은 잠자기 틀렸지?"

"서울 안에서는 너나할것없이 모두 잠들 자지 못할 거요."

하고 눈으로는 불구경들 하면서 입으로만 지껄이는데 왕이 밖으로 나가는 바람에 오상궁의 뾰족한 입부터 꼭 다물게 되었다. 왕이 나간 뒤에 왕대비가 함께 와서 대비를 뫼시고 섰다가 젊은 왕비가 대비 앞에 놓인 수라상을 가리키며 말이 없이 왕대비를 돌아보니 왕대비가 앞으로 나서서

"수라상을 치우랍시지요."

하고 말씀하여 대비는

"혼이 나갔네그려. 대전이 이때까지 앉았다 나갔는데도 수라상을 치울 생각을 못했구나."

하고 곧 상궁들을 불러서 수라상을 치우라고 말하다가 저녁밥 아니 먹었다던 난정을 생각하고

"우의정 댁 정경부인은 어디 가셨느냐?"

하고 물어서 상궁들이

"모르겠습니다."

하고 대답하니

"좀 찾아보아라."

하고 말하여 오상궁 외의 몇 상궁이 이곳저곳으로 다니며 대강대강 찾아보았으나, 난정은 간 곳이 없다.

대비는 난정이 간 곳 없단 말을 듣고

"어디를 갔겠느냐? 너희들이 잘 찾아보지 않은 것이지."

하고 상궁들을 나무랐다. 난정이 대비에게 긴한 것을 평소에 속으로 시새워하는 김상궁이

"화재 피해서 나갔는가 보오."

하고 느런히 섰는 박상궁에게 말하는 것을 대비가 귓결에 듣고

"피하기는 무얼 피한단 말이냐? 여기 있다가 타 무엇할까 보아서? 소견없는 소리 작작 해라."

하고 김상궁을 꾸짖었다. 타 무엇한단 말은 타죽는다는 말을 구

기로 피한 것이다.

"겁 많은 사람이면 알 수 있습니까?"

"너희와 같이 못생긴 사람이 아니란다."

"나가시지 않았으면 어디 기셔야 합지요."

"종작없는 소리 지껄이지 말고 나가서 잘 찾아보아라."

하고 대비가 말하여 김상궁이 난정을 찾아나갈 때에 오상궁을 돌아보고

"먼저 어디어디로 찾아다니셨소?"

하고 물어서 오상궁이

"자미당紫薇堂에도 가보고, 양심당養心堂에도 가보고, 경회루慶會樓로 불구경 나가셨나 하고 누 앞에 가서 소리도 질러보았지만 대답이 없습디다."

하고 말하니 김상궁이 고개를 끄덕이고 밖으로 나갔다.

김상궁이 두어 곳에 가서 물어본 뒤에 보우의 거처하는 곳에 와서 보니 섬돌 위에 눈에 익은 난정의 신이 놓여 있는데 방의 아래윗간 영창문은 모두 닫히어 있었다. 방 밖은 밤 아닌 세상이나 방안에는 작은 촛불도 없고 방 밖은 소란한 세상이나 방안에는 가는 말소리도 없었다. 김상궁이 고양이 걸음으로 소리없이 섬돌 위에 올라가서 방안 동정을 엿보려다가 그림자가 영창에 비칠 것을 겁내어서 다시 슬금슬금 기어내려오는데, 김상궁은 몸집이 있는 사람이라 높은 섬돌을 내려올 때는 올라갈 때와 달라서 하마터면 굼벵이 구르듯이 굴러떨어질 뻔하였다. 김상궁이 뚱뚱한 몸

을 흔들며 부지런히 걸음을 걸어 대비 침전에 돌아와서
"스님 방에 기십디다."
하고 대비께 고하였다.
"그 방에서 무엇하더냐?"
"그 방에 또 누가 있더냐?"
하고 대비가 연하여 묻다가 김상궁이 대답이 없이 싱글거리기만 하는 것을 보고 미간을 잔뜩 찌푸리며 화난 목소리로
"내가 부른다고 말했느냐?"
하고 말을 물으니 김상궁은
"말씀하기 어려워 그대로 왔습니다."
하고 짧은 목을 더 움츠려들이면서도 여전히 싱글거리었다.
"일껀 부르러 간 사람이 부르지도 않고 왔단 말이냐."
하고 대비는 김상궁에게 화를 내고 다른 상궁들을 바라보며
"누구 하나 가서 곧 오라고 불러라."
하고 말하여 오상궁이 간다고 나섰다.
난정이 오상궁의 뒤를 따라 대비 앞에 와서
"부르셔 기십니까?"
하고 살금살금 대비의 눈치를 살펴보니 대비는 눈썹이 일어서고 콧방울이 벌렁벌렁하였다. 대비가 아무 말이 없이 한동안 지난 뒤에
"그 방에서 무엇했느냐?"
하고 물으니 난정이 고개를 갸우뚱하고

"아까 이 사람 저 사람이 모두 문안을 들어오는데 스님은 현형現形도 아니하옵기에 무얼 하옵는가 보고 오려고 스님에게를 갔었습니다. 스님은 그때까지 화재 난 것도 몰랐었는데 궁중이 왜 소란하냐고 묻습디. 큰 화재가 나서 상금尙今 잡지 못하였다고 말씀하였삽더니 스님은 그러냐고 한마디 말씀하옵고는 옛날 어느 큰 장사의 집에 불이 났을 때 그 장사가 지각없는 아들들을 꾀어 집 밖으로 데려 내오는 재미있는 이야기를 들려주옵고, 일체중생이 모두 불집 속에서 사는 격이라고 길게 설법하옵디다. 마마께 여쭙고 가지 않은 까닭으로 곧 일어서려 하온 것이 스님의 이야기와 설법이 재미가 나서 한동안 앉았었습니다."
하고 언변 좋게 말하는데 대비는 네 말 듣기 싫다는 듯이 눈을 감고 앉았다가 눈을 지그시 뜨고

"그래 재미있는 설법을 너 혼자 들었느냐?"
하고 난정의 얼굴을 바라보니 난정은

"왜 혼자는이오? 스님의 시중꾼 두 사람과 같이 들었습니다."
하고 대답하였다. 그러나 사실은 난정의 대답과 달라서 보우의 시중드는 궁인들은 화재 났다는 통에 밖으로 뛰어나오고 방에 없었던 것이다. 대비가 홀제

"내가 머리가 아파서 좀 조용히 누워 있고 싶으니 너희들은 다른 방에 가 있거라."
하고 말하여 왕대비와 왕비와 난정과 여러 상궁들이 모두 대비 침전에서 물러나올 때에 대비는 다리를 주무르라고 오상궁 한 사

람을 머물렀다.

　오상궁이 난정을 부르러 갔을 때 난정은 불 없는 방 속에서 한동안 부스럭거리고 나왔었다. 난정이 오상궁의 수상히 여길 것을 염려하여 정답게 오상궁의 손을 잡고 깜작거리는 눈과 살랑거리는 머리로 남에게 말 말라는 뜻을 알리었더니 오상궁은 알았다는 뜻으로 고개까지 끄덕이었다. 그러나 대비가 오상궁 한 사람을 침전에 머물러둘 때, 난정은 남모르게 속을 태우지 않을 수 없었다. 오상궁이 한번 뾰족한 입을 잘못 놀리기만 하면 십여년 궐내 출입이 일조에 막히게 될지 모르는 판이라 난정은 만사에 경이 없이 바작바작 속을 태우고 있었다. 오상궁이 침전 안에서 늘어지게 한동안을 있다가 나와서 난정을 보고 눈짓하며 자기 처소로 들어가니, 난정이 오상궁의 뒤를 따라 들어가서 두 사람은 조용히 귓속 이야기를 시작하였다.

　"마마께서 꼬치꼬치 캐어물으십디다."

　"꼬치꼬치 어떻게?"

　"방에 불이 키었더냐, 꺼졌더냐? 스님이 앉았더냐, 누웠더냐? 미주알고주알 다 캐어물으시는데 거짓말씀하느라고 아주 혼이 났소."

　"내 뒤를 싸주셨소?"

　"뒤를 싸드리지 않을라면 애초에 거짓말씀을 할 까닭이 있나요."

　"고맙소. 진정으로 고맙소."

"그런 말씀은 고만두고 말이나 외착나지 않게 하시오."

"무어라고 말씀하셨소?"

"방에 불은 키어 있고 스님은 좌장坐杖을 짚고 앉아 있고 윗간 미닫이 한쪽이 열리어 있는데 섬돌에 올라설 때에 스님이 먼저 보고 어째 왔느냐고 묻더라고 말씀했소. 그런데 김상궁이 부르러 갔던 것을 아셨소?"

"몰라요."

"김상궁이 나보다 먼저 갔었소."

"김상궁이 알았으면 탈이 났구려."

"혹시 마마께서 물읍시거든 김상궁이 와서 아무 말도 없이 들여다보다가 갔다고만 말씀하시오. 그 뚱뚱이가 거짓말을 일쑤 해서 마마께 흔히 꾸중을 듣는 터이니까 우리 두 사람의 말만 맞으면 대비께서는 김상궁의 말을 거짓말로 아시게 될 것이오."

"고마운 말씀 이루 다 할 수 없소. 결초보은이라도 하리다."

"별말씀을 다 하시오."

"우리들이 오래 같이 앉았다가 김상궁에게 들키기나 하면 재미 적지 않겠소?"

"나는 스님이 아니니까 들키어도 관계없지요."

하고 오상궁이 병어 입 모양으로 입술을 모으고 호호 웃으니

"여보."

하고 난정이 손가락으로 오상궁의 입술을 건드리고 곧 손바닥으로 저의 입을 막았다.

"인제 나는 나가겠소."

하고 난정이 오상궁의 처소에서 나와서 밖에서 서성거릴 때에 대비가 침전으로 불러들이었다. 난정이 오상궁과 짬짬잇속이 있건만도 침전에 들어갈 때는 오히려 서먹서먹한 모양이더니 얼마 뒤에 침전에서 나올 때는 희색이 만면하였다. 난정은 아양스러운 거짓말로 대비의 의심을 풀었던 것이다. 난정은 소란한 하룻밤을 궐내에서 새우고 이튿날 식전에 여러 궁인들과 같이 다니며 불탄 자리를 구경하고 저의 집으로 나왔는데 옷을 갈아입으며 곧 퇴침을 베고 누우니 전날 밤의 경겁하고 심려하고 피로한 일이 모두 꿈속과 같았다.

난정은 아침도 아니 먹고 대낮을 밤중삼아 늘어지게 잠을 잤다. 보우가 어디서 왔는지 옆에 와서 누우려고 하는데 원형에게 들킬 것을 염려하여 일어나라고 말하는 중에

"중놈이, 개 같은 중놈이."

하고 호령하는 원형의 목소리가 들리며 원형이 칼을 들고 들어서서 보우의 목을 찍으려고 하였다. 보우가 두 손으로 목을 끼어안고 쩔쩔맬 즈음에 난데없는 불이 사방에서 일어났다.

"불이야, 불이야!"

하고 소리를 지르다가

"꿈에도 불이 났나?"

하고 웃는 소리에 난정이 눈을 뜨고 살펴보니 원형이 저의 머리맡에 앉아 있었다.

"언제 들어오셨세요?"

하고 난정이 일어앉아서 시녀를 불러 양치물을 가져오라 하여 양치를 하고 난 뒤에

"어떻게 곤한지."

하고 혼잣말하니

"곤한 중에 또 불 끄느라고 애쓴 모양이지."

하고 원형이 웃었다.

"어느 때 궐내에서 나오셨세요?"

"나는 나온 지 얼마 아니 되었소."

"화재 출처는 사실하여 보았나요?"

"사실해보아야 알 수가 없어. 모두들 말이 도깨비불이라고 하더군."

"요전에 궐내에 도깨비장난이 심했었으니까 그럴지도 모르지요."

"도깨비불이고 보면 보우는 탈이지."

"왜요?"

"도깨비장난을 금지하는 놈이 도깨비불을 나게는 못하든가. 이번에는 어떻게 하든지 그놈을 궐내에서 떨어내고 말 터이야."

하고 원형은 입을 악물었다.

경복궁에 큰 화재가 난 뒤에 왕은 대왕대비와 왕대비를 뫼시고 창덕궁으로 이어하게 되었다. 이어하던 이튿날 왕이 삼정승을 탑전에 불러들여서 경복궁 중수할 일을 의논하는데, 왕이 먼저 입

을 열어

"내가 나이가 젊고 덕이 없는 탓으로 조종조 백여년간 전하여 오는 궁궐을 일조에 태반 불에 태우고 황송한 맘에 침식이 실로 불안한 고로 하루바삐 중수하려 하니 경들은 어찌 생각하오?"
하고 정승들의 의견을 물으니 윤원형이 앞으로 나서서

"지금이라도 곧 중수도감都監을 앉히고 역사役事 준비에 착수하는 것이 좋을 줄로 생각합네다."
하고 대답을 아뢰었다.

"영상領相, 좌상도 의견이 우상과 같소?"
하고 왕이 심연원과 상진을 차례로 돌아보고 다시 윤원형을 바라보며

"그리하자면 도감당상都監堂上은 사람을 골라야 하지 않겠소? 궁궐 중수가 국가의 작은 일이 아니니 적당한 사람에게 맡기지 아니하면 인민의 원망을 사기가 첩경 쉽지 않소?"
하고 말한 뒤에 눈을 옮겨서 심연원을 바라보는 것이 영상이 맡았으면 좋겠다 하는 눈치라 원형이 선뜻

"제조는 다른 사람들을 택용擇用합시더라도 도제조는 영상 한 사람이 족할 줄로 압네다."
하고 아뢰니 왕은 맘에 합당히 여기는 얼굴빛으로 고개를 끄덕이었다. 심연원이 적이 앞으로 나서며

"인민의 곤궁이 심한 때에 공정工程이 호대浩大한 국가 역사를 감히 맡는다 하옵는 것이 노신의 힘에 버거운 일인 줄을 아오나

신의 선조 청성백靑城伯 덕부德符가 궁궐 창건하올 때 힘쓴 것을 생각하옵더라도 사양하올 길이 없사오니 노신이 마땅히 심력을 다하오리다."

하고 말씀을 아뢰니 왕은 기뻐하는 빛이 얼굴에 나타났었다.

경복궁 중수 의논이 끝난 뒤에 심연원과 상진은 빈청으로 물러나가고 원형이 홀로 탑전에 남아 있었다.

"무슨 할 말이 있소?"

하고 왕이 물은 뒤에 원형이 탑전에 가직이 나가 서서

"전하께서는 보우를 어떻게 합시렵니까?"

하고 왕을 치어다보니

"어떻게 하다니?"

하고 왕은 미간을 깊이 찌푸리었다.

"보우가 또 창덕궁 안에 와서 거처하도록 가만둡시렵니까?"

하고 원형이 말씀하니 왕은 고개를 숙이고 말이 없었다. 이때 보우는 아직 경복궁에 떨어져 있고 창덕궁으로 옮겨오지 아니하였었다.

"이번에 절로 내보내도록 합시지요."

"어떻게?"

"자전에 품하옵고 내보내십시오."

왕은 대답이 없이 고개를 흔들었다.

"이번 화재를 귀화라고 떠드옵는데 보우가 귀신 부리는 술법이 있어 짐짓 화재를 내었다는 말씀은 신부터 의심이 없지 않사오나, 보우 같은 요승妖僧이 궐내에 들어온 까닭으로 전에 없는 재변이 났다는 말씀은 만구일담萬口一談으로 같사오니 이 말씀을 가지고 알아들으십도록 품하오면 자전께옵서도 별로 다른 말씀이 없으실 줄 압네다."

"내가 말씀을 여쭈어보았으나 어디 들으셔야지."

"신이 전하를 뫼시고 자전에 들어가서 한번 품하여 보올까 생각합네다."

"한번 그렇게 해볼까?"

하고 왕이 먼저 몸을 일으켰다.

왕이 앞을 서고 원형이 그 뒤를 따라 대비전에 들어오니 대비는 마침 조용히 일없이 앉았었다. 원형이 먼저 입을 열어 왕에게 말씀한 것을 되거푸 말씀하고 왕이 뒤를 이어 보우를 절로 보내자고 말하여 다른 말은 끝마치기도 전에 대비는

• 가직이 조금 가까이.

"다 알았어, 고만두어."

하고 화증을 내었다. 왕이 한동안 무료하게 앉았다가 원형이나 또 말씀을 해보았으면 생각하고 넌지시 원형을 돌아보니 원형은 고개를 폭 숙이고 있었다. 왕이 한번 한숨을 땅이 꺼지게 쉬고 일어서려고 할 때에 대비가 곱지 않은 목소리로

"내일 좌우간 결단해서 말할 것이니 그리들 알고 나가."

하고 말하였다.

그날 저녁때 대비가 보우를 불러보려고 궁인 하나를 경복궁에 보내게 되었다. 원형은 대비가 보우 불러볼 것을 미리 짐작하고

대비의 심부름 가는 사람을 알아보고 있다가 경복궁에 가는 궁인을 공조 뒤에 있는 별챗집으로 불러서 진주보패를 주고 여러가지 말을 일러 보내었다. 그 궁인이 보우의 처소로 갔을 때, 보우는 젊은 궁녀 두서넛을 앞에 앉히고 불도 이야기를 들려주는 중이었는데, 대비가 보낸 궁인이 방안에 들어선 뒤에 이야기를 중지하였다.

"마마께옵서 하실 말씀이 깁시다고 석후에 동관대궐로 오시라십디다."

하고 궁인이 온 뜻을 말하니 보우는 간단히

"가지."

하고 대답하고 한동안 있다가 그 궁인을 바라보며

"내가 가 있을 처소를 정하였는가?"

하고 물었다. 그 궁인이 고개를 살래살래 흔들다가 보우에게 긴히 보이려는 사람같이 다정스럽게

"스님."

하고 부르고 보우 앞에 와서 앉으며 말하였다.

"스님, 이따가 마마 보입고 말씀을 잘하세요. 내가 듣조운 말씀이 있세요."

"무슨 말씀?"

"이번에 귀화로 화재 난 것은 스님의 탓이라고 스님을 궐내에서 내보냅신답디다."

"어째 내 탓이어?"

"스님이 도깨비를 시켰다고요."

"미친 소리를 다 듣겠네."

"아까 대전께서 들어옵셔서 모자분이 그렇게 공론하시던데요."

"다른 사람은 모르지만 대왕대비가 나 내보낼 공론을 한단 말이. 그나마 허무맹랑한 말을 곧이듣고 그게 무슨 소리야."

하고 보우가 성이 나서 눈귀가 샐룩하여졌다. 그 궁인은

"나는 스님께 귀띔하느라고 말씀한 것이니 마마께 들은 체 마세요."

하고 당부하니

"공론했으면 먼저 무슨 말이 있겠지, 들은 체할 까닭이 있나."

하고 보우는 당부를 받고

"인정에 그럴 수가 있나."

하고 혼잣말하였다.

그 궁인이 창덕궁에 돌아와서 대비 앞에 나가서 경복궁 갔다온 것을 말씀하니 대비는

"무어하느라고 이때까지 있었느냐?"

하고 늦게 온 것을 미타하게 말하고 나서 말을 물었다.

"석후에 곧 온다더냐?"

"네."

"무엇하고 있더냐?"

"젊은것들하고 같이 있습디다."

"젊은것들이라니, 궁녀들 말이냐? 궁녀들과 무엇하더냐?"

"말씀 사뢰기 황송합니다만 젊은것들을 좌우편 팔에 끼고 앉았다가 마마 전갈이라고 말씀한 뒤에야 겨우 팔을 빼고 '무슨 전갈?' 하고 묻습니다. 아무리 스님이시라도 너무 기탄이 없으십디다."

"너도 같이 앉아 희영수하느라고˙ 늦었구나."

"아니올시다."

"아니란 건 다 무어냐? 만수받이하고 있지 않았으면 왜 이렇게 늦었느냐?"

하고 대비는 화가 나서 억탈로 그 궁인을 꾸짖었다. 대개 그 궁인의 말전주˙는 원형의 진주보패가 시킨 것이다.

석후에 보우가 동관대궐에 와서 대왕대비께 보입는데 대비는 대비대로 화가 났고 보우는 보우대로 성이 난 까닭에 오고가는 말이 처음부터 거칠었다.

"왜 부르셨습니까?"

"부르지 못할 사람을 불렀소?"

"화재 몽녁˙을 씌우려고 부르셨습니까?"

"쓰면 쓰는 게지 누가 씌우겠소."

"내가 도깨비의 영수˙인 줄 아십니까?"

"자기 입으로 말하지 않은 것을 내가 안단 말이오?"

"내가 내 입으로 그런 소리를 지껄였단 말씀입니까?"

"도깨비를 장난 못 치게 하는 사람이 영수가 아니면 괴수인 게지."

"기막힌 소리를 다 듣겠습니다그려."
하고 보우가 어이없는 웃음을 웃으니 대비는

"웃기는 왜 웃소."
하고 화난 눈초리로 보우의 얼굴을 노려보았다.

"대왕대비 존전에는 웃는 것도 죄입니까? 그러나 보우는 귀천을 가리지 않는 여래의 제자입니다. 그것만은 잊지 마시고 말씀하십시오."

"알뜰한 여래의 제자이오. 여래 제자다운 행실이 있어야지 여래 제자로 대접을 받지요."

"그게 무슨 말씀입니까? 처음에 하도 간청하시기에 궐내에 와서 있었더니 나중에는 별말씀을 다 듣습니다."

"간청한 것이 잘못인 줄을 인제 알았소."

"그러시면 소승은 절로 가겠습니다."
하고 보우가 분한 기색으로 일어서 나가다가 돌아서서

"한번 다시 생각해보시지요."
하고 나간 뒤에 한동안 있다가 대비는 왕을 불러들이었다.

왕이 대왕대비 침전에를 다녀온 뒤에 불시로 윤원형을 패초하여 편전에서 인견하고 자전 하교 내에 보우를 궐내에서 내보내라 셨다고 말씀하고

- 희영수하다
다른 사람과 더불어
실없는 말이나 행동을 하다.
- 말전주
이 사람에게는 저 사람 말을,
저 사람에게는 이 사람 말을
좋지 않게 전하여
이간질하는 짓.
- 몽니 덤터기.
- 영수(領袖)
여러 사람 가운데 우두머리.

"내일이라도 내보내자면 어떻게 내보내리까? 어디든지 저의 맘대로 가게 하리까, 또는 갈 곳을 정하여 주리까?"
하고 원형의 의견을 물으니 원형은 보우를 원악도遠惡島에라도 보내고 싶어하는 터이라 선뜻 입을 열어

"자전 하교를 받자오신 바에는 아무쪼록 멀리 보내시는 것이 좋지 않사오리까? 멀리 보내시려면 갈 곳을 정하여 주시는 것이 마땅하올 줄로 생각합니다."
하고 대답을 아뢰었다.

"궐내에서 내보내기만 하면 고만이지 하필 멀리 보낼 것이야 무어 있소."

"서울 근처에서 돌아다니다가 또다시 궐내에 들어오게 되면 어찌하시렵니까? 두번째 내보내기는 이번보다 더 어렵지 않사오리까."

"글쎄, 그것도 그렇지만 만일 멀리 내쫓으면 자전께서 어떻게 생각하실는지 모르겠소."

"내보내라신 하교가 계시면 고만입지 그렇게까지 생각하실 것이 없습니다."

"글쎄."

"안변 황룡산으로 보내시는 것이 어떠하오리까?"

"글쎄."

"안변이 너무 멀 것 같으면 춘천 청평산으로 돌려보냅시지요."
하고 원형은 조금이라도 멀리 보내려고 주장하였으나, 왕이 글쎄

글쎄 하고 끝끝내 질정하여 말하지 아니하였다.

그 이튿날 보우를 궐내에서 내보내는데 보내는 곳은 안변도 아니요, 춘천도 아니요, 서울 가까운 광주였다. 왕은 대왕대비의 의향을 몰라서 멀리 보내자고 말하지 아니하였거니와 원형은 어찌하여 전날 밤 주장을 굽히게 되었던가. 원형이 궐내에서 저의 집에 나와서 난정을 보고 보우 내쫓을 것을 말하였더니 난정이 은근히 보우의 일을 염려하면서

"마마께서 다시 없이 위하시던 스님을 어찌 생각하고 내쫓게 하시는지 이허는 잘 모르겠으나, 섣불리 멀리 쫓자고 말씀하다가는 마마께 미움을 받으시리다. 대감은 굿구경하고 떡 얻어잡수시오."

하고 원형을 위하는 것으로 말하여 원형이 그 말을 유리하게 듣고 이튿날 보우를 멀리 보내자고 주장하지 아니하였던 것이다.

대비가 보우의 의향을 물어보고 보낼 절을 정하라 하여 마침내 보우는 선종대찰인 광주 봉은사의 주지가 되어 궐내에서 나오게 되었다. 보우가 봉은사에 와서 있게 된 뒤에도 비단의복과 비단자리는 궐내에서 지내던 때와 다름이 없었고, 남자 상좌는 곰살궂기가 여자만 같지 못하다고 어여쁜 양가 처자를 뽑아다가 상좌를 만들어 주야없이 옆에 두었다. 보우는 산중 제왕으로 경복궁을 생각하지 아니하나, 대비는 보우를 내보낸 뒤로 일심귀의하던 불도를 갑자기 버린 것같이 서운하고 심심하여 한두 달 뒤부터는 봉은사에 거동할 생각까지 없지 아니하였다. 어느 때 대비가 심

심한 것을 못 이겨하는데 대비의 눈치를 잘 아는 난정이가 옆에 모시고 있다가

"이때쯤 스님은 무엇을 할까요? 마마의 후세를 위하여 불전佛前에 축원을 드릴는지 모릅지요."
하고 대비의 말을 자아내었다.

"그럴 정성이 있을까?"

"그러면요. 마마께 은혜 입은 것을 잊으면 자기도 성불 못할 것입니다."

"들으니까 봉은사가 뚝섬 건너라는구나. 한번 가볼까?"

"아무리 가까워도 마마께서는 기동합시기가 어렵지 않겠습니까? 조정에서도 떠들고 나서려니와 첫째 대전에서 잘 좇지 않으실 듯하외다."

"내가 뿌리치고 가면 가는 게지."

"그리합시느니보다는 스님을 인수궁으로 불러올립시고 나가 뵙시는 것이 좋을 줄 압니다."

"글쎄."
하고 대비는 마음이 솔깃하였다. 그리하여 며칠 뒤에 대비는 궁녀 하나를 봉은사로 불공을 보내었다.

궁녀가 불공 갔다온 뒤로 보우의 서울길이 터지고 보우가 서울 올라다닌 뒤로 대왕대비의 인수궁 거동이 잦아졌다. 보우가 올라와서는 인수궁에서만 유련하지 아니하고 대내에까지 들어왔건마는, 대왕대비가 보우를 연 속에 담아가지고 다닌 까닭에 연메

꾼˙이 조금 무겁게 생각하고 눈치로 알았을 뿐이지 수문장들까지도 보우 드나드는 것을 보지 못하였다.

경복궁 중수가 이태 만에 끝이 나서 대왕대비가 북궐 안에서 재를 올리느라고 보우를 불러들인 뒤로 보우는 다시 터놓고 궐내에 들어와서 거처까지 하게 되었는데, 한 달에 절반쯤 봉은사에 나가서 있는 것이 전날과 다를 뿐이었다. 왕이 한번 조용히 원형을 보고 보우의 일을 말씀하며

"경의 말이 맞았소. 멀리 내쫓아버리지 못한 것이 후회요."
하고 탄식하니 원형이

"아직은 두고 보셔야지 어찌할 수 없습니다."
하고 대답을 아뢰었다. 원형은 난정의 말을 곧이듣고 굳세게 주장하지 못한 것을 속으로 뉘우치나, 대비가 보우를 전보다도 더 믿는 줄 아는 까닭에 보우 건드릴 생각을 염두에도 올리지 못하였다.

• 연메꾼 임금이 타는 가마인 연을 메는 사람.

대왕대비가 후세 공덕을 위하여 연년이 사월 파일에 무차대회를 건설하는데, 언제든지 보우가 주장하나 처소는 해마다 변하였으니 양주 봉선사와 광주 봉은사와 장단 화장사華藏寺와 양주 회암사檜巖寺가 모두 당시에 재를 올리던 처소이다. 사월이 되면 보우는 먼저 정한 절에 가서 앉고 대비는 뒤에서 나라 곡식과 궐내 재물을 실어 보내고 지워 보내서 재를 굉장하게 올리던 것이다.

경복궁 역사가 낙성되던 이듬해에는 대비가 보우와 의논하고

재를 예년보다도 더 굉장히 올리기로 하고 처소는 양주 회암사로 정하였다. 회암사는 서역西域 지공존자指空尊者가 지형을 와서 보고 천축국 아란타사와 같다고 칭찬한 곳이니 동방 명승인 보제존자普濟尊者의 도량道場이다. 보제존자의 제자들이 스승의 뜻을 이어 뒤를 마쳐 거룩한 절이 제도가 굉걸하였다. 중앙에 보광전普光殿 다섯 칸이 있고 그 뒤에 설법전設法殿 다섯 칸이 있고, 또 그 뒤에 사리전舍利殿 두 칸이 있고, 또 그 뒤에 삼간 대청 한 채가 있고, 그 동서편에 동방장東方丈 서방장西方丈이 각각 세 채가 있고, 동방장 동편에는 나한전羅漢殿 삼간이 있고, 또 서방장 서편에는 장경각藏經閣 삼간이 있고, 그외에 불전과 종루와 승방과 객실이 즐비하게 연하여 칸수가 도합 이백예순두 칸이었다. 이와같이 큰 절이 연구세심'하여 퇴락한 곳이 많았었는데 성종대왕 때에 정희대비貞熹大妃가 수군복국壽君福國의 승지勝地라고 나라 재물을 들여 일신하게 중수한 까닭에 이때는 절이 퇴락한 곳이 없이 성하여 시골구석 작은 절에 있던 중들은 으리으리하여 발을 들여놓기가 어려웠다.

보우가 무차대회를 건설하기 전에 금년 회암사의 대회는 예년보다 더 굉장할 터이니 많이 와서 참관하라고 각도 대찰에 기별한 까닭에 사월 초생이 되며 각도 각 사찰 중들이 회암사로 모여들었다. 중들이 얼마나 많이 모여들었던지 회암사 여러 주방에서 한 끼에 삶아내는 쌀이 수백 두씩 되었다. 파일재 올리는 날에는 중들 외에도 구경 온 속인들이 많아서 회암사 일대에 사람바다가 생기었다.

　재를 올린 끝에 보우가 일장 설법하게 되었다. 설법할 처소는 큰 대청 앞에 넓은 마당이 있었으니, 대청 북편에 주홍칠한 상이 놓였는데 상 위에는 비단방석을 깔아놓았고 상 앞 대청 위에는 새 기직을 깔아놓았고 대청 아래 마당에는 새 멍석을 깔아놓았다. 각도 중들이 마당에 자리를 잡고 앉기 시작하여 멍석이 어지간히 찬 뒤에 지위 있는 중들이 대청에 자리를 잡고 앉기 시작하였다. 대청 기직자리가 별로 남지 아니하였을 때는 마당 멍석자리에는 앉을 곳이 없어서 서 있는 사람이 많았다. 얼마 뒤에 보우가 상좌에게 부축을 받고 나와서 주홍상 위 비단방석에 올라앉았다.

　보우는 대왕대비가 하사한 궁수 놓은 비단가사를 어깨에 엇메고 난정이가 바친 제주 무회목無灰木 좌장을 손에 들었었다. 보우가 여러 중들을 눈 아래로 내려보면서 한번 큰기침하고 설법을 시작하려고 할 때에 멍석자리 뒤로 늙은 중 하나가 들어서려는 것을 그곳에 섰던 중이 자리 없다고 막았더니 그 늙은 중 뒤에 따라오던 상투바람의 속인 하나가 앞으로 나서며

　"자리 없다는 게 다 무어냐. 너희들의 자리를 내어라."

하고 막던 중과 그 옆에 섰던 중들을 어린아이같이 안아내고 그 늙은 중을 부축하여 들이었다. 이리하자니 좌중이 조금 소란하였다. 보우가 이것을 내려다보고 훤화˚를 금지하라고 말할 때에 그

● 굉걸(宏傑)하다
굉장하고 훌륭하다.
● 연구세심(年久歲深)
세월이 매우 오래됨.
● 훤화(喧譁)
시끄럽게 떠듦.

늙은 중이 대청 위를 바라보며

"보우야!"

하고 소리를 지르는데 그 목소리가 쟁쟁하기 쇳소리와 같았다.

　보우야 소리 한마디에 휘둥그레진 눈들이 바라다보고 돌아다보고 또 치어다보는 중에 늙은 객승이 보우를 향하여 손가락질하고 내려오라는 군호와 같이 발 아래를 내려다보면서 고개를 끄덕이더니 보우가 근두박질을 치듯이 주홍상에서 뛰어내려오며 진둥한둥 마당으로 내려왔다. 그 늙은 객승이 보우의 내려오는 것을 보고 한번 허허 웃고 돌아서서 밖으로 나가니 보우는 달음질로 그 뒤를 쫓아나갔다. 처음에 놀랐던 여러 중들이 나중에는 궁금한 생각이 나서 쫓아나가보려고 한즉 상투바람의 속인이 두 팔을 벌리고 길을 막았다. 앞에 섰던 중 몇사람이 굳이 나가려고 하는데 그 속인이

"성가신 것들 다 보겠다."

하고 소리지르며 장난하듯이 슬쩍슬쩍 뒤로 떠다미니 그 중들이 짚으로 만든 사람같이 허무하게 나가자빠지는데 그 뒤에 섰다가 장기튀김을 당한 중들도 적지 아니하였다. 다른 시골에서 온 객승들은 이것을 보고 나갈 생의를 하지 못하였으나, 회암사 중들은 뿔뿔이 다른 길로 돌아서 나갔다.

　회암사 중들이 밖에 나와서 보니 그 괴상한 늙은 중이 지팡이를 짚고 섰고, 허응당 대선사 보우화상은 앞에 꿇어 엎드렸었다. 그 늙은 중은 머리에 굴갓을 쓰고 몸에 먹장삼을 입었는데, 먹장

삼 위에 오채五彩가 뻗치고 굴갓 뒤에 후광이 둘린 것같이 보였다. 회암사 중들이 가까이 가지 못하고 멀리서 바라본 까닭으로 말소리는 듣지 못하나마 모양으로 늙은 중이 꾸짖고 보우가 사죄하는 것은 짐작들 하였다. 나중에 그 늙은 중이 짚고 섰던 지팡이를 들어서 보우의 등을 두세 번 때리고 나서 상투바람의 속인을 손짓하여 가지고 나는 것같이 동구길로 내려갔다.

보우는 넋잃은 사람같이 우두커니 엎드려 있는데 여러 중들이 슬몃슬몃 와서 좌우에 둘러섰다. 그중에 한 중이

"스님, 고만 들어가시지요."

하고 보우를 붙들어 일으키려고 하니 보우는 여러 중들을 치어다보면서도

"목침 없앤 것이 죄인 줄을 알았소이다."

하고 헛소리하며 잘 일어나지 아니하였다.

"스님, 정신 차리십시오."

"그 노장은 벌써 갔습니다."

"스님, 여기가 맨땅입니다."

하고 여러 중들이 이 사람 한마디, 저 사람 한마디 지껄이는 중에 보우가 정신을 차리고 좌우를 돌아보는데 모양이 흡사 곤히 잠들었던 사람이 갑자기 깨어난 것과 같았다. 얼마 뒤에 보우가 일어앉아서 이마에 흐르는 땀을 씻고 여러 중들의 부축으로 방장方丈에 들어왔다. 보우가 냉수 한 그릇 가져오라 하여 한숨에 들이켠 뒤에 좌우에 있는 중들을 돌아보며

"너희들은 지금 오셨던 분이 육신보살이신 줄을 몰랐겠지?"

하고 물으니 여러 중들이

"보살이 임범臨凡하신 줄은 몰랐습니다."

"내괴, 몸 위에 오채가 뻗치고 머리 뒤에 후광이 둘렸습디다."

"그런 줄 진작 알았더면 우리도 배례나 드릴 것을 몰랐습니다."

"그러면 그렇지. 승속간 사람으로는 스님보고 아무개야 부를 사람이 없을 터입지요."

하고 지껄일 때 그중에 젊은 중 하나가

"목침은 무엇입니까?"

하고 물었다. 보우가 눈살을 찌푸리고 한동안 말이 없이 앉았다가

"목침은? 내가 전생에 선비로 태어났을 때 남의 목침 하나를 훔친 일이 있었다. 그 죄가 아직도 남아 있어서 이생에서는 성불하기 어렵다고 보살께서 말씀하시더라."

하고 거짓말을 지껄이었는데, 여러 중들은 모두 곧이듣고

"네, 그렇습니까?"

하고 다시들 놀랐다. 이때 방장 밖 뜰아래에 서 있던 여러 중들 틈에서 한 중이 앞으로 나서며

"스님께 말씀 한마디 여쭈어볼 것이 있습니다."

하고 말하였다. 보우가

"무슨 말?"

하고 고개를 밖으로 돌리었다가

"아까 오셨던 노장스님이 안성 칠장사에 기신 병해스님이 아

니십니까?"

하고 묻는 말을 듣고는 고개를 푹 숙이었다. 한동안 뒤에 보우가 고개를 들고

"그래 어째?"

하고 한번 큰기침하였다.

"스님이 육신보살이라고 합시니까 여쭈어보입는 말씀이올시다."

"병해스님이 곧 육신보살이신 줄을 아직 모르는구나."

하고 보우는 혼자 아는 체하며 허허 웃었다.

늙은 중과 상투바람 속인은 달음질하다시피 재게 걸어서 회암사 동구 밖을 나선 뒤에 늙은 중이 먼저 걸음을 늦추며

"인제 천천히 가세."

하고 뒤를 돌아보니 그 속인은 잠깐 발을 멈추고

"아무리나 하십시다. 그러나 이게 무슨 싱거운 일인가요?"

하고 두덜거리었다.

"그러기에 자네는 올 것이 없다고 했지."

"나는 보우의 모가지를 돌려앉히고 올 줄 알았지요."

"그자가 아직도 십년 운수가 남아 있는 것을 억지로 어떻게 하나."

"그러면 애당초에 고만두지요."

"한번 버릇 가르치는 것도 좋지 아니한가."

"버릇쯤 가르치려고 팔십 노인이 일부러 회암사 걸음을 한단

말씀이오?"

"내가 오지 아니하면 그만큼이라도 버릇을 가르칠 수 있나."

"선생님도 우스운 말씀 다 하시오. 나 혼자 와서 주먹질 한번에 실컷 버릇을 가르치고 갈 수 있지요."

"자네 주먹이 무섭기는 하지만……."

"하지만 어떻단 말씀입니까, 십년 운수가 있어 안 된단 말씀입니까? 내가 지금이라도 다시 가서 보우의 대가리를 바시어놓고 오리까? 주먹 아래에 운수가 다 무엇이에요."

"옛말에 하늘을 거스르는 자는 망한다네. 자네는 그 맘이 탈이니."

"탈도 무섭지 않습니다."

"그러니까 점점 더 탈이지."

"탈이고 무어고 생각난 김에 회암사에 한번 다시 갔다오리다. 우선 이대로 가기가 생각할수록 싱겁습니다."

"이 사람아, 어디를 간다고 그러나. 자네가 주먹질을 하면 일이 조용치 못할 것 아닌가. 그러고 보우의 대가리를 바시니 자네가 시원할 것이 무엇인가?"

"그야 그렇지요."

"그러니 그대로 가세."

"아무리나 하십시다."

하고 상투 속인이 늙은 중의 뒤를 따라오면서

"보우가 늙지 않았습디다그려. 십여년 전보담 신수가 더 끼끗

해진 것 같습니다."
하고 달리 보우의 말을 꺼내었다.
"그자가 아직 늙을 나이 못 되었지."
"쉰남은살 되었을걸요."
"그러니까 아직 한창때지."
"선생님을 용하게 대번 알아봅디다."
"처음은 몰라보았겠지."
"몰라보고야 그렇게 근두박질해 내려올라구요."
"몰라보더라도 내가 내려오라면 내려왔지 제가 앙탈할 수 없지그려."
"선생님이 보우야 부르시기만 했지, 내려오라고 언제 말이나 하셨습니까?"
"말로 아니해도 저는 알았기에 내려온 것 아닌가."
"그래 보우가 선생님을 몰라보았을까요?"
"아니, 나중에는 알았겠지. 금강산 수미암에서 맡긴 목침을 도루 내라고 한바탕 야단을 쳤으니까."
"나는 몰라보는갑디다. 얼굴이 금강산 갔을 때쯤과 딴판이 되었으니까 알아보기 어려울 터이지요."
하고 상투 속인은 일변 말하며 일변 바람에 날리는 수염을 아래로 걷어내리었다.

그 사람은 수염이 좋았다. 구레나룻과 윗수염도 숱이 많거니와 아랫수염이 채가 길었다. 검은 눈썹 아래에 큰 눈이 박히고 넓은 얼굴 복판에 우뚝한 코가 솟아서 어느 모로 보든지 장부다운 중에 시커먼 좋은 수염이 장부의 위풍을 돋워 보이었다. 이 수염 임자가 양주 임꺽정이다. 그 늙은 중을 함흥 양주팔이로 알아볼 사람이 없고, 또 동소문 안 갖바치로 알아볼 사람이 드물다 하더라도 출가한 이후에 만나본 사람들이 병해대사로 알아보기는 쉽지마는 꺽정이는 떠꺼머리가 상투 된 것보다도 수염이 얼굴을 딴판으로 변하게 하여 십여년 전쯤 만난 사람들은 선뜻 알아보기가 어려웠다.

두 사람이 서로 이야기하며 양주 읍내길로 내려오는 중에 길에서 나귀 탄 양반 하나를 만나게 되었다. 그 양반은 읍내 편에서 회암사로 가는 모양인데, 견마 잡은 아이가 길가에 있는 사람에게 말을 묻는 것이 처음길에 길을 묻는 것 같았다. 중, 속인 두 사람 동행이 길을 한옆으로 피하여 나귀 탄 일행이 지나가려고 할 때 늙은 중이 홀제

"양반들은 길에서 친한 사람을 만나도 모른 체하는 법인가?"
하고 뒤에 오는 사람을 돌아보며 허허 웃으니 나귀 탄 양반이 유심히 한번 바라보다가

"이것이 누구요?"
하고 소리를 지르며 나귀 등에서 뛰어내려왔다.

그 양반이 한걸음에 대사에게로 쫓아오더니 손목을 덥석 잡으며 또다시

"이게 누구요?"

하고 말한 뒤에 곧

"선생 만나기는 의외요."

하고 말하는데 반가워하는 모양이 얼굴에 드러났다. 대사 역시 반가워하며

"오래간만에 보입소."

하고 말하니 그 양반이

"오래간만 여부가 있나요. 거의 서로 잊을 지경인데요."

하고 말하면서 대사 뒤에 있는 얼굴을 바라보다가 별안간

"이애, 네가 꺽정이 아니냐?"

하고 소리를 질렀다. 꺽정이가 한두 걸음 앞으로 나서서

"오래 못 뵈었습니다."

하고 인사하니 그 양반이 인사대답은 아니하고 꺽정이의 어깨를 치며

"나를 보고 모른 체하고 섰단 말이냐."

하고 정답게 책망하였다.

"왜 모른 체는요. 선생님하고 인사하시니까 인사 끝나기를 기다리고 있었지요."

"기다리는 건 다 무어냐. 반가운 맘이 있다면 잠시인들 기다린단 말이냐."

"십년여 만에 만나는데 용하게 알아보시오."

"내가 알아보기를 기다리고 있었더냐. 십년은 고사하고 백년을 못 만났기로 설마 몰라보랴."

"십여년 못 만나다가 만나는 사람들은 흔히 몰라봅디다."

"사람도 사람 나름이지. 김덕순이가 꺽정이를 몰라볼 리야 있느냐. 그렇지만 그동안에 어쩌면 저렇게 흉악한 털보가 되었느냐?"

"털보요."

하고 꺽정이가 수염을 쓰다듬으며 허허 웃으니 덕순이가

"수염은 좋다마는 네가 거만스러워 보여 못쓰겠다."

하고 말하며 역시 허허 웃고

"너는 수염까지 특출이구나. 너의 부조父祖에는 저런 좋은 수염이 없지?"

하고 꺽정이하고 말하는데 대사가 가로 나서서

"그건 잘 모르시고 하는 말이오. 저 수염이 부조에 있는 수염이지요. 저 사람의 어른만 수염이 귀하지 저 사람의 조부도 수염이 좋았고, 저 사람의 진외종 되는 이도 수염이 좋았지요. 그리고 저 사람의 육대조는 수염이 여간 좋지 않았든갑디다. 최윤덕 최정승이 그 손에서 길릴 때에 수염아빠라고 불렀다는 말까지 있습니다."

하고 꺽정이의 수염 내력을 캐어 말하고

"이건 수염 가진 당자도 나만큼 모를 것이오."

하고 빙그레 웃었다. 덕순이가 대사를 향하여

"어디 가 좀 앉아서 이야기합시다."

하고 말한 뒤에 사방을 돌아보다가

"저기 가서 좀 앉읍시다."

하고 길가에서 멀지 아니한 잔디 깔린 번전˚을 가리켰다.

"대체 지금 어디를 가시는 길인가요?"

하고 꺽정이가 물으니

"아따, 저기 가 앉아서 이야기하자꾸나."

하고 덕순이가 말하여 대사와 꺽정이는 덕순이와 같이 번전 위로 올라오고 덕순이 데리고 온 아이는 번전 아래에서 나귀에게 풀을 뜯기었다.

세 사람이 띄엄띄엄 자리를 잡고 앉은 뒤에 덕순이가 대사를 보고 말하였다.

"그동안 정암 부인이 돌아가셨지요. 상제에게는 진즉 조장으로 물었지요만, 통가자제通家子弟로 전에 보입던 처지에 궤연˚에를 한번 다녀가야 하겠고 또 미원 구석에 오래 들어앉았으니까 갑갑증이 나서 겸두겸두 나선 길이오."

하고 꺽정이를 가리키며

● 번전(反田)
논을 밭으로 만듦.
● 궤연(几筵)
죽은 사람의 영궤나 그에 딸린 모든 것을 차려놓는 곳.

"저 군이 만나보고 싶어서 용인서 양주로 즉행을 하였소. 그런데 저 군은 보고 잘 알은체도 아니하는구려."

하고 허허 웃으니 꺽정이가

"나를 찾아보러 왔다는 양반이 지금 어디로 가시는 길이오?"

하고 물었다.

"오늘 양주읍에 들어오는 길로 아이를 너의 집에 보내보았었다. 네가 집에 없다고 해서 어디 갔느냐고 하니까 모른다고 하고 언제 오느냐고 하니까 내일이나 올는지 모른다고 하더란다. 찾아갈 데도 없고 우두머니 객주에 들어앉았기가 갑갑하던 판에 들으니까 보우가 회암사에서 큰 재를 올린다기에 재 구경 절 구경은 차치하고 유명한 보우의 낯바대기를 한번 구경하려고 회암사를 가는 길이다. 여기서 너를 만나기는 뜻밖이야. 선생 만난 것은 의외 여부가 없고."

"우리 집에 가서 기다리시면 좋았지요."

"김덕순이가 의조카 꺽정이는 찾아왔을망정 양반이 백정의 집에 가서 앉았을 것이냐. 내 말에 속이 상하겠지?"

"그렇게 말씀하는 양반은 밉지가 않으니까 속이 상하지 아니하오."

"양반 미워하는 마음이 줄었으면 그동안 좀 지각이 난 것이구나."

하고 덕순이는 입을 벌리고 크게 웃었다.

꺽정이가 덕순의 조롱하는 말을 듣고

"사십객 사람더러 지각이란 말이 당하오?"

하고 웃으니

"네가 주제넘게 사십객이 다 무어냐?"

"서른다섯이면 사십객이지 무어요?"

"벌써 서른다섯이야?"

하고 덕순이가 손가락을 꼽아보더니

"참말 서른다섯이구나. 네가 사십객 소리를 하게 되니 내가 늙지 않을 수 있는가."
하고 웃었다.
 "올에 쉰 몇이신가요?"
하고 대사가 말을 물으니 덕순이는 늙었다고 자칭하던 먼저 말에 웃음이 남아서 아직 빙글빙글하면서
 "내 나이를 잊으셨단 말씀이오?"
하고 한번 대사를 바라보고
 "계해생 쉰셋이오."
하고 나이를 말하였다.
 "대부인은 지금 대단 연만年晩하셨지요? 근력이 강건하신가요?"
 "올에 일흔일곱이신데 황송한 말씀으로 우리 백씨보다 근력이 좋으시지요."
 "선영감께서 생존하셨으면 올에 일흔 몇이신가요?"
 "자친보담 삼년 아래시니까 일흔넷 되셨지요."
 "가만히 기시오. 일흔넷이 임인생 아니오? 그러면 선영감께서 조정암과 동갑이시든가요?"
하고 묻는 대사의 말에 덕순이는 고개를 끄덕이고 얼마 동안 말이 없이 앉았다가 갑자기 생각이 나는 듯이
 "이판서장 내외분이 돌아가셨을 때 선생은 창녕을 가셨습니까?"

하고 물으니 대사는 고개를 가로 흔들어 못 갔다는 뜻을 보이었다.

"이판서장은 칠십여세에 하세하셨지만 그 부인은 겨우 환진갑 지내고 돌아갔습디다그려."

"환진갑 다 지냈으니 수한이 부족하달 것 없지요."

"어째 두 번 초상에 다 창녕을 못 가셨던가요?"

"가보면 무어하오."

덕순이가 꺽정이를 바라보며

"그 누님 초상 때 갔었던가?"

하고 물으니 꺽정이는 고개를 외치며

"나는 재작년까지 돌아간 줄도 모르고 있었소."

하고 말하였다.

"왜 통부가 없었던가?"

"양반댁에서 백정의 집에 통부할 리 있소."

꺽정의 말 뒤에 대사가

"저 사람에게뿐 아니라 내게도 두 번 다 통부가 없습디다."

하고 말하여 덕순이가

"선생 계신 데를 몰랐던 것이지, 알고서야 그럴 리가 있겠소."

하고 말하였더니 꺽정이가

"같은 양반이라고 두둔하는 모양이오. 모르긴 왜 모른단 말이오."

하고 성내는 기색을 보이었다.

"아따, 저 사람 보게. 내가 통부를 못하게 했나, 왜 내게다 성을 내나?"

"내가 왜 당신에게다 성을 내겠소. 이판서의 아들이 좀 괘씸할 뿐이지."

"네가 척형˙하고 틀렸구나."

"척형은 다 무어요. 양반놈이 백정하고 척분을 차리겠소."

"아직도 양반 노래가 남았구나. 지각이 좀 덜 났군."

하고 덕순이가 웃으니 꺽정이가

"당신 말대로라면 내가 망령나기 전에는 지각이 안 날는지 모르지요."

하고 역시 웃었다. 잠깐 동안 세 사람이 다같이 말이 없이 앉았던 끝에 꺽정이가 덕순을 보고

● 척형(戚兄)
성이 다른 일가 가운데 형뻘 되는 사람.

"그동안 장가를 드셨소?"

하고 물으니 덕순이는 말하기 전에 먼저 웃으면서

"참말 지각이 없구나. 육십객 늙은이더러 장가들었느냐고 묻다니."

하고 꺽정이를 바라보다가

"너는 그동안 장가들었느냐?"

하고 되물었다.

"나 장가든 것을 모르시오?"

"내가 알 수 있느냐."

"내가 장가를 들고 와서 몇번을 만났소."

"옳지. 백두산 사슴에게 장가간 것 말이구나. 그래 그동안 사슴을 데려왔느냐?"

하고 덕순이가 웃는데 사슴이란 말에 대사도 빙그레 웃으면서

"사슴이라고 욕하시는 말이 당자의 귀에 들어가면 봉변하시리다."

하고 말하니 덕순이가

"뿔로 뜨나요, 발로 차나요?"

하고 더욱 웃었다.

　세 사람이 서로 웃고 이야기하는 동안에 해가 석양 때가 지나서 마을 집이 저녁연기에 잠기었다. 꺽정이가

"고만들 일어서십시다."

하고 먼저 일어서며

"인제 회암은 가실 것 없지요?"

하고 덕순이를 돌아보니 덕순이는

"암만."

하고 고개를 끄덕이며 일어섰다. 꺽정이가 덕순을 보고

"나는 먼저 갈 터이니 선생님하고 같이 뒤에 오시오."

말하고 한 걸음 앞서 간 뒤에 대사가 앞을 서고 덕순이가 중간에 서고 아이가 나귀 끌고 뒤에 서서 노량으로 걸어서 양주 읍내를 들어왔다. 꺽정이 집에 다 왔을 때 아이들이 문간에 섰다가 한 아이가 먼저 안으로 뛰어들어가며

"아주머니, 아버지가 갓 쓴 손님하고 같이 왔다."

하고 소리를 치니 먼저 들어간 아이보다 키가 작아 보이는 아이가 절름절름 걸어들어가며

"손님하고 같이 왔다."

하고 먼저 아이의 말끝만 따서 소리를 질렀다. 대사가 덕순을 돌아보며

"먼저 들어간 아이는 꺽정이의 아들이고 뒤에 들어가는 절름발이는 꺽정이의 아우요."

하고 그 아이들이 누구인 것을 가르쳐주니 덕순이는

"꺽정이가 어느 틈에 그런 큰 아들을 두었단 말이오?"

하고 꺽정이 큰 아들 있는 것에 놀래었다.

"그 아이 어머니가 백두산에서 낳아가지고 왔다오."

"그래 지금 몇 살인가요?"

"열서너덧살 되었을 터이지요."

● 집심(執心)
흔들리지 아니하게 한쪽으로 마음을 잡고 열중함. 또는 그 마음.

"그러면 꺽정이의 장모 되는 사람도 여기 와서 있나요?"

"그는 백두산에서 자처해 죽었다오."

"어째 자처를 했을까요?"

"그는 죽어서 남편과 같이 묻힐 생각으로 딸 모자만 내보내려고 하고 딸은 어머니와 동생을 두고 오기가 싫어 다같이 나가자고 해서 모녀가 실랑이하며 몇해를 지냈는데 자기가 살아 있으면 딸의 신세를 그르칠 줄로 생각하고 마침내 자처했는갑디다."

"집심˚ 있는 여편네요그려."

"그 여편네가 홀어머니 된 뒤로 남편의 무덤에 하루 한번 아니

간 날이 없었다오. 물론 중병이 나 드러눕게 되면 못 갔겠지요만."

"그 여편네는 생시의 소원대로 그 남편과 같이 묻히었겠구려."

"그 여편네가 죽기 며칠 전에 자기 손으로 그 남편 무덤의 옆을 따고 광중壙中을 만들더라오. 그 아들딸은 이것을 보았지만 당신 말씀같이 사슴들이니까 저의 어머니를 말리기는 고사하고 조력을 해주었더라오. 그 광중이 다 되던 날 저녁에 먼저 그 딸에게 어미 생각 말고 남편 찾아가서 잘살라고 말한 뒤에 그 아들더러 어미가 없더라도 누이와 매부를 의탁해서 잘살라고 말하고 이튿날 아들과 딸이 사냥 나간 틈에 그 광중에 들어가 누워서 칼로 목줄을 끊고 죽었더라오. 그래 육칠년 전에 천왕동이 남매가 어린아이를 번갈아 업고 여기를 찾아왔더라오."

"천왕동이가 꺽정이……."

하고 덕순이 말할 때에 꺽정이가 안으로부터 나와서

"어서들 들어오시지요."

하고 재촉하였다. 꺽정이 뒤에 꺽정이 누이 섭섭이가 나오는데, 꺽정이 아들이 고모의 손을 잡고 다시 나오고 또 그 뒤에 덕순이의 낯모르는 여인 하나가 나왔다. 덕순이는 속으로

'저것이 꺽정이의 아내로구나.'

하고 생각하며 유심히 그 얼굴을 바라보니 얼굴이 곱고 눈에 생기가 있어서 나이 삼십이 넘어 보이지 아니하였다. 그 여인이 꺽정이 옆에 쫓아와 붙어서서

"저이가 자꾸 나를 보오."

하고 덕순이를 가리키는 것을 꺽정이가

"왜 나왔어. 어서 들어가."

하고 소리를 지르니 그 여인은 아무 소리 못하고 고개를 숙이고 돌아섰다. 꺽정이가 덕순을 바라보며

"저것이 나의 아내 명색이오."

하고 말하니 덕순이는 고개를 끄덕이며 빙그레 웃었다. 꺽정이가 일꾼을 불러서 나귀와 견마잡이 아이를 맡기고 대사와 덕순이를 아랫방으로 맞아들이었다. 손과 주인이 아랫방에 들어앉은 뒤에 꺽정이가 아들을 불러 덕순을 보이는데, 아이가 절하고 난 뒤에 덕순이가

"네 이름이 무어냐?"

하고 물으니

"백손이오."

하고 대답하고

"백손이? 이름이 좋다."

하고 말하니

"당신이 이름을 지을 줄 아오?"

하고 묻는 것이 조금도 아이들의 고분고분한 맛이 없었다.

"그 아비의 자식이다."

하고 덕순이가 웃었더니 백손이가

"누구더러 아비니 자식이니 하오?"

하고 눈을 동그랗게 뜨고 곧 덕순에게 덤빌 것같이 하는 것을 꺽

정이가 꾸짖어 밖으로 내보냈다. 덕순이가 꺽정이의 아버지 돌이가 눈에 보이지 않는 것을 괴상히 생각하여 꺽정이를 보고

"너의 아버지는 어디를 가셨느냐?"

하고 물으니

"아니, 집에 기셔요."

하고 꺽정이가 대답하였다.

돌이는 몇해 전에 풍병을 앓고 반신불수가 되어서 방달房闥 출입을 못하는 터이라 밖에서 손님이 왔다고 떠들썩하니까

"이애들아, 나 좀 보아라."

"누가 왔느냐?"

"백손아, 네 아비 좀 불러라."

하고 소리소리 지르는데 꺽정이가 아랫방에서 듣고

"저게 우리 아버지 목소리요."

하고 덕순에게 말하였다.

"음성이 다른 사람 같으니 웬일이냐?"

"연전에 한번 풍증으로 몹시 앓고는 어음語音이 전과 같이 분명치 못해요. 그리고 한편 팔다리를 통 쓰지 못하는 까닭에 혼자서는 누웠다 앉지도 못하고 앉았다 눕지도 못해요."

"사람이 꼭 옆에 붙어 있어 시중을 들어야 하겠네그려."

"그 방에 누가 잘 붙어 있나요? 내가 많이 시중을 들지요."

"전에 사람 하나를 얻었었지?"

"그는 벌써 죽고 소생 하나만 남았지요."

"절름거리는 아이?"

"네, 병신이라 불쌍해요."

 백손이가 불려 들어가서 손님을 보고 나온 뒤에 절름발이는 아랫방 봉당에 와 앉아서 방안에서 부르기를 기다리고 있었다. 꺽정이가 침을 뱉느라고 되창문을 열었다가 이것을 보고

 "너 어째 거기 와 앉았느냐? 이리 들어오너라."

하고 말하니 절름발이는 맘에 만족하여 싱글거리며 들어왔다. 절름발이가 덕순의 턱밑에 와서 꼬꾸라지듯이 절하고 난 뒤에 덕순이가

 "네 이름이 무엇이니?"

하고 말을 물으니 절름발이가 입귀를 실룩거리며

 "팔삭동이."

하고 말끝 없는 말로 대답하였다.

 "팔삭동이?"

하고 덕순이가 빙그레 웃으니 옆에 있던 꺽정이가

 "여덟 달 만에 낳았다고 별명으로 부르던 것이 그대로 이름이 되었세요."

하고 이름이 좋지 못한 것을 대신 변명하듯이 말하였다. 이때 조그만 계집아이가 문을 바시시 열고 들어와서 대사에게 절하고 나서 꺽정의 앉은 옆에 붙어서려는 것을 꺽정이가

 "절 한번 더 해야지."

하고 말하니 다시 한두 걸음 앞으로 나서서 덕순에게 절하였다.

그 계집아이가 나이는 불과 칠팔세밖에 아니 되고 미목眉目은 분명하였다. 덕순이가 누구냐고 묻기 전에 꺽정이가

"선생님의 손녀요."

하고 말하여 덕순이가 한번 대사를 돌아보고 나서

"이리 온."

하고 계집아이에게 손을 내민즉 고개를 숙이고 오지 아니하다가

"이리 와서 앉아라."

하고 자기의 무릎 아래를 가리키니 사뿐사뿐한 걸음으로 와서 앉았다. 대사가 그 머리를 쓰다듬어주며

"어디를 갔었더냐?"

하고 물으니

"나물 뜯으러 갔었세요."

하고 똑똑하게 대답하고

"네가 나물을 아니?"

"무슨 나물을 뜯었느냐?"

하고 대사가 연거푸 물으매

"여러가지예요."

하고 말수 적게 대답하였다.

"네가 뜯은 나물 이름을 한번 섬겨보아라."

하고 덕순이가 돌아보는데 계집아이가 고개를 숙이고 말이 없어서 대사가 빙그레 웃으며

"어른이 말씀하는데 대답을 해야지. 무엇무엇 뜯었느냐?"

하고 다시 물었다.

"냉이."

"또?"

"대나물."

"또?"

"별금다지."

하고 계집아이가 말하기를 어려워하여 간신히 한 가지씩 대답하는 것을 보고 대사는

"에, 잘 뜯었다."

하고 계집아이를 한번 칭찬하고 더 묻지 아니하였다.

"이애 어른이 눈에 보이지 아니하니 웬일이야?"

● 참척(慘慽)
자손이 부모나 조부모보다 먼저 죽는 일.

하고 덕순이가 꺽정이를 바라보니

"벌써 갈 데로 갔세요."

하고 꺽정이가 대답하여

"갈 데로 가다니?"

하고 말하며 덕순이가 대사를 돌아본즉 대사가 다시 한번 계집아이의 머리를 쓰다듬어주며

"이것이 아비 없는 자식이오."

하고 말하였다.

"언제 참척˚을 보셨단 말이오?"

"벌써 한 오륙년 되었는가 보오."

"십여년 동안에 인사의 변천이 적지 않구려."

"시시각각으로 변천하는 세상에 십년이 어디인가요."

하고 말하는 중에 돌이가 또 소리소리 지르는 것이 들리어서 대사가 꺽정이를 보고

"자네 아버지를 좀 가보고 오세."

하고 말하니 덕순이가

"나도 같이 가지."

하고 말하여 세 사람이 다같이 몸을 일으켰다.

돌이는 덕순을 보고 반겨하여 어음이 분명치 못한 말로 여러가지 말을 지껄이었다. 병신이 되어서 운신을 맘대로 못한다고 신세를 하소연하고, 관포주를 남에게 넘기어서 여러 식구 살기가 극난이라고 집 형편을 궁설하고,˚ 또 꺽정이가 왁달박달˚한 사람이지만 병든 아비에게 곰살궂게 한다고 아들을 칭찬하였다. 한동안 지난 뒤에 꺽정이가

"아버지, 고만 누우시오."

하고 말한즉 돌이는 고개를 외치고 그 뒤에 대사가

"인제 우리는 아랫방으로 가겠네."

하고 말한즉 돌이는

"잠깐만 더 앉아 기시오."

하고 붙들었다.

"왜 그러나?"

"백손이를 저 생원님께 보이려고."

"벌써 보셨네."

돌이가 대사의 말을 듣고 나서 덕순을 바라보며

"손자놈을 보셨습니까?"

하고 다시 물으니 덕순이가 고개를 끄덕이었다.

"잘생겼지요?"

"그 아비의 아들이니 어련하겠나."

"그놈이 참말로 여간 행내기가 아닙니다."

하고 돌이가 손자를 칭찬한 끝에

"백두산에서 나온 뒤에 계집아이 하나를 낳았다가 죽이고 아직까지 그놈이 외톨입니다."

하고 백손의 동생 없는 것을 말하고

"그놈의 이름은 저의 외조모가 무슨 동이라고 지었다는 것을 백두산에서 낳아온 손자라고 백손이라고 고쳐 지었습니다."

- 궁설(窮說)하다
  곤궁한 형편을 이야기하다.
- 왁달박달
  성질이나 행동이 곰살갑지 못하여 조심성 없이 수선스러운 모양.

하고 백손의 이름 지은 것을 말하여 덕순이가

"이름이 좋아. 꺽정이란 이름으로는 비겨 말할 수도 없네."

하고 꺽정이를 돌아보며 웃으니 돌이는

"꺽정이야 그애의 외조모가 별명 쉽직하게 지은 것이니 어디 이름이랄 수가 있습니까?"

하고 웃으며 좋아하였다.

덕순이가 꺽정이와 대사의 뒤를 따라서 병인의 방으로부터 안마루로 나오다가 섭섭이를 보고 과부 된 인사를 말하는 중에 꺽

정이는 운총이를 찾느라고 둘러보다가

"백손 어머니가 어디 갔나요?"

하고 그 누이에게 물으니

"나도 몰라."

하고 섭섭이가 대답하고 나서

"백손 어머니, 백손 어머니!"

하고 소리를 질러 불렀다. 운총이는 밖에 쫓아나갔다가 꺽정이에게 꾸지람을 받고 들어와서 뒤꼍 굴뚝 옆에 숨어 앉았다가 섭섭이가 부르는 소리를 듣고

"왜 불러?"

하고 맞소리를 지르는 것을 꺽정이가 마루 뒷문을 열고 내다보며

"왜 거기 가 있니? 이리로 들어오너라."

하고 말한즉 운총이는 당장에 웃으면서 그 뒷문으로 들어왔다.

꺽정이가 덕순을 가리키며

"우리 아저씨야. 절 한번 해보지."

하고 웃으니, 운총이가 소매로 입을 가리고 허리만 굽실하였다. 대사가

"요새도 바느질을 배우나?"

하고 웃으며 물은즉 운총이는 고개를 설레설레 흔들고, 섭섭이가

"애를 식여야지요. 홈질가기 같은 것도 한 땀쯤 호다가 싫증이 나면 바늘로 쑤석쑤석하고 앉았거나 그렇지 않으면 삐뚤빼뚤 못 쓰게 해놓는걸요."

하고 웃으며 흉을 본즉 운총이는 입술을 비쭉비쭉하였다. 꺽정이가 웃으며

"흉보지 말고 가만두시오."

하고 두둔하듯이 말하니 운총이는 꺽정이 옆으로 가까이 가서 서며

"형님이 사람이 망했어."

하고 말하여 여러 사람들이 다같이 웃는데 운총이도 웃었다. 운총이는 사람이 끔찍이 총명하여 배워 못하는 일이 없건마는 길들지 아니한 생마와 같아서 애를 삭일 줄 모르는 까닭에 바느질만은 비각 중에 큰 비각이라 버선 구멍 하나를 잘 막아 신지 못하였다. 덕순이가 아랫방으로 내려오는 길에

"너의 아내는 체면이니 염량炎涼이니를 모르는 알짬˚ 사람이구나. 네가 아내를 잘 얻었다."

● 알짬
여럿 가운데에 가장 중요한 내용.

하고 꺽정이를 돌아보니 꺽정이가 웃으며

"전에는 참말로 사슴이나 다름이 없더니 지금은 좀 사람의 물이 든 모양이오."

하고 말하였다.

"아내는 잘 얻었다만 살림이 낭패겠구나."

"누님이 있으니까 그까짓 살림은 걱정이 없지요."

하고 꺽정이가 말하는 중에 젊은 사람 하나가 밖으로부터 들어오는 것을 바라보고 꺽정이는 곧 그 사람에게

"너 어디를 갔다오느냐?"

하고 물었다. 그 젊은 사람이

"잠깐 밖에 나갔었소."

하고 꺽정이가 묻는 말에 대답한 뒤에

"선생님, 또 오셨소?"

하고 대사에게 인사하니 대사는 인사대답으로 고개를 끄덕인 뒤 덕순을 돌아보며

"저 사람이 주인의 처남 되는 천왕동인데 발이 재기가 참말로 사슴이오."

하고 웃었다. 세 사람이 아랫방으로 들어갈 때 천왕동이는 곧 안마루로 올라가더니 얼마 아니 있다가 역시 아랫방으로 내려와서 펄썩 주저앉으며

"배는 고픈데 밥을 주어야지."

하고 볼멘소리를 하였다. 꺽정이가

"손님께 인사 여쭈어라."

하고 말한즉 들은 체 아니하므로 꺽정이가

"이애, 인사 여쭈라니까. 어서 일어나서 절해라."

하고 꾸지람 기미가 있게 말하니 천왕동이는

"손님 때문에 밥 못 먹소."

하고 두덜거리며 일어나지 아니하였다. 대사가

"왜 손님 때문에 못 먹어?"

하고 웃으며 물으니 천왕동이가 대사에게까지

"배고파서 말하기도 싫소."

하고 찜부럭 내듯이 말하였다.

"손님이 밥을 주지 말랬다고 하던가?"

"누가 아오? 애기 어머니가 나더러 손님이 먹거든 먹으랍디다."

"애기 어미가 사람이 고약하군."

하고 대사가 웃었다. 애기 어머니는 섭섭이의 말이니 애기가 그 딸의 이름이다. 천왕동이가 대사의 웃는 것을 보고

"남이 배고프다는데 선생님은 왜 웃소?"

하고 시빗가락으로 말하는 것을 꺽정이가

"나이 삼십이 넘은 것이 세살 먹은 어린아이 같구나."

하고 웃으며 꾸짖었다.

● 찜부럭
몸이나 마음이 괴로울 때 걸핏하면 짜증을 내는 짓.

"수염이 댓자 오치라도 먹어야 산답디다."

"그따위 말은 잘 배웠네."

"배우기는 무얼 배워요? 내가 알았지."

"배고파서 말하기 싫다던 자식이 말대답은 입싸게 하는구나."

"참말로 배고파 죽겠소."

"이애, 조금만 참아라. 손님이 저녁을 잡수실 때는 너도 같이 먹게 할 터이니."

하고 꺽정이가 어린아이 달래듯이 말하니 천왕동이가 맘에 좋아서 웃으며

"애기 어머니는 나중에 먹으라고 사살하더니 매부 형님이 다르시오."

하고 말한 뒤에 덕순을 바라보며

"손님, 나 절하오."

하고 먼저 말하고야 일어나서 한번 거북살스럽게 절하였다.

덕순과 대사가 겸상하고 꺽정이와 천왕동이가 겸상하여 같이 저녁밥을 먹을 때 대사가 천왕동이의 밥사발이 밑이 보이어 가는 것을 보고

"밥 좀 더 받게. 나는 한 그릇 다 못 먹네."

하고 밥을 덜어주니 천왕동이는

"그걸 다 못 잡수시오?"

하고 받고 덕순이가

"나도 다 못 먹어. 내 밥도 받으려나?"

하고 밥을 덜어주니 천왕동이는

"왜들 그렇게 잡수시오?"

하고 또 받았다. 꺽정이가

"참말 배가 고팠던 것이구나."

하고 말하니 천왕동이는

"내가 언제 거짓말합디까? 오늘 공연히 구경갔다가 정작 구경도 못하고 배만 고팠소."

하고 말하였다.

"무슨 구경?"

"회암이라든가 회암이라든가 그 절에서 무엇을 한다기에 구경을 갔었소."

"그래 구경을 잘 했니?"

"배만 고팠다니까 그러오. 처음에 가니까 사람만 많지 무슨 구경이 있습디까? 머리 깎은 중놈들이……."

하고 말하다가 대사를 보고 한번 웃고 말을 고치어

"중들이 나무아미타불하는 것뿐입니다. 그래서 절 뒷산에를 올라가서 실컷 돌아다니다가 나중에 절에 내려와 들으니까 내가 산에 올라간 동안에 보살이 왔다갔다는데, 보살이란 것은 사람이 좀처럼 구경 못하는 것이랍니다."

"그래 보살을 누가 보았다더냐?"

"물 얻어먹으러 절에를 들어갔더니 중들이 서로 지껄입디다. 서울서 온 유명한 중이 보살에게 혼이 났다고."

"그래 보살이 어떻게 생겼더라고 말하더냐?"

"그 보살은 늙은 중 모양이고 보살이 데리고 온 제자는 상투한 사람 모양인데, 그 얼굴들에서 붉고 푸르고 한 빛이 뻗치어 나오더랍디다."

하고 천왕동이가 지껄이는데, 꺽정이는 대사를 돌아보며 웃고 있었다.

저녁상을 치운 뒤에 덕순이가 대사를 돌아보며 보우는 전고에 드문 요승이라고 말하고

"그자의 말로가 어떻게 될까요? 선생님은 짐작이 없지 않으실 터이지?"

하고 물으니 대사는 빙그레 웃으며 대답이 없었다. 덕순이가 얼

마 동안 그 대답을 기다리고 있다가

"그래 그자가 제명에 죽겠소?"

하고 다시 물으니 대사가 말이 없이 머리를 가로 흔들었다.

"능지처참을 당하겠소?"

"글쎄요."

"말을 좀 분명히 하시구려."

"그까짓 것은 분명히 알아 무엇하시오?"

하고 대사가 말을 자르려고 하는데 꺽정이가

"중놈으로 그만큼 호강하면 이다음에 제명에 못 죽어도 좋지요."

하고 말하니 대사는 잠깐 눈살을 찌푸리며

"보우가 다음날 혹독한 형장 아래에 맞아죽을 것을 미리 안다면 지금 호강이 맘에 좋을 것 없으리."

하고 말하였다.

보우의 이야기 끝에 경복궁 화재 이야기와 중수 역사 이야기가 나서 역사 때에 부역 갔었던 천왕동이가 새로 지은 전각이 훌륭한 것을 말하고

"그런 집을 차지하고 한번 살아보았으면 좋겠습디다. 하루 살아보고 죽어도 죽어서……."

하고 말끝을 내지 못하고 끙끙거리니 천왕동이는 아직도 말수를 많이 알지 못하는 까닭에 이와같이 말하다가 막히는 때가 종종 있었다. 꺽정이가 이것을 보고

"죽어서 한이 없겠습니다."
하고 말끝을 대신 채워준즉 천왕동이는
"옳지, 한이 없어."
하고 손뼉을 치고 조금 있다가
"한이란 말을 아는데 생각이 잘 나지 아니하였소."
하고 머리 뒤를 긁적긁적하였다. 덕순이가 대사를 돌아보며
"이번 궁궐 역사에 국재도 많이 소비되었으려니와 민력이 여간 들지 아니하였으리다."
하고 말하는데 대사가 미처 대답하기 전에 천왕동이가
"국재는 무어고 민력은 무어요?"
하고 물었다. 덕순이가
"이번 대궐 역사에 나라 재물도 많이 없어지고 백성의 힘도 많이 들었으리란 말일세."
하고 먼저 대사에게 한 말을 쉽게 풀어 말하니 천왕동이는 알아들었다는 듯이 고개를 끄덕끄덕하고 나서
"알기 좋은 쉬운 말을 두고 알지 못할 어려운 말을 쓰는 것이 맹자왈 공자왈하고 맹꽁이 노래를 잘 안다는 자랑일까요?"
하고 유식한 사람의 문자말을 타박 주어 말하였다.
"내가 자네에게 봉변일세."
"아니오. 내 말이 손님더러만 한 말이 아니오."
"그것은 말 아니해도 잘 알았네. 그러나 자네 있는 데서 어려운 문자를 쓰다가는 참말 큰 봉변하겠네."

하고 덕순이가 웃으니

"왕후장상이 영유종호아 이런 말 말인가요?"

하고 천왕동이가 역시 웃었다. 꺽정이가

"나도 모르는 어려운 문자를 네가 어디서 배웠느냐?"

하고 웃은즉 천왕동이가

"형님은 별수 있소?"

하고 또 웃었다.

"그 말이 무슨 뜻인지나 아느냐?"

"그걸 모를까요. 임금 노릇 대장 노릇 대신 노릇 하는 사람들이 어디 씨가 따로 있겠느냐 하는 말이라오. 선생님, 내가 바로 알았지요?"

하고 천왕동이가 꺽정이를 보고 말하다가 끝에 와서 대사를 옮겨 바라보니 대사는 말없이 고개를 끄덕이고 꺽정이는

"어디서 좋은 말을 줏어 배웠구나."

하고 허허 웃었다. 덕순이가 그제야 빼앗기었던 말 계제를 다시 찾아가지고 대사와 문답을 시작하였다.

"선생은 이번 길에 중수한 경복궁을 구경하셨겠구려."

"육조 앞을 지나지 아니하였소."

"나는 이번 회로에 서울을 들리어 구경하고 갈 생각이오."

"오십년 안에 쑥밭 될 데다가 물역을 쳐들인 것이 구경거리가 될까요?"

"쑥밭이 되다니? 대궐이 쑥밭이 되면 나라는 망하는 것 아니

오?"

하고 덕순이는 놀라는 빛이 얼굴에 나타나는데 대사는 덕순의 얼굴을 보면서

"경복궁이 쑥밭 된다고 나라가 망하기야 하겠소만 큰 난리는 면치 못할 터이지요."

하고 심상하게 말하였다. 껙정이가 귀가 뜨이는 것같이

"큰 난리가 나요? 아따 난리가 나서 세상이 한번 뒤집어엎이면 좋겠소."

하고 껄껄 웃으니 대사가

"세상이 자네 소원대로 뒤집힐는지 모를 일이야."

하고 곧 덕순을 돌아보며

"저 사람이 소원하는 세상이 당신네 양반에게는 못쓸 세상인 줄을 아시오?"

하고 빙그레 웃었다.

덕순이가 한동안 잠자코 앉았다가 한번 한숨을 쉬고

"난리는 나고 말 것 같소."

하고 대사를 돌아본즉 대사는 말이 없이 고개만 끄덕이는데, 껙정이가 웃으며

"지금 선생님의 말씀을 듣고 하시는 말씀인가요, 혹 따로 짐작이 있어 하시는 말씀인가요?"

하고 물었다. 덕순이가 머리를 돌려 껙정이를 바라보며 말하였다.

"내야 네나 한가지로 무슨 별난 짐작이 있을까만, 얼마 전에

짐작 있는 사람에게서 큰 난리가 나리란 말을 들은 일이 있는데 지금 선생 말씀이 또 마찬가지로구나."

"짐작 있는 사람이라니 술수하는 사람인가요?"

"그래."

"술수꾼의 말은 말이 맞는 날까지도 미심스러우니까요."

하고 껃정이는 한번 대사의 얼굴을 바라보고 나서

"우리 선생님도 술수를 짐작하는 것만은 갸륵할 것이 없지요."

하고 웃었다. 덕순이가 대사에게

"남사고南師古란 술객을 혹 만나보신 일이 있나요?"

하고 물으니 대사가

"그 아이가 본래 지술˚하는 사람이지요."

하고 말한 뒤에

"연전에 김륜이의 연줄로 내게 와서 두서너 달 있다 간 일이 있지요."

하고 덕순이 묻는 말에 대답하였다.

"선생이 가르친 사람이요그려."

"내게서 망단법望斷法을 조금 배워갔지요. 그 아이가 사람은 총명하지만 심지가 튼튼치 못해요."

하고 대사의 말하는 어취가 자기가 아는 재주를 다 가르치지 아니하였다는 것 같았다.

"그 아이가 미원을 갔습디까?"

"서울서 강릉으로 가는 길에 미원을 왔습디다."

"그래 난리 난다고 말합디까?"

"그 사람의 말이 남산 잠두蠶頭에 올라서 서울을 내려다보니 서울 안에 살기殺氣가 가득한 중에 사직골에 왕기王氣가 보이더라고 하고, 북악 아래에 좋은 한 줄기가 있는데 이 기운이 필경 나라 흥망에까지 관계가 있으리라고 합디다."

"그것이 그 아이의 아직 미숙한 곳이오. 그러니까 염병을 난리라고도 말하지요."

"염병을 난리라는 것은 무슨 말이오?"

"그 아이가 강릉서 편지를 했는데, 처음에 강릉에 돌아와서 보니까 곧 난리가 날 것 같아서 강릉 사람들을 많이 양양, 간성 등지로 피란을 시켰더니 그해 강릉에 난리는 없고 염병이 심해서 사람이 상했다고 했습디다."

● 지술(地術)
묏자리나 집터 따위의 좋고 나쁨을 알아내는 수법.

"반은 안 셈이구려."

"아주 맹랑한 축은 아니지요."

"그래 북악 아래 좋은 기운 있다는 것이 무슨 까닭일까요?"

"건천동乾川洞에 인물 하나가 났습니다."

"그 인물이 장래 국가의 동량주석棟樑柱石이 될 터인가요?"

"다음날 큰 난리에 나라를 구하는 데 그 인물의 힘이 많으리다."

"그 인물이 난 지 몇 해나 되었나요?"

"지금 열살이 넘었거나 말거나 한 아이리다."

"그 아이의 성명을 아시겠소? 내가 이번 서울길에 한번 찾아가보고 싶소."

"건천동 동네 아이들이 군사장난할 때에 대장질하는 이가 성 가진 아이를 찾으면 대번에 알 수 있으리다."

하고 대사가 말을 마치자 꺽정이가 곧

"선생님, 김륜이는 지금 어디 있습니까?"

하고 물어서

"김륜이 저의 고향에 가서 아들 낳고 손자 낳고 잘살지."

하고 대사가 한번 웃고 다시

"김륜이가 자네에게서 혼이 나고 내게로 온 것을 내가 또 조만히 말했더니 서울 가근방에서 살지 아니하면 말썽이 없다고 그 이듬해에 광주 살림을 걷어가지고 강원도 고향으로 들어갔네."

하고 말하였다. 덕순이가 뒤를 달아서

"김륜의 사주같이 맞는 사주가 별로 없습디다."

말하고 그 아내가 살았을 때 김륜에게서 보아온 사주 사연 중에

"촛불이 희미한데 붉은 깃발 무삼 일고?"

한 구를 외면서

"이런 것은 두고두고 생각할수록 귀신같이 안 것이야."

하고 칭찬하는데 늙은 눈에 눈물이 글썽글썽하였다. 이때 마침 창밖에서 여자의 목소리가 들리니 천왕동이가 얼른 창문을 열고 내다보며

"누구야?"

하고 물었다. 천왕동이가

"애기 어머니요."
하고 꺽정이를 돌아보니 꺽정이가
"무얼 그래?"
하고 내다보다가 섭섭이가 손짓을 하여 불렀던지 곧 일어나서 밖으로 나갔다. 얼마 뒤에 꺽정이가 밖에서
"이애, 이것 좀 봐라."
하고 말하여 천왕동이가 상 하나를 받아 들여놓은 뒤에 꺽정이가 동이 하나를 들고 들어왔다. 그 상에는 느티잎 시루떡과 묵은 실과 외에 미나리나물, 무김치 등속이 벌여놓였고, 그 동이에는 막걸리가 가득하였다. 꺽정이가 상을 들어 덕순의 앞에다 놓으며
"나는 미처 말을 못했는데 누님이 잡수시게 하라고 차려놓았습디다."
하고 누이를 생색내어 말하니 덕순이가 막걸리 동이를 가리키며
"저 술이 나더러 다 먹으란 것인가."
하고 웃었다.
"술은 또 있소. 얼마든지 잡수시오."
"저 술을 누가 다 먹는단 말이냐."
"그까짓 술 한 동이 얼마 되오? 반가운 손님이 오시고 또 좋은 소식을 들었으니까 오늘 밤에는 나 혼자도 두어 동이 먹겠소."
"무슨 좋은 소식?"
"난리 난다는 소식보다 더 좋은 소식이 어디 있소."
"에라, 좋은 소식이고 언짢은 소식이고 술이나 먹자."

하고 덕순이가 술사발을 손에 들 때 천왕동이가 꺽정이를 돌아보며

"형님은 손님과 술 잡수시오. 나는 선생님하고 떡 먹을 터이오."

하고 시루떡에 손을 대었다. 그 이튿날 덕순이가 떠나려고 꺽정이를 보고

"오늘 가겠다."

하고 말한즉 꺽정이는

"그렇게 급히 가실 것 무어 있소."

하고 붙들고 대사는

"이왕 갑갑해서 나서신 길이니 나하고 같이 칠장사로 갑시다. 내야 이번에 작별하면 영결이 될 것 아니오?"

하고 끌었다. 덕순이는 대사의 말을 좇아 칠장사로 가고 싶은 맘이 있으나, 자기 어머니에게 말한 돌아갈 기한이 있어서 주저하는 기색이 있었다. 대사가 이것을 알고

"오늘 천왕동이에게 편지를 주어 댁에를 갔다오게 하고 내일쯤 동행해서 떠납시다."

하고 말하여 덕순이가 꺽정이를 보고 의논하니 꺽정이가

"그거 어렵지 않지요. 편지만 써놓으시오."

하고 천왕동이 미원 보낼 것을 허락하였다.

늦은 아침 뒤에 천왕동이가 덕순의 편지를 가지고 양주읍을 떠나서 양근 미원에 가서 덕순의 백씨 덕수의 답장을 맡아가지고

해가 높다랗게 있을 때 양주읍으로 돌아왔다. 하룻길이 넘는 길을 반나절쯤에 도녀온 것을 덕순이가 신통하게 생각하여

"날아갔다왔네그려."

하고 칭찬한즉 천왕동이는

"처음길이라 물어서 가느라고 속상했소. 그러고 편지 답장도 여러번 재촉을 해서 맡아가지고 왔소."

하고 길이 지체된 것을 말하였다. 덕수가 덕순이에게 답장한 편지에 어머니 근력이 강건하고 집안에도 별고가 없으니 더 돌아다니고 싶거든 생각대로 하라는 말이 있고, 대사와 꺽정이에게 안부하라는 말까지 있었다.

"인제 되었소. 내일 나하고 같이 떠납시다."

하고 대사가 덕순을 보고 말하는데

"두 분이 같이 이삼일 더 묵어서 떠나시오."

하고 꺽정이는 덕순과 대사를 함께 만류하였다. 덕순이와 대사가 꺽정이의 만류를 못 이겨서 하루를 더 묵었건만 꺽정이가 하루쯤만 더 묵어가라고 말하니 덕순이가

"그럴 것이 없이 네가 우리와 같이 서울까지 가자꾸나."

하고 말하여 꺽정이를 끌고 나서게 되었다. 덕순이와 대사가 꺽정이 집 식구 여러 사람을 면면이 작별하고 꺽정이와 같이 서울로 올라오는데, 덕순의 나귀는 아이가 빈 나귀로 끌고 뒤에 따랐었다. 길에서 그 아이가 뒤보느라고 뒤떨어지더니 너무 오래 따라오지 아니하여 앞섰던 세 사람이 어느 산모롱이 잔디밭에 앉아

서 이야기들 하면서 아이 오기를 기다리는 중에 앞길이 갑자기 요란하여지며 기구 있는 행차 하나가 지나갔다.

　전배 하인들이 '에라' 하며 지나가고, 사인교꾼이 '쉬' 하고 어깨를 갈아가며 사인교를 메고 지나가고, 후배 하인들이 떠들썩하고 지나가는데 괴상스럽게 요강망태를 걸머진 하인이 나귀를 타고 거들거리며 맨 뒤에 지나간다. 덕순이가 행차 지나가는 것을 바라보고 있다가 하인의 탄 나귀를 가리키며

　"저 오려백복˚이 내것 아니라구?"

하고 말하자 꺽정이가

　"아이놈이 저 뒤에 따라오는구먼요."

하고 손가락으로 가리키는데 나귀 뒤에 조금 떨어져서 풀기 없이 따라오는 아이가 곧 덕순이 데리고 오는 아이다.

　"아이놈이 못생겨서 나귀를 빼앗긴 모양이군."

　"저놈들이 아이라고 만만히 보고 장난친 모양이오."

하고 꺽정이가 곧 일어서서 나귀 탄 자에게로 쫓아가더니 오고가는 말이 두세 마디를 넘어가지 못하여 꺽정이가 눈을 부라리며 그자를 나귀 등에서 끌어내렸다. 그자가 길바닥에 나동그라지며 등에 걸머진 망태 속의 놋요강이 돌부리에 부닥쳐 소리가 났다. 후배 서 가던 하인들이 모두 뒤로 돌쳐서서 전후좌우로 꺽정이를 둘러쌌다. 꺽정이가 두 팔을 벌리고 장난하듯이 휘두르니 아이쿠 어머니 하고 눈퉁이를 싸쥐고 쩔쩔매는 사람도 있고 나자빠져서 아이구 아이구 하는 사람도 있었다. 앞서 나간 사인교가 멈추며

전배들이 구원 오려고 돌쳐설 때에 사인교 옆장에서 마주 보이는 길가 언덕 위에 늙은 중 하나가 나타나서 사인교를 향하여

"보우야!"

하고 부르니 사인교 안에서 어서 가자 재촉하는지 사인교꾼이 방망이를 어깨에 다시 얹으며 사인교가 살같이 앞서 나갔다. 전배 하인들이 이것을 보고 어이없어하다가 몇사람은 그대로 사인교 뒤를 쫓아가고 몇사람은 다친 사람에게 와서 대강 만져주어 데리고 가는데, 요강망태를 걸머진 하인은 동그라질 때 발목을 접질린 모양인지 한편 발을 잘못 디디어 절뚝거리며 따라갔다. 덕순이가 아이를 보고 빼앗긴 것을 나무라니 그 아이는

"교군 오는데 길을 얼른 비키지 않았다고 야단들을 치고 교군이 지나온 뒤에 망태기를 걸머진 사람이 빈 나귀 내나 타자고 빼앗아 타는 것을 어떻게 할 수가 있어야지요."

• 오려백복(烏驢白腹)
온몸이 검고 배만 흰 나귀.

하고 발명하였다. 덕순이가

"누가 얼른 비키지 말라더냐."

하고 발명하는 아이를 잘 용서하지 않는 것을 꺽정이가

"그놈들이 괴악하지 이애가 무슨 죄가 있소."

하고 아이를 두둔하여 주고

"선생님은 왜 저기 가 따로 서셨소?"

하고 먼저 앉았던 자리에서 여남은 간이 착실히 되는 대사의 섰는 곳을 가리키니 덕순이가

"나도 모르지. 천하장사의 행패하는 것을 구경하느라고 정신이 빠져서 동행이 내뺀 것도 몰랐어."

하고 웃었다. 꺽정이가 덕순이와 같이 대사에게로 와서

"선생님, 왜 혼자 여기 와 기시오?"

하고 물으니 대사가 적이 웃으면서

"보우를 쫓아버리느라고."

하고 대답하여

"보우라니요?"

"웬 보우요?"

하고 꺽정이와 덕순이가 다같이 괴이쩍게 여기었다.

"방금 간 것이 보우 일행이오."

"보우란 자가 사인교를 타고 다니나요?"

하고 덕순이 묻는 말에

"무어는 못 타고 다닐까요."

하고 꺽정이가 대사 대신 대답하고

"회암서 인제 서울로 가는구면요."

하고 대사보고 말하니 대사는 말이 없이 고개를 끄덕이었다. 그 뒤로는 나귀와 아이를 앞에 세우고 세 사람이 같이 걸어오는데, 이야기에 길이 더디어서 나귀가 길가의 풀을 뜯을 때가 많았다. 거의 다저녁때가 되어 동소문턱을 들어서서 세 사람이 지난날 자취를 가리키며 한동안 머뭇거리다가 박석고개를 넘어 배오개로 내려왔다. 배오개장 근처에 덕순의 집 옛날 청지기로 포실하게 사는 사람이 있어서 잠시 주인을 정할 만한 까닭에 덕순이가 일행을 끌고 그 사람의 집을 찾아왔다. 그 사람이 덕순을 보고
 "서방님, 오래간만이올시다."
하고 반갑게 인사하는데 덕순이가
 "일행이 좀 많아서 폐가 되겠네."
하고 말하니 그 사람이 웃으면서
 "서방님, 별 염려를 다 하십니다."
하고 정한 방을 치우고 맞아들이는데 꺽정이를 보고 아이와 같이 딴 방으로 가라고 말하는 것을 덕순이가
 "아닐세. 그 사람과 저 대사는 나하고 한방을 쓰게 하여주게."
하고 주인의 말을 가로막고 세 사람이 한방으로 들어갔다.

  덕순이가 서울 오던 이튿날은 처남과 친척들을 찾아다니고 다음날에 대사가 말하던 건천동 아이를 찾아보러 나서는데, 대사는 신기가 좋지 못하다고 주인집에 누워 있고 꺽정이만 같이 나섰다. 배오개에서 큰길로 황토마루께를 와서 육조 앞을 지나 중수한 경복궁을 곁으로 구경하고 동십자각 천변으로 나와서 북쪽을 향하고 올라왔다. 집도 모르고 사람도 모르고 건성대고 찾아오는 까닭으로 장원서 다리를 건너 삼청동을 들어선 뒤로는 길에 나선 아이들의 얼굴을 유심히 살펴보기 시작하였다. 건천동을 거의 다 와서 길가에 섰는 아이 하나가 대갈통이 크고 얼굴이 거무스름한 것을 보고 덕순이가 그 아이에게로 가까이 가서
 "네 성이 무어냐? 이가 아니냐?"

하고 물으니 그 아이가

　"남의 성을 어떻게 그렇게 잘 아십니까?"

하고 유난스럽게 곤댓짓˚하였다.

　"그래, 네 성이 이가면 네가 습진장난 좋아하느냐?"

　"남이 좋아하는 장난까지 어떻게 그렇게 잘 아십니까?"

　"네 나이가 몇 살이냐?"

　"열네살입니다."

　대사의 말이 아이 나이 열살이 넘을까 말까 하다는데, 열네살이라면 나이가 조금 많은 것 같았다.

　"너의 아버지는 선비시냐?"

　"반찬가가˚ 보시지요."

　대사의 말이 아이가 양반의 집 아들이라는데, 장사치의 아들이라면 문벌이 너무 틀리는 것 같았다. 덕순이가 의심이 나니까 꺽정이를 돌아본즉 꺽정이가

　"어떠한 아이인지 어디 알겠소? 다시 한번 선생님과 같이 오십시다."

하고 말하여 덕순이도

　"글쎄."

하고 자저하는 중에 몸이 날씬한 아이 하나가 급한 걸음으로 길 저편에서 내려오며

　"용돌아, 대장님 나오셨다. 어서 오너라."

하고 소리지르니 이편에 섰던 반찬장수의 아들이 한달음에 뛰어

갔다.

"동네 아이들 틈에서 대장질하는 아이라면 그 아이가 빈틈없이 우리가 보려는 아이다."

하고 덕순이가 곧 꺽정이와 같이 건천동 지경에 들어서서 멀리 오지 아니하여 덕순이가 발을 멈추고

"저기 아이들이 습진장난 하는 게다."

하고 넓은 마당터에 여러 아이가 모여 섰는 것을 가리키니 꺽정이가

"우리 이쯤 서서 구경합시다."

하고 말하여 덕순이와 꺽정이는 길가에 서 있었다.

여러 아이들이 한동안 한데 몰려섰다가 떼떼이 나뉘어 사방으로 둘러섰다. 어느 떼 아이들은 일제히 나무활을 메었고, 어느 떼 아이들은 모조리 막대기를 들었다. 여러 떼가 둘러선 한중간에 발판 같은 것을 놓고 높이 올라선 대장아이가 있는데, 그 아이 손에 든 것만은 작으나마 참말 환도 같았다. 종이로 만든 수기手旗를 각각 손에 든 아이들이 발판 장대˚ 앞에 구부슴하고 섰는 것이 청령聽令하는 모양 같더니 수기 든 군들이 각 떼로 흩어지며 떼가 줄로 풀리었다 줄이 떼로 뭉치었다 하고, 장대를 향하여 몇 줄로 겹치었다 장대를 중간에 두고 사방으로 갈리었다 하는데 하는 것이 제대로는 일정한 법이 있는 것 같았다. 덕순이와 꺽정이가 한동안 이것을 바라보고 있다가

- 곤댓짓
뽐내어 우쭐거리며 하는 고갯짓.
- 가가(假家) 가게.
- 장대(將臺) 장수가 올라서서 명령, 지휘하던 대.

"저리 가서 대장아이에게 말을 좀 물어보자."
하고 덕순이가 먼저 나서니
"그리합시다."
하고 꺽정이도 따라나섰다. 아이들의 습진이 아직 끝나지 아니하였는데, 두 사람이 그 진陣 명색을 뚫고 들어서려고 하였더니
"진을 범한 자는 군법에 죽여 마땅하니 활로 쏘아라."
하고 호령소리가 나고 뒤미처 아우성소리가 나며 뽕나무 활, 댓가지 활에 싸리살을 먹여 든 아이들이 한떼로 몰려나왔다. 덕순이가 손을 저어 쏘지 말라는 뜻을 보이었으나, 활꾼 아이들이 나란히 서서 일제히 활을 그대었다. 덕순이가 아직 전날 용맹이 남아 있어서 얼른 뛰어 피하였기망정이지 그렇지 못하였다면 싸리살 개를 좋이 맞을 뻔하였다.
"쫓아가며 쏘아라. 그 눈알을 쏘아 맞혀라."
하고 호령하는 소리가 들리며 활꾼 아이들이 쫓아나오면서 활을 쏘았다. 꺽정이가 어디서 막대 한 개를 집어들고 와서 덕순을 가리고 서서 날아오는 살을 받아 떨어뜨리는데, 그 막대를 번개같이 놀리었다. 용돌이를 부르러 왔던 몸이 날씬한 아이가 수기를 들고 활꾼 아이들 사이로 분주히 왔다갔다하다가 이것을 보고 대장아이에게로 뛰어들어가더니 조금 뒤에 곧 도로 나와서 수기를 두르며
"진을 범한 죄는 비록 중하나 용기와 재주를 대장께서 아시고 특별히 용서하라신다."

하고 큰 소리로 외치었다. 살이 그치며 활꾼들이 뒤로 물러갔다. 꺽정이와 덕순은 서로 돌아보며 웃었다.

아이들의 진이 풀리어 여러 아이들이 뿔뿔이 흩어질 때, 반찬장수의 아들이 두 사람의 섰던 근처에 와서 도는 것을 꺽정이가

"용돌아."

하고 부르니

"왜 그러시오?"

하고 대답하며 즉시 가까이 왔다.

"너희가 무섭구나."

하고 꺽정이가 허허 웃으니

"멋모르고 혼났지요?"

하고 용돌이도 히히 웃었다.

"우리가 너희 대장을 만나보고 싶으니 네가 가서 이리 좀 데리고 오너라."

"보고 싶으시거든 저리들 가보시오. 인제는 관계찮소."

"그러면 네가 앞장을 서라."

"그건 그리하시오."

꺽정이와 덕순이가 용돌이를 앞세우고 대장아이에게로 오니 그 아이는 습진할 때 올라서던 발판 위에 걸터앉아서 다른 아이 두서넛을 데리고 군법 쓰려던 것을 이야기하다가 중간에 그치고 일어섰다. 그 얼굴에 가로 찢어진 눈 하나를 제치고는 예사 아이보다 두드러져 보이는 것이 없었다. 용돌의 얼굴은 우악스럽고

무식스러울 뿐이요, 그 아이와 같이 영발한 기운이 없지마는 언뜻 보기에는 용돌이가 더 사내다워 보이었다.
"나를 왜 보자고 하셨습니까?"
하고 그 아이가 먼저 말을 묻고 나서는데, 말은 깍듯하나 태도가 당돌하였다. 덕순이가 아이를 한번 공동시켜 볼 생각으로
"네가 아이들을 몰아가지고 못쓸 장난을 하기에 말을 일러주려고 보자고 했다."
하고 말한즉 그 아이는 대번에
"그런 말은 일러주시지 않아도 잘 압니다."
하고 코웃음을 쳤다.
"너 같은 조그만 아이가 무얼 잘 알꼬?"
"조그만 아이기로 밤낮 책망 듣는 일을 모를까요."
"그러면 네가 역적으로 몰릴 것을 아느냐?"
"역적이오? 그것은 처음 듣는 말씀이오."
"그것 보아라. 네가 습진장난 하다가는 역적으로 몰릴 것이니 이후로 조심해라."
"어째서 역적으로 몰립니까?"
"가만있거라. 병정무기丙丁戊己……."
하고 덕순이가 다섯 손가락을 다 꼽았다 펴고 나서 말하였다.
"지금부터 사십년 전 일이다. 그때 남촌 아이들이 남산에 올라가서 습진장난을 하다가 역적으로 몰린 일이 있었다. 습진장난이란 마구 못할 장난이니라."

"그것이 참말씀이오? 참말씀이면 그때 아이들이 역적질할 생각으로 장난을 했던 것이지요."

"입에 젖내나는 아이들이 이때저때가 어디 있니? 그때 아이들도 너희나 마찬가지 장난이지."

"그래도 당초에 역적질할 생각이 없는 사람을 어떻게 역적으로 모나요? 몬다고 어디 역적이 되나요?"

"네가 아직 나이 어려서 세상을 모른다."

그 아이는 덕순의 말이 곧이들리지 아니하는 듯이 연해 고개를 흔드는데 꺽정이가 앞으로 나서서

"대체 네 성명이 무어냐?"

하고 물으니 그 아이는 의관衣冠 아니한 사람에게 해라를 받는 것이 창피한 모양으로

"성명은 알아 무어할라오? 역적으로 고변할라오?"

하고 뒤받아 대답하였다.

"어른이 말 묻는데 그렇게 대답하는 버릇이 어디 있니?"

하고 꺽정이가 얼굴에 불쾌한 기색을 보이며

"네가 양반의 자식이로구나?"

하고 물은즉 그 아이가

"그렇소, 양반이오."

하고 천연스럽게 대답하고

"그래 내 성명을 알고 싶소? 성은 덕수德水 이가고 이름은 순신舜臣이, 이순신이오."

하고 거추장스럽게 성명을 말하였다. 꺽정이가 어이없어하는 모양으로 순신을 보며

"잘 알았다."

하고 혼잣말로

"양반의 새끼, 고양이 새끼라고 앙칼지다."

하고 돌아섰다. 덕순이가 순신을 보고

"너 올에 몇 살이냐?"

하고 물어서 순신이가

"열한살입니다."

하고 대답하니

"열한살로는 대단히 웃자랐다. 열너덧살 되었대도 곧이듣겠다."

하고 순신의 등을 툭툭 치면서

"네가 이다음 큰 인물이 되려거든 장난보다 공부를 힘써 해라."

하고 곧 꺽정이에게로 가까이 가서

"우리 고만 가자."

하고 말하니 꺽정이가

"잠깐 가만히 기시오."

하고 다시 돌아서서 순신의 팔을 잡아당겼다. 순신이 꺽정의 앞으로 끌려가면서

"왜 이리 하오?"

하고 그 얼굴을 치어다보니 큰 눈방울이 구르고 숱 많은 윗수염이 꺼치렇게 일어섰다.

"너 같은 어린애는 어린애라고 가만둘 수가 없다."

하고 덥석 뒤꼭지를 잡아서 번쩍 치어드니 순신이 대롱대롱 매어달리게 되었다. 옆에 있는 아이들이 저희 대장이 당하는 것을 보고 잠깐 동안은 우두망찰들 하고 있었으나 한 아이가 눈짓하기 시작하자 여러 아이들이 돌려가며 눈짓하고 일시에 와 하고 꺽정이에게로 달려들어 한편 다리에 대여섯씩 매어달려서 주저앉히려고 애를 썼다. 그러나 갓난아이가 아름드리 쇠기둥을 흔드는 것 같아서 꺽정이는 끄떡도 아니하였다. 마소가 파리 붙는 것을 성가시게 여기어 다리를 드놓듯이 꺽정이가 이편저편 다리를 번갈아서 들었다 놓으니 아이들이 와르르 와르르 나자빠졌다. 덕순이가

"이것이 무슨 짓이냐!"

하고 꺽정이를 나무라는데 꺽정이는 들은 체 만 체하고 손에 든 순신을 보면서

"말대답 불공스럽게 한 것이 잘못한 일인 줄 알고 빌면 모를까, 그러지 아니하면 너를 태기치고 갈 터이다."

하고 어르고 곧

"빌 터이냐?"

하고 물어야 순신이는 대답이 없었다.

"빌겠다든지 못 빌겠다든지 얼른 말해라."

하고 꺽정이가 다그치니 순신이는 눈을 똑바로 뜨고 꺽정의 아래턱을 바라보다가

"수염이 좋소."

하고 하하 웃었다. 꺽정이가 곧 순신을 태기칠 것같이 둘러메다가 사뿐 땅에 내려놓으며 바로 덕순을 돌아보고

"고만 갑시다."

하고 말하였다.

"그래, 가자."

하고 덕순이가 꺽정이와 같이 돌아설 때 꺽정이는 순신의 말을 흉내내듯이

"수염이 좋소."

하고 수염을 쓰다듬으며

"밉지가 않거니."

하고 허허 너털웃음을 웃었다.

덕순이와 꺽정이가 사주인私主人에 돌아왔을 때 대사는 눕지 않고 앉아 있다가

"신기가 좀 어떠시오?"

덕순이 묻는 말에

"신기야 좋지요."

대답하고 빙그레 웃었다.

"아까는 신기가 좋지 못하다시더니?"

"낫살 먹은 탓으로 몸을 꿈질거리기 싫은 때가 가끔가다 있어

요."

"우리와 같이 가기 싫어서 거짓 핑계하셨구려."

"늙은것이 몸을 재게 움직이지 못해서 싸리살이나마 맞으면 낭패 아닌가요?"

"번히 알고 기시며 미리 일러주지도 않으신단 말이오?"

"아따, 책망은 고만두시고 대관절 아이가 보시기에 어떻습디까?"

"아닌게아니라 영특합니다. 우리 같은 범안으로 보기에도 장래 큰그릇 될 것 같습디다."

하고 덕순이가 꺽정이를 돌아보며 한번 웃고

"저 수염수세*에 눈딱지를 부릅뜨고 뒤꼭지를 잡아 치어들고 서서 태기친다고 얼렀으니 어지간한 아이가 아니면 초풍을 하였을 것인데 태연하게 수염이 좋소 하고 말하는 태도라니 여간 담대한 아이가 아닙디다."   • 수염수세 수염의 술.

하고 입에 침이 없이 어린 이순신을 칭찬하는데 꺽정이가

"선생님."

하고 대사를 부르더니 말하기 전에 쓴 입맛부터 다시고

"난리는 까맣습디다. 고 조그만 애가 다 자라서 난리를 친다면 우리는 늙어 죽을 것 아니오. 난리가 난대도 이 세상을 뒤집어놓지 않으면 신통치 못한데, 그나마 난리도 구경 못할 모양이니 선생님 말씀이 맞는다면 나는 낙심이오."

하고 말하니 대사가

"난리를 저렇게 고대하는 사람도 드물 것이야."
하고 한번 빙그레 웃고
"큰 난리는 아직 멀지만 작은 난리는 눈앞에 있네. 조금 참으면 볼 터이니 염려 말고 기다리게."
하고 말하여
"큰 난리 전에 작은 난리가 있어요? 작은 난리나마 있다니 없다는 것보담은 낫습니다."
하고 꺽정이는 웃으며 말하고
"난리가 곧 난단 말씀이오? 난리가 난다면 어디서 나겠소?"
하고 덕순이는 미간을 찌푸리며 묻는데, 이때 마침 영창문 밖에서 한두 번 기침소리가 나더니 늙은 주인이 영창을 열고 들어섰다.
주인이 자리에 앉으면서 덕순을 보고
"무슨 이야기들 하시는데 불쑥 들어와서 불안스럽습니다."
하고 말하니 덕순이가
"아닐세, 관계찮아."
하고 흔연히 말하고 다시 대사를 향하여
"그래 난리가 어디서 날 듯하오?"
하고 먼저 묻던 말을 되거푸 물었다. 대사가 고개를 한옆으로 기울이며
"글쎄요."
하고 대답을 밝히 아니하여 덕순이가 또 재우쳐 물으려고 할 즈음에 주인이

"언제 난리가 난답니까?"

하고 물으니 덕순이는

"이 대사 말씀이 난리가 수이 나리라고 해서 난리가 나면 어디서 나겠느냐고 묻는 말일세."

하고 대답하였다.

"난리? 난리 나야지요."

"자네도 난리를 기다리는 사람인가?"

"난리를 기다리는 사람이야 어디 있겠습니까만 세상 되어가는 꼬락서니가 난리는 한번 나야지요."

"꼬락서니가 어떻단 말인가?"

"어떻다니요? 사대문으로 날마다 꾸역꾸역 들어오는 것이 각 고을 봉물짐이니 이런 망한 세상이 또 어데 있겠습니까. 선영감, 조대헌 영감 여러분이 조정에 계실 때는 시골 봉물짐을 일년 열두 달 가야 하나 구경할 수 없었지요. 대체 세상은 남곤, 심정이가 망해놓았으니까요."

● 속한(俗漢) 중이 아닌 사람을 낮잡아 이르는 말.

하고 천연스럽지 못하도록 길게길게 한숨을 쉬고 주인은 다시 뒤를 이어

"지금은 어디 남곤, 심정이 때만이나 합니까? 중놈이 대궐 안에 들어가서 꼭뒤를 올리는 세상이니까요."

하고 말하다가 대사 있는 자리에 중놈이란 말이 이면에 거리끼는 것을 깨닫고 뒤를 꾸미려는 것같이

"보우 같은 중은 말하자면 중도 아니고 속한˙도 아니지요."

하고 대사를 바라보니 대사는 조는 사람같이 눈을 감고 앉았았다. 주인이 눈을 옮기어 덕순을 바라보며

"난리가 꼭 날 줄만 알면 어느 시골로 이사를 가야겠습니다."
하고 말하니 덕순이가

"그건 어째서?"
하고 물었다.

"난리가 나면 서울서 날 것 아닙니까?"

"글쎄, 모르지."

"난리는 아무래도 서울서 나기가 쉽웁지요."
하고 주인이 말하는데 꺽정이가

"서울서 난리가 나기로 시골로 이사할 것이 무어 있소. 다 산 노인네가 난리에 죽을까 보아 겁나시오?"
하고 버릇없이 빈정거리니 주인은 재미적어하면서

"이 늙은 사람이야 난리가 나건 말건 상관이 없지만 자식 손자가 있으니까 젊은 분네들과 달라서 자연 걱정이 되지 안 된단 말이오?"
하고 꺽정의 말에 대답한 뒤에 덕순을 바라보며

"서방님."
하고 부르더니

"생원님이라고 하자면서도 전에 부르던 서방님이 입에 익어서."
하고 한번 웃고

"내일모레 봉은사에 구경이 좋다고 구경 나간다는 사람이 많습니다. 만일 생원님이 가신다면 저도 뫼시고 갈 생각인데 같이 가시렵니까?"
하고 덕순의 뜻을 물었다.
"무슨 구경인가?"
"대왕대비께서 보우를 시켜 재를 올린답니다."
"회암사의 무차대회는 벌써 끝났다는데 또 무슨 재가 있나?"
"대왕대비께서는 재니 불공이니로 성사를 삼는 양반이니까요. 말인즉 회암사 무차대회에 육신보살이 강림하셨더라나요. 그래서 불불이 또 큰 재를 올린답니다. 보우가 대왕대비를 속여서 나라 재물을 먹으려고 멀쩡한 거짓말을 지어냈는지도 모르지요."
하고 주인이 말하는데 옆에 앉았던 꺽정이는 줄곧 눈을 감고 있는 대사를 바라보며 빙글빙글 웃었다.
"우리는 내일쯤 떠날 터이니까 구경갈 수가 없겠네."
"왜 그렇게 가셔요? 오래간만에 서울 오셨으니 한동안 묵어가시지요."
"서울이 재미없네."
"그러면 봉은사 재 구경은 나도 파의올시다."
하고 주인은 흥심없이 말하고 한동안 다른 이야기를 하다가 밖으로 나갔다.

왜변

김덕순이가 병해대사와 같이 서울서 떠나서 죽산 칠장사로 갈 때에 꺽정이와 갈리는 것을 섭섭하게 생각하여
"이왕 나선 길이니 칠장까지 같이 가자."
하고 말한즉 꺽정이가
"집에서 나올 때 말을 아니해서 병신 아버지가 기다리라구요?"
하고 따라가려고 하지 아니하다가
"자네가 갈 생각만 있으면 지금이라도 집에 가서 말하고 오게나. 자네 걸음에 반나절이면 넉넉히 다녀올 것 아닌가."
하고 대사까지 같이 가면 좋을 뜻으로 권하여 꺽정이는 마침내 양주를 갔다와서 덕순이와 같이 대사를 따라 칠장사로 놀러오게 되었다.
이때 칠장사에 허담虛潭이란 중이 있었는데 기운꼴을 쓸 뿐이

아니라 말을 잘 알고 잘 다루는 까닭에 아무리 사나운 생마라도 허담의 손에 걸리면 길들지 아니하는 것이 없었다. 허담이 말을 잘 아느니만큼 말을 좋아하여 언제든지 말 한 필을 먹이는데, 허담은 말을 자녀와 같이 사랑하였다. 꺽정이 칠장에 오던 이튿날 마구간에 말이 매인 것을 보고 대사에게 들어와서

"마구간에 매인 말이 절에서 먹이는 것입니까?"

하고 물은즉 대사가

"이 절에 말을 좋아하는 중이 하나 있어서 말을 먹인다네."

하고 대답하고 곧 옆에 있던 상좌를 돌아보며

"허담을 좀 불러오너라."

하고 말하더니 얼마 아니 있다가 그 상좌가 허우대 큼직한 중 하나를 데리고 왔다. 대사가 말을 일러서 그 중이 덕순에게 문안하고 꺽정이와 인사한 뒤에 대사가 꺽정이를 가리키며

"저 사람이 말타기를 좋아하니 네가 아는 대로 가르쳐주어라."

하고 말하니 허담이란 중이

"무어 아는 것이 있어얍지요."

하고 겸사謙辭하고 꺽정이를 돌아보며

"말을 더러 타보셨소?"

하고 물었다.

"별로 타본 일이 없소."

"말도 잘 타자면 어렵습니다."

"어려운 줄 아오."

"어려운 줄을 아신다니 무던히 타시는구려."

"무던히가 다 무어요? 겨우 말등에 올라앉을 줄 알지요."

"말등에 올라앉을 줄 아시면 잘 타는 말이오. 몇 해나 공부하였소?"

"공부라니요? 말타기 공부는 해본 일이 없소."

"몇 해 공부가 없이는 몸이 말등에 척 붙도록 되지 못할걸요."

"공부가 없어도 올라앉으면 고만 아니오?"

"말도 말 나름이지요. 강아지 같은 말이면 모르겠소만 범 같은 길들지 아니한 말은 당초에 등에 사람을 붙이지 아니하니까 한번 올라앉기도 여간 어렵지 아니합니다."

"그럴까요?"

"그럴까요? 그러면 쉬운 줄 아시오? 지금 내가 먹이는 말로만 말하더라도 본래가 그다지 사나운 말이 아닌데다가 두서너 달 동안 내 손때를 먹어서 성질이 좋아진 폭이건만 아직까지도 이 절에서 나 하나 빼놓고는 타는 사람이 없소. 무슨 일이든지 생각하기가 쉽고 말하기가 쉽지, 하기는 생각과 말같이 쉽지 않습니다."

"말을 한번 좀 타봅시다."

"그렇게 하시오. 지금 나가십시다."

하고 허담이 코웃음을 치며 일어서고 걱정이도 웃으며 일어섰다. 허담이 마구간에 들어가서 말목을 툭툭 치고 고삐를 끌어냈다. 허담이 말을 끌고 절 앞 넓은 마당에 나와서

"자, 한번 타보시오."

하고 고삐를 꺽정이에게 주었다. 말은 대번에 고삐 쥔 사람이 저의 주인이 아닌 줄을 알고 머리를 설레설레 흔들더니, 고삐를 당겨쥔즉 갈기를 세우고 머리를 번쩍 치어들어, 올라타려고 한즉 몸을 돌리며 뒤를 번쩍 솟치었다. 허담이 이것을 보고 웃고 섰는데 꺽정이는 불덩이 같은 화가 속에서 치밀었다. 고삐를 놓고 갈기를 잡으며 말머리를 땅에 끌어박으려고 하였다. 말이 고분고분히 당할 까닭이 없건마는 꺽정이 눈에서 불이 흐르며 입에서 응 소리가 한번 나자 말의 흥흥거리던 코가 땅에 와서 닿았다. 꺽정이가 그제야 번개같이 몸을 솟치어 말등에 올라앉아서 고삐를 잡아 채치니 한풀 꺾인 말이 식식거리며 빙빙 돌다가 절 아래 산길로 뛰어내려갔다. 꺽정이가 말등에 붙어앉아서 말이 뛰는 대로 뛰어다니다가 말이 기운이 시진하여 온몸에 구슬땀이 흐를 때에 고삐를 채쳐 절로 돌아왔다. 허담이 말을 마구에 들이매며

• 언치 말이나 소의 안장이나 길마 밑에 깔아 그 등을 덮어주는 방석이나 담요.

"이놈이 거센 체하다가 오늘 혼이 났구나."

하고 언치˙를 말등에 얹어주고 나와서 꺽정이를 보고

"말을 잘 타자면 힘과 재주 두 가지가 다 넉넉하여야 하는데 당신이 힘은 너무 넘치는 것 같고 재주는 좀 부족한 것 같소."

하고 말 타는 것을 평하였다.

꺽정이와 허담이 대사 방에 왔을 때 덕순이는 대사와 같이 불경을 보다가

"고만 두었다 봅시다."

하고 불경책을 덮어 치우며 꺽정이를 보고

"그래 말을 타보았느냐?"

하고 물었다. 꺽정이가

"아닌게아니라 한번 등에 올라앉기도 어렵습디다."

하고 대답한즉 덕순이는 꺽정이가 말을 타지 못한 줄로 알고

"말에게 견모見侮만 하고 온 모양이구나."

하고 웃는데 허담이 나서서

"말도 무던히 타지만 기운이 참말 장사입디다."

하고 말하니 덕순이가 웃으며

"말을 탔어? 허담이 견마를 잡아준 게지?"

하고 꺽정이를 바라보았다.

"제주서 생외 처음 말을 탈 때도 견마는 잡힌 일이 없었소."

"처음 타는 주제에 견마를 잡히지 않았으면 낙마는 면치 못했겠지."

옆에 있던 대사가 빙그레 웃으면서

"적어도 수십번 말에서 떨어졌으리다."

하고 말하여 덕순이가

"골탕은 잘 먹었겠다."

하고 웃으니 허담이

"골탕을 안 먹어보고는 말을 잘 타지 못합니다."

하고 꺽정이를 대신하여 발명하듯이 말한 뒤에 꺽정이를 돌아

보며

"제주 생마로 공부한 솜씨라 내고 다릅다. 내 말은 쌀말로 그만큼 타기가 조만한 일이 아니지요. 그러나 흠을 잡아 말하자면 법 없이 함부로 배운 표가 납다."

하고 말하였다. 껏정이가 무슨 말을 하려고 할 즈음에 덕순이가 법 있고 없는 것이 어떻게 다르냐고 물으니 허담이 한번 에헴 하고 기침한 뒤에 아는 것을 자랑하려는 구기로 말을 꺼내었다.

"말 타는 데는 일신一神, 이기二氣, 삼태三態, 사술四術이라고 보는 것이 여러가지 있습니다. 술術은 배울 수가 있고, 태態는 지을 수가 있고, 기氣는 기를 수가 있고, 신神은 배우거나 짓거나 길러서 될 수 없는 만큼 천생이 있지마는 많이 배우고 오래 짓고 힘써 기르면 나중에 절로 생긴답니다. 태조대왕께서 화장산華藏山에서 사슴 사냥하실 때에 사람이 발 못 붙일 절벽을 말 타신 채 미끄러져 내려오셨다고 합니다. 태조대왕 같으신 기가 아니면 말이 아무리 팔준마˙라도 도저히 되지 못할 일입니다. 그러나 이것이 신 지경 일은 아닌 것이 그때 대왕 타신 말이 앞으로 꺼꾸러졌다고 합니다. 신 지경에는 사람의 맘과 말의 힘이 빈틈이 없이 일치하여 나가는 까닭에 조금이라도 실수가 없답니다. 말 타는 데 신 지경은 말하자면 득도 지경과 다름이 없을 것입니다. 경전을 본다고 저마다 득도할 것은 아니지요만, 경전을 모르고 도를 닦으면 못쓸 외도 되는 것과 같이 말 타는 것도 법 없이 배우면 못씁니다. 육조六祖 같은 분은 무식

● 팔준마(八駿馬)
중국 주나라 때에,
목왕이 사랑하던 여덟 마리의 준마.

한 나무꾼 출신으로 오조五祖에게 의발˚을 받으셨지만 이것은 구방고九方皐란 사람이 피아말,˚ 상사말˚도 구별할 줄 모르면서 백락˚의 뒤를 이은 것과 같이 천만인의 한 사람도 드뭅니다."

허담의 도도한 말이 그칠 줄을 모를 때 대사가 웃으면서

"인제 고만 지껄여라. 너무 지껄이면 입아귀가 아픈 법이다."

하고 허담의 말을 자르고 꺽정이를 바라보며

"허담의 말 설법이 재미있는가?"

하고 물으니 꺽정이가

"재미있구먼요."

하고 대사에게 대답한 뒤에 곧 허담을 돌아보며

"내가 지금 늦깎이라도 좀 배워봅시다."

하고 말하였다.

그 뒤에 꺽정이는 매일 허담에게 말 타는 법을 배우느라고 재미를 들여서 날 가는 줄을 모르고 지내는 동안에 거의 달포가 되었는데, 이때 난리 났다는 소문이 산속에까지 굴러들어왔다. 꺽정이가 난리 소문을 듣고 궁금증이 나서 덕순을 보고 산에서 나가자고 말하니 덕순이는

"나는 대사와 같이 불경이나 보고 과하過夏하기로 작정하였으니까 아직 더 있어볼 터이다."

하고 말하여 꺽정이가 혼자 떠나가기로 작정하였는데, 떠나려던 전날 저녁 꺽정이는 의외에 반가운 사람 하나를 칠장사에서 만나게 되었다.

꺽정이가 허담의 말을 타고 동구 밖에 나가서 주마 놓고 돌아다니다가 해가 설핏할 때 절로 올라와서 말을 마구간에 들여매고 말갈기를 쓰다듬어주며

"내일은 작별이다."

하고 말한즉 말이 꺽정이의 말을 알아들었다는 듯이 머리를 건들거리었다.

꺽정이가 마구간 앞에서 돌아설 때 말이 구유 너머로 머리를 내밀어 꺽정이의 머리 동인 수건 끝을 물고 지근지근 잡아당긴 까닭에 꺽정이가 손을 머리 뒤로 돌리어 수건 끝을 빼앗고 다시 말 앞으로 돌쳐서서 웃으면서

"이 자식, 버릇없는 자식 같으니, 머릿수건을 잡아당기는 법이 어디 있단 말이냐."

하고 한손을 둘러메니 말은 얼른 머리를 한옆으로 피하였다.

"맞을까 보아 무서운 게구나."

하고 꺽정이가 둘러메던 손으로 말목을 뚜덕뚜덕해주면서

"작별이 섭섭하냐?"

하고 말을 묻는데 말이

"섭섭합니다."

하고 대답하는 모양같이 머리를 꺽정이 앞으로 내밀고서 코를 치어들고 흥흥거리었다.

● 의발(衣鉢) 승려의 옷과 밥그릇. 스승으로부터 전하는 교법이나 불교의 깊은 뜻을 이르는 말.
● 피아말 피마. 다 자란 암말.
● 상사말 발정하여 일시적으로 매우 사나워진 수말.
● 백락(伯樂) 중국 진나라 때 명마를 잘 알아보기로 유명한 사람.

"이다음 내가 너를 보러 오마."

하고 꺽정이가 두 귀 사이의 늘어진 갈기를 만져주니 말의 영리한 두 눈 속에는 정다이 여기는 빛이 보이었다. 달포 지내는 동안에 꺽정이가 말을 사랑할 뿐 아니라 말도 꺽정이에게 정이 들었던 것이다. 꺽정이가 말과 작별하고 있을 때 상좌 하나가 꺽정이에게 와서

"판도방 앞마루에 손님 하나가 와 앉아서 양주 임서방이 절에 와 있었느냐고 묻습디다."

하고 말하니 꺽정이가

"어떤 손님이?"

하고 마구간 앞에서 돌아섰다. 마구간 있는 곳에서 판도방까지 오는데 동안이 있어서 꺽정이는 상좌와 같이 오면서 말을 물었다.

"손님 모양이 어떠하던가?"

"의관한 손님입디다. 소매 달리지 않은 시체˙웃옷을 입고 갓을 썼습디다."

"의관한 손님? 무엇을 타고 왔던가?"

"걸어왔습디다."

"얼굴이 어떻게 생겼던가?"

"해사한 얼굴에 새까만 수염이 났습디다."

꺽정이는 상좌의 말을 듣고 천왕동이가 온 줄로 짐작하여

"아버지 병환이 더치었나?"

하고 혼잣말하며 황망한 걸음으로 판도방 앞에 와서 마루에 걸터

앉은 사람을 바라보고 대번에

"너 이거 웬일이냐?"

하고 소리를 지르니 그 사람이

"아이구, 형님이구려."

하고 맞소리를 지르며 마당으로 뛰어내려왔다. 꺽정이를 형님이라고 부르는 그 사람이 천왕동이가 아니요, 이봉학이었다. 꺽정이는 천왕동이가 아닌 까닭으로 일변 안심하고 봉학인 까닭으로 일변 반가웠다. 꺽정이가 봉학이와 손을 맞잡고 서서

"어찌해서 여기를 왔느냐?"

하고 물으니 봉학이가

"여기가 나는 못 올 데요?"

● 시체(時體)
그 시대의 풍습이나 유행.

하고 상긋 웃고

"마루에 올라가 앉아서 이야기합시다."

하고 말하여 두 사람이 같이 판도방 마루 끝에 와서 걸터앉았다.

"내가 형님을 만나려고 양주를 가지 않았겠소? 형님 댁 문간에를 가니까 형님 아들놈이 팔삭동이와 같이 장난하고 앉았습디다. 연전에 백두산에서 갓 나왔을 때 보았으니까 저는 나를 알아볼 까닭이 없지요. 내가 너의 아저씨다고 말했더니 그놈이 나는 당신 같은 아저씨가 없소 하고 들이대듯이 말합디다그려. 조금만 더 크면 형님을 쥐어지르겠습디다."

하고 하하 웃고

"누님이 마침 밖을 내다보다가 나를 보고 교하 이서방 아니냐

하고 소리를 지릅디다. 나는 형님이 선생님 절에 와서 있다는 말을 듣고 그날 곧 그대로 떠나려고 하니까 누님이 어디 떠나게 해야지요. 그래 형님 댁에서 하룻밤을 묵어 왔소. 형님 아버지 병환은 그저한 모양이라고 합디다."
하고 봉학이가 꺽정이를 만나 반가운 바람에 한바탕 수다하게 지껄이고 나서

"선생님은 어디 기시오?"
하고 물었다.

"이 절에 으슥한 뒤채가 있어 거기 기시다."
"그럼 지금 그리 가십시다."
"너 보고 반가워할 양반이 또 한 분이 거기 기시다."
"누구요?"
"김덕순이란 이를 너 생각하겠느냐?"
"생각하고말고. 동소문 안에서 떠난 뒤에 그 양반 만나기는 처음이오. 어서 그리 가십시다."
하고 봉학이가 재촉하여 꺽정이는 봉학이를 데리고 대사의 처소로 들어왔다.

대사와 덕순이가 방머리에 있는 난간마루에 나앉아서 석양 때 경치가 애닯게 좋은 것을 이야기들 하는 중에 꺽정이 뒤에 의관한 사람이 따라오는 것을 덕순이가 먼저 바라다보고

"꺽정이가 갓 쓴 사람 하나를 데리고 오는구려."
하고 대사를 돌아보니, 대사가 한번 바라보고 곧

"이봉학이구려."

하고 말하였다.

"이봉학이라니? 동소문 안에 있을 때 활장난 잘하던 아이 말씀이오? 어떻게 그렇게 용하게 알아보시오?"

"아잇적에 보시고 처음이시지. 나는 연전에 찾아와서 보았소."

"꺽정이하고 동갑인가 자치동갑인가 그러하니까 나이 벌써 서른네댓 되었겠소."

"둘이 동갑이지요."

"옳소. 꺽정이보다 생일이 아래인가 보오."

하고 두 사람이 서로 이야기하다가 꺽정이와 봉학이가 앞마당에 들어서는 것을 보고 다같이 난간마루에서 앞마루로 내려왔다. 봉학이가 마루에 올라와서 대사보고 절하고 그다음에 덕순에게 향하여

"저를 알아보시겠습니까?"

하고 말하며 절하니 덕순이는

"아기 한량이 인제 노창해졌네."

하고 웃으며 허리를 잠깐 구부슴하였다.

먼저 있던 두 사람과 나중 온 두 사람이 다같이 마루 위에 자리를 잡고 앉은 뒤에 덕순이가 봉학이를 보고

"자네를 만나기는 의외일세."

"자네가 그저 교허서 사는가?"

하고 하게로 말하니 꺽정이가

"이 애에게는 어째 하게를 하시오?"

하고 탄하였다.

"네게는 해라하고 저 사람에게는 하게한다고 시비이냐? 너는 조카로 대고 해라하지만 저 사람에게야 해라할 턱이 없지 않느냐?"

"턱은 찾아 무엇하오. 그대로 해라하시오."

하고 꺽정이가 말하자 봉학이가

"정작 해라 받을 사람은 제쳐놓고 형님이 왜 해라를 하시라 마시라 하오."

하고 한번 웃고 곧 덕순을 향하여

"저 형님에게는 해라하시고 저에게는 하게하시는 것이 친분을 보시는 것 아닙니까?"

하고 말한즉 덕순이가

"허허. 저 사람도 또 시비로군. 이편저편의 시비를 들어가며 애써 하게할 까닭이 있나."

하고 말을 고치어

"네게도 해라할 터이다."

하고 웃으니 봉학이도

"좋습니다."

하고 웃었다. 덕순의 해라말이 낙착되자 꺽정이가

"존대, 하오, 하게, 해라, 말이 모두 몇 가지람. 말이 성가시게 생겨먹었어."

하고 말의 구별 많은 것을 타박하니 덕순이가 웃으면서

"말의 구별이 성가시다고 하자. 그러하니 너는 어쨌으면 좋겠단 말이냐?"

하고 물었다.

"말을 한 가지만 쓰게 되면 좋을 것 아니오."

"어른 아이 구별 없이 말을 한 가지만 쓰는 데가 천하에 어디 있단 말이냐?"

"두만강 건너 오랑캐들의 말은 우리말같이 성가시지 않은갑디다. 천왕동이의 말을 들으면 아비가 자식보고도 해라, 자식이 아비보고도 해라랍디다."

"그러니까 오랑캐라지."

"오랑캐가 어떻소? 그것들도 조선 양반 마찬가지 사람이라오."

하고 꺽정이가 덕순이와 말을 다툴 때에 대사가

"우리말에 층하가 너무 많은 것은 사실이겠지. 그렇지만 어른 아이는 고사하고 양반이니 상사람이니 차별이 있는 바에야 말이 자연 그렇게 될 것 아닌가."

하고 말참례하고 나섰다.

"그런 차별이 있는 덕에 세상이 이 모양 아닌가요."

"그런 차별은 있어온 지가 오랠세."

"권세를 손에 쥔 사람이 그런 차별을 없애라고 영을 내리면 오래됐다고 없어지지 않을까요."

"벌써 영 내리는 사람과 영 받는 사람에 차별이 있지 아니한가."

"못쓸 차별을 없애려면 영을 내릴 사람이 있어야지요."

"영을 내린다고 그렇게 쉽게도 없어질 것이 아니니."

"영을 아니 좇는 놈은 깡그리 죽여버리면 될 것 아니오."

대사가 꺽정이의 말을 옳지 않게 여기는 듯이 고개를 흔들고

"쓸데없는 이야기 고만두고 오래간만에 만난 사람과 서회들이나 하세."

하고 곧 봉학이를 향하여

"자네 그동안 자녀간에 무엇을 두었나?"

하고 물으니 봉학이가

"아무것도 아직 없습니다."

하고 대답하였다. 덕순이가 봉학이를 보고

"나는 네가 외조모를 따라 교하로 내려간 뒤 소식을 통이 모르던 사람이니 그동안 지난 이야기를 좀 들어보자."

하고 말하였다. 봉학이가 이야기를 시작하려고 할 때에 판도방에서 회식會食을 알리는 북소리가 들리어왔다.

대사는 노인이라 큰방까지 나다니지 아니하고 자기 방에 앉아서 식사하는 까닭에 혹시 자기를 찾아오는 손님이 있으면 조석을 자기 방에서 대접하였다. 덕순이와 꺽정이가 처음에는 다같이 대사 방에서 조석을 먹었으나 꺽정이가 말 선생 허담과 친하게 된 뒤로는 꺽정이만 허담을 따라서 여러 중들과 회식하러 다니었다.

꺽정이가 북소리를 듣고

  "밥 먹으러 가야겠군."

하고 대사를 보고

  "봉학이도 데리고 가리까?"

하고 물으니 대사가

  "자네까지도 갈 것이 없네."

하고 곧 상좌를 불러서 겸상 두 상을 차려오라고 일렀다. 저녁상이 들어와서 꺽정이와 봉학이가 겸상하여 앉았을 때

  "공연히 딴 이야기 하느라고 못 물어보았다. 난리 소식이 어떠하다냐? 난리가 먼 시골에서 난 까닭에 서울은 안연하다니 참말이더냐?"

하고 꺽정이가 말을 묻고

  "안연이란 다 무어요? 서울은 지금 와글와글 야단이라오."

하고 봉학이가 대답하는데, 대사와 마주 앉았던 덕순이가 들었던 수저를 다시 놓고

  "난리 이야기 좀 들은 대로 해라."

하고 윗간에 있는 봉학이를 바라보니 봉학이가 입에 넣은 밥을 급히 씹어 넘기고

  "전라도에 왜변이 나서 해변 일경이 함몰 지경이랍니다. 그래서 지금 서울서 방어사가 나고 순찰사가 나서 전라도로 출진한답디다."

하고 아랫간을 바라보며 대답한 뒤에 윗간 아랫간에서 겸상한 사

람끼리 수작을 각각 하게 되어 이야기가 두 갈래로 갈리었다.

"우리 아잇적에도 경상도에 왜변이 났었지요?"

"삼포왜변 말씀이오? 지금 사십칠팔년가량 되었나 보오."

"그때 각진 첨사들이 잡혀 죽고 항복하고 망측한 일이 많았답디다그려."

"우리나라의 지질한 무비武備로는 조그만 도적에게도 언제든지 봉변이지요."

"불과 사오십년간에 두 번씩 봉변을 당하고야 그대로 둘 수가 없지 않소. 대마도가 그것들의 소굴이라니 소굴을 한번 무찔러버리면 영히 후환이 없을 것 아니오?"

"왜의 소굴이 대마도만도 아니지만 대마도만이라도 무찌르러 가면 제법이게요. 우리가 무찌르러 가기 전에 왜가 쏟아져 나오기가 쉽지요. 상말에 방귀가 잦으면 어떻다는 셈으로 지난번 왜변이나 이번 왜변은 방귀 폭밖에 아니 되니까 뒷날이 걱정입니다."

아랫간에서 이런 수작들을 할 때에 윗간에는 다른 수작이 있었다.

"내가 이번에 형님 보고 의논할 일이 있어서 형님을 찾아왔소."

"무슨 일?"

"형님, 난리 치러 나갈 생각 있소?"

"난리를 치러 가? 어떻게?"

"서울서 지금 군총軍摠을 뽑는 중이니 군총에 들어가서 전장에 나가봅시다."

"이애, 시원치 않은 소리 하지 마라."

"왜 시원치 않기는? 난리 치는 것보다 더 시원한 일이 어디 있소?"

"무명색한 졸개 노릇이 시원할 것 무엇 있느냐?"

"우리가 이번 전장에 나가서 공 한몫을 세우면 차차 출신出身하게 될 것 아니오. 우리가 백날 이대로 가만히 있어보오. 언제 누가 대장으로 데려가나."

"아니 데려가면 고만이지, 누가 데려가라고 빈다더냐?"

"그러지 말고 한번 같이 나가봅시다. 형님 칼과 내 활이 남에게 밑질 리는 만무하오."

"나는 싫다."

"형님, 잘 생각해보시오. 만호, 첨사라도 차례에 오면 싫을 것이 무어 있소?"

"떡 줄 놈은 생각도 않는데 김칫국부터 마시는 셈이다. 만호, 첨사? 말이 쉽다."

"우리가 두드러지게 만호, 첨사는 고사하고 병수사兵水使인들 하지 못하란 법이 있소?"

"이애, 선 소리 그만두고 익은 밥이나 치워라."

아랫간에 있는 덕순이가 윗간의 수작을 끝만 듣고

"병수사를 누가 하지 못한단 말이냐?"

하고 말하니 봉학이가

"내가 지금 형님더러 군총에 들어서 전장에 나가보자고 말했습니다. 우리가 전장에서 공만 세우면 병수사라도 얻어 할 수 있지 않습니까?"
하고 말하여 갈리었던 이야기 갈래가 한데 합치게 되었다. 덕순이는 봉학이의 생각이 좋다고 꺽정이에게 권하다가 꺽정이의 고개 외치는 것을 보고 정색하고 꺽정이의 고집을 책망하는데, 대사는 웃으면서 급히 할 것이 없으니 천천히 이야기하자고 말하였다.

저녁상을 치운 뒤에 덕순이가 다시 꺽정이의 출전을 권하려고
"하늘이 너 같은 천하장사를 내실 때는 네가 필경 쓸데가 있을 것이다."
하고 꺽정이보고 말을 내었다가
"하늘이 사람을 꼭 쓸데 보고 낸다고 하면 나 낼 때는 하느님이 광증이 났거나 노망이 났던가 보오."
하고 빈정거리는 꺽정이의 대답을 듣고
"저 사람은 불패천이야."
하고 입맛을 다시는데 대사가 봉학이를 가리키며
"아까 저 사람더러 지난 이야기를 들려달라지 않았소? 우리 옛일이나 이야기하고 하룻밤 웃고 지냅시다."
하고 말하여 덕순이는 흔연히
"그것 좋소."
하고 대답하였다.

방안이 침침하여져서 등잔불을 켜놓을 때가 되었다. 윗간에 있던 두 사람이 아랫간으로 올라와서 네 사람이 서로 가까이들 둘러앉았을 때 덕순이가 봉학이의 얼굴을 이윽히 바라보다가
　"얼굴을 자세히 보니까 아잇적 모습이 많이 남아 있구나. 그래 교하 내려가서 어떻게 지냈어? 활장난은 줄곧 여전히 했을 터이지?"
하고 웃은즉 봉학이가
　"활장난은 지금도 합니다. 그러나 교하는 동무가 없어서 서울 있을 때만큼 재미가 없었습니다."
하고 덕순의 말에 대답하는데 꺽정이가 봉학이를 돌아보며
　"이렇게 모이니까 더구나 그 자식이 생각난다."
하고 결연히 여기는 빛을 얼굴에 나타내니 봉학이도
　"유복이 말이오?"
하고 역시 갑자기 서운하여하였다.
　"유복이는 배천 가 살지? 언제들 만났는가?"
하고 덕순이가 둘을 보고 물으니
　"아잇적에들 서로 갈린 뒤에 이내 한번도 만나보지 못했습니다."
하고 봉학이가 대답하였다.
　"어째서 그랬느냐? 그동안 통이 왕래가 없었더냐?"
　"배천을 이 형님도 한번 가고 저도 두어 번 갔었습니다."
　"그런데 어째서 못 만났느냐?"

"제가 서울서 내려간 뒤 삼년인가 사년 되던 해에 이 형님이 제게를 다녀서 배천까지 갔었습니다. 그때 저의 외조모가 못 가게 해서 같이 가지도 못했습니다만 갔던 형님도 유복이를 보지 못하고 왔었습니다. 유복이가 배천으로 내려가던 이듬해에 유복 어머니는 장감長感 앓다가 돌아가고 유복이 혼자 그 친척 되는 자의 집에 부치어 있게 되었더랍니다. 그런데 그 친척 되는 자가 동네에서 불미한 일이 있어서 모야무지에 도망하듯이 식구를 끌고 난데로 갔답니다. 유복이 그 못생긴 것이 양주 형님에게나 교하 제게로 올 생각을 못하고 그 잘난 친척을 따라가서 이때껏 종적을 잘 모릅니다. 종적이나 알까 하고 제가 두번째 배천 갔을 때 유복이 고향인 강령까지 갔다왔습니다. 강령 사람들은 유복이를 아는 사람도 없습디다."

하고 봉학이가 유복이의 이야기를 그치자, 이때껏 말없이 앉았던 꺽정이가

"그 자식이 정녕 죽은 게야. 살아 있으면 우리를 찾아오지 않을 리 없지."

하고 봉학이를 보고 말하는데 대사가

"죽기는 왜 죽겠나. 옛 동무 세 동무가 한데 모일 날이 있을 것일세."

하고 꺽정이를 바라보며 말하였다. 덕순이가 봉학이를 보고

"유복이 이야기 까닭에 네 이야기가 어디로 들어갔다. 인제 고만 네 이야기를 듣자꾸나."

하고 말하니 봉학이가

"무슨 별 이야기가 있습니까? 외조모의 덕을 입고 자라나서 외삼촌의 힘을 받고 살아갑니다."

하고 간단히 말하였다.

"자세히 이야기 좀 하려무나."

"자세히 이야기할 것이 있어야 합지요."

"그래 서울서 교하로 내려간 뒤에 글방에를 다녔느냐?"

"글방에 좀 다녔습니다."

"활장난에 공부는 성실치 못했겠지?"

이와같이 덕순이는 봉학이의 지난 이야기를 자아내었다.

봉학이는 외조모를 따라서 교하 낙하원 근처로 낙향한 뒤에 이삼년 동안 이웃 동리 글방에를 다니었으나 부지런한 활장난에 글공부가 뒷전 가서 책 한 권을 배우자면 예사로 일년이 걸리었다. 나중에 그 외조모가 외손의 공부가 다른 아이들만 못한 데 애성이 나서 쓸데없이 강미만 없애지 말고 집에서 상일이나 배우라고 글방에를 보내지 아니하여 봉학이는 한동안 등에 지게도 져보고 손에 호미도 쥐어보았다. 그러나 상일은 글공부만큼도 성실치 못하였다. 그 외조모가 일시 애성으로 상일을 시키었지 원래 시키고 싶어한 것이 아닌 까닭으로 봉학이가 싫어하는 것을 억지로 시키지 아니하였다. 그 외조모는 남의 전장田莊이나마 농권을 가진 까닭에 울력 농사로 농사를 지어서 양식하고 남은 것으로 연년이 밭뙈기를 장만하게 되어 사는 것이 태평이었다. 봉학의 나이 이십이 가까워지며 그 외조모가 봉학의 혼처를 이리저리 구하던 중에 마침 근처 가난한 토반土班의 집에 과년한 색시가 있는 것을 알고 통혼하여 근본이 이러니저러니 처음에는 말썽이 있다가 마침내 의논이 맞아서 혼인을 하게 되었다. 봉학이가 장가든 뒤에 그 외조모는 자기 집 옆에 초가 오륙 칸을 새로 세우고 딴살림을 차려주었는데, 명색만 딴살림이지 일동일정을 돌보아주지 않는 것이 없었다. 봉학이의 외조모가 환진갑을 다 지내고 노병으로 죽을 때에 양자한 아들 내외와 외손 내외를 앞에 모아놓고 유언하는데, 특별히 봉학이의 손을 잡고

"돌 전에 부모를 여읜 너를 길러서 성취까지 시키고 죽으니 저생에 가서 네 어미에게 원망 받을 것은 없다마는 네가 선달 출신이라도 하는 것을 못 보고 죽는 것이 이생에 남기고 가는 한이다. 이다음에 벼슬하거든 외할미 무덤에 소분˚ 올 것을 잊지 마라."

하고 그다음에 그 아들을 돌아보며

"아무리 의로 모였다 하더라도 외숙이고 생질인데 너의 생질이 농사에 이력 나지 못한 사람이니 나 죽은 뒤에는 네가 그 뒤를 돌보아주어라."

하고 역시 봉학이의 일을 부탁하였다. 봉학이의 외숙 되는 사람이 사람이 진실한 까닭에 그 양모의 임종 부탁을 저버리지 아니하여 봉학이는 이때껏 살림 걱정을 모르고 지내는 터이었다.

봉학이가 그 외조모의 유언을 이야기할 때 눈에 눈물까지 글썽

글썽하니 덕순이가

"이번 전장에 나가서 성공만 하고 오면 돌아간 너의 외조모의 한풀이가 될 수 있을 것이다."

하고 말하였다.

"전장에 나갈 생각도 그래서 났습니다."

"그렇겠다."

"전장에 나가는데 저 형님과 같이 가면 저도 든든하거니와 저 형님도 해롭지 않겠기에 일껀 와서 말하니까 싫다고 머리를 흔듭니다그려."

"그것은 공연한 고집이야."

하고 덕순이가 꺽정이를 바라보며

"봉학이와 같이 나가도록 해보지."

● 소분(掃墳) 오랫동안 외지에서 벼슬하던 사람이 친부모의 산소에 가서 성묘하던 일.

하고 권하고, 꺽정이가 덕순의 권하는 말은 들은 체 아니하고 봉학이에게

"너는 외조모의 원풀인지 한풀인지 하러 가지마는 나야 무어하러 가겠느냐?"

하고 말하는 것을 덕순이가 다시

"신명풀이로 가려무나."

하고 말한즉 꺽정이는

"신명이 나지 않는데 풀이가 어디 있겠소."

하고 한마디 대답하였다. 대사가 꺽정이를 보고

"자네 칼 이름이 무엇이든가?"

하고 동에 닿지 않는 말을 물어서 꺽정이가 대답하기 전에 덕순이가

"칼 이름은 갑자기 왜 묻소?"

하고 물으니 대사는 덕순이 묻는 말에 빙그레 웃는 것으로 대답하고 꺽정이보고 말하였다.

"그 칼 이름이 있지 않은가?"

"장광도랍디다."

"자네의 검술 선생이 삼포왜변에서 얻은 칼이라지?"

"그렇답디다."

"자네가 그 칼을 얻은 뒤에 한번이라도 맘껏 써본 일이 있는가?"

"맘껏 쓸데가 어디 있었나요?"

"왜도로 왜의 목을 베는 것, 그것도 역시 한 재미려니."

하고 대사가 말하는데, 꺽정이는 장광도를 한번 써볼 생각이 나서

"제기 한번……."

하고 말 뒤가 없으나 들리는 눈썹에 맘 동하는 것이 보이었다.

허담이 꺽정이가 떠나고 안 떠나는 것을 알려고 대사 방으로 찾아왔다. 허담이 대사와 덕순에게 저녁 인사를 말하고, 그다음에 봉학이를 향하여 합장하고 꺽정이 옆에 가까이 앉으며

"내일 아침에 떠날 터인가?"

하고 물으니 꺽정이가

"떠날까 하지요."

하고 대답하며 봉학이를 돌아보았다.

"형님, 내일 떠날 터이오? 잘 되었소. 나하고 같이 떠납시다."

하고 봉학이가 꺽정이를 보고 말하는데 덕순이가 봉학이에게

"아무리 꺽정이를 찾아왔다기로서니 오늘 왔다 내일 가는 수야 있느냐?"

하고 말하였다.

"일이 급합니다. 이 형님보고 의논하고 같이 가든 혼자 가든 곧 가려고 작정하고 왔습니다. 양주 갔다 여기 왔다 하는데 날짜가 의외에 천추되어서˙ 인제는 한만히 지체할 수 없습니다."

"아무리 급하더라도 하루쯤은 더 묵어갈 수 있겠지."

"군총을 뽑는 기한이 있으니까 하루라도 일찍 서울 가 있어야 낭패가 없겠습니다."

● 천추(遷推)되다
미적미적 미루어가다.

하고 봉학이가 급히 갈 사정을 말하는데 꺽정이가 아래위를 툭 자른 듯한 말소리로

"아따, 내일 가자꾸나."

하고 곧 허담을 가리키며

"이 대사와 인사나 해라."

하고 봉학이에게 인사를 붙이었다. 허담은 앉기 전 입장할 때 봉학이가 머리 한번 굽실한 것을 인사로 치고

"인사는 아까 다 마치었는데 또 무슨 인사를 하란 말이야."

하고 말하니 꺽정이가 머리를 굽실하여 보이며

"초면에 이런 인사가 어디 있소?"

하고 허담의 말에 대답하고 나서 곧 봉학이를 돌아보며
"이 대사는 말 타는 법을 가르쳐주신 내 선생님이다."
하고 일러주었다. 봉학이가 공손한 말씨로 허담과 인사를 마친 뒤에 꺽정이를 보고
"형님은 선생님도 많소."
하고 웃으니
"선생님이 많아도 못쓸 선생님은 하나도 없다."
하고 꺽정이도 역시 웃었다. 덕순이가
"너의 검술 선생은 아직 그저 운달산에 있다더냐?"
하고 물으니 꺽정이가
"벌써 돌아가셨소."
하고 대답하며 손가락을 꼽아보더니
"돌아간 지가 올에 벌써 칠년이나 되었소. 소상 지나간 뒤에 내가 기별을 듣고 평산을 갔다왔지요."
하고 말하였다.
"그럼 그때 연중이를 만났겠구나?"
"만났지요."
"그런 말을 이때껏 나보고 아니하는 사람이 있단 말이냐?"
"언제 말이 날 계제가 있었을새 말이지요."
"너의 선생님들은 못쓸 사람이 없는가 보다마는 정작 너는 못쓸 사람이다."
하고 덕순이가 한번 허허 웃고 나서 다시 말하였다.

"연중이가 나보다도 두살이 손위니까 많이 늙었겠다."

"육년 전에 볼 때 사십 안팎 사람 같습디다. 걱정이 없으니까 그렇게 수이 늙지 않을 것이오."

"걱정이 없다니, 연중이 신세에 걱정이 없어?"

"무슨 걱정이 있어요? 평산부사 따위로는 연중이만큼 호강 못할걸요. 나 보기에는 신세만 막상 좋습디다."

"쫑없는 소리 작작 해라. 그 호강이란 것이 오죽한 호강이냐."

"그러면 댁에서 유모의 아들로 천대를 받는 것이 호강이란 말씀이오?"

"너하고는 말을 할 수가 없다."

하고 덕순이가 말을 그치었다. 얼마 뒤에 봉학이가 대사를 보고

"제가 전장에 나가면 성공하겠습니까?"

하고 물으니 대사는

"내가 성공 못한다고 말하면 안 나갈 터인가?"

하고 웃고 꺽정이는

"한번 나가기로 작정했으면 그대로 나갈 것이지, 성공 여부를 인제 물어 무엇하느냐."

하고 책망하였다.

"형님만 같이 나간다면 맘이 든든하겠소."

하고 봉학이가 말하는 것을 허담이 듣고

"그건 참 좋겠군. 한번 전장에 나가서 천하장사의 솜씨를 보여 보지."

하고 역시 꺽정이에게 권하여

"전장에 나가시기로 작정되면 내가 말을 드리지."

하고 사랑하는 말을 주겠다고까지 말하였다.

이튿날 꺽정이는 허담이 주는 말을 받아가지고 봉학이와 같이 칠장사를 떠나서 서울로 올라왔다. 꺽정이나 봉학이가 다같이 서울에 일가친척이 없는 터이라 객주를 잡고 들게 되었는데, 객주에 들며 곧 봉학이가 주인 늙은이를 불러가지고

"군총 뽑는다는 것이 어떻게 되었소?"

하고 물은즉 늙은 주인이

"뽑기는 뽑는답디다만 전장에 죽으러 나가기를 자원할 사람이 어디 있나요? 억지로 조발調發할 터이랍디다."

하고 대답하고

"그래서 아들 있는 사람은 아들을 피접 보내고 아우 있는 사람은 아우를 피접 보내느라고 집집마다 야단들이오. 나도 아들놈을 시골 저의 외가로 보내버렸소."

하고 묻지도 않는 말을 수다스럽게 지껄이었다.

"난리는 어떻게 되어간답디까?"

"요새 거의 날마다 접전이 있는 모양인데 우리나라 군사가 형편이 없는갑디다."

"서울서 출진하기가 급했구려."

"방어사 하나는 일전에 동소東所 군사를 거느리고 선발로 떠났소."

"동소가 어디요?"

"오위도총부五衛都摠府 전위前衛를 동소라고들 말합니다."

"방어사가 둘이 났다지요?"

"방어사가 나면 좌우방어사 둘이 나는 법입니다. 방어사 하나는 일간 마저 떠난답디다."

"도순찰사는?"

"도순찰사도 물론 출진할 터이지만 여러가지 미비한 것이 있는지 아직 떠난다는 말이 없습디다."

"군기軍器가 미비한가요?"

"개를 보고 올무 맺는 셈이니까 미비한 것이 군기뿐이 아니겠지요만, 군기시에서도 요새는 야로소冶爐所, 조갑소造甲所 할 것 없이 일을 밤 도와 하는 모양이랍디다."

"미리미리 준비를 못해두고. 제기, 나랏일도."

"미리 준비해둔 것을 없애지만 않아도 무던하지요. 이번에도 군자감軍資監에 저축한 군수물품이 물목과 많이 틀리는 것을 발각하고 군자감의 정첨정正僉正 이하 봉사, 참봉까지 잡아가고 옮아가고 야단이 났습디다."

꺽정이는 말참례 아니하고 바깥을 내다보고 앉았다가 남산 위에서 검은 연기가 솟는 것을 바라보고

"이애, 남산에 연기가 난다."

하고 말하여 봉학이가 머리를 돌리려 할 때 주인이

"봉화둑에서 올리는 연기구려. 연기 번수燔燧 수를 좀 헤어보

시오. 다섯 번 아닌가. 요즈막은 늘 다섯 번씩이오."
하고 말하였다.

"다섯 번이면 어떻단 말이오?"
하고 봉학이가 물으니

"봉화 드는 법이 평시에 한번 들고, 도적이 현형할 때 두 번 들고, 도적이 근경에 들어올 때 세 번 들고, 도적이 지경에 침범할 때 네 번 들고, 다섯 번 들면 접전하는 것입니다."
하고 아는 체하며 대답하였다.

이때 서울에는 남산 봉화둑의 다섯째 봉화가 밤낮 그치지 아니하여 밤이면 봉화가 번쩍번쩍 빛나고 낮이면 낭연*이 물씬물씬 올라왔었다. 남산 다섯째 봉화는 양천 개화산으로 들어오는 것이니, 이것이 곧 충청, 전라에서 오는 해로봉화海路烽火이었다.

꺽정이와 봉학이가 군총으로 뽑히러 갔을 때 군총 뽑는 일을 맡아보던 병조 무비사武備司 관원들이 전장에 나가기 자원하는 것을 기특히 생각하여 두 사람을 즉시로 불러들이게 되었다. 봉학이가 먼저 불리게 되었는데 관원이 봉학이에게 말 몇 마디 물어보고는 곧 거주 성명을 군적軍籍에 올리고 어느 날 어디로 와서 군기를 타가라고 말을 일러서 내보내고, 다음 차례에 꺽정이가 불리었다. 대상에 앉았던 관원들이 대하에 와서 섰는 꺽정이의 신수身手를 내려다보고 서로 돌아보며 고개를 끄덕이더니 한 관원이 입을 열어 말을 물었다.

"너 어디 사느냐?"

"양주 읍내 삽니다."

"나이 몇 살이냐?"

"서른다섯살입니다."

"부모와 처자가 있느냐?"

"아버지가 있고 처자도 있습니다."

"네 집에서는 농사하느냐?"

"아닙니다. 아무것도 아니하고 놉니다."

"아무것도 아니하고 놀아? 네 아비는 무엇하는 사람이냐?"

"소백정입니다."

"소백정."

하고 그 관원이 말 묻는 것을 그치고 옆에 앉았는 관원과 서로 돌아보며 되느니 안 되느니 하고 몇 마디 말을 지껄이고 나서 다른 말이 없이

"고만 물러나가거라."

하고 분부하였다.

● 낭연(狼煙)
무엇을 알리기 위해서 태우는 연기.

봉학이가 먼저 나와 밖에서 기다리고 있다가 꺽정이의 나오는 것을 보고 그 앞으로 와서 상글상글 웃으면서

"형님은 나보담 더 쉽게 끝났구려. 아이구, 시원하오."

하고 꺽정이의 얼굴을 치어다보니 아랫입술이 윗입술을 치밀어서 윗수염이 콧구멍을 막고 눈동자가 아래로 내려와서 검은자위 위로 흰자위가 보이었다. 꺽정이가 심사가 틀리거나 골이 날 때에 눈동자를 아래로 처뜨리는 것은 아잇적부터 있던 버릇이라,

봉학이가 그것을 잘 아는 까닭으로 얼른 웃음을 거두고 말을 물었다.

"형님 무엇에 화가 났소?"

"객주로 가자."

하고 꺽정이가 다른 말이 없이 앞서 걸어나가니 봉학이는 뒤를 따라오며 고개를 갸우뚱거리었다. 얼마를 오다가 꺽정이가 뒤를 돌아보며

"나는 오늘 집으로 내려가겠다."

하고 말하니 봉학이가

"대체 어찌 된 일이오? 사람이 갑갑지 않게 말이나 좀 자세히 해주시오."

하고 꺽정이의 옆으로 나섰다.

"나는 틀렸다."

"틀리다니? 형님이 뽑히지 못했단 말이오? 대상에 앉았던 놈들이 눈깔이 멀었던 게구려."

"내가 백정의 아들이라고 그것들이 되느니 안 되느니 하고 수군거리더니 그대로 나가라더구나."

"백정의 아들은 군사 노릇도 못한단 말이오? 별 망한 놈의 일을 다 보겠소."

하고 봉학이가 분이 올라서 얼굴이 새빨개졌다.

꺽정이와 봉학이가 객주에 돌아왔을 때, 꺽정이는 먼저 방으로 들어가고 봉학이는 물을 얻어먹기가 급해서 밖에 남아 있다가 주

인 늙은이가 떠다 주는 냉수 한 그릇을 한숨에 다 들이켜고 나서 손바닥으로 입을 씻고

"여보, 노인께 물어볼 말씀이 있소."

하고 말하니 늙은 주인이 손에 빈 그릇을 받아들고 서서

"무슨 말씀이오?"

하고 봉학이의 얼굴을 들여다보았다.

"군총을 뽑는 데 보는 것이 무엇무엇이오?"

"무과를 보이는 것이 아니니까 보는 것이 무어 있겠소? 병신이 아니면 다 뽑겠지."

"문벌이나 지체를 보아서 뽑나요?"

"별소리를 다 하시오. 막이군사로 뽑는데 문벌이란 다 무어고 지체란 다 무어요?"

"그러면 백정의 아들도 뽑겠구려?"

"백정의 아들이라고 뽑지 말란 법은 없겠지요. 그렇지만 군사 중에 백정이 섞여 있는 줄 알면 같은 군사들이 좋아 안 할 터이니까 백정은 백정대로 따로 뽑으면 모를까 섞어 뽑지는 않는지 모르지요."

"좋아 안 할 건 무어요?"

"아무리 진중에서라도 백정 같은 천인과 같이 뒹굴기를 누가 좋아하겠소."

"제기, 망한 놈의 세상도 다 보겠다."

하고 봉학이가 혼잣말하며 돌아서서 방으로 들어왔다. 꺽정이가

무엇을 생각하는 모양으로 머리를 숙이고 앉았는데, 봉학이가 그 앞에 나가 앉으며

"형님, 오늘 나하고 같이 떠납시다."

하고 풀기 없이 말하니 꺽정이가

"너는 왜?"

하고 머리를 치어들었다.

"이런 놈의 세상에 난리는 치러 나가 무어하겠소. 시골구석에 가서 농사나 지어먹고 엎드려 있을라오."

"너의 외조모의 한풀이는 어떻게 할라느냐?"

"한을 풀어준다고 죽은 이가 알 터이오? 고만두겠소."

"내가 지금 생각한 일이 있다. 너는 너대로 전장에를 나가거라."

"나 싫소."

"군총에 뽑히는 것은 나의 본래 소원도 아니니까 뽑히지 못해서 낭패될 것이 없다. 내가 어째 맘이 쏠렸든지 한번 나가기로 작정한 것을 지금 와서 아니 나간다기가 싫으니까 나는 나대로 전장에를 나갈 터이다."

"어떻게 나간단 말이오?"

"혼자 나가면 못쓰느냐?"

"그러면 나도 형님과 같이 갑시다."

"너는 그렇게 할 것이 없다. 네가 날 따라 나가서는 외조모의 한을 풀어줄 도리가 없으니까 너는 잔말 말고 군총에를 들어가거

라."

하고 꺽정이가 봉학이에게 말을 일렀다.

  꺽정이는 봉학이의 성공을 도와줄 겸 왜진을 한번 구경하려고 출전할 맘을 먹게 된 터이라, 전장에서 전공을 세우더라도 공이 세상에 드러나기를 바라지 아니하므로 항오行伍에 끼여서 군율에 얽매이느니보다 필마단기로 맘대로 진상陣上에서 출몰하는 것이 수단을 다하기에 도리어 낫다고 생각하였다.

  "내가 내 풀로 따로 가는 것이 군사로 각 떼에 매이어 가는 것보다 조금도 못할 것이 없다. 내가 너의 뒤를 밟아 내려가면 중로에서든지 진상에서든지 서로 만나볼 수도 있을 것이다."

하고 꺽정이가 봉학이에게 말하는데 봉학이가

  "형님, 꼭 뒤에 오실 테요?"

하고 뒤를 다지다가

  "내 말을 믿지 않는 것이 네가 사람이냐?"

하고 꺽정이가 꾸짖으니 봉학이는 다시 두말하지 못하였다.

  그 뒤에 봉학이는 도순찰사 휘하의 아병牙兵이 되어 도순찰사 행진에 따라가게 되었는데, 꺽정이는 그동안에 양주 집에 내려가서 병신 아버지의 시중을 잘 들라고 집안 식구에게 당부하고 너무 상없이 장난치지 말라고 백손에게 말을 이르고 집을 떠나 다시 서울로 올라와서 며칠 동안 두류하며 행장을 차리었다. 도순찰사의 진이 떠난 뒤에 꺽정이는 전립戰笠 한 닢과 군복 한 벌을 장광도와 같이 보에 싸서 안장 뒤에 붙이고 칠장마를 채질하여 행진 뒤를 따라갔다. 칠장마는 허담이 준 말이니 꺽정이가 그 말을 받아가지고 칠장사에서 떠날 때에 덕순이가 좋은 말은 이름이 있는 법이라고 절 이름을 떼어서 이름 지어준 것인데, 꺽정이는 칠장이 절 이름보다도 말 이름으로 더 좋다고 좋아하였었다.

이때 왜변은 어떠하였던가? 처음에 왜선 육십여 척이 도적질하러 들어올 때, 장흥부사 한온韓蘊이 수하 군병을 거느리고 강진 가리포加里浦로 왜를 막으러 나가다가 길에서 전라도 병사 원적元績을 만났었다.

원적은 친히 왜를 막으려고 병영 군마와 영암 군졸을 통솔하고 나온 길인데, 장흥 군병이 정예精銳한 것을 보고 한온을 자기 좌우에 붙들어둘 맘이 나서 가리포로 가지 말고 자기를 따라서 영암 달량영達梁營으로 들어오라고 권하였다. 한온은 달량영 작은 성으로 함께 몰려들어가는 것이 득책이 아닌 줄까지 알았으나, 병사의 말을 거역할 길이 없어서 영암군수 이덕견李德堅과 같이 병사의 뒤를 따라왔었다. 왜가 달량성을 에워쌌을 때 원적은 성 북문을 지키고 한온은 성 남문을 지키었는데, 원적이 왜가 강한 것을 보고 겁이 나서 남문으로 와서

"왜적이 북문으로 많이 덤비어 내가 북문을 지탱할 수 없으니 어찌하면 좋은가?"

하고 한온에게 말하니 한온이 성을 내며

"주장主將의 맘이 한번 흔들리면 군심軍心이 와해될 것 아닙니까. 내가 죽기를 다하여 북문을 지킬 것이니 지금부터 남문을 지

키십시오."

하고 남북문을 바꾸어 지키게 되었다. 원적이 남문에 있어본즉 왜적이 북문에는 가지 않고 모두 남문으로 모여드는 것 같아서 끝끝내 지킬 용기가 없어서 자기 머리에 썼던 전립을 벗고 자기 몸에 입었던 군복을 벗어서 성 아래로 내려뜨리어 항복 비는 뜻을 보이었다. 왜는 이것을 보고 남문을 지키는 장수가 하잘것이 없는 위인인 줄을 알고 힘을 다하여 남문을 들이쳤다.

왜의 아우성소리 속에 남문이 마침내 깨어지니 원적은 머리를 싸안고 벌벌 떨다가 왜의 칼에 맞아죽고, 이덕견은 목숨을 빌어 보전하여 왜에게 사로잡히었다. 북문을 지키던 한온이 남문이 깨어진 것을 알고 손에 잡았던 활을 땅에 동댕이치며

"인제는 죽었다."

하고 소리를 지르고 곧 장흥 사수들에게

"너희들은 할 수 있는 대로 각기 도망해 나가거라."

하고 눈물 섞어 말을 일렀다. 그러나 장흥 사람들이 거지반 다 도망하지 아니하고 그 부사와 같이 목숨을 버린 까닭으로 달량에서 죽은 군사 중에 장흥 사람이 제일 많았다.

달량성이 함락된 뒤에 해남 어란포於蘭浦 수군영水軍營과 강진 마도馬島 수군영, 장흥 읍내 장녕성長寧城과 강진 병영兵營과 강진 가리포 수군영이 모두 왜에 함락되었는데, 강진현감 홍언성洪彦誠은 가뭇없이 고을에서 빠져나가고, 진도군수 최린崔潾은 슬그머니 몸을 피하고, 전라우도 수사水使 김빈金贇은 변변히 싸워보

지도 아니하고 달아나고, 전라좌도 수사 조안국趙安國은 구원 오는 체하고 중로에서 지체하고, 광주목사 이희효李希孝는 광주를 떠날 수 없다고 핑계하고 장흥 청병을 거절하고, 해남현감 변협邊協은 장흥 구원 왔다가 볼꼴 사납게 패군하고 목숨을 도망하여 해남으로 돌아갔다. 이리하여 왜는 이 고을 저 고을을 무인지경같이 돌아다니는데, 지나는 곳마다 빼앗느니 재물이요, 죽이느니 사람이었다.

전라감사 김주金澍가 약간 군병을 거느리고 영암으로 달려왔는데, 오기만 왔지 어찌할 방략을 몰라서 다만 뻔질나게 장계질만 하고 앉았었다. 전라 감영 비장 하나가 김주를 보고 말하기를, 왜적이 장흥을 깨친 뒤에 기세가 더욱 강성하여 북으로 영암을 범할 일이 눈앞에 있는데 영암이 만일 위태하면 나주 이상이 모두 동요되어 원수元帥의 대군이 서울서 내려오더라도 주둔할 곳이 없을 것인즉 영암은 반드시 지켜야 할 터이나 그러나 감사는 일도一道의 주장이니 뒤로 퇴진하는 것이 좋고, 전주부윤 이윤경李潤慶이 장략將略이 있어 대사를 감당할 만하니 영암을 와서 지키게 하는 것이 좋다는 뜻으로 말하여 김주는 나주로 퇴진하고 이윤경을 불러서 가수성장假守城將으로 정하여 영암을 지키게 하였다. 이때 조정에서는 호반의 김경석金景錫, 남치근 두 사람을 좌우방어사로 뽑고 호조판서 이준경李浚慶을 도순찰사로 정하여 선후로 출진하게 하였는데, 도순찰사 이준경은 곧 가수성장 이윤경의 아우이었다. 이준경이 나주에 와서 주둔할 때 영암은 벌써 왜에게 에워싸이어 있었으므로 공사公私에 맘이 다같이 급하여 곧 두 방어사에게 영암으로 진군할 것을 명하였다. 방어사 남치근이 나주에서 떠날 때에 도순찰사 앞에 나와서

"왜적과 접전하는 데는 사수가 제일 요긴하온데 소인 수하에 사수가 극히 부족하오니 사오십명쯤만 휘하에서 뽑아주시기를 바랍니다."

하고 품하여 이준경이 허락하고 즉시 중군中軍을 불러 명하였다. 중군이 밖으로 나와 별장別將을 불러세우고

"사수 사십명만 뽑아서 대령해라."

하고 명령하여 순찰사 휘하 군병 중에서 남치근에게로 갈 사수를 뽑게 되었다. 군중 물계를 짐작하는 사수들은 남치근의 위인이 혹독하여 군사의 목숨을 초개같이 여기는 줄 알고서 각각 모피하려고 오장伍長에게 청하고 또 단장團長에게 청하는데, 왜와 접전하게 되기를 고대하던 봉학이는 도리어 지원하고 나섰다. 봉학이가 뽑히기를 자원할 때 물계 아는 사수들은

"저 자식은 천둥벌거숭이로군."

하고 손가락질들을 하며 웃었다.

영암군은 소읍이 아니요, 또 요해처이므로 성이 토성土城이 아니고 당당한 석축石築이다. 장흥부의 장녕성은 주周가 천 척 안에 드는 작은 성이니 말할 것도 없거니와 전라도 병마절도사가 좌정坐定하고 있는 곳인 병영성이 삼천 척이 못 되고, 광나주 목사라고 광주와 아울러 치는 목사 치하의 나주성이 삼천 척에 얼

마 넘지 못하는데, 영암성은 주가 사천삼백육십구 척이고, 전라도 내에서 대성大城으로 제일 제이를 치는 광주성과 전주성이 고高가 모두 팔구 척에 지나지 못하는데 영암성은 고가 십오 척이다. 영암성은 이와같이 상당히 크고 동뜨게 높을 뿐 아니라 성안의 물도 장녕성과 같은 못이 없고 나주성과 같은 시내가 없을망정 대한불갈大旱不渴의 샘들이 있어서 아무리 바깥 통로가 막히더라도 조만하여서는 물 걱정을 할 곳이 아니다.

 이윤경이 처음 성을 지키러 왔을 때 왜의 선성에 경겁한 백성과 군사들이 밤이면 왜가 왔다고 헛놀라서 동요될 때가 많았는데, 이런 때에 이윤경은 넓은 대청에 촛불을 밝히고 앉아서 한가한 태도로 책을 보고 동요된 것이 가라앉기를 기다려 조용히 전령, 군졸 몇사람을 보내서 순성巡城하는 군사들을 신칙하였다. 이윤경은 군사들보다 늦게 자고 일찍 일어나서 군사들이 먹는 음식으로 조석을 먹고 아침부터 밤까지 군무軍務에 분주하였다. 군량 준비와 군기 수선을 모두 게을리 아니하고 군사를 단속하는 일변에 그 기운 돋우기를 아울러 힘쓰고 자리에 앉았을 사이가 적도록 친히 성을 순시하고, 군사 중에 병나는 자가 있으면 몸소 의약을 보살펴주고 틈틈이 백성들을 효유하여ˇ 인심 진정하기에 수고를 아끼지 아니하였다. 비단 군무가 다단할 뿐 아니라 군무 이외에도 여러가지 일이 날로 생기어서 이윤경은 눈코 뜰 사이가 없건마는, 일을 처리할 때에 민첩할 대로 민첩하고서도 안상한ˇ 구석이 있어서 일이 선후 도착倒錯되는 것이 없었다. 불과 얼마 동안 지나지 아니하여 군사, 백성 할 것 없이 모두 맘들이 일변하여 살아도 같이 살고 죽어도 함께 죽기를 기약하니 인심이 성이 되어 옛 성안에 새 성이 나타나며부터 영암성은 굳은 품이 금성탕지˚로도 견주어 말하기 어려웠다. 처음에는 오지도 아니한 왜에게 헛놀라던 사람들이 성 아래에 나타난 왜를 보고도 그다지 놀라지 아니하였다. 그러나 왜들이 사람의 목을 칼끝 창끝에 꿰어들고 가로 뛰고 세로 뛰는 것을 성 위에서 내려다볼 때 군사들도 얼굴에 황황한 빛이 없지 않았는데, 이윤경이 격려함을 마지아니하여 나중에 군사는 고사하고 예사 백성들까지 성밖의 왜를 향하여 아이들 장난하듯이 손가락으로 욕질하였다.

  영암성을 사방으로 둘러싸서 물 부어 샐 틈이 없도록 하자면 만명 사람도 부족할 것인데, 많게 보아서 천명이 넘을까 말까 한 왜에게 성을 에워쌀 힘이 있을 까닭이 없다. 왜가 한 떼로 몰리어 성의 한편을 깨쳐보려고도 하고 여러 떼로 나뉘어 성의 이문저문을 함께 들이치려고도 하였다.

• 효유(曉諭)하다
깨달아 알아듣도록 타이르다.
• 안상(安詳)하다
성질이 찬찬하고 자세하다.
• 금성탕지(金城湯池)
쇠로 만든 성과
그 둘레에 파놓은 뜨거운 물로
가득 찬 못이라는 뜻으로,
방어시설이 잘 되어 있는
성을 이르는 말.

이윤경은 장졸將卒을 신칙하여 왜가 멀리 있을 때는 가만히 내버려두었다가 가까이 들어온 뒤에 활로 쏘아서 화살을 많이 허비하지 아니하고, 왜가 성에 사다리를 놓고 올라오려고 할 때에는 불끄럼지를 내어던지거나 끓는 물을 내려부었다. 왜가 할 수 없으면 성 위를 바라보고 주먹질하며 뒤로 물러갔다. 왜가 하루도 몇번씩 밀물같이 들어왔다 썰물같이 나가는데 성안에서는 이것을 소일거리 쉽직이 알게 되어서 조금도 겁내지 아니하였다. 왜가 어두운 밤을 타서 성을 치기도 한두 번이 아니지마는, 이윤경이 낮번 군사보다도 밤번 군사를 일층 더 신칙하는 까닭에 번번이 낭패 보고 물러갔다. 왜가 성을 침범한 뒤로 이윤경은 성문을 일향 군이 닫고 나가지 아니하여 장졸들이 한번 나가 접전하기를 청하니 이윤경이

"가만히들 있거라."

하고 눌러 두었다가 어느 날 저녁때 왜들이 맘이 해이하여 대오가 산란하여진 것을 성 위에서 바라보고, 성문을 열고 군사를 풍우같이 몰고 나가서 왜의 목 삼십여 개를 베어가지고 들어왔다. 며칠 뒤에 왜의 대오가 전날보다도 더 산란한 것을 성 위의 장졸들이 바라보고 또 한번 나가기를 청하니 이윤경이

"이것은 우리를 꾀이려는 것이다."

하고 허락하지 아니하였더니 저녁때가 다 되어 왜가 물러갈 때에 양편 길 옆에서 난데없는 왜들이 꾸역꾸역 나오는 것을 보고 성 위의 장졸들은 이윤경을 귀신같이 여기었다.

　이윤경이 자기의 가진 병력이 영암성을 지키기에는 넉넉하나, 멀리 쫓아버리기에는 부족한 까닭으로 초조하게 생각하고 있을 때에 원수가 나주에 유진하고 방어사가 영암으로 출진하는 기별을 듣고 날마다 기다리는데, 어느 날 저녁때 성밖에 왔던 왜가 창황히 뒤로 물러나가며 왜의 앞에 멀리 진토塵土가 일어나는 것을 바라보았다.

이윤경은 왜가 꾀어내려고 꾀 쓰는 것이 아닌가 의심하여 군관 이삼 인과 같이 성 위에 서서 진토 일어나는 곳을 멀리 바라보고 있는 중에 석양 햇빛에 기치旗幟가 어렴풋이 보이었다. 군관 중에 눈 밝은 사람 하나가 이윤경의 옆으로 가까이 와서

"방어사 진의 선봉대가 분명합니다."

하고 아뢰자 다른 군관이 곧 그 뒤를 이어

"우리가 지금 왜적의 뒤를 엄습하면 성공할 것이 아니오이까? 곧 출전하도록 지휘합시지요."

하고 품하니 이윤경이 고개를 가로 흔들며

"왜적이 물러갈 때 뒤에 매복을 남겼기가 쉬우니 아직 동정을 보지."

하고 군관의 말을 좇지 아니하였다.

"적병이 창황히 물러가는 것을 보면 그런 생각을 못했을 것 같습니다."

"교활하기 짝이 없는 왜적이 우리가 뒤에 있는 것을 알면서 그만 생각을 못할 리가 없어. 아직 가만히들 있게."

하고 이윤경이 말하여 군관들은 다시 다른 말을 하지 못하였다.

이때 왜는 그 앞에 나타난 진을 향하여 한숨에 덮칠 것 같은 기세를 보이더니 득리得利하지 못한 모양인지 분분히 뒤로 물러났다. 왜가 성을 칠 때 진 쳤던 곳에는 길 옆에 작은 수림이 있었다. 왜가 되쳐들어와서 수림을 의지하고 진을 치며 앞에 있던 진이 왜의 뒤를 쫓아들어와서 기호旗號와 복색이 성 위에서 보이는데,

그 진이 다른 진이 아니라 곧 방어사 남치근의 진이었다. 선봉대에는 사수들 외에 돌팔매질꾼 한 패가 있어서 빗발같이 쏟아지는 화살과 돌팔매에 왜가 앞으로 덮치지 못하고 뒤로 밀린 것 같았다. 이윤경의 옆에 있는 군관들이 나가 싸우고 싶은 맘이 탱중撐中하여 주먹을 문지르고 손바닥을 비비면서 이윤경의 눈치를 살피는데, 이윤경이 이것은 본체만체하고 성밖을 바라보고 있었다. 군관 중 한 사람이 참다 못하여

"왜적이 먼저 복병을 했었더라도 지금쯤은 다 거두었을 것 아닙니까?"

하고 물으니 이윤경은 말이 없이 고개를 끄덕일 뿐이었다.

"인제 앞뒤로 치면 좋지 않겠습니까?"

"가만히 있어."

"가만히 있다가 때를 놓치면 어찌합니까?"

"우리가 나서는 것을 방어사가 공 다툼하는 줄로 알아서는 못쓰니까 형편 봐서 우리는 방어사가 첫 진에 공 세우는 것을 구경이나 하세."

군관들이 이윤경의 말을 듣고 모두 얼굴에 낙심하는 빛을 보이니 이윤경이 적이 웃으며 군관들을 돌아보고

"오늘 싸움에 왜적을 함몰시키기는 어려울 것이라 정작 대공을 세울 날이 앞에 있을 터인즉 공 못 세울까 보아 걱정들 할 것이 없네."

하고 말하여 군관들의 얼굴빛이 곧 풀리었다.

이때 남치근이 왜진을 향하여 진을 벌리고 선봉장 소달蘇達을 시켜서 싸움을 돋우게 하였다. 소달은 갑옷투구로 몸을 단단히 단속하고 절따마를 타고 진전에 나서서 큰 칼을 휘두르며
　"나는 방어사 장하帳下의 소별장이다. 내 칼을 대적할 놈이 있거든 앞으로 나서거라!"
하고 큰 소리로 외치었다. 왜들이 그 외치는 소리는 알아듣지 못하나, 싸움 돋우는 것일 줄을 알고 갑옷투구를 갖추고 말을 탄 장수 한 사람이 진전으로 나서서 무어라고 알아듣지 못할 소리를 지르더니 곧 말을 몰아 소달에게 대들었다. 소달이 맞아 싸워 수합이 못 되어서 왜장의 투구를 칼로 쳐서 깨치니 왜진에서 다른 장수가 급히 말을 채쳐 내달아서 투구 깨어진 사람을 구하여 진으로 돌려보내고 대신 소달과 칼을 어우르려고 할 때, 남치근이 소달을 잠시 쉬게 하려고 천총˙ 한 사람을 보내어 소달과 바꾸게 하였다. 소달이 본진에 돌아와서 말에서 내리기 전에 왜장이 그 천총의 목을 베어 칼끝에 꿰어 들고 진전에서 횡행하니 소달이 이것을 보고 분기를 참지 못하여 말을 몰아 다시 진전으로 나가서 왜장과 어우러져 싸우게 되었다. 소달은 남치근 수하에서 제일로 치는 군관이니만큼 원력이 장사이고 칼 쓰는 법이 능란하건마는 왜장을 당치 못하여 오는 칼을 막아내기에 죽을힘을 다하였다. 소달이 심겁心怯이 나서 급히 말머리를 돌리어 본진으로 도망하려고 할 즈음에 왜장의 날랜 칼이 소달의 머리 뒤를 범하였다.

● 천총(千摠)
조선시대에 각 군영에 속한 정삼품 무관 벼슬.

소달이 안장 위에 엎드려서 겨우 왜장의 칼을 피하고 황망히 본진으로 달려오는데, 왜장이 큰 소리를 지르며 뒤를 쫓았다. 남치근이 이것을 보고 급히 사수 십여명을 보내어 사수들이 진전에 벌려 서서 왜장을 쏘았으나 그 왜장이 머리에 투구, 목에 호항護項, 몸에 갑옷을 갖춘 외에 낯에 면갑面甲까지 써서 화살을 겁내지 아니하였다. 왜장이 소달을 버리고 사수들에게로 달려오는데, 기세가 십여 명을 한칼에 무찌를 것 같으니 사수들이 도리어 겁이 나서 제각기 뒷걸음을 쳤다. 진문陣門 안에서 내다보고 있던 사수 한 사람이 분연히 앞으로 나서서 곧 활을 그어대더니 첫번에 날아가는 살이 왜장 탄 말의 한편 눈을 꿰어뚫었다. 그 말이 갑자기 들뛰어서 왜장이 억제하려고 할 즈음에 둘쨋번 살이 말의 성한 눈을 마저 꿰어 소경말이 발광치며 왜장은 마침내 말께서 떨어졌다.

　남치근이 이것을 보고 왜장을 잡으라고 호령하여 패전에 분이 난 소달이 다시 말을 타고 진전으로 내달았다. 말을 버리고 도망하는데 소달이 말을 채쳐 쫓아가서 큰 칼로 한번 내려치니 왜장의 투구에서 불이 번쩍 나며 왜장이 앞으로 꼬꾸라졌다. 소달이 말께서 뛰어내려서 왜장의 머리를 베려고 할 때에 왜진이 풀리며 여러 왜들이 함께 몰려나왔다. 왜들이 일변으로 그 왜장을 구하고 일변으로 소달을 에워쌌다. 남치근이 이것을 바라보고 급급히 장졸을 휘동麾動하여 풍우같이 쫓아나가서 왜들과 싸움이 어우러질 판에 요란한 북소리가 성안에서 울려나왔다. 왜의 괴수가 뒤에서 나는 북소리를 듣고 성안 군사가 나오는 줄 알고 황황히 군사를 거두려고 하였다. 그러나 앞에 있는 남치근이 왜의 거동을 보고 더욱이 싸움을 동독董督하여 왜는 다시 진을 뭉칠 사이가 없이 패진하게 되었다. 왜가 흩어져 도망할 때에 가까운 곳에서는 칼과 창에 찔리고 먼 곳에서는 화살과 돌팔매에 맞아서 꺼꾸러진 것이 적지 아니하였다.

성 위에서 바라보던 이윤경이 접전이 시작되려는 것을 보고 군관에게 말을 일러서 군사를 시켜 북만 울리게 하고 여전히 성 위에서 구경하고 있었는데, 말 탄 군관 하나가 큰 칼을 휘두르며 왜들을 짓치고 돌아다니는 것을 보고 손가락으로 가리키며

"저기 저 군관이 범같이 날뛰는군."
하고 옆에 있는 군관을 돌아보니

"그 군관이 아까 적장에게 쫓기던 사람입니다."
하고 군관이 대답하였다.

"그 사람일까? 글쎄 그 사람 같군. 아까는 어째서 쫓겼는지 모르나 범 같은 무서운 사람일세. 왜적이 그 칼 앞에 얼씬 못하는 것을 보게."

"아까 패한 분풀이로 죽을힘을 다 내는가 보오이다."

"글쎄."

"왜적이 다시 진을 뭉치려는 것 같습니다."

"저 판에 진이 뭉치어지나. 저거 보게, 도망질치기 시작하네."

"저기 먼저 도망하는 것이 괴수인가 봅니다."

"괴수 명색이 설마 먼저 도망하겠나."

이윤경은 왜가 다 도망질친 뒤에 방어사가 군사 거두는 것을 보고 비로소 성 위에서 내려와서 성문을 열고 방어사의 진을 맞아들이었다.

남치근이 이날 접전에 왜의 머리 칠십여 급級을 얻었는데, 그중에 이십여 급은 소달이 혼자서 베어온 것이었다. 남치근이 소달을 불러서

"먼저 적장에게 패한 것은 죄주어 마땅하되 뒤에 역전力戰한 공이 있어 용서하니 그리 알아라."

하고 이르고 말눈을 쏘아 맞힌 사수를 불러들이라 하여 한 사람이 대령하니 남치근이 친히 말을 물었다.

"너의 성명이 무엇이냐?"

"이봉학이올시다."

"네가 전소前所에서 왔느냐?"

"아니올시다. 이번에 새로 군총에 뽑히어 왔소이다."

"그러면 도순찰사 휘하에 있다가 왔느냐?"

"그렇소이다."

"너 같은 사수는 희한하다."

하고 칭찬한 뒤에 곧 옆에 있는 중군을 돌아보며

"저 이봉학이란 아이를 단장을 시키라고."

하고 분부하는데 중군이

"먼저 오장을 시키지 않아도 좋소이까?"

하고 품하니 남치근이 화를 내며

"단장은 고사하고 대번에 초관哨官이라도 좋고 파총把摠이라도 좋아."

하고 호령하여 중군은 다시 두말 못하고 물러갔다. 남치근이 이봉학의 공을 기록에 올리게 한 뒤에 곧 뒷걸음치던 사수 십여명은 모두 쇠도리깨로 때려죽이게 하였다.

남치근이 입성한 뒤에 이삼일 지나서 방어사 김경석의 진이 접전이 없이 입성하였다. 좌우방어사가 한데 모이고 보니 군사도 많고 장수도 많아서 영암성은 방비가 더욱 든든하여 아무리 강한 도적이라도 감히 넘보지 못할 만하였다. 그러나 이것은 외양뿐이고 내평內評은 실상 이윤경이 혼자 지킬 때만 같 • 이심(已甚)하다 지 못한 것이, 남치근과 김경석과 이윤경의 주장 지나치게 심하다.
이 각각 달라서 군사들까지도 합심이 잘 되지 못하였다. 그중에 남치근의 성정이 불같아서 군사고 백성이고 죄가 있으면 용서없이 벌을 주되, 회술레와 매질은 말할 것도 없고 박살搏殺과 효수도 대수롭지 않게 여기니 이윤경이 보다가 못하여 남치근과 한자리에 모이어 앉았을 때

"이런 때 군민의 죄를 이심하게˙ 밝히시면 인심이 도리어 동요되기 쉽습니다."

하고 충곡衷曲으로 말하였더니 남치근은

"방어사가 수성장守城將에게 절제받는 사람이 아니오."

하고 거드름으로 대답하여 재미없게 자리를 파한 일까지 있었다.

이윤경의 말과 같이 남치근이 너무 혹독한 탓으로 인심이 적이 동요되던 중에 나주에 있는 도순찰사에게서

"방어사가 이미 입성한 바에 가수성장은 본부로 돌아가라."
하고 전령이 내려와서 소문이 밖으로 퍼지며 인심이 그시로 발끈 뒤집히었다. 성안 백성들은

"수성장이 떠나는 날이면 이 성은 고만이니 우리도 수성장 뒤를 따라 떠나감세."

"집이고 재물이고 첫째 목숨이 살아야 하지 않나? 두말 말고 그리합세."
하고 수선수선하였다. 그때 도순찰사 이준경이 전령 외에 형제간의 사찰私札로

"형님은 이미 소임을 다하였으니 인제 속히 왜적을 피하시라."
하고 그 형을 권하였는데 이윤경이 역시 사찰로

"왜적의 진퇴가 무상하여 성 지키는 소임을 아직 다하지 못하였을 뿐 아니라 평소에 항상 나라를 위하여 죽기를 원하던 나로서 지금 이 성을 버리고 갈 수는 없노라."
하고 거절하였다. 그 뒤에 나주에서 또 사람이 왔었는데, 이윤경이 문 지키는 군사를 신칙하여 성안에 들이지 아니하고 온 사람이 잘 돌아서지 아니하는 것을 활로 쏘아 쫓아버리게 하였다. 나주서 온 사람을 활로 쏘아 쫓았단 말이 성안에 퍼진 뒤에야 수선수선하던 것이 비로소 가라앉아서 돌로 쌓은 성안에 인심으로 쌓았던 성이 다행히 무너지지 않게 되었다.

이윤경과 이준경은 당시에 난형난제라고 일컫던 형제라 인품이 서로 비등하나 형만한 아우가 없다는 말대로 아우가 형만 못한 것이 많았다. 그중에도 지모방략은 아우가 형을 따를 가망이 없었다. 어렸을 때 이야기로 형제의 지략이 현격한 것을 볼 수 있으니 그 이야기는 이러하다.

　그의 조부 되는 이세좌李世佐와 그의 부친 되는 이수정李守貞이 연산조 때 사화에 죽은 까닭에 이윤경, 이준경이 육칠세밖에 아니 된 어린아이로 멀리 귀양가게 되었는데, 형제 같이 귀양살이하는 중에 옷이 이주머니가 되어서 어느 날 준경이 온몸을 끄적거리며 울고 앉았는 것을 윤경이 보고

　"너 새옷이 입고 싶으냐?"

하고 웃으며 물으니, 준경이 눈물을 가로 씻고 세로 씻으며

　"새옷이 어디서 나오?"

하고 물었다.

　"가만히 있거라. 내가 새옷을 입게 하마."

하고 꾀를 내어 점고받는 전날 저녁에 형제가 같이 입은 옷을 벗어서 군불 아궁에 넣어서 태워버리었다. 이튿날 보수인保授人이 두 벌거숭이가 앉았는 것을 보고 관가에 아뢰어서 원이 급히 새옷들을 지어주게 하였다. 그때 윤경이 나이 조금 많아서 꾀가 나았느냐 하면 그런 것도 아니다. 윤경 준경 형제가 자치동갑인 까닭에 꾀가 더 나고 덜 날 것이 없었고 윤경이 특히 천생이 지모가 많았던 것이다.

이준경이 그 형이 영암을 떠나지 아니할 줄을 안 뒤에는 좌우 방어사에게 영을 내리어 수성 일절에는 방어사라도 수성장의 의견을 좇으라 하여 남치근과 김경석은

"원수가 공에도 사를 본다."

하고 불쾌한 맘이 없지 않았으나, 원수의 영을 거역할 길이 없어서 매사를 이윤경과 의논하게 된 까닭으로 영암성의 방비가 다시 안전하게 되었다.

왜가 다시 나타나기 전에 좌우방어사의 부하들은 별로 일이 없었다. 어느 날 식전에 남치근이 군관 한둘을 데리고 부하 군사들의 숙소를 돌아보는데, 한 곳에 이르니 군사들이 손뼉치고 웃는 소리가 밖에까지 들리었다. 남치근이 미간을 찌푸리고 안에를 들어선즉 군사 한 떼가 죽 둘러서서 무엇을 들여다보다가 쉿 소리에들 놀라서 일시에 좌우로 갈라섰다. 군사들이 둘러섰던 곳에 유엽전을 맞은 쥐 한 마리가 있었는데, 그 유엽전이 쥐눈을 꿰어 뚫고 나가서 땅바닥에 들어박히었었다. 방어사를 따라온 군관 한 사람이 그 쥐를 와서 들여다보고 가까이 섰던 군사에게

"누가 이것을 쏘았느냐?"

하고 물은즉 그 군사가 말이 없이 손을 들어 한 사람을 가리키는데, 그 사람이 곧 왜장의 말눈을 쏘던 사람이었다. 그 군관은

"몹시도 활이 쏘고 싶든가 보다."

하고 혀를 차고 돌아섰다. 남치근이 미간의 주름을 펴고 그 사람을 바라보며

"네가 이봉학이라지?"

하고 물어서 이봉학이가

"녜."

하고 대답한 뒤에 살 맞은 쥐를 가리키며

"저것이 무슨 장난이니? 재주 자랑이냐?"

하고 가볍게 꾸짖으니 봉학이가

"아니올시다."

하고 허리를 굽실하였다. 군사에게 말 묻던 군관이 봉학이 옆에 와서 가만히

"쥐고기가 먹고 싶던가?"

하고 조롱하여 봉학이가

"내가 감질난 어린아이오?"

하고 말대꾸를 하는데 부지중에 목소리가 좀 커서 그 군관이 나직한 목소리로

"존전에서 방자스럽게 무슨 큰 소리야!"

하고 꾸짖었다. 남치근이 다시 미간을 찌푸리고

"왜 쥐를 쏘았느냐?"

하고 봉학이에게 물으니

"쥐가 참새와 싸우는 것을 여럿이 구경하옵다가 소인더러 쥐와 참새의 눈을 쏘아보라고 말들 하옵기에 장난삼아서 쏘았습니다. 쥐고기를 먹으려고 한 것이 아니올시다."

하고 봉학이가 하지 아니하여 좋을 발명까지 하였다. 남치근이

봉학이의 발명을 듣고 찌푸렸던 눈살을 펴고

"그래 쥐만 잡았지 참새는 놓쳤구나."

하고 말하여 봉학이는 상글상글 웃고 있는데 오장 하나가 눈께 살을 맞아 대가리가 바숴진 참새를 방어사 앞에 갖다 놓으며

"참새는 날아가다가 살을 맞고 떨어졌소이다."

하고 말을 아뢰니 남치근이 빙그레 웃으며 한번 유심히 봉학이를 바라보는데, 그 눈치가 신통히 여기는 모양이었다.

남치근이 군사의 숙소를 돌아 들어간 뒤에 봉학이를 대隊에서 뽑아올려서 자기 신변에 두게 되었는데, 봉학이의 위인이 영리하여 뜻을 잘 받드는 까닭으로 불과 며칠 안 지난 뒤부터 남치근이 봉학이를 다시 없이 신임하게 되었다.

어느 날 이윤경이 좌우방어사를 동헌으로 청하여 점심을 대접하는 자리에서 남치근이 자기 부하를 자랑하느라고 봉학이의 활재주를 이야기하였더니, 김경석은 잠자코 앉았는데 이윤경이

"그 사람을 좀 보게 불러오라십시오."

하고 청하여 남치근이 봉학이를 불러오게 하였다. 점심이 끝난 뒤에 수성장이 좌우방어사와 같이 앉아서 봉학이의 활재주를 구경하게 되었는데, 김경석이 자랑하는 남치근을 무안 보이려고 아무쪼록 쏘지 못할 것을 생각하고 있다가 마침 동헌 앞마당에 있는 느티나무에 까치 한 마리가 앉아 있는 것을 보고

"네가 참새 눈을 쏘았다니 저기 느티나무에 앉은 까치의 왼쪽 눈을 쏘아보아라."

하고 봉학이에게 분부하였다. 봉학이가 고개를 비틀고
"왼쪽 눈만 맞히기는 어렵소이다."
하고 대답하니 김경석이 다시 말하기 전에 남치근이
"참새 눈을 쏘는 놈이 까치 눈을 못 쏜단 말이냐?"
하고 화증을 내었다. 김경석은 남치근의 얼굴을 보며 빙글 웃고 이윤경은
"왼쪽 눈 할 것 없이 그대로 까치를 쏘아보아라. 까치만 쏘아 맞혀도 잘 쏘는 활이다."
하고 말한즉 봉학이가 상끗 웃으며
"왼눈 하나만 쏘아 맞히면 까치가 죽지 않고 날아갈 듯하여 쏘기가 어렵다고 말씀을 아뢰었습니다. 만일 왼눈에서 오른눈까지 꿰어뚫어도 좋다시면 한번 쏘아보겠습니다."
하고 말을 아뢰는데 남치근이
"잔소리 말고 어서 쏘아라."
하고 호령기 있는 말로 분부하였다. 봉학이가 만일 실수하여 까치 눈을 쏘아 맞히지 못하면 자기의 주장인 남방어사가 무색을 볼 뿐 아니라 남방어사 솜씨에 자기의 목숨까지 위태할는지 모르는 까닭으로 까치 눈을 쏘기 좋은 자리로 골라 가 서서 일심정력을 다 들이어 활을 잡아당기었다. 봉학이가 깍짓손을 떼고 활을 내리기 전에 까치가 깍 하며 펄쩍 날았다.

남치근이 자리에 일어서서 뜰아래에 섰는 군사들을 내려다보며
"까치가 떨어졌지야?"

하고 묻고 곧
"어서 나가 집어오너라."
하고 분부하였다. 군사 한 사람이 쫓아나가서 살 맞아 떨어진 까치를 살째 집어들고 들어오는데, 다른 군사들을 보이느라고 걸음이 재지 못하니 남치근이 조급하게
"빨리 이리 가져오지 못하느냐!"
하고 호령하였다. 마루 위에 섰던 군관이 군사에게서 까치를 받은 뒤에 이윤경이
"그래 왼편 눈이 맞았는가?"
하고 물으니 군관이
"녜."
하고 대답하며 화살이 두 눈에 가로질린 까치를 내어들어 보이었다. 남치근이 이것을 보고 한번 허허 웃고 김경석을 돌아보며
"영감, 자 어떻소? 내 말이 거짓말이오?"
하고 오금박듯이 말하니 김경석이
"내가 언제 영감 말씀을 거짓말씀이라고 합디까?"
하고 조금 기를 내어 말하였다.
"영감은 아까 내 말을 곧이듣지 않으시는 것 같습디다그려."
"나는 영감이 하시는 말씀을 그저 듣고 있었을 뿐이오."
하고 남치근과 김경석이 서로 재미없이 말할 때에 이윤경이 웃으면서
"저 아이의 귀신같은 활재주를 눈으로 보지 않고 이야기만 듣

는다면 누구나 다 선뜻 곧이듣지 않을 것입니다."

하고 남치근과 김경석의 얼굴을 한번 차례로 돌아보고

"세상에서 이 사람이 명궁이다, 저 사람이 명궁이다 하지만들 저 아이 같은 명궁이야 희한하지 않습니까? 한량을 많이 겪어보신 두 분 영감은 혹시 달리 보셨는지 모르지만, 나는 처음 봅니다. 백 보 밖에서 버들잎을 쏘아 뚫는 것이 저 아이 같아서는 지이차이한 일이겠습니다."

하고 입에 침이 없이 봉학이의 활재주를 칭찬하고

"영감께서 잘 북돋우셔서 국가의 동량재목을 만드십시오."

하고 남치근에게 부탁하였다.

"계씨대감 휘하에 있던 아이이지요."

● 장발(獎拔)
아름다움을 칭찬하고
장려하며 뽑아 씀.

"영감께로 잘 왔습니다. 순찰사 진중에 있었던들 두각이 잘 드러나지 못했을 터이지요."

● 양유기(養由基)
중국 초나라의 명궁.

"그럴는지 모르지요. 내가 아무쪼록 장발˚해줄 생각이오."

"생각 잘하신 일입니다."

하고 이윤경이 남치근과 수작하기를 그치고 잠자코 앉았는 김경석을 돌아보며

"인재가 원래 쉽지 않은 것인데, 인재가 있어도 세상이 알아주어야 인재가 되지 않습니까? 영감이나 내가 아까까지도 금세의 양유기˚가 한 성안에 있는 줄을 모르지 않았습니까."

하고 말을 붙이었다. 김경석은 남치근이 부하 사람을 놓고 높이는 것이 비위에 마땅치 아니하여 강잉히˚ 말하는 태도로

"금세의 양유기일는지는 모르나 하여간 잘 쏘는 활이구먼요."
하고 말하다가

"양유기가 옛사람인 까닭에 영감이 돋치어 보시는 말씀이지 실상은 양유기의 활재주가 이봉학이만 했겠습니까?"
하고 이윤경이 호되게 봉학을 편들어 말하는 바람에

"글쎄요."
하고 다시 입을 다물었다.

김경석이 자기 처소로 돌아왔을 때 기상이 좋지 못한 것을 중군이 보고 괴이쩍게 생각하여 슬그머니 따라갔던 군관을 불러가지고

"오늘 점심에 무슨 일이 있었나?"
하고 물어서 그 군관이 이봉학이의 활 쏜 것을 이야기하고

"그 사람의 귀신 접한 활솜씨는 누구든지 칭찬 아니할 수 없습니다. 그렇지만 남방어사가 우리 방어사 영감께다 자기 부하를 자랑할 때 우리가 무색하기라니……."
하고 말끝을 내기도 전에 그 중군이

"잘 알았네. 영감께서 남방어사의 자랑에 비위가 상하셨네그려."
하고 곧 그 군관을 내보내고 김경석이 거처하는 방으로 들어왔다.

"남방어사 영감 부하에 훌륭한 사수가 있더랍지요?"

"그래 어째?"

"우리 투석대에 있는 배돌석이의 팔매재주도 그 사수의 활재

주만 못지않을 것입니다."

"배돌석이?"

"네, 그 배가가 소인의 고향 아이라 소인이 잘 압니다."

"고향이 어디야?"

"김해올시다."

"김해 아이면 돌팔매질을 잘하겠지."

"예사로 잘하는 것이 아니올시다. 김해서는 전무후무라고 치는 유명한 팔매질꾼입니다. 한번 불러들이셔서 재주를 봅시지요."

"어디 한번 불러볼까?"

하고 김경석은 곧 팔매질꾼 배돌석이를 불러오게 하였다.

- 강잉히
마지못해 어쩔 수 없이.
- 가찰(苛察)
까다롭게 따져가며 잘 살핌.

배돌석이는 키가 작달막하고 가슴은 바라질 대로 바라지고 얼굴은 가무잡잡한데 이목구비가 오종종하게 박히었다. 김경석이 자기가 씻은 백채줄기같이 끼끗하게 생기니만큼, 돌석이 인물이 눈에 들지 아니하여 현신을 받은 뒤에 가찰 하는 말이 없었다. 중군이 보다가 민망하여

"지금 곧 팔매질을 시켜보오리까?"

하고 의향을 물으니 김경석이 말이 없이 고개를 끄덕이었다. 중군이 방 밖으로 나와서 팔매질 준비를 지휘할 때 돌석이를 보고

"이애, 혹시 실수할라. 정신차려라."

하고 넌지시 당부하니 돌석이가

"염려 맙시오."

하고 선선히 대답하였다. 큰 바가지 하나를 얻어다가 한편 담 구석에 엎어 매어달고 그 바가지 위에 먹으로 동그라미를 그려놓았다. 돌석이가 육칠 칸 밖에 가서 바가지 달린 곳을 향하고 서서 돌주머니의 끈을 끌렀다. 돌석이는 글방 아이들이 필낭을 차듯이 돌주머니를 저고리 고름에 차고 그 속에 동그스름한 모 없는 돌을 십여 개씩 넣어가지고 다니던 것이다. 돌석이가 돌을 내어들고 섰다가 중군이 치라는 분부를 내린 뒤에 바가지를 노려보면서 팔매를 쳤다. 돌석이 손에서 나온 돌이 살같이 건너와서 바가지 위에 구멍을 뚫었는데, 그 구멍이 동그라미 안에 들었다. 다른 사람보다도 중군이 먼저

"신통하게 맞혔다."

하고 칭찬하였다. 돌석이가 첫번 던진 것까지 도합 돌 여섯 개를 연거푸 던졌는데, 뒤에 다섯 개가 모두 첫번 뚫린 구멍으로 쏙쏙 빠져나갔다. 김경석이 이것을 보고 비로소

"용하다."

하고 칭찬하였다. 돌석이가 돌을 거두어 주머니에 넣을 때에 김경석이 앞으로 불러서

"저 지붕 위에 앉은 참새를 돌로 잡겠느냐?"

하고 물으니 돌석이가

"네."

하고 대답하고 나서서 돌 하나를 남겨 손에 들고 옆에 있던 군사

를 돌아보며

"참새 대가리를 박살내어 놓을까?"

하고 말한 뒤에 힘도 아니 들이고 슬쩍 팔매를 쳐서 참새를 잡았는데, 그 참새는 말과 같이 대가리가 바숴졌다. 김경석이 그 참새를 가져오라 하여 친히 손에 들고 보기까지 하고

"팔매질이 활같이 본때는 없지만 하여튼지 재주 놀랍다. 군복 한 벌을 상급으로 주어라."

하고 좌우를 돌아보는데 중군이 싱글벙글하면서

"돌석이가 만일 한량의 집에 태어나서 활을 배웠던들 활재주가 이봉학인가 그자만 못했을 리 없습지요. 돌석이는 아비가 김해 남역南驛의 역졸이었습니다. 그 아비가 역시 팔매를 잘 치던 손인데 소인도 아잇적에 많이 보았습니다. 아비의 팔매가 자식에 대면 어림이 없습지요만, 그래도 석전군으로 일시 유명했습니다."

하고 말을 길게 늘어놓다가

"돌석이 같은 특별한 재주를 어째 진작 내게다 말하지 않았는가?"

하고 김경석이 책망하여

"황송합니다."

하고 입을 다물게 되었다.

며칠 뒤에 김경석이 남치근과 같이 이윤경에게 모이어 앉았을 때 돌석이의 팔매재주를 자랑하니 남치근이 대번에

"팔매가 활만 하오?"
하고 말하였다.
"팔매질도 귀신같으니까 업신여기지 못하겠습디다. 배돌석이의 팔매가 아마 이봉학이의 활만 못지않으리다."
"이봉학이 활을 눈으로 보시고도 그런 말씀을 하시오?"
"눈으로 보았기에 말씀이오."
"그래 참말로 봉학이의 활만 하단 말씀이오?"
"나으면 나았지, 못하지 않으리다."
"그러면 한번 재주겨룸을 시켜놓고 봅시다."
"좋지요."
"화살에 인정이 없으니까 영감의 자랑거리가 화살 아래 꺼꾸러지면 낭패가 아니겠소?"
"돌에 인정이 없으니까 영감의 자랑거리가 돌 아래에 꺼꾸러질는지 누가 아오?"
"어디 봅시다."
"그리합시다."
하고 김경석과 남치근이 서로 말다툼하는 것을 보고 이윤경이 허허 웃으면서
"내일 한번 각 떼 군사를 한데 모아 훈련하고 그 끝에 두 아이의 재주겨룸을 시켜봅시다."
하고 말하여
"좋소."

"좋지요."

하고 남치근과 김경석이 각각 대답한 뒤에 이윤경이 다시

"두 아이의 재주겨룸은 두 분 영감이 다 나에게 맡기십시오."

하고 말하였다.

방어사가 온다는 말이 들릴 때에 이윤경은 벌써 장졸 호궤˚할 것을 생각하고 그 준비로 소를 여러 필 구해두게 하고 술을 여러 독 빚어놓게 하였었다. 그 술이 괴기 시작하여 이윤경이 호군犒軍할 것을 일간 일간 하던 차라 갑자기 서두르는 일과 달라서 모든 준비가 선선하게 되었다. 있는 소를 잡고 괸 술을 걸러서 음식을 준비하고 성 동편 넓은 빈 터전 한 곳에 부계浮階 매고 여러 곳에 차일 쳐서 자리를 준비하고 호군 끝에 놀리려고 재인 광대까지 뽑아서 등대시키었다. 재인 광대

● 호궤(犒饋)
군사들에게 음식을 주어 위로함.

는 이윤경이 군중軍中에 쓰려고 전주서 영암으로 올 때에 수백명 복색을 갖추어 데리고 왔던 것이다. 이윤경은 이와같이 호군을 주장삼았으나, 남치근과 김경석은 이윤경의 뜻을 모르고 다만 이봉학이와 배돌석이 재주겨룸 시키는 것을 주장 일로 생각하였다.

이튿날 아침밥 때가 지난 뒤에 기치가 번득이고 고각鼓角이 울리는 중에 각진 장졸이 한데 모이었다. 이윤경이 남치근, 김경석과 함께 각진 항오를 한번 돌아보고 부계 위로 올라왔다. 부계에는 송판 위에 멍석을 깔고 멍석 위에 기직자리, 돗자리를 깔아놓았는데, 이윤경이 남치근, 김경석을 윗자리에 느런히 앉히려고 하니 김경석은

"오늘 영감이 일을 주장하시는 터이니 영감이 윗자리에 앉으시오."
하고 자리를 사양하고 남치근은
"매사 간주인˙이라니 우리는 주인이 앉으라는 대로 앉읍시다."
하고 먼저 자리에 앉았다.

각기 좌정한 뒤에 이윤경이 남치근, 김경석을 반반씩 갈라보며
"재주겨룸 시키는 것은 이미 내게 맡기셨으니까 설혹 맘에 마땅치 못하신 점이 있더라도 두 분 영감이 다 참견하지 못하십니다."
하고 뒤를 다지어 남치근은 대번에
"한번 맡긴다고 했으면 고만이지 일구이언이 어디 있겠소."
하고 대답하고 김경석은 뒤따라서
"그렇지요. 우리가 영감께 일임하기로 한 일을 중간에 참견할 리가 있소."
하고 대답하였다.

"자, 두 분 영감은 구경들 하십시오."
하고 이윤경이 자리를 옮기어 부계 끝으로 나왔다. 뒤에는 군관들이 둘러서고 아래에는 전령, 군사가 늘어섰다. 이윤경이 영을 내리어 각진 장졸들을 편히 자리잡고 쉬게 한 뒤에 먼저 배돌석이 하나를 불러 대령하게 하였다. 돌석이는 봉학이처럼 해사하게 생기지 못한 대신에 봉학이보다 다부져 보이었다. 이윤경은 돌석이의 수단을 한번 친히 본 뒤에 봉학이와 겨룸을 시키려고

생각하고

"돌석이, 말 듣거라. 내가 지금 백 보 밖에 군사 하나를 내어세울 터이니 네가 거기서 팔매를 쳐서 그 군사의 벙거지 꼭지를 맞혀보아라."

하고 분부하였다. 돌석이가

"네."

하고 대답하고 군사가 나서기를 기다려 한번 팔매에 쉽사리 벙거지 꼭지를 맞히었다. 이윤경은 그제야 돌석이의 팔매 수단이 봉학이 활과 겨룰 만한 줄을 짐작하고 봉학이를 마저 불러서 돌석이와 같이 세우고 처음에

"너희들 벙거지를 벗어서 이리 올려라."

● 간주인(看主人)
집이나 물건은 그 주인이 보며 살핀다는 뜻을 한문투로 이르는 말.

하고 분부하니 두 사람이 영문을 모르나마 분부대로 벙거지들을 벗어 올리었다. 이윤경이 소매 속에서 가옥(假玉)으로 만든 큼직한 옥판들을 꺼내어서 군관 한 사람을 주어 한 벙거지에 하나씩 꼭지 앞에 붙이게 하였다. 봉학이와 돌석이가 각각 옥판 붙인 벙거지를 쓰고 나선 뒤에 이윤경이 약속을 정하여 둘에게 일러 돌리었다.

"너희들이 설 자리를 정하여 줄 것이매 각각 자리에 가서 서로 향하고 서서 벙거지 앞에 붙인 옥판을 맞혀 깨치도록 하여라. 몸을 피하면 피한 자가 지는 것이고 다른 곳을 맞히면 맞힌 자가 지는 것이다. 만일에 몸에 상처를 내면 승부에 질 뿐이 아니라 벌을 당할 것이다. 벌은 상처를 보아 정하되 중하게 정할 것이매 미리

알아두어라."

 봉학이와 돌석이가 대답들도 하기 전에 남치근이 자리에서 일어서 나오며

 "여보 영감, 그래서는 너무 싱겁소. 병신을 맨들든지 목숨을 빼앗든지 저희들 재주껏 하래야 보는 재미가 있지 않소?"

하고 풀풀하게 말하는데 이윤경이 슬며시 돌아보며

 "영감, 일구이언 아니하신단 말씀을 잊으셨구려."

하고 웃으니 남치근이 쓴 입맛을 다시고 다시 말을 못하였다.

 이윤경이 군관 하나를 명하여 봉학이와 돌석이에게 각각 자리를 정하여 주었는데, 두 자리의 상거相距가 가까워서 오륙십 보에 지날 것이 없었다. 김경석이

 "거리가 너무 가깝군."

하고 말하더니 이윤경이 입 벌리려는 것을 보고 얼른

 "그저 그렇다는 말이지 참견이 아니오."

하고 발명하였다. 이윤경이 한번 웃고 곧 군관을 시켜 큰북을 갖다 울리게 하였다. 첫째 북소리에 돌석이가 한번 팔매를 치고, 둘째 북소리에 봉학이가 한번 활을 쏘고, 셋째 북소리에 돌석이와 봉학이 다같이 부계 아래에 모이도록 약속을 정한 것이다. 한번 북소리가 나며 돌석이가 팔매를 치더니 김경석의 부하가 아우성을 지르고, 두 번 북소리가 나며 봉학이가 활을 쏘더니 남치근의 부하가 역시 아우성을 질렀다. 세번째 나는 북소리에 돌석이와 봉학이가 부계 아래에 와서 대령하였다. 이윤경이 벙거지들을 벗

어 올리라 하여 두 벙거지의 옥판이 모두 깨어진 것을 보고

"너희들의 재주가 막상막하이다."

하고 칭찬하니 돌석이는

"황송합니다."

하고 대답하고 봉학이는 말이 없이 허리만 굽실하였다. 이윤경이 좋은 활 한 개와 극택˚ 한 살 한 벌을 봉학이에게 상급하고 환도 한 자루를 돌석이에게 상급하며

"팔맷돌은 구하기가 쉽고도 어려워서 환도를 대신 주니 그리 알아라."

하고 말을 일렀다.

이윤경이 전령, 군사를 지휘하여 좌우방어사의 부하에서 이단二團 군사 오십명씩 불러다가 봉학이와 돌석이를 각각 옹위하고 물러가게 한 뒤에 안침으로 들어와서 자리를 잡고 앉으며

● 극택(極擇)
매우 정밀하게 잘 골라 뽑음.

"오늘 재주겨룸이 잘되었지요?"

하고 말하니 김경석은

"글쎄요."

하고 고개를 비틀고 남치근은 뿌루퉁하고 말이 없었다.

"둘이 다 유용한 인물인데 서로 해치지 않은 것이 첫째 잘된 일이고, 승부가 없어서 이편저편 낯이 깎이지 않은 것이 둘째 잘된 일입니다. 두 분 영감이 잘되지 않았다고 하시면 내가 시비를 하겠습니다."

하고 이윤경이 허허 웃으니 김경석은 대번에 고개를 끄덕이고 남치근은 한참 생각하다가

"영감의 말씀이 옳소."
하고 대답하였다.

"술과 고기를 준비한 것이 있으니 장졸을 호궤합시다."

"좋소."

"좋지요."

"오늘 하루를 즐겁게 보내려고 재인 광대들을 지휘해두었는데 두 분 영감의 의향이 어떠하실는지요?"

남치근은 맘에 싫을 것이 없어서 고개를 끄덕일 뿐이었지만, 광대 소리를 들을 줄 아는 김경석은 반색하다시피 좋아하며

"좋다뿐이오. 지금이라도 곧 소리판을 차리시구려."
하고 재촉하듯이 말하였다.

이윤경이 수하 군관 두서너 사람을 불러서 한두 마디 말을 분부하더니 심부름꾼 남녀들이 술동이와 고기 안주 목판을 지게로 짊어 나르고 머리로 이어 날라서 부계 위와 여러 차일 속은 말할 것도 없고 풀밭 위에까지 여기저기 술자리가 벌어졌다. 술기운들이 돌 만한 때에 재인 광대들이 떼로 몰리어와서 부계 아래에서 문안을 드리고 군관의 지휘를 따라서 이리저리 흩어졌다. 얼마 아니 지나서 이곳에 단가 저곳에 잡가 노랫소리가 곳곳이 일어나고, 여기 줄타기 저기 땅재주 구경판이 군데군데 벌어졌다. 각진 장졸이 서로 왕래하기 시작하여 차일 앞과 풀밭 위에 사람의 그

림자가 어지럽게 왔다갔다하였다.

"한 사발 받으시오."

"안주 집으시오."

하고 술, 고기를 권하는 사람,

"재주를 잘 넘는데, 참말로 눈 깜짝하면 못 보겠군."

"토끼 화상을 잘 그리는구려."

하고 재인 광대를 평하는 사람들, 서로서로 웃고 지껄이는 중에

"수성장은 당대 인물이오."

"같은 형제간이라도 수성장은 속이 차돌 같은 분이지만 도순찰사는 겉위풍뿐이신갑사."

"수성장은 지모가 비상한 양반이오."

"수성장은 부하 사랑이 거룩하신갑다. 명색 없는 군사라도 부상한 것을 보면 손목을 잡고 눈물까지 흘리신답디다."

하고 수성장 이윤경을 칭찬하는 소리가 가장 많았다. 이때 부계 위에서는 소리판이 벌어져서 광대가 어려운 목을 쓸 때마다 김경석이 고수鼓手보다도 먼저

"좋지, 잘한다."

하고 얼러주는 중이었는데, 어떠한 군관 한 사람이 말을 타고 달려와서 말께서 뛰어내리며 한달음에 부계 위로 올라왔.

그 군관이 이윤경의 앞에 와서 가쁜 숨을 참아가며

"지금 남문 밖에 왜적이 새까맣게 몰려들어옵니다."

하고 말하였다. 이윤경이 별로 놀라는 빛이 없이 그 군관을 보고

고개를 끄덕이고 곧 고개를 돌리어 남치근과 김경석을 바라보며
"자리를 마치지 못하게 되었습니다."
하고 말하니 남치근은
"자리가 다 무어요. 얼른 취군聚軍시키십시다."
하고 벌떡 일어서고 김경석은
"영감이 취군령을 놓으시오."
하고 이윤경을 바라본 뒤에
"파흥坡興이다."
하고 한옆에 물러섰는 광대들을 돌아보았다.

 이윤경이 남문에서 온 군관을 먼저 보내고 부산히 취군을 시키는 중에 동문에서 군관이 와서 왜가 성밖에 나타났다고 고하고, 또 서문과 북문에서 군관들이 와서 역시 왜의 나타난 것을 고하였다. 이윤경이 남치근과 김경석을 보고 성문 갈라 지킬 것을 상의하니 김경석이 먼저
"영감이 갈라보시오."
하고 이윤경에게 일임하는 뜻을 말하여 이윤경이
"내가 갈라보오리까?"
하고 남치근의 얼굴을 바라본즉 남치근이
"남문은 내가 맡은 터이니까 남문만 빼놓고 갈라보시오."
하고 말하였다.
 "남문도 좋지요만 제일 어려운 곳을 영감이 맡아주셨으면 좋겠습니다."

"제일 어려운 곳이 어디요?"

"북문입니다."

"북문이 어째서 제일 어렵소?"

"북문은 문이 약하고 성이 튼튼치 못할 뿐 아니라 지형이 밖에서 공격하기 편하니만큼 안에서 지키기가 어렵습니다. 왜가 이것을 잘 아는 까닭에 다른 문을 버리고 북문만을 친 때가 한두 번이 아닙니다. 우선 영감이 오시던 때도 북문 밖에서 접전 한바탕이 있지 않았습니까?"

"그러면 남문은 고만두고 북문을 내가 맡으리다."

하고 남치근이 북문을 맡은 뒤에 김경석은 서문 하나를 맡고 이윤경은 동, 남 두 문을 얼러 맡게 되었다. 남치근이 제일 어려운 곳 맡은 것을 좋아하여 즉시 부하 장졸들을 거느리고 북문으로 달려와서 군사들을 자리잡아 벌려세우고 군관 몇사람과 같이 문루에 올라서 성밖을 내려다보니, 성밖에 있는 왜가 불과 백여명인데 그나마 두 패에 갈리어서 한 패는 성에서 멀찍이 있는 나무 숲 아래에 퍼더버리고 앉았고 한 패는 성에서 가까운 둔전 위에 뭉치어 서 있었다. 둔전 위의 왜들이 문루 위에 기치가 날리고 군관이 왔다갔다하는 것을 바라보더니 일제히 팔을 뽐내며 문루 위를 가리키고 성 아래를 가리키고 하는 것이 문루 위의 사람더러 성밖으로 나오라는 뜻이었다. 남치근이 문루 근처에 있는 사수들에게 활을 쏘라고 명하여 화살이 빗발같이 날아 나가니 왜들이 일시 둔전 아래로 뛰어내려갔다가 화살이 뜸하여진 뒤에 다시 둔전 위로 올라와서 문루를 향하여 욕질하는데, 젊은 왜들은 볼기짝을 문루 편으로 치어들고 두 손바닥으로 두드렸다.

　남치근이 욕질하는 것을 보고 분이 나서 곧 부하 장졸에게 출전할 준비를 명하였다. 고각이 소리나고 기치가 움직이며 성문이 열리니 둔전 위의 왜들이 숲 아래의 왜들과 합세하여 접전할 준비를 차리는데, 남치근이 왜의 수 적은 것을 업신여기어 대번에 도륙내려고 군사를 풍우같이 몰고 내달았다. 처음 형세로는 왜들이 아무리 죽을힘을 다하여도 불과 얼마 동안에 하나 남지 않고 다 도륙을 당하고 말 것 같더니 다른 문의 왜들이 차차로 모여와서 나중에는 북문 밖은 왜의 천지가 되며 형세가 처음과 달라졌다. 남치근이 급히 군사를 거두어 진을 치다가 선봉장 소달이 간 곳이 없는 것을 보고 군사를 놓아 찾던 차에 왜장이 소달의 머리를 칼끝에 꿰어들고 진전에서 횡행하니 다른 장졸은 고사하고 남치근부터 이것을 보고 놀라지 않을 수 없었다. 소달은 자기의 용맹을 믿고 깊이 적진에 들어가서 필마단검匹馬單劍으로 좌충우돌하고 다니다가 말이 앞다리에 칼을 맞아 고꾸라지며 사람도 역시 칼머리에 주검 됨을 면치 못한 것이다. 진중 장졸이 소달의 머리를 보고 모두 기운이 죽어서 군심이 황황할 때에 이봉학이 남치근 앞에 와서

　"소인이 나가서 소위장의 원수를 갚겠습니다."
하고 품하여 남치근이 고개를 끄덕이니 봉학이 곧 활을 들고 진으로 나아갔다.

이봉학이가 진전에 나설 때에 왜장은 소달의 머리를 들고 왜진으로 돌아가는 중이었다. 봉학이가 급히 앞으로 쫓아나가며 한번 활을 잡아당기니 날아가는 살이 왜장의 뒤통수를 꿰어뚫어서 그 자리에 고꾸라지게 하였다. 봉학이가 소달의 머리를 빼앗아오려고 고꾸라진 왜장에게로 쫓아갈 때에 여러 왜들이 일시에 쏟아져 나오니 남치근이 이것을 보고 급히 진을 풀어가지고 쫓아나가서 접전이 나게 되었다. 화살이 날고 창, 칼이 번쩍거리고 북소리, 아우성소리가 요란하였다. 남치근이 뒷걸음치는 군사 두서넛의 목을 베고 자기의 말을 몰아서 군사들보다 앞서 나가며

"나를 따라라!"

하고 큰 소리를 질렀다. 그러나 싸움이 닳게 어울리기 전에 왜들이 일제히 아우성치고 앞으로 달려들며 군사들이 와 하고 도망질하는데, 형세가 막은 물 터지는 것 같아서 장령으로 걷잡을 수가 없었다. 남치근의 신변에는 이봉학 이외 오륙십명 장졸이 남아 있을 뿐인데, 왜가 남치근이 대장인 줄 알고 겹겹이 둘러쌌다. 장졸 오륙십명에 사수가 반이 넘어서 사수들이 남치근을 중간에 두고 전후좌우로 둘러선 까닭에 왜가 화살이 두려워 바로는 덮치지 못하였다. 그러나 살은 점점 수가 줄어들고 왜는 차차 욱여들어 왔다. 남치근이 도저히 벗어날 가망이 없는 줄을 알고 말께서 뛰어내려 땅 위에 주저앉아서 장졸들을 돌아보며

"내가 죽거든 너희 중에 누구든지 내 목을 베어가지고 도망해라. 죽은 뒤 목이나마 도적의 손에 넣지 마라."

하고 환도로 목을 찌르려고 하였다. 그 옆에 가까이 섰던 군관 하나가 남치근의 환도 든 손을 붙잡고

"조금 참아보십시오. 설마 성안에서 구원이 나오겠습지요."
하고 우는 소리로 말하였다. 이때 이윤경이 북문 소식을 듣고 왔다가 남치근이 패진하는 것을 보고 놀라 급히 김경석과 같이 군마를 거느리고 나오기는 나왔으나, 왜에게 앞이 막히어 더 나가지 못하고 북문 밖에서 둔전을 끼고 진을 쳤다. 구원을 기다리는 사람들이 거의 다 낙심이 되었을 때, 왜들의 에워싼 것이 한구석이 갑자기 헐리기 시작하였다. 오륙십명 사람이 일시에 헐리는 구석을 바라보니 그곳에 이수성장, 김방어사의 군마는 나타나지 아니하고 몸에 갑주를 갖추지 아니한 말 탄 군관 한 사람이 왜진을 짓쳐 들어오는데, 그 군관 수중에 있는 칼이 번개같이 놀아서 왜들이 그 앞에 수가 없이 거꾸러졌다. 그 군관이 마침내 에워싸인 사람들에게 가까이 왔을 때, 괴상히 여기는 오륙십명 중에 오직 한 사람이 반갑게 내달으며,

"형님이오?"
하고 소리를 지르는데 그 소리지르는 사람은 곧 유명한 사수 이봉학이었다. 그 군관이 말 위에서 내리지도 않고

"오냐, 내다."
하고 대답하고

"어서들 내 뒤를 따라 나오게 해라."
하고 말하며 곧 말머리를 돌이켰다. 남치근 이하 오륙십명이 그

군관의 뒤를 따라서 왜진을 뚫고 나오는데 그 군관의 칼 앞을 막는 사람이 없었다. 그 군관이 길래 앞장서서 북문 밖 둔전 근처까지 왔는데, 이윤경과 김경석이 마주 나와서 남치근이 부득이 수어 수작하고 다시 살펴보니 그 군관이 벌써 눈에 보이지 아니하였다.

"봉학아, 너의 형이란 사람이 어디로 갔느냐?"
하고 남치근이 묻는데
"소인도 어디 가는 것을 보지 못하였습니다."
하고 봉학이가 대답한즉 남치근이 응 하고 혀를 차며 찌푸린 미간을 더욱이 찌푸렸다. 이윤경이
"누가 어디 갔단 말씀이오?"

● 갑주(甲冑) 갑옷과 투구.

하고 물으니 남치근은 패진한 분과 부끄러움이 속에 가득 차서 입이 무거워진 까닭에
"네, 누구 말씀이오?"
하고 이윤경이 다시 물은 뒤에야 겨우 입을 열어
"우리 앞서오던 군관 말이오."
하고 대답하였다.
"그것이 소위장이 아니든가요?"
남치근은 말이 없이 고개를 가로 흔들었다.
"우리는 소위장인 줄만 알고 유심히 보지 않았구려."
하고 김경석이 말한 뒤에
"그러면 소위장은 어디 갔나요?"

하고 이윤경이 물으니

"전망戰亡했소."

하고 남치근은 더 말하기 싫어하는 기색을 보이었다.

〈양반편 끝〉

임꺽정 ❸ 양반편

1985년 8월 31일 1판 1쇄
1991년 11월 30일 2판 1쇄
1995년 12월 25일 3판 1쇄
2007년 8월 15일 3판 15쇄
2008년 1월 15일 4판 1쇄
2024년 2월 29일 4판 10쇄

지은이 　홍명희
편집 　김태희, 박찬석, 조소정, 이은경
디자인 　오진경
제작 　박흥기
마케팅 　이병규, 이민정, 강효원
홍보 　조민희

출력 　블루엔
인쇄 　천일문화사
제책 　J&D바인텍

펴낸이 　강맑실
펴낸곳 　(주)사계절출판사
등록 　제406-2003-034호
주소 　(우)10881 경기도 파주시 회동길 252
전화 　031)955-8588, 8558
전송 　마케팅부 031)955-8595 | 편집부 031)955-8596
홈페이지 　www.sakyejul.net
전자우편 　literature@sakyejul.com
블로그 　blog.naver.com/skjmail
인스타그램 　instagram.com/sakyejul
페이스북 　facebook.com/sakyejul
트위터 　twitter.com/sakyejul

ⓒ 홍석중 2008

값은 뒤표지에 적혀 있습니다. 잘못 만든 책은 구입하신 서점에서 바꾸어 드립니다.
사계절출판사는 성장의 의미를 생각합니다. 사계절출판사는 독자 여러분의 의견에 늘 귀 기울이고 있습니다.
이 책은 저작권법에 따라 보호받는 저작물이므로 무단 전재와 복제를 금합니다.

ISBN 978-89-5828-263-1 04810
　　　978-89-5828-260-0 (세트)